John l'Enfer

Triomphante, folle de ses richesses, de sa démesure et de ses rêves, New York se délabre pourtant, rongée de l'intérieur. John l'Enfer, le Cheyenne insensible au vertige, s'en rend bien compte du haut des gratte-ciel dont il lave les vitres. Il reconnaît, malgré les lumières scintillantes des quartiers de luxe, malgré l'opacité du béton des ghettos de misère, les signes avant-coureurs de la chute de la plus étonnante ville du monde : des immeubles sont laissés à l'abandon, des maisons tombent en poussière, des chiens s'enfuient vers les montagnes prochos...

Devenu chômeur, l'Indien rencontre deux compagnons d'errance : Dorothy Kayne, jeune sociologue qu'un accident a rendue momentanément aveugle et qu'effraie cette nuit soudaine ; et Ashton Mysha, Juif hanté par sa Pologne natale, qui vit ici son ultime exil.

Trois destins se croisent ainsi dans New York l'orgueilleuse, New York dont seul John l'Enfer pressent l'agonie. Trois amours se font et se défont dans ce roman de l'attirance et de la répulsion, de l'opulence et du dénuement.

Abraham de Brooklyn chantait la naissance de New York. Avec John l'Enfer, voici venu le temps de l'apocalypse.

L'apocalypse possible dès aujourd'hui d'une cité fascinante et secrète, peuplée de dieux ébranlés et d'épaves qui survivent comme elles peuvent dans le fracas et les passions.

Né à Neuilly-sur-Seine le 13 mars 1945, fils du cinéaste Henry Decoin, Didier Decoin a commencé sa carrière comme journaliste à France-Soir, *puis au* Figaro *et à* VSD.

Il est l'auteur de deux pièces de théâtre (Laurence *et* Une chambre pour enfant sage) *ainsi que de nombreux scénarii pour Marcel Carné, Henri Verneuil, Jean-Claude Brialy, Serge Leroy et Robert Enrico. Didier Decoin a mis en scène son premier long métrage en 1980 :* la Dernière Nuit.

Président de la Société des gens de lettres pendant deux ans, il a obtenu le prix Goncourt en 1977 avec John l'Enfer. *Il est marié et père de deux enfants.*

pour Chantal

Si des chiens s'assemblent et hurlent dans une ville,
chute de la ville et destruction!

Texte recueilli sur une tablette de Babylone
par Émile Contenau
La Divination chez les Assyriens et les Babyloniens

PREMIÈRE PARTIE

Lorsque le camion de la CATV arrive sur les lieux de l'accident, la foule s'est déjà scindée en deux clans. Une sélection spontanée, et ça bruit sur le trottoir comme aux abords d'une ruche.

Légèrement en retrait, les témoins privilégiés — ceux qui ont vu tomber l'Indien. Plus proche, le groupe de ceux qui sont accourus trop tard, qui reconstituent la tragédie à partir de la position du corps disloqué, qui supputent les chances de survie, donnent des conseils : *ne le touchez pas, c'est comme pour les motocyclistes, faut pas les remuer, faut pas leur enlever leur casque, c'est mauvais signe quand le sang coule par les narines, pourquoi on ne met pas un veston plié sous la nuque du pauvre type?...*

Les sirènes des voitures de la police de New York hurlent là-bas, au bout de Park Row; le vent chaud courbe les grandes antennes flexibles.

Barrymore, le preneur de son, saute de la cabine du camion jaune. Il se reçoit sur l'asphalte qui, depuis trois jours, fond doucement; le magnétophone rebondit sur le ventre de Barrymore, l'étui des batteries sèches s'enfonce entre ses côtes. Pendant ce temps, Spitzer déverrouille le dôme de plastique qui fait une bosse sur le toit du camion, il actionne un levier, la caméra monte en chuintant sur son vérin, jaillit dans la lumière intense de dix heures du matin. Spitzer assujettit le bras nickelé qui permet de manier l'appareil en souplesse, comme un stylo. Le camion, alors, s'arrête complètement, se balance sur ses amortisseurs. Spitzer panoramique de bas en haut, il part du corps de l'Indien, relève le museau de la caméra vers le sommet du gratte-ciel, redescend, se fige à mi-hauteur. Le répétiteur de son lui transmet les questions de

Barrymore, les réponses de la foule. Limpide, serein comme une messe, tout ça. Mais dans les profondeurs du camion, le réalisateur du reportage dit à Spitzer de ne pas faire le malin, de venir plutôt sur le cadavre, gros plan et *basta!* A quoi Spitzer est bien obligé de répondre que le cadavre n'est pas un cadavre.

Car l'Indien vit encore. Près de lui gisent ses outils de travail : l'éponge au bout d'une longue perche télescopique en aluminium creux, les peaux de chamois, les capsules remplies de lessive à haut degré de concentration. Des virgules d'eau savonneuse glissent le long de la façade du gratte-ciel, éclatent sur le trottoir comme des flocons de neige molle. L'Indien est tombé du trente-troisième étage, la tenture orange d'une galerie de tableaux a freiné sa chute : agissant d'abord à la façon d'un trampolino, la tenture a renvoyé l'Indien et ses éponges vers le ciel; mais lors du second choc, elle a cédé, elle s'est partagée par le milieu.

Barrymore s'agenouille, approche son micro des lèvres de l'Indien :

— L'ambulance sera là dans un instant, ne vous en faites pas, sans cette tenture vous étiez fichu. Au fait, aimez-vous la peinture?

— Dans ma maison, dit l'Indien, il y a des images.

Parmi les spectateurs, quelqu'un demande qui va rembourser au propriétaire de la galerie sa grande tenture crevée; les uns prétendent que ce sera la compagnie d'assurances, d'autres parient pour l'entreprise qui emploie l'Indien.

Et Spitzer promène sa caméra sur la foule. Il accroche des visages, les retient, les perd. Il guette un signe, sans savoir lequel. Les magasins viennent de rouvrir, c'est lundi, la chaleur atteint déjà les limites du supportable. Spitzer cadre les pieds d'un petit garçon chaussé de patins à roulettes. Dans les onze mille huit cents foyers reliés à la chaîne de télévision par câble pour laquelle travaille Spitzer, des enfants vont tressaillir, montrer du doigt l'écran du récepteur et dire :

— Des patins à roulettes, j'en veux des comme ça.

Certains recevront des gifles, mais la plupart auront leurs patins. Au cours des prochaines vingt-quatre heures, les rayons d'articles de sport du quartier seront dévalisés; tout cela à cause de Spitzer qui, la veille, a confié à son psychanalyste qu'il rêvait de plus en plus fréquemment d'être un castor et de détourner le cours d'un fleuve immense — lequel pourrait être l'Ohio ou le Missouri.

— Suffit, dit sèchement le réalisateur.

Celui-ci est aussi le producteur du programme : il ne touchera pas le moindre cent sur la vente des patins à roulettes. Alors, Spitzer consent à relever la manette commandant la focale variable, il élargit le cadre. Des larmes coulent sur les joues de l'Indien, très loin le ferry-boat de Staten Island lance deux appels rauques.

— Je m'appelle Mawakhna, dit l'Indien. Prévenez Denise.

Barrymore s'écarte, il n'aime pas les agonies, il n'a jamais su comment se comporter devant un mourant. Il se tourne vers les policiers, avance des statistiques :

— Le douzième laveur de carreaux qui s'écrase en moins de six mois. Tous des Indiens. Je les croyais pourtant différents de nous autres, insensibles au vertige?

— Oui, ça se passe dans leur oreille interne. Maintenant, si ça se trouve, ils s'adaptent. Et ils en meurent.

Spitzer voit une nuée de poussière d'or monter de l'East River, glisser vers le sud de Manhattan par Wagner Place et Peck Slip : c'est la deuxième aube, celle de dix heures trente, quand les ombres sont plus courtes, quand les hautes vapeurs de la ville s'éloignent en direction de l'océan — qui les digère sans hâte, entre Terre-Neuve et les Açores. Spitzer joue avec les bagues graduées et les molettes micrométriques de sa caméra, cherchant à capturer la lumière dans la chambre fragile du tube cathodique.

Barrymore demande à l'un des policiers :

— Cet Indien, d'après vous, c'est quoi? Un Algonquin? Un Muskoki?

— Un Athabasque du groupe arctique, crie Spitzer.

A midi ou à peu près, Edmond K. Milous, président de l'entreprise de nettoyage, apprend le décès de l'Indien. Mawakhna s'est éteint dans l'ambulance, en serrant si fort la main de l'infirmière qu'il lui a brisé le petit doigt.

Milous compose aussitôt le numéro du Bureau des affaires indiennes. Il craint des représailles de la part des membres fantômes

13

du Pouvoir rouge; il a retranscrit sur son agenda, à la rubrique *personne à prévenir en cas d'accident*, la petite phrase lancinante des révoltés du hameau de Wounded Knee. Rien moins qu'une incantation rituelle aux odeurs de fumée, de nuit, de peaux repoussées et de sang caillé : *le géant rouge n'a plus qu'un genou en terre, il se lève!*

Edmond Milous imagine le géant rouge sous les traits d'un nouveau King Kong : il surgira des terres poreuses, il choisira l'heure pourpre du crépuscule pour étendre son ombre fabuleuse sur la ville; il déracinera des buildings avec autant d'aisance que ses ancêtres arrachaient des acacias, il saisira Milous entre ses doigts aux extrémités aplaties comme des marteaux; ensuite, qui peut dire ce qui arrivera?

Le président Milous est voué aux Indiens comme les esclavagistes d'avant Lincoln étaient voués aux Nègres; tout le monde, à New York, ne peut pas être diamantaire et hollandais : parfois, il faut savoir troquer des marchandises dangereuses. Edmond Milous connaît des hommes tranquilles qui stockent des pains de plastic, des bazookas, de la nitroglycérine; lui, avec ses Indiens laveurs de carreaux, fait figure d'enfant.

— Toutes les dispositions réglementaires de sécurité avaient été prises sur la face nord-ouest du gratte-ciel, explique Milous à son interlocuteur du Bureau des affaires indiennes. Le matériel venait de subir une série de contrôles. Vous allez probablement recevoir des milliers de lettres : répondez à tous ces gens que la police et moi-même, pour le moment, sommes persuadés que Mawakhna s'est suicidé.

Le Bureau des affaires indiennes promet tout ce que veut Edmond Milous : du jour où il a quitté sa rancheria, Mawakhna a échappé à la juridiction du Bureau — et, par là même, à sa protection.

Le président Milous ajoute :

« Jusqu'à la dernière minute, Mawakhna a parlé d'une certaine Denise. Sa femme ou sa maîtresse. Selon moi, Mawakhna s'est tué par amour.

Puis il raccroche, et convoque son dispatcher :

« Voyons les choses en face, Formann : le gratte-ciel N-002 est sur la touche, dégoûtant pire qu'un goret du trente-troisième au quarante-huitième étage. Et ce n'est pas un client facile. Qu'est-ce que vous proposez?

Formann ouvre son registre : situé près de New Chambers, le N-002 appartient en copropriété à une banque, une société de mariages par correspondance et une compagnie d'affrètements maritimes. Le dispatcher esquisse un sourire, dit qu'il n'a personne sous la main; il précise :

— D'ailleurs, c'est toujours comme ça après les grandes pluies de printemps.

Milous ne répond pas. Les yeux mi-clos, il attend. Il sait que Formann aime qu'on le mette au pied du mur, qu'on lui fasse sentir à quel point il est indispensable à l'équilibre de l'entreprise. Un instant passe. Le dispatcher, la tête levée, regarde tourner les pales du ventilateur; peut-être pense-t-il que cet immeuble est l'un des derniers de Manhattan à ne pas bénéficier d'un système d'air pulsé et conditionné. Enfin, il murmure :

« Évidemment, il y a John l'Enfer. Mais c'est son jour de repos...

John l'Enfer détaille la chambre aux murs nus près de Grand Army Plaza. Pour l'heure, la réunion politique ressemble surtout à un pique-nique : les Filles des combats de l'avenir ont dressé des sortes de braseros; vêtues de longs pagnes à franges de perles de verre, elles sont accroupies près des foyers et jettent des poignées de sel sur les braises; quelques enfants somnolent à même le plancher, on les fera sortir lorsque commenceront les discours, chacun aura droit à une brochette, un sachet de cacahuètes, une petite bouteille de soda.

De temps à autre, un très vieux Navajo se lève, marche jusqu'à la fenêtre, crie d'une voix enrouée :

— Liberté pour Bobby!

John l'Enfer, pour faire preuve de bonne volonté, répète en écho :

— Écoutez l'Ancien, et libérez ce pauvre Bobby!

Nul ici, hormis le vieil Indien, ne semble savoir qui est ce Bobby. Quelqu'un prend le vieillard par le bras, lui dit à l'oreille des paroles rassurantes, l'entraîne à l'écart.

Beaucoup plus tard, tout à fait par hasard, John l'Enfer apprendra que Bobby était le père de l'Ancien : premier membre de la tribu à avoir choisi de porter un prénom de Blanc, Bobby avait participé aux fondations d'un tunnel pour le métro; il était mort, écrasé par un éboulement, et l'Ancien réclamait sa dépouille afin de lui donner une sépulture conforme aux rites. Alors seulement, Bobby pourrait chevaucher à travers les prairies mouillées et gober des truites à la manière des ours.

Les Filles des combats de l'avenir se redressent. Bientôt, la viande marinée dans un vinaigre aux baies sauvages se tord sur les grils, une fumée épaisse inonde la pièce plus longue que large. John l'Enfer se met à tousser. Il fait près de trente-sept degrés centigrades dans cette chambre dont les fenêtres sont coincées par la rouille.

Evelyn est peut-être la plus belle des filles. Elle s'approche, cette quarteronne aux yeux gris, elle se soulève sur la pointe des pieds, essuie la sueur qui perle au front de l'homme :

— Faut savoir mériter comment on s'appelle, John l'Enfer; si tu crois qu'on porte impunément un nom comme le tien...

Tandis qu'Evelyn lui caresse les tempes, il revit ces journées d'avant le printemps, ces journées passées à laver des vitres géantes au-delà desquelles aucune dactylo ne regarde jamais : elles sont trop occupées, ou bien elles ont le vertige.

Rivées aux carreaux, des ventouses électro-magnétiques maintiennent John l'Enfer comme une mouche contre les façades des buildings. Et pour ça, il touche un peu plus de six cents dollars par mois. Il sait par expérience que chaque gratte-ciel est une petite montagne, avec ses vents propres, son microclimat, ses pièges.

— Il y a froid et froid, dit Evelyn.

Elle fait allusion à cette froidure différente qui a été la sienne quelques mois auparavant, dans une cellule. Il n'en faut pas plus pour que John l'Enfer se détourne : ces allusions continuelles à de petits supplices mesquins, cette litanie d'échecs, d'arrestations, de procès plus ou moins truqués le met mal à l'aise. Il n'aura jamais une âme de martyr. Parce qu'il est de race cheyenne, John l'Enfer fixe son regard sur les étoiles. Toutes les étoiles : celles du drapeau, celles des navires dans le port de New York, celles de la Haute Voûte où glissent des cavaliers silencieux. Si l'on veut de lui comme militant, il faudra lui présenter des images plus glorieuses que celle d'une petite fille qui tremble de peur et de froid dans sa prison. Si la politique veut l'amener à baisser les yeux et à tenir ses mains derrière son dos, alors il dit que la politique est mauvaise.

Il mangera une ou deux brochettes, histoire de n'être pas venu tout à fait pour rien, et puis il s'en ira avec les enfants.

D'une petite voix crispée, Evelyn poursuit :

« J'ai été en taule, ici tout le monde le sait, et on me respecte. Sauf vous.

John l'Enfer se contente de sourire. La jeune fille insiste :

« Savoir comment c'était, ça ne vous intéresse même pas?

— Le premier soir, vous avez pleuré. Le deuxième soir, une compagne de cellule vous a consolée en promenant le bout de sa langue sur votre corps qui sentait encore bon la liberté. Le troisième soir, vous êtes devenue jalouse. A présent, vous êtes homosexuelle.

Sur Grand Army Plaza, la ronde des fiacres et des autocars s'est arrêtée. Les groupes de touristes européens ou japonais ont disparu, ils s'agglutinent le long des comptoirs des *fast food* à air conditionné. Les cochers désœuvrés jettent de l'avoine aux oiseaux perchés sur la statue de Sherman. L'heure des promenades lentes et molles reviendra, mais beaucoup plus tard, quand la marée du soir poussera vers le rivage ses nuages effilochés; il est treize heures quarante, il y a trop de soleil : un soleil idéal pour la reproduction des bananes et des hippopotames, pense John l'Enfer.

Là-bas, au bout de la place, déformées par la buée de chaleur, deux motos de la police tremblent doucement. Pourtant, il est peu vraisemblable que la réunion soit surveillée : l'Association ne fait peur qu'à elle-même. Sous couvert d'action révolutionnaire et raciale, elle défend surtout le droit au folklore. *Nous sommes ici entre Indiens de bonne compagnie, nous avons apporté nos bébés, nos flûtes et nos danses.* Comment Evelyn s'y est-elle prise pour se faire arrêter, un soir d'hiver?

La porte s'ouvre à la volée, l'enfant Pageewack entre dans la chambre. Plus exactement, on l'y précipite. Il s'abat sur le sol, met ses bras devant son visage pour parer un coup qui ne viendra pas. Sur sa chemise blanche au col déchiré, il y a encore l'éblouissante

17

lumière de New York hors les murs. Et maculant ses mocassins de daim, le sable de Montauk, son odeur d'iode et de coquillage gras. Deux hommes armés surgissent derrière Pageewack, le tiennent en joue.

— Arrêtez ce cirque, dit John l'Enfer, je connais le gamin.

Les mitraillettes remontent vers le plafond. Ce sont des armes d'un modèle déjà ancien, elles doivent s'enrayer à la première rafale. Pageewack gémit.

« La paix, dit encore John l'Enfer (comme tout le monde fait mouvement vers lui pour l'entourer — ou pour l'encercler). Avant de vous rejoindre, je suis passé chez la mère de Pageewack, j'ai laissé l'adresse, c'est tout.

Le secrétaire général de l'association crache par terre :

— Quelle imprudence !

— Monsieur, dit poliment John l'Enfer, est-ce qu'on sait jamais où on met les pieds ? Et puis, Maman Pageewack a lu l'adresse, l'a apprise par cœur, ensuite elle a avalé le papier.

Il se penche sur l'enfant :

« Relève-toi, on ne te fera pas de mal. Ils sont tes frères et les miens, tous ceux qui sont ici.

Le petit garçon obéit. Il se blottit contre John l'Enfer. Pour la première fois de sa vie, Pageewack peut contempler de vraies mitraillettes, alors il en oublie presque la raison pour laquelle, abandonnant ses jeux, il est venu.

« Parle, fait doucement John.

— Une fille s'est amenée à la maison, une fille épatante dans une belle voiture. Elle t'attend en bas.

John l'Enfer ne comprend pas, Pageewack précise :

« Elle s'appelle Peggy. Elle ne sent pas très bon, mais elle m'a permis de toucher ses genoux. Est-ce que tu l'aimes ? Sans quoi, un jour, je la prendrai pour moi.

John l'Enfer regarde Evelyn :

— Envoyez-moi une copie du compte rendu de la réunion. A présent, je dois partir.

— Un instant, dit le secrétaire général. Qui est cette Peggy ? Et si elle est pour nous ou contre nous ?

— Une des assistantes de Milous. Elle s'en fout. Elle est chargée de faire la tournée des buildings sur lesquels nous travaillons et de vérifier que tout va bien. C'est pour ça, vous comprenez, qu'elle roule en Buick. Question de prestige, d'image de marque.

Evelyn semble déçue. Qu'a-t-elle espéré? Que John et elle, peut-être, partiraient ensemble une fois le meeting terminé. Elle lui aurait demandé, en riant, de lui rendre le goût des hommes. Un jour de printemps, un jour de semaine, on trouve facilement un endroit où s'aimer. Les plages sont désertes. On y joue à se dévêtir en courant vers la mer.

Mais John l'Enfer explique qu'un ouvrier est probablement tombé, qu'il va devoir le remplacer. Une brochette s'enflamme, un peu de graisse brûlante gicle sur les mains jointes du vieux Navajo — qui pousse un grand cri.

Plus tard, au pied du gratte-ciel N-002, Peggy et Pageewack sortent le matériel du coffre de la Buick, le déposent sur le trottoir où sèche le sang de Mawakhna. Il faudra attendre la prochaine averse pour que s'efface la longue tache brune : les services de la voirie ont déjà trop à faire avec les poubelles qui s'entassent (... et le lundi, c'est la ville tout entière qui sent les épluchures, la puanteur serpente le long des rues ou palpite devant les cages d'escaliers, c'est selon la force et la direction des vents).

John l'Enfer observe le building, le détaille. Dans quelques heures, la face nord-ouest sera illuminée par le soleil couchant : la lumière sera juste assez frisante pour révéler les moindres incrustations de crasse, mais elle ne sera plus assez violente pour provoquer l'éblouissement fatal qui fait lâcher prise.

— Je commencerai par l'autre côté, le sud-est, explique John. Je l'abandonnerai vers dix-huit heures, peut-être un peu avant, j'attaquerai le nord-ouest. Prévenez tout de même Milous : impossible que je termine avant la nuit. Je reviendrai demain.

Il s'accroupit, vérifie l'étanchéité des ventouses, leur adhérence. Pageewack dit qu'il montera lui aussi sur les immeubles géants. Plus haut, plus vite, dans dix ou douze ans; pour l'instant, il s'entraîne à faire briller la vitrine du charcutier Marpoxinos et la vaisselle en matière plastique de Maman Pageewack.

« Emmenez le gosse, demande John à Peggy.

Il désire rester seul, encore qu'il sache que ce ne sera pas une vraie solitude : car là-haut, il suffira d'un mégot oublié sur une cornière d`acier pour que John l'Enfer rencontre le spectre de Mawakhna. La légende dit que ni l'ours, ni le nuage, ni le frère ne disparaissent jamais tout à fait.

Lorsque John entame sa progression sur le flanc de la montagne absolument verticale, en manœuvrant les pattes grêles de la bête-à-ventouses, les gens de la rue s'arrêtent, lèvent les yeux, ils le regardent faire et, parfois, le saluent de la main. Mais peu à peu, ils se lassent et s'en vont : pour eux, ce sont toujours les mêmes gestes qui recommencent. John l'Enfer, lui seul, sait qu'aucun de ses efforts ne ressemble au précédent. D'abord, il y a le risque qui augmente — moins en fonction de l'altitude que de la fatigue. Ensuite, la musculature s'assouplit, les mouvements sont plus heurtés, plus audacieux. Au fur et à mesure que les vitres retrouvent leur transparence, une sorte d'optimisme comparable à l'ivresse gagne le laveur de carreaux. Dans certains cas, il ira peut-être jusqu'à se lâcher d'une main pour atteindre tel ou tel recoin. Il siffle, puis il chante, puis il se raconte des histoires. Le vent écarte ses lèvres, pénètre en trombe dans ses poumons : autant l'air du rez-de-chaussée était gluant, lourd, comme filandreux, autant le vent d'en haut est rafraîchissant, purifié ; un vent bleu comme le sang.

La première demi-heure est pénible, la deuxième est vivifiante ; c'est au cours de la troisième demi-heure que, l'accoutumance aidant, tout peut arriver.

Il faut, à intervalles réguliers, prendre la mesure du vide, défier le vertige ; ne pas s'intéresser à ce qui se passe derrière la fenêtre, à l'intérieur du gratte-ciel : sinon, on a vite fait de se croire sur terre ; le plus dangereux, c'est la fille qui peint ses ongles, qui souffle dessus, qui les tourne vers la lumière du jour, la moquette est épaisse et verte, tout est doux, infiniment trop.

John l'Enfer a pris l'ascenseur jusqu'à la terrasse supérieure. Il a fixé l'échelle d'aluminium à un piton, il a testé le filin de sécurité en nylon bleuté. Il a enjambé le parapet, la perche de l'éponge a heurté le béton, résonné comme une cloche. La lessive sent le chlore. John passe la corniche en surplomb, constellée de déjections d'oiseaux. Certains laveurs de carreaux commencent par la base du gratte-ciel : ils ont ainsi le temps de s'habituer, ils perdent progressivement contact avec le sol. John préfère descendre, étage après étage. Cette seconde technique est dite *de la feuille morte ;* selon John, elle est plus humaine.

Superstitieux, John l'Enfer baise le premier tuyau d'évacuation des eaux usées : il introduit sa langue dans l'orifice rouillé, lèche les contours intérieurs. *Ne me crache pas sur le pavé, nous avons mêlé nos fluides, ô dieu gratte-ciel !* Tel est exactement le sens du baiser de John l'Enfer au premier tuyau d'évacuation.

En cas de chute, le filin de sécurité a une chance sur trois de résister : tout dépend de la longueur de mou qu'on lui accorde. Si la boucle est trop ample, le filin travaille, se distend, les fibres qui le composent supportent des efforts différents et éclatent l'une après l'autre ; mais si la boucle est trop courte, une formidable onde de choc parcourt le filin de bas en haut, anéantit son élasticité en un centième de seconde, et il cède. John l'Enfer laisse s'arrondir une boucle idéale, qui a la forme d'un grand C paresseux.

Maintenant, le Cheyenne atteint la première baie vitrée. Elle donne sur une salle de conférences placardée de bois blond. La vitre est fendue par une estafilade — un oiseau s'y est jeté lors des nuits de tempête de cet hiver. La pièce est vide. Aux murs, il y a des diagrammes, et les lignes (rouges, bleues, noires) piquent du nez. Des papillons blancs sont morts sur la table en noyer. Empilés au-dessus du distributeur d'eau, les gobelets de carton ont pris une vilaine teinte jaune — c'est la faute au soleil, au désert.

Ce vitrage immense, doit-on vraiment le nettoyer ? Pour qui, pour quoi ? Les affiches se gondolent malgré les punaises, les bouts de papier adhésif — mais elles parlent : ici, le temps d'une saison, trois mois d'automne, régnait Mizrahi. Abe Mizrahi, *talent-scout* [1], producteur d'un four à Broadway. A-t-il baisé des starlettes platinées, mal lavées, sur le divan bleu pâle ? Faut croire que oui, référence aux taches bizarres sur les coussins.

Calmement, John l'Enfer injecte la lessive à travers la perche, jusqu'à voir l'éponge gonfler, saturée d'une mousse épaisse. Une dernière fois, il vérifie son harnais. Puis, prenant appui des deux pieds contre la façade du gratte-ciel, il s'allonge à l'horizontale, ou

1. Découvreur de talents.

presque, entre ciel et terre. L'éponge, en touchant la vitre, produit un petit bruit sensuel. De partout montent les hululements des ambulances, des voitures de police ou d'incendie. *Je vis suspendu au-dessus d'un état d'urgence.*

Un pigeon, un soir, se posera sur la poitrine du Cheyenne. Un pigeon ou un cormoran. Et l'homme laissera faire. Ce serait beau qu'un oiseau vienne comme ça pondre sur moi, pendant que je lui ressemble.

En se balançant, John l'Enfer est passé sur la face nord-ouest à l'heure prévue. La nuit approche, on dirait que la lumière s'évapore. Les assises des buildings de Manhattan, déjà, perdent dans la lueur des phares la rectitude de leurs angles. Mais tout là-haut où est John l'Enfer, il fait encore jour, et le soleil sanglant continue d'aveugler les pilotes des hélicoptères qui atterrissent sur le toit du Pan Am Building.

Le N-002 vibre violemment à l'instant où ses vingt-deux ascenseurs plongent vers le niveau zéro, tous en même temps, à la limite de la surcharge. Autour de John l'Enfer, l'air se met à sentir le déodorant, le cigare et la merde : ce sont les épurateurs d'ambiance du gratte-ciel qui, à présent que le personnel est parti, sont lancés à leur puissance maximum. En quelques minutes, ils auront rejeté à l'extérieur les petites atmosphères empuanties de chaque bureau, de chaque cellule d'hygiène ou de relaxation. Une vapeur grasse et sombre monte vers le ciel : les minuteries ont déclenché les broyeurs d'ordures et les incinérateurs.

Une guirlande de lampes rouges, protégées par des grillages, clignote le long des corniches, un phare tourne au sommet du mât tripode. Automatiquement, à tous les étages, les plafonniers s'éteignent. Les fenêtres, alors, sont des miroirs.

C'est là, sur une grande baie ruisselante d'eau savonneuse, que John l'Enfer voit la silhouette d'un paquebot immense qui s'éloigne.

Avec près de neuf heures de retard sur l'horaire publié par le *New York Times* (édition du dimanche) et affiché aux portes de la gare maritime, le *Vastitude* entame sa dernière traversée de l'Atlantique nord dans le sens Amérique-Europe. Quatre jours et quatre nuits de mer jusqu'à Southampton, c'est trop. Désormais, le *star ship* de la British Overseas Mechanical Lines ira faire au printemps trois petits tours du côté de l'Adriatique et de la mer Égée ; à la rigueur, à l'époque où Londres est noyée sous des torrents de pluie, il poussera jusqu'aux Antilles. Sur la ligne de New York, les intercontinentaux Boeing ou Douglas Mc Donnell ont rendu économiquement dérisoires les paquebots réguliers, leurs chaises longues avec couvertures écossaises délavées par la morsure du sel. D'ailleurs, les bateaux-pompes du port de New York ne se sont même pas dérangés pour escorter le navire : le *Vastitude* glisse vers le large, sur des eaux sales que recouvre une mousse verte ; trois remorqueurs déhalent, sans un cri.

Les neuf heures de retard sont imputables au second officier.

Il s'appelle Ashton Mysha. Né à Varsovie en 1923, Mysha quitte la Pologne à l'arrivée des troupes allemandes. Il tue un homme qui, lui-même, venait de tuer un prêtre (*le salaud s'est agenouillé, il a tiré, le curé a basculé par-dessus la balustrade de bois, des dizaines et des dizaines d'oiseaux blancs se sont envolés, ils ont fondu comme plomb dans un creuset en traversant un rideau de flammes*). Ashton Mysha fuit à bord des trains qui transportent des caisses d'obus vers le front. Ensuite, déguisé en clown, il passe en Roumanie, atteint la mer, embarque sur un caboteur. La nuit, il aide à la chauffe. On brûle le mobilier du commandant, puis les pavillons — celui qui dit

23

qu'il y a la peste à bord, celui qui dit que le bâtiment ne dispose pas de sa liberté de manœuvre. Le jour se lève, le *Vassili* se penche sur le flanc, une torpille l'a percé de part en part. Les poules et les huit cochons à longues soies grises meurent les premiers, déchiquetés par les éclats des obus qu'expédie le *U-boat*. Ashton Mysha s'émerveille d'être encore vivant, il s'éloigne sur un dinghy. Mourant de soif, il touche Malte. Il gagne ce quadrilatère de sable qui, un peu plus tard, sera Israël. Il travaille dans une station-service en plein désert. Un an passe, le voici à Bruxelles, puis à Londres. Un manège ralentit, s'arrête, Ashton Mysha prend du galon dans la marine de commerce britannique.

Ce lundi matin, à moins de deux heures de l'appareillage, il s'est réveillé couvert de vomissures. Une douleur atroce dans le bas-ventre. Le chirurgien du *Vastitude* hésite à se déclarer, il veut voir venir. Ça peut être n'importe quoi : colique appendiculaire, cholécystite, perforation du duodénum, calcul de l'uretère. D'abord, le commandant Fridick se prononce contre une hospitalisation à terre : on ne débarque pas un second officier comme un simple steward. Il faut attendre. A tout hasard, la salle d'opérations du paquebot est mise en état d'alerte.

Vers dix-sept heures, le chirurgien reconnaît une contracture abdominale, signe d'une péritonite consécutive à une crise d'appendicite.

Fridick entre dans la cabine de Mysha, regarde le chirurgien :

— Maintenant que vous savez à quoi vous en tenir, vous opérez?

— Irrationnel. Nous sommes encore à quai, j'envoie cet homme à l'hôpital.

Anesthésié vers vingt et une heures, Ashton Mysha reprend conscience peu après minuit. Il a soif, l'infirmière de service se contente de lui humecter les lèvres. Mysha observe, sur les carreaux de faïence des quatre murs, le reflet de la veilleuse. Il voit des étoiles jaunes, essaye de faire le point : le ciel est en désordre. Il croit entendre le vent, ordonne que les matelots ferment les vitres de la passerelle — c'est simplement le murmure d'une tente à oxygène, tout au fond de la salle.

Le second officier a des nausées, comme autrefois sur les vagues qui roulaient des débris, après le torpillage du caboteur roumain.

On l'a opéré lundi soir, mais il ne redeviendra vraiment lui-même que mercredi matin.

A l'heure des corn-flakes et du gobelet de thé fade, Ashton Mysha ouvre les yeux et les referme aussitôt : le spectacle autour de lui ne mérite pas un tel effort, il préfère imaginer son paquebot courant à travers un champ de lames grasses — fils de paysans de la région de Pinsk, où alternent forêts et marais, Mysha parle de la mer en termes de terre.

Il se croyait aussi nécessaire à la bonne marche du navire que le bœuf à l'attelage.

A présent, il se sent doublement humilié : d'abord parce que c'est une maladie d'enfant qui l'a abattu, qui le cloue au lit pour une douzaine de jours; ensuite parce que, malgré son absence, le *Vastitude* atteindra Southampton et Cherbourg. *Gherrart me remplacera à la passerelle, ce petit coq pédant de Gherrart qui croit tout savoir de la mer et des bateaux sous prétexte qu'il a signé, pour un éditeur italien, la traduction des œuvres complètes de Conrad. Avec appareil critique à l'appui. Monsieur Gherrart, on ne critique pas Conrad . on le comprend. Ce qui n'est pas à la portée du premier soutier venu.* Nous disions donc : douze jours de convalescence, d'ennui, de ruses pour découvrir un fond de whisky quelque part, de claudication grotesque dans les couloirs. Et ensuite? Ashton Mysha est bien obligé de se reporter à l'article 22, alinéa 9, de son contrat d'engagement : *l'Armateur, agissant par l'intermédiaire du consulat représenté dans le pays considéré, procédera au rapatriement du personnel débarqué pour raisons de santé dans les plus brefs délais, et principalement par voie aérienne si les circonstances le permettent.*

Il faut réfléchir. Des textes légaux commencent de régir l'avenir d'un homme, la vraie liberté du pauvre type est déjà entamée.

Les heures passent. C'est aujourd'hui vendredi. Pluie tiède sur New York, tonnerre lointain. Au cours de l'après-midi, la télévision diffuse un programme religieux — il pleut aussi sur le Golgotha, et les pentes de Jérusalem sont boueuses, images de *Spartacus* et de *Ben Hur,* on commémore avec les moyens du temps l'agonie du Christ, il est quinze heures, les temples de Harlem affichent complet, l'averse énorme colle les robes contre les corps, révèle des fesses hautes et rondes, des cuisses nerveuses, noires. Le programme s'interrompt pour laisser place à quelques spots publicitaires, puis un prêtre prend la parole et lit le quatrième psaume de l'office des Ténèbres. Dans la chambre, des voix s'élèvent et répètent les versets du cantique d'Habacuc.

Seul le lit voisin de celui de Mysha reste silencieux. Pourtant, il est habité : quelqu'un respire, un jeune souffle. Ashton Mysha se lève et regarde par-dessus le paravent.

Une femme repose, elle semble dormir. Des boucles lourdes, d'un châtain clair, encadrent son visage. Elle s'appelle Dorothy Kayne, c'est inscrit sur la fiche médicale épinglée au pan gauche de la couverture.

Sur les yeux de Dorothy, il y a des compresses maintenues par un large bandeau.

Même jour, même heure, John l'Enfer en a fini avec le gratte-ciel N-002. Sous la pluie qui rend inutile le travail qu'il vient d'accomplir, le Cheyenne roule maintenant vers un hôpital.

En raison du Vendredi saint, les rues des quartiers périphériques sont moins encombrées qu'à l'accoutumée. Pour John l'Enfer, cette date anniversaire ne signifie rien : s'il avait vraiment dû choisir, il eût opté pour la religion de ses ancêtres. Il en sait encore quelques bribes, quelques paroles, quelques gestes parmi les plus beaux ; mais pour bien suivre les rites naturels des temps immémoriaux, il faudrait habiter la campagne, disposer d'espace, de vent, d'animaux sauvages, de bois mort et d'argile.

On prétend qu'une communauté indienne s'est regroupée dans un building de trente étages qui appartenait à une compagnie d'assurances et qu'elle vit aujourd'hui selon les préceptes anciens. Il est à peu près certain que ces gens-là célèbrent un culte dévoyé : jamais le badigeon à base de sauce ketchup ne remplacera le sang de perdrix. Et où trouver des perdrix, à Broadway ?

John l'Enfer franchit les grilles de l'hôpital. Si la pluie ne cesse pas, il restera dans la voiture ; il évoquera le souvenir de toutes ces femmes qu'il a aimées, sans en épouser aucune ; et puisque le monde veut qu'aujourd'hui soit un jour religieux, le Cheyenne aura une petite pensée pour ses dieux personnels, ses dieux des années maigres : la blanchisseuse qui effaçait son ardoise, le traiteur qui lui faisait crédit malgré tout, et ce vendeur de voitures d'occasion qui le laissait emporter des Chevrolet des années soixante au prix de celles des années cinquante (des voitures volées, probablement ; mais elles marchaient aussi bien que les autres ; et quand on est vraiment très fatigué, on évite de se poser certaines questions).

John l'Enfer se range devant le perron de l'hôpital. Courbé sous l'averse, il gravit les cinq marches.

— Milous Enterprise, dit-il, je viens pour les vitres.

Il se retourne, désigne le parc et son brouillard moite, les torrents d'eau boueuse qui dévalent les allées, les massifs retroussés par le vent d'orage, ajoute :

« Mais pour le moment, ça gicle trop. En attendant de m'y mettre, je prendrais bien un café.

L'hôtesse d'accueil fronce les sourcils .

— Alors, je vais voir l'économe...

John l'arrête : en cherchant bien, en faisant preuve d'un minimum d'imagination, il doit y avoir un moyen d'arranger les choses sans déranger un personnage aussi considérable et occupé que l'économe d'un hôpital qui domine l'Hudson. L'hôtesse réintègre sa cage de verre, applique ses lèvres contre l'hygiaphone :

« La cafeteria est tout au bout du couloir, première porte sur votre droite, une porte couleur pervenche. Pour consommer, il faut un jeton qui vaut dix cents.

Elle lui tend le jeton et ne lui demande rien en échange.

Dans les toilettes pour hommes, une fille brune se cogne contre les hauts murs de faïence. Elle cherche la sortie, ne parvient pas à la trouver, pousse de petits cris apeurés. Parfois, elle élève ses mains jusqu'à son visage comme si elle voulait arracher le bandeau qui dissimule ses yeux. Mais elle se maîtrise, respire profondément, tente de s'orienter, bute contre un urinoir — alors, de nouveau, elle gémit.

Sur son pyjama de soie synthétique, elle porte la blouse de l'hôpital. A son cou est suspendue une pancarte indiquant son nom, le numéro de son quartier, de sa chambre, de son lit. Un haut-parleur diffuse la *Symphonie des jouets*.

John l'Enfer regarde Dorothy Kayne. Plus exactement, il la

contemple : le spectacle de cette fille aveugle qui se heurte aux obstacles, avec des gestes à la fois gracieux et empruntés, le fascine.

Les bras tendus devant elle, la tête légèrement inclinée sur le côté, Dorothy évolue entre les urinoirs ; elle connaît ce lieu lamentable où elle est venue s'échouer, elle sait aussi qu'elle ne doit pas baisser les mains sous peine de toucher le dedans des urinoirs ; ici, le jeu du colin-maillard est truqué : il n'y a personne pour lui crier *tu brûles* ou *tu vas te casser le cou ;* elle doit, toute seule, évaluer les dangers. Alors, elle se raconte des histoires : elle est dans une clairière, la clairière est dans la forêt, des arbres sont tout autour de la clairière, mais ce sont des arbres mouillés, un poison les humecte, il faut se tenir à l'écart des grands troncs.

Tout être a un troisième œil, pense Dorothy. Un troisième œil sans iris, ni pupille, ni cristallin, ni humeur vitrée, ni cornée. Un œil sec, sous la peau translucide du front, un œil comme un tournesol qui réagit à la lumière, à la chaleur. Où est le soleil ? Dans le piège des toilettes pour hommes, le soleil est un néon. Et il est mal orienté.

Brusquement, Dorothy Kayne devine une présence. Elle s'arrête, assure sa voix :

— Aidez-moi, je me suis trompée de porte, je n'y vois rien, j'ai peur de me faire mal.

En silence, John l'Enfer s'avance vers elle. Quelle partie de son corps va-t-il toucher la première ? La main, l'épaule, le buste ou le coude ? Il lui effleure la joue :

— Venez, petite, on va vous sortir de là.

Elle tressaille, se dérobe, recule de trois pas :

— Ne m'appelez pas petite, j'ai passé la trentaine. Oh, mais je sais ce qu'il y a : c'est ce bandeau sur mes yeux, n'est-ce pas, qui vous fait croire que je suis si jeune ?

John n'insiste pas. Rassurée, Dorothy se met à rire :

« Voilà bien la preuve que la carte d'identité d'un être humain, finalement, c'est son regard. Les empreintes digitales comme signe distinctif, ça me fait doucement rigoler. Qu'est-ce que ça démontre, une empreinte digitale ? La présence, pas l'existence.

— Trop compliqué pour moi, dit John.

Il lui saisit le poignet. Elle s'abandonne, elle a quelque chose de ces poupées de chiffon qui s'affaissent, lascives, entre deux bocaux de sels de bains, dans les vitrines.

« Où désirez-vous aller, Dorothy Kayne?

— Boire un tonic. On m'a dit : cafeteria, porte pervenche. Sur l'instant, je n'ai pas pensé à mon bandeau, j'ai foncé. Ensuite, la panique. J'ai poussé la première porte qui a accepté de s'ouvrir.

Elle s'agite, reprend :

« Vous me serrez beaucoup trop fort, je ne vais pas m'envoler. Les ballons de baudruche, c'est à Central Park ; et là-bas, ça sent tout de même moins mauvais qu'ici.

Elle s'incline — infiniment trop bas : si elle y voyait comme tout le monde, jamais elle n'offrirait une telle révérence à un Cheyenne. Elle se présente :

« Dorothy Kayne, c'est inscrit sur ma poitrine. Professeur de sociologie urbaine. J'ai signé une thèse sur Peter Minuit, de Wesel. Il a acheté Manhattan aux Indiens pour seulement vingt-quatre dollars. Je réhabilite Minuit, il n'a pas fait une bonne affaire : vingt-quatre dollars, ou leur équivalent en 1626, c'était une somme. Deux ans après ce marché, Manhattan n'était toujours qu'un village, un village minable d'environ deux cent cinquante pauvres gens.

— Et moi, c'est John l'Enfer, laveur de carreaux pour le compte de la Milous Enterprise.

Il lui décrit la cafeteria, minutieusement. Tandis qu'elle joue avec la rondelle de citron qui flotte sur son tonic, John l'Enfer lui dit ce que représentent les posters cloués aux murs. Ce sont surtout des clichés des rivages californiens, quelques agrandissements offerts par les compagnies aériennes qui relient New York aux abords des chutes du Niagara, deux ou trois images de la Riviera française. Dorothy l'écoute, en hochant la tête. Elle boit avec maladresse, le bord du verre heurte son menton, un peu de liquide coule sur sa blouse. Elle sourit :

— Ce que je peux être bête!

Il la console. Il ferme les yeux, joue à l'aveugle, lui fait part de ce qu'il éprouve :

— La notion des distances, hein, on perd la notion des distances?

Ou encore :

« Sous votre bandeau, est-ce qu'il y a des centaines de petites mouches de toutes les couleurs?

Il n'écoute pas sa réponse (mais peut-être Dorothy a-t-elle seulement haussé les épaules), il parcourt en pensée le labyrinthe des tables, des chaises, des distributeurs automatiques de repas froids et de sodas; et puis, il y a aussi cette foule grise, élastique, des visiteurs et des malades : John l'Enfer soupèse tous ces pièges, il voit tout cela avec les yeux dont Dorothy est privée. *Comment peut-on naviguer à travers tout ça, où trouve-t-elle la force de ne pas hurler? Alors, même si elle renverse du tonic sur son col, Dorothy reste une fille épatante.*

— Qu'est-ce qui vous est arrivé?

Il regrette aussitôt la question qu'il vient de poser. Mais Dorothy lui sourit; elle se met à parler, très vite, comme s'il lui avait enfin donné l'occasion de se disculper :

— Une compétition de surf-casting, la première de la saison. Une vraie fête. Toutes les filles du club étaient venues, il y avait un vent terrible, pas question de manger du pop-corn : vous déchiriez le sachet, et les petits machins blancs s'envolaient, ça faisait comme de la neige, ça faisait comme la manne, la manne dans le désert. Je me suis jetée à l'eau, j'ai nagé longtemps en poussant la planche devant moi. Je n'ai pas vu la vague se former, elle a soulevé la planche, elle l'a lancée contre mon front, j'ai perdu connaissance. Quand je me suis réveillée, je portais ce bandeau.

Quelque part dans l'Atlantique sud, une baleine déchiquette un grand voilier; ici, une planche de surf-casting fait éclater les yeux d'une jolie fille — finalement, pense le Cheyenne, on peut additionner des pommes avec des cerises. Dorothy veut allumer une cigarette, John l'aide en dirigeant son poignet. Elle dit :

« Un jour, de nouveau, exactement comme avant, j'y verrai clair. Quand? Alors ça, je ne sais pas. Les médecins ne parlent pas, ils ont peur de se mouiller. Un beau matin, ils entreront dans ma chambre, ils tireront les rideaux, ils découperont deux trous dans le bandeau que je porte, ils appliqueront sur mes yeux des coquilles de plastique bleu — si je vois la lumière du jour, tout ira bien.

— En attendant, fait John, qui est-ce qui paye?

Dorothy lui explique qu'elle bénéficie de prestations sociales; sans compter l'assurance obligatoire du club de surf-casting, qui joue à plein. Plus tard, s'il le faut, elle trichera : elle prétextera des migraines, des vertiges pour continuer de toucher une rente. Et elle quittera l'hôpital, reprendra ses cours à l'université :

— J'ai des amoureux là-bas, parmi les étudiants, parmi le petit personnel des cuisines, des buanderies. Ils se battront pour m'aider à grimper sur l'estrade, à m'asseoir sur ma chaise, à me trouver une bonne place à la cantine. Tout va très bien, ça ira encore mieux demain. Ils m'aimaient de loin, ils n'avaient aucune raison de me serrer de près, de me tripoter. Eux et moi, maintenant, nous aurons une vie nouvelle. Exaltante, on peut le dire. Je reconnaîtrai Mike à son haleine, il mâche des machins-trucs à la réglisse ; pour Dustin, c'est encore plus facile : il a les mains froides, les serpents auraient des mains à la Dustin s'ils avaient des mains. Je vous en supplie, ne me plaignez pas.

Il ne répond pas. Il n'a jamais eu pitié de personne — faute de temps pour écouter vraiment les autres. Des larmes, très lentes, coulent des yeux blessés de Dorothy, s'insinuent entre les compresses et les joues. Elle froisse une serviette en papier, tamponne son visage.

« Excusez-moi, dit-elle.

John l'Enfer ne sait pas parler aux femmes. Devant elles, il se dandine d'un pied sur l'autre, et il grogne. Après l'amour, il invente des mots. Enfin, quelques pauvres mots. Il les assemble péniblement, il articule *je t'aime comme les fraises* ou *petite môme, faut pas en rester là tous les deux*. L'amour, il l'a toujours fait chez lui, dans sa cabane là-haut sur les rochers de grès rouge : au moins, il sait où sont les cigarettes, le jambon, l'alcool. Mais le jour où il aimera une femme pour de vrai, pour la vie, il l'emmènera dans un hôtel fabuleux, au Holiday Inn de Manhattan ou au Waldorf Astoria, et des grooms de douze-treize ans lui apporteront ensuite des friandises hors de prix, des pêches de vigne en janvier ou du ragoût de bœuf mijoté avec du veau.

Ce grand jour-là, il sera riche au point de pouvoir acheter n'importe quoi. Même une voiture étrangère, même une vie humaine.

— Je suis stupide, dit encore Dorothy.

John l'Enfer ne l'entend pas. Il songe à ces femmes entrevues derrière les vitres immenses qu'il lave. Trop de femmes énormes, sanglées dans des dessous bordés de dentelles pâles, qui poussent à l'aube des aspirateurs nickelés sur les moquettes brûlées par les cigarettes de la dernière *party*. Trop de femmes maigres, qui enfilent des bottes à talons pointus en se caressant les mollets. Elles font bien d'autres choses encore, les femmes dans les maisons, tandis que le Cheyenne est là, immobile, plaqué contre leurs vitres comme une monstrueuse goutte de pluie ; certaines s'approchent, soufflent leur haleine sur le carreau, et sur la buée elles écrivent : *voyeur*.

Ce n'est pas vrai, John l'Enfer préfère les appartements vides. Par chance, ce sont à présent les plus nombreux. Parfois, leurs occupants sont en prison, ou en clinique, ou en vacances, ou morts. Ou bien, ils ont déménagé et personne ne s'est proposé pour prendre leur place. Peut-être les loyers sont-ils devenus trop chers. Sur les meubles abandonnés, la poussière fait comme une neige grise. Crépusculaire, mais duveteuse — on voudrait y appuyer la joue. La semaine passée, sur un gratte-ciel de cent cinquante-sept étages, John a compté environ soixante-dix bureaux et logements vides.

Un soir de grève, d'encombrements, de parade électorale, profitant de ce que les passants ne pensent pas à lever la tête, le Cheyenne fera crisser la roulette de son diamant de vitrier contre un carreau, puis il se glissera dans l'un ou l'autre de ces déserts entre quatre murs. Alors, il essayera de comprendre. Il y consacrera le temps qu'il faudra. Parce que c'est important pour la corporation des laveurs de vitres, parce que le jour peut être proche où plus personne ne téléphonera à la Milous Enterprise pour demander qu'on veuille bien lui envoyer un technicien du nettoyage en altitude.

Ceux d'en bas ne se rendent compte de rien. Ils n'ont pas remarqué cette lente hémorragie qui vide, un à un, les buildings. Ils continuent d'acheter des rubans de saucisses qui font un bruit délicieux en éclatant sous la dent, ils enjambent des corps étendus en travers des trottoirs, leurs voitures longues, surbaissées, dansent dans la lumière perpétuelle des parkings souterrains. On n'a jamais vu une ville mourir comme un cheval, d'abord il y a des soubresauts, d'abord il y a des cris.

Mais, John l'Enfer sait que la mort, parfois, surgit dans le silence.

« Soyez chic, dit Dorothy, emmenez-moi jusqu'à ma chambre.

Elle lui prend le bras, s'appuie contre lui. Elle est chaussée de pantoufles qui font, sur le linoléum, un bruit comparable à celui du ressac — mais un ressac précipité. De temps en temps, elle murmure :

« C'est drôle, je ne croyais pas être allée si loin.

John l'Enfer ne répond pas, car il est en train de tricher : au lieu de reconduire Dorothy Kayne à sa chambre, le Cheyenne cherche un local à sa convenance, c'est-à-dire avec une porte munie d'un verrou intérieur. Il s'efforce de faire le vide dans son esprit, de se concentrer sur son désir, sur cela seulement. Plus tard, quand la nuit sera venue, au moment d'assujettir les volets de bois de sa cabane, il se jugera, se condamnera, se punira peut-être (il 'pourra, par exemple, se priver de boire en mangeant ; ou s'obliger à dormir avec une seconde couverture, fenêtre fermée et radiateur électrique en marche). Encore que, par avance, John s'accorde de larges circonstances atténuantes : Dorothy doit tout de même savoir à quoi s'expose une femme aux yeux bandés.

Si elle se débat, il la maîtrisera. Si elle hurle, il prendra la fuite. Mais si elle ne proteste pas, il se montrera doux, tellement doux. Il la lèchera, il l'appellera *mon esclave, ma toute petite esclave dans la nuit ;* elle se déshabillera, mais ce sera lui qui pliera ses affaires, soigneusement, qui les alignera sur un radiateur pour qu'elle les trouve chaudes et sèches, après. Il fera très attention de ne pas lui déchirer ses collants, avec ses ongles beaucoup trop longs pour des ongles d'homme. *Un jour, je poserai sagement mes deux mains sur les genoux réunis d'une fille, elle limera mes griffes, elle me parlera tendrement pendant tout ce temps-là, comme aux lions.*

John a poussé Dorothy dans une pièce semi-circulaire, aux murs laqués de vert. Il y a des autoclaves et des machines à laver. La jeune femme se dirige d'instinct vers une fenêtre qu'elle ne voit pas, mais qu'elle devine au bruit de la pluie qui crépite contre les vitres. Elle est plus surprise qu'apeurée. Elle tâtonne autour d'elle, reconnaît sous ses doigts des étoffes rêches.

— Des draps, dit-elle. C'est plein de draps. Et ça pue le chaud, le chaud-mouillé, on est dans une lingerie, vous vous êtes trompé de chemin.

John l'Enfer tourne la clef dans la serrure. Dorothy tend l'oreille, reprend :

« Vous l'avez fait exprès. Vous avez une idée derrière la tête.

Elle pivote sur elle-même, vient vers lui :

« Est-ce que vous êtes un Nègre?

Il rit, mal à l'aise :

— Juste pour dire, ça changerait quoi?

— Rien du tout, rassurez-vous, je ne suis pas une séparatiste.

Simplement, elle exige de savoir où elle en est. Elle connaît le nom et le cycle de chacun des astres dans le ciel, elle peut se diriger à travers New York, la nuit, en se fiant à l'étoile du Berger; elle souhaite que les Vikings aient découvert l'Amérique avant Christophe Colomb, que la thèse du Nord l'emporte enfin sur celle du Sud : le Génois tire sa gloire d'une erreur d'appréciation, d'un hasard qui a véritablement trop bien fait les choses. Dorothy Kayne a entendu le petit bruit de la clef tournant dans la serrure, elle a compris aussitôt ce que l'homme attendait d'elle; mais la jeune femme ne lui cédera qu'en sachant, avec exactitude, ce qu'impliquera demain le fait de s'être mise nue devant lui aujourd'hui.

Le plus exaspérant est d'ignorer à quoi il ressemble. De sa voix, de son odeur, elle ne déduit que quelques contours flous, sans intérêt. Elle manque d'habitude, de *technique*. Si elle s'abandonne, il posera ses lèvres sur les siennes : seront-elles rugueuses ou douces, dures ou souples?

— Vous voulez bien faire l'amour? demande John l'Enfer d'un ton qui n'est ni celui d'un homme ni celui d'un enfant.

Dorothy appuie sa nuque contre une vitre, la fraîcheur du verre et de la buée la pénètre. Dans le couloir, un haut-parleur grésille : on appelle d'urgence l'anesthésiste en salle de réanimation.

« Je vous choque? fait John l'Enfer.

— Non, dit Dorothy, pas vraiment. Non, c'est pas ça. Mais si on regarde les choses en face, vous n'étiez pas obligé de demander.

— Je crois que si.

Il s'assied sur une pile d'oreillers, après avoir rejeté celui du haut parce qu'il était taché de sang. Maintenant, toutes ensemble, les soupapes des autoclaves laissent fuser une vapeur bleuâtre, dense, qui s'étire. Bientôt, John l'Enfer et Dorothy Kayne se retrouveront sur le même pied de cécité.

34

« Avant de laver des carreaux, dit-il, j'ai travaillé dans un laboratoire où l'on essayait des produits sur les animaux. Surtout des chèvres, et moi j'étais chargé de ces bêtes-là.

— Vous leur donniez à manger, vous leur accrochiez un numéro autour du cou?

— Pas seulement. Je devais aussi les caresser, leur parler, les rassurer. Le professeur Hildebrandt, il disait que les expériences sont faussées quand on travaille sur des animaux en état de souffrance. De stress — ça, c'était son mot à lui.

Elle sourit :

— Et je suis en état de stress? Alors, vous prenez des précautions avec moi.

Il hausse les épaules. De toute façon, à présent, il est trop tard pour les précautions, trop tard pour le reste : la nuée entre bleu et vert, qui sent le chlore, a envahi la buanderie. Là-bas très loin, dans les plaines du Colorado, là-bas au diable, certains sorciers se glissent sous des peaux de vaches cousues ensemble, hermétiques, et s'allongent près d'une sorte d'autel fait de pierres chauffées à blanc; ils prétendent, à travers la fumée, regarder Dieu en face. Mais ce n'est pas l'endroit rêvé où déshabiller une jeune femme aveugle.

— On s'en va, dit John.

Ashton Mysha est debout dans le couloir. Il a enfilé sa veste d'uniforme par-dessus son pyjama; il ressemble ainsi au déserteur d'une armée ancienne : minable depuis les pantoufles jusqu'à la ceinture, ensuite le prestige des galons dorés sur du drap bleu nuit.

En apercevant Dorothy Kayne qui s'appuie contre John l'Enfer, il éprouve un sentiment désagréable : pourquoi cette fille est-elle allée chercher dans les profondeurs de l'hôpital ce qu'elle pouvait obtenir de son voisin de lit?

Depuis son accession au grade de second officier, Ashton Mysha n'a pratiquement pas quitté le paquebot. Il ne connaît plus des femmes que leur visage éphémère, ce que la section hôtelière de l'équipage appelle *le sourire de cinq jours*. Sur mer, les passagères guettent la rencontre, la provoquent s'il le faut (seules les très jeunes filles se tiennent à l'écart, mais elles sont moins nombreuses à chaque traversée). Le bal du dernier soir transatlantique a la réputation d'être un jeu d'échanges — c'est, vrai ou faux, ce qu'affirment les stewards : postés dans la pénombre des coursives, ils voient les couples se désunir pour se reformer autrement, là-haut, sur le pont des embarcations de sauvetage. Chapitrés et mandatés par le commissaire de bord, les officiers célibataires prennent en charge les dames seules, les entraînent vers la plage arrière ; là, ils parlent de ces mille et une choses qu'ils savent par cœur sans les avoir connues : le nuage des poissons volants qui s'abat, à l'aube, sur le navire, *et sapristi, ma chère, l'un d'eux s'est faufilé dans le peignoir du commandant, inimaginable ce qu'on a pu rire ;* le crash, près des Açores, du clipper américain *Princess of the stars,* les voyageurs blottis les uns contre les autres sur l'aile de l'avion, le radio qui lançait des fusées rouges, les sacs vomitoires dansant sur les vagues avec des portefeuilles en lézard, *quand nous avons hissé à bord tous ces pauvres gens, ils continuaient de prier ; et un de nos gars, un brave petit matelot, un nommé Chaumeil, eh bien voilà qu'il se prenait pour Dieu en personne : au lieu d'aider à la manœuvre, il bénissait, il bénissait — la vache !*

— Miss Dorothy, murmure Ashton Mysha, il fallait m'appeler.

— J'étais là, dit John l'Enfer.

Le Cheyenne abandonne Dorothy, qui s'avance vers Mysha. Celui-ci reçoit la jeune femme contre sa poitrine, il ferme les yeux. Il tressaille :

— Bon, je m'occuperai d'elle. Merci pour tout.

— De rien, fait John.

Il ajoute .

« J'ai trois cent cinquante et une vitres à laver. Il faut quand même que je m'y mette.

A la limite de l'excès de vitesse, John l'Enfer remonte Long Island en direction du nord. S'il est locataire dans Queens d'une chambre jaune, anonyme et sommaire, John possède une vraie maison à quelque trois heures de New York City. En 1960, il a acheté à crédit une vieille bâtisse en bois — en ce temps-là, c'était pour rien. Elle est équipée, sur le toit, d'une sorte de chemin de ronde : depuis cet observatoire, les femmes des marins guettaient le retour des voiliers. Autrefois. C'est une maison ventrue, solidement ancrée dans le roc : ce qui explique peut-être qu'elle ait résisté depuis plus de cent cinquante ans aux ouragans qui balayent la côte atlantique.

Le Cheyenne, pour faire la nique aux tempêtes, a traité sa maison comme un navire — employant, pour boucher les interstices des murs et de la toiture, le calfat traditionnel. Mais la morsure du sel et les ébranlements du vent sont tels que, chaque année, John doit tout reprendre à zéro. Huit jours durant, il fait fondre et mêle intimement, dans d'immenses bidons, la poix, le goudron et le chanvre détrempé.

D'autres demeures cernent la sienne. La plupart appartiennent à des hommes richissimes, *money-makers* à Manhattan, dont le passe-temps favori est d'armer des yachts de compétition. Eux, sur leurs cordes à linge ne font pas sécher de culottes, ni de mouchoirs : mais des pavillons de signalisation, triangulaires et multicolores. Des filles aux bras hâlés étendent, sur les pelouses à l'anglaise, des voiles si légères qu'il faut, aux quatre coins, un presse-papier de verre pour les maintenir en place.

Ces gens-là ont les moyens de contrer les tornades : ils ont noyé sous le béton leurs murailles en planches. Mais ils laissent pourrir

37

(une décrépitude mesurée, hautement élaborée) les peintures des vérandas à colonnes, ils respectent les orties, les bardanes : le monde très ancien, très sauvage, vient leur lécher les pieds. Après tout, Saratoga, la ville aux cent vingt-deux sources, n'est pas loin.

John l'Enfer sait que ses voisins souhaitent le voir déménager : il n'est pas des leurs. C'est moins une question de race qu'une question de fortune. D'ailleurs, il ne participe à aucune des réjouissances locales : reconstitutions historiques, élection d'une reine de beauté, carnaval empesé que retransmettent les chaînes de télevision de Long Island. A plusieurs reprises, profitant de la saison mauvaise, de la boue des chemins, des vitres brisées, des magasins fermés, des agents immobiliers sont venus trouver le Cheyenne ; ils lui ont offert des ponts d'or pour l'inciter à s'en aller camper ailleurs. Ils lui ont rappelé que les agents du fisc avaient l'œil sur ceux du nord de l'État, et qu'il ne faisait pas toujours bon se déclarer propriétaire dans les zones d'influence de Fire Island ou de Dutchess County. Mais, non loin des rives de l'Hudson, il y a les forêts profondes.

John l'Enfer, un foulard blanc autour du cou, monte sur sa terrasse tout en haut de la maison. Il fait nuit. John se demande si Dorothy Kayne acceptera de passer quelques jours chez lui. Il lui décrirait, bien entendu, la maison autrement qu'elle n'est en réalité. S'il se montre habile, peut-être Dorothy imaginera-t-elle un petit manoir du XIXe. Il lui fera prendre les planches rugueuses pour des boiseries, les irrégularités du calfat pour des arborescences de stuc. Il paraît que les aveugles s'en laissent conter comme personne.

Le soir, le Cheyenne conduira Dorothy sur le chemin de ronde. Il enveloppera les épaules de la femme d'un de ces châles à longues franges que tisse inlassablement Maman Pageewack. Il inventera, d'une voix sans hâte, le passage des vaisseaux fantômes devant la maison ; il dira :

— Le baromètre descend trop vite, il va arriver quelque chose. Vous savez, ça se crève comme un rien, ces coques-là. C'est grave, faut pas vous marrer, miss Dorothy. A l'extrême bout du beaupré, ils ne sont pas à la noce.

Elle, faussement sévère (ça, c'est son côté institutrice, professeur de sociologie urbaine, cheveux dociles et ongles courts au vernis incolore) :

— Ne vous moquez pas de moi, John, ce n'est pas bien de votre part. Il n'y a pas le moindre navire. Sinon, j'entendrais des cris, des ordres.

— Rigolez tant que vous pouvez, miss Dorothy. Nous deux, après tout, on ne risque rien. Juste que votre chapeau s'envole. Mais les fous, ils sont toutes voiles dessus — et même les focs d'étai!

Les Indiens n'ont pas d'histoire maritime. Ils sont morts sur la terre, cent mille pirogues d'écorce ne feront jamais un vaisseau de haut bord. John l'Enfer vit peut-être au bord de la mer pour compenser une injustice. Il fait venir de Suisse des livres d'art sur la marine en bois, il taille de grands trois-mâts naïfs dans des souches de pommier. Parfois, le Cheyenne regarde vers le sud, vers New York. Au-delà des forêts et des falaises, New York est une cloque de brume laiteuse, glauque en hiver, qui s'enfle davantage avec le temps qui passe; ça gonfle pareil à un champignon, et tout le poison est dans le pied du champignon : la foule, les autos, les lumières, les bateaux.

Mais cette mince fille sans yeux viendra-t-elle jamais s'endormir au château branlant sur l'océan, où John l'Enfer ouvre en grondant des boîtes de saucisses molles à la sauce tomate?

Vers vingt-trois heures, des cris s'échappent de la maison la plus proche — celle du sénateur Cadett. Pour savoir ce qui s'y passe, il faut attendre que le pinceau du phare-balise n° 4 vienne illuminer la façade. Alors, John l'Enfer ne dispose que de quelques brèves secondes pour apercevoir le sénateur Cadett, sa famille, ses serviteurs et ses dogues courir à travers la pelouse blanche de sel, se réfugier sous le hêtre où le vent emmêle les cordes d'une balançoire. Ils se blottissent les uns contre les autres. La bourrasque soulève la chemise de nuit bordée de dentelles romantiques de Suzan Cadett. Soulève aussi celle de sa fille Eileen, qui a des genoux gonflés comme ceux d'une très jeune enfant.

Pendant environ quarante-cinq minutes, il ne se passe rien. Le maître d'hôtel et la cuisinière rassemblent des branches, dressent un foyer. Les flammes montent, le Cheyenne n'est plus obligé d'attendre les éclats de la balise pour suivre le cours de ce qu'il faut bien appeler, maintenant, *l'événement*. Bientôt des véhicules officiels et de secours, précédés de motos, cernent la propriété du sénateur Cadett : il y a là, remontant les allées de gravier, une demi-douzaine de voitures de pompiers, un camion technique du département de l'urbanisme, quelques Cadillac sombres. Une ambulance municipale est venue, elle aussi, a tangué sur la pelouse, est repartie en lançant autour d'elle de grandes flaques de lumière bleue.

D'abord, John l'Enfer pense qu'il doit s'agir d'une prise d'otages, mais il fait le compte exact des membres de la famille Cadett, des serviteurs, des chiens — il comprend qu'il se trompe ; et d'ailleurs, dans cette hypothèse, l'ambulance serait restée sur place.

Des batteries de projecteurs éclairent le fronton : une longue crevasse partage la façade en deux parties inégales, comme après un tremblement de terre. De temps à autre, un nuage de poussière de plâtre jaillit de la cicatrice. Les pompiers progressent lentement vers la haute demeure, méfiants et courbés comme s'ils s'approchaient d'une banque pleine d'otages aux mains d'un braqueur fou. Pour s'adresser à ses hommes, l'ingénieur de l'urbanisme utilise un mégaphone.

Brusquement, quelque part dans un mur, une conduite d'eau éclate. La crevasse s'élargit, vomit un liquide dense, pâle comme du lait. Des pierres et des échardes de béton sont projetées avec force sur le gazon. Les dogues allemands hurlent à la lune.

Les secours disparaissent à l'intérieur de la maison. Celle-ci ressemble alors à un décor de théâtre qu'on aurait oublié de remonter vers les cintres après le spectacle. Un grand calme se fait, envahit tout : les gens, les choses, les bruits, tout se disperse et s'éteint. Les Cadett ont fui leur maison malade à bord d'un mini-car de la police. Les projecteurs sont occultés, repliés, rangés dans les caisses latérales des voitures. Un jeune Noir, sur un triporteur, apporte des pizzas pour les pompiers.

Le jour se lève. Sur l'océan courent des nuées fines, roses et propres. Le Cheyenne s'est endormi depuis longtemps, sur sa terrasse en bois.

Dans la matinée, en se rendant au drugstore pour y acheter de la bière, deux poulets, des préservatifs et une scie égoïne, John l'Enfer apprend la vérité : la lèpre des pierres s'est mise chez les Cadett.

S'il fait justement songer à quelque lent processus de dégradation, le mot lèpre, ici, ne recouvre pas l'exacte réalité : différente de celle des hommes, la lèpre des pierres ne se manifeste pas en surface ; le mal est d'autant plus redoutable qu'il se développe en secret, à la façon d'un cancer, sous la gangue, la croûte ou l'enduit. Le minéral dans sa nuit se décompose, puis il s'ouvre par le milieu. Aussi les services de sécurité de Long Island ont-ils décidé d'opérer un contrôle systématique de toutes les maisons proches de celle des Cadett. Dans l'épaisseur des murs, on enfoncera des sondes ; là où les techniciens enregistreront une porosité anormale, une certaine fragilité du cœur des pierres, des spécialistes injecteront du ciment frais, du sable non contaminé.

Au cours de ses ascensions sur les buildings, John l'Enfer a rencontré des corniches friables. Il a rédigé des rapports. Mais les architectes répondent qu'il est normal que le gratte-ciel s'érode avec le temps ; ils disent que les vrais responsables sont les vents, les dégagements de gaz nocifs, les oiseaux — et même le soleil. Alors, de temps en temps, quelqu'un propose de mettre à mort tous les oiseaux de New York City. Il suffirait de cinquante hélicoptères volant de front et vaporisant un brouillard empoisonné. Une semblable opération n'entraînerait pratiquement aucun effet secondaire, si l'on excepte l'agonie de tous les écureuils de Central Park et d'un demi-millier de chiens et de chats de faible constitution. Grâce aux centrales syndicales, le projet a toujours avorté : les employés municipaux veulent bien ramasser, broyer et incinérer les vieux cageots, les vêtements souillés, les débris de n'importe quoi — mais pas les cadavres des petites bêtes de la ville.

C'est une des raisons pour lesquelles John l'Enfer envoie régulièrement de l'argent à l'AFL-CIO [1], bien qu'il ait refusé de s'affilier.

---

1. AFL-CIO : le plus important syndicat des USA.

Le Cheyenne rentre chez lui et flaire longuement les fondations solides de sa maison : il sait qu'une odeur sourde mais immonde suinte des habitations lépreuses. John n'a pas besoin d'attendre l'arrivée des sondes : un Indien est capable de dépister ce relent de pourriture avant qu'il soit trop tard.

La police a fait dresser une palissade autour de la propriété du sénateur. L'espace d'un week-end, les enfants couvrent les hautes planches de graffiti qui s'ordonnent peu à peu et racontent des histoires ; celles-ci se chevauchent, et bientôt les murs seront illisibles sauf pour les personnes très averties. Depuis sa terrasse, John l'Enfer tente d'organiser des récits, suggère des aventures, propose des dénouements.

Mais les enfants ont peur du Cheyenne : il est trop immobile, trop vaste, et sa voix est lente, et sa maison n'est pas blanche comme les autres — elle se met à craquer au moindre coup de vent.

Alors, ça continue en grand désordre : il y a des femmes vertes, hérissées comme des artichauts ; et des bonshommes très petits, avec des yeux globuleux, ils boivent du soda (on voit des bulles, donc ce doit être du soda) dans des tasses posées sur des soucoupes volantes. Plus loin, pour de vrai cette fois-ci, là où la clôture longe le bouquet d'arbres japonais, une fillette torture tendrement une autre fillette dont les mains ont été fixées aux lattes par du papier adhésif. Un vieux lézard se traîne sur les images, il tombe parfois.

Une équipe de cinéastes descend de Boston pour filmer l'immense fresque et ceux qui la composent. Au cours du débat qui suivra la projection, des peintres et des écrivains perceront les secrets de la création spontanée. Pendant ce temps, de l'autre côté de la palissade multicolore, la maison Cadett tombe en poussière. C'est une chute invisible, terriblement silencieuse. L'eau, le gaz et l'électricité ont été coupés. Il n'y aura ni inondation, ni déflagration.

Dans la soirée du dimanche, deux camions pénètrent dans le parc. Le sénateur Cadett a offert un pont d'or à une entreprise de déménagements pour sauver les œuvres d'art prisonnières dans le salon, les étages, la bibliothèque. Ce sont des Noirs qui opèrent : leur souplesse est légendaire, ils sauront se déplacer comme des danseuses sur les parquets mouvants.

Vingt et une heures et dix minutes. A la lueur intermittente du phare-balise n° 4, la maison magnifique tremble sur ses bases. Grimpés sur les toits des camions, les déménageurs prennent des photos. La fin est pour tout de suite.

Il y a une série de souffles, une sorte de halètement rauque qui écarte les murs. Les vitres éclatent. Le râle monte. Ensuite, on croit entendre un ruissellement : les pierres se disjoignent, retenues un instant par l'enchevêtrement du chèvrefeuille et des glycines. On pouvait s'attendre à un fracas, tout s'achève dans une longue plainte aiguë : les poutres maîtresses et les piliers de soutènement restent debout, seule s'en est allée la chair de la maison.

Le lundi matin, John l'Enfer renonce à prendre sa voiture pour se rendre au siège de la Milous Enterprise où Peggy lui fournira les coordonnées du gratte-ciel nouveau qui lui est confié : un lendemain de Pâques, les autoroutes reliant Long Island à New York City sont à la limite de la surcharge.

John emprunte le train, puis le métro. Il ouvre un cahier de dessin. Sur une page blanche, très épaisse, il écrit une lettre pour Dorothy Kayne.

Du côté de Stony Brook
7 heures 49

Chère Dorothy,

Quand vous allez sortir de l'hôpital, avec encore votre saloperie de bandeau sur les yeux, vous serez complètement paumée. Je sais ça, et bien d'autres choses que je vous dirai au fur et à mesure, peut-être. Qu'est-ce qu'on peut faire dans New York City quand on n'y voit rien?

Avez-vous réfléchi?

En traversant une rue, même rien que ça, on risque de se faire avoir. Se faire tuer, je veux dire. Et puis, comment allez-vous laver votre linge, faire vos courses? Vous ne serez pas sûre qu'on ne vous vole pas, quand on vous rendra la monnaie. Et tout le temps, chère Dorothy, ça sera comme ça.

Moi, j'ai une maison. Au bord de la mer. C'est un peu loin de la grande ville, mais ça vaut la peine. Le seul boucan, c'est les avions qui viennent du Canada ou des chutes du Niagara. La nuit, on est tranquille.

Je serais content que vous veniez chez moi, habiter vraiment jusqu'au jour où on vous enlèvera votre bandeau. Je cuisine bien. Maman Pageewack aussi, et elle habite tout près. Dans la journée, vous aurez la maison pour vous toute seule.

Sûrement, Dorothy, vous pensez que je veux coucher avec vous. Mais chez moi, j'ai une paire de menottes. Alors, vous pourrez m'attacher à mon lit jusqu'au matin. Comme ça, vous aurez la paix.

Je vous empêcherai de vous cogner.

Je vous fais cette invitation parce que je vous aime bien. Je suis le laveur de carreaux que vous savez. Je suis aussi de race indienne, et j'aimerais saler ma soupe et la vôtre. Je n'ai jamais eu de femme dans ma maison, pendant plusieurs jours je veux dire.

Je crois, Dorothy, que vous direz non. C'est bien ça, après tout, qui serait normal. Mais j'y pense depuis vendredi, et je vous embrasse comme un frère.

Il signe et se demande qui lira, d'une voix monocorde, la lettre qu'il vient d'écrire.

Dans le parc *south fashion* de l'hôpital, une mousse épaisse et grise s'accroche aux arbres; des lianes fibreuses font, sous les branches basses, comme des nacelles : profitant de l'inattention des infirmières, les malades indisciplinés y dissimulent les médicaments qu'ils n'ont pas envie d'absorber.

Là, sur un banc importé d'un jardin public de France (ainsi qu'en témoigne une plaque ovale, dont l'émail blanc a sauté par endroits à force d'être heurté par les béquilles et les accoudoirs des fauteuils roulants), sont assis Dorothy Kayne et Ashton Mysha. L'officier en second du *Vastitude* dépouille son courrier, tandis que Dorothy tourne et retourne une lettre entre ses doigts.

— Je termine tout de suite, dit Ashton Mysha, et je vous lis votre lettre à vous.

Il déchiffre le télégramme signé du commandant, du chef mécanicien, du médecin et du commissaire de bord du paquebot; il le froisse, l'enfouit dans sa poche et ajoute :

« Eh bien, ils sont enchantés. Le navire entre en grand carénage, ensuite ce sera la mer bleue, les langoustes, les temples grecs.

— Vous les rejoignez quand?

Ashton sourit :

— Je crois que je vais laisser tomber. Leur Méditerranée me rappelle de mauvais souvenirs, je préférerais me trouver quelque chose comme un vieux cargo sur les lignes d'Amérique du Sud. Évidemment, si ça existe encore.

Ses parents, quand le froid montant des marais de Pologne scellait les fenêtres, parlaient de Panama, du Chili, de Valparaiso. Le guano qu'on charge là-bas, ce n'est jamais que de la crotte d'oiseaux; mais c'est blanc-crème, ça vaut cher, et ça ne sent pas forcément plus mauvais que le fumier de Pinsk composé de vases fades, de trognons de légumes en décomposition, de feuilles mortes et de déjections de porcs.

Ashton Mysha ne sera pas le seul Polonais du Pacifique. Et en un peu moins de trois ans, il aura économisé assez d'argent pour armer une goélette, il fera le trafic entre les îles. Il verra scintiller les lumières des hommes, au loin sur les corniches, entre les grandes palmes : il sera libre de s'en approcher, ou de les fuir.

Le secret, c'est peut-être d'accepter les aiguillages comme ils viennent ; de ne pas regarder derrière soi pour tenter de retrouver la route perdue.

« En sortant d'ici, dit l'ex-second officier du *Vastitude*, je cherche un bateau pour le Sud. Le temps que ma demande de permis de travail à titre temporaire soit acceptée, j'aurai mis la main dessus.

« Le guano, c'est fini. Et le nickel, c'est au ralenti.

« De toute façon, sur un navire, c'est d'abord soi-même qu'on emporte.

L'heure des visites. Une rumeur sourde monte du parking où le pauvre type qu'on appelle l'Amiral — à cause de sa casquette — canalise en gesticulant le flot des Oldsmobile aux vitres teintées : son rôle secret est d'empêcher le corbillard de déboucher au milieu de ces voitures heureuses qui débordent de fleurs, de bonbons, d'enfants.

Lentement, Ashton Mysha a lu la lettre de John l'Enfer. Il la repose sur les paumes ouvertes de Dorothy — qui ne dit rien.

— C'était cet Indien, fait Mysha, vous vous rappelez ?

— Non.

Il rit :

— Bien sûr que si. Ce géant, ce type si grand qu'il devait se courber pour passer sous les néons du couloir. Il vous a entraînée dans une buanderie, et là...

— L'homme ne m'a pas touchée, dit doucement Dorothy.

— Je suppose que vous auriez crié, on serait venu, ce cinglé aurait perdu sa place.

— Non, dit-elle. La télévision marchait dans toutes les chambres, qui m'aurait entendue ? Il avait ses chances, l'Indien.

46

Elle se lève, fait quelques pas, les bras tendus droit devant elle :

« Il faudrait voir à quoi ça ressemble, chez lui ; si ce n'est pas trop minable. Je dis bien *voir*. Je ne comprends pas : dans Long Island, au bord de la mer, ils sont tous millionnaires. Dites-moi, qu'est-ce qu'un Indien peut faire là-bas?

Dorothy est autorisée à quitter l'hôpital sur l'heure, si elle le désire ; on la convoquera seulement une fois par semaine, pour changer ses compresses et procéder à des examens. Mais elle a peur de retourner à l'université avec ce bandeau sur les yeux, de retrouver son studio minuscule au deuxième étage du bâtiment F, la cuisine hérissée de manettes, les pièges de la douche. Elle se souvient d'histoires d'aveugles ébouillantés, ou asphyxiés. Même si elle franchit victorieusement les obstacles des premiers jours, si ses pieds et ses mains apprennent par cœur la topographie de la chambre, les angles des meubles, les aspérités des murs, il y aura toujours l'angoissant *au-delà de la porte*.

L'été viendra peut-être sans que les médecins lui permettent de dénouer encore son bandeau blanc, soyeux, en laine des Shetland. Cellule après cellule, l'université se videra. Si Dorothy a soif au milieu de la nuit, qui lui prendra le bras pour la conduire jusqu'au distributeur de sodas installé dans le couloir, près des ascenseurs? Qui l'aidera à repasser ses chemisiers, à déchiffrer la posologie des médicaments?

Laedipark, son médecin, lui a proposé de suivre le stage d'*adaptation aux conditions nouvelles de la cécité* :

— En principe, miss Kayne, cette session est strictement réservée aux non-voyants à titre définitif. Mais, du fait que nous ne pouvons pas déterminer avec certitude quand votre handicap prendra fin, le comité de sélection accepterait votre candidature sans difficulté.

— Je ne veux pas!

Elle se rappelle avoir renversé sa chaise, avoir couru en rond à travers la pièce nue.

— Miss Kayne, je vous en prie, restez calme.

Elle a pensé : « Qu'ils m'enferment dans une camisole de force, qu'ils attachent mes poignets avec les boucles d'une ceinture de contention, qu'ils verrouillent portes et fenêtres, j'en ai marre d'avoir l'air d'un écureuil paniqué! »

« Miss Kayne, a dit le docteur Laedipark, je souhaite vivement

47

pouvoir vous éviter une cure de neuroleptiques. Consentirez-vous à faire un effort?

A quoi ressemble cet homme? Est-il grand, sec, les cheveux rares et blancs, aimant à faire plier les volontés? Est-il au contraire un peu ventripotent, de la sueur aux tempes, la blouse à moitié boutonnée? Et même, porte-t-il une blouse? Un nom, une fonction, une voix, ce sont de si pauvres repères.

Dorothy s'est dirigée vers lui, hésitante :

— Je ne m'y habitue pas. Navrée de me montrer aussi lamentable, docteur, mais je ne parviens pas à m'y faire. Vous perdez votre temps, en vous occupant de moi. *En faisant semblant de vous intéresser.*

Laedipark a quitté son fauteuil, il a enlacé la jeune femme :

— Tout ira bien, miss Kayne. Votre dossier est bon. Surtout, quoi qu'il arrive, ne pleurez pas : les larmes risqueraient de modifier la formule du produit qui humecte vos pansements.

Ensuite, Dorothy a imaginé une solution à mi-chemin entre l'hôpital et son studio de l'université : un hôtel convenable, au centre de New York, avec un service assuré vingt-quatre heures sur vingt-quatre. Les portiers lui faciliteraient l'entrée et la sortie, le concierge lui lirait son courrier, le groom ferait pour elle les démarches indispensables à la banque ou à la mutuelle d'assurances, le détective de l'établissement veillerait en permanence sur son sac à main.

Mais Dorothy sait compter : même en se montrant plutôt chiche sur les pourboires, elle pourrait tout au plus s'offrir cinq semaines de confort.

— Ashton, quand vous sortirez, emmenez-moi d'ici. Faites ça pour moi, conduisez-moi chez l'Indien.

— Pourquoi? Vous n'avez pas d'amis?

— Si, bien sûr. Des tas. Mais l'autre, c'est un Indien. Il est persuadé que je vais refuser son invitation. En allant chez lui, il me semble que c'est moi qui lui donnerai quelque chose.

Le Polonais sourit :

— Ils auront tous pitié de vous, sauf lui. C'est cela?

— Rentrons, dit-elle, voyez comme la lumière baisse.

Près de la statue de Rachel, ils croisent un vieux dément. Armé d'une gaule longue et flexible, l'homme fustige les branches basses d'un hêtre : il espère en faire tomber des oiseaux. En 1942, sur l'aérodrome d'une île perdue des Philippines, il attendait l'atterrissage d'un avion de secours. Mais un sous-marin japonais s'est présenté le premier : il est monté en surface, il a longé le rivage, tiré quelques salves mal réglées. Alors, sur la plage, il a plu des perroquets morts.

C'est un gratte-ciel haïssable, tout en décrochements. Les mille deux cents vitres de sa face sud-ouest emmagasinent la chaleur du ciel à la façon d'un four solaire. John l'Enfer, les mains moites, perd un temps précieux à franchir les corniches en surplomb. Retenu par son harnais de sécurité, il s'arrête de plus en plus souvent. Pour se détendre, il se balance au-dessus du vide. Les sangles grincent.

Tout en bas, éparpillés le long de l'avenue, les vendeurs de journaux affichent sur leurs présentoirs les éditions de la mi-journée. Et derrière les fenêtres du gratte-ciel, des transistors diffusent le bulletin d'informations de dix-sept heures : dans un gymnase aménagé pour la circonstance, le sénateur Cadett donne une conférence de presse ; il raconte l'effondrement de sa résidence de Long Island, sans omettre le moindre détail ; il rappelle son appartenance au parti démocrate, il dit que les Américains vivent sur un volcan — *pas le genre qui crache des flammes, ça non, mais qui vous fabrique du néant, du vertige sous les semelles.* Cadett, bien sûr, parle de sa maison ; mais les commentateurs de la radio interprètent ses propos, les politisent ; et New York suit, comme un seul homme, avec une sorte de délectation morbide ; des automobilistes encombrent la 5e Avenue, ils guettent l'apparition d'une crevasse au flanc de l'Empire State Building.

Après le sénateur Cadett, Ernst Anderson prend la parole. Cet homme gigantesque et chauve, ce cow-boy vêtu de cuir noir est le responsable au sommet des brigades antifeu :

— New York n'a plus les moyens de s'offrir le luxe d'une catastrophe. Dix ans que je le répète, et tout le monde s'en fout. Imaginez qu'un incendie, un feu à l'échelle 4 par exemple, éclate dans la grande banlieue : sa vitesse de propagation dépasserait nos possibilités d'intervention.

— Qu'est-ce qui vous manque, Ernst?

Chiffres à l'appui, Anderson évoque la pénurie de personnel, la vétusté du matériel, les contraintes d'une infrastructure urbaine aberrante — *une cité qui s'enfle sans tenir compte de la peur qu'elle engendre au fur et à mesure.* Les rues sont noires de monde, les courses au feu des années 1880 ont vécu : aujourd'hui, plus question d'écraser qui que ce soit, de renverser un étalage en fonçant sur les trottoirs. Derrière le camion du laitier, les voitures de transmission et les ambulances de réanimation piétinent au même rythme que n'importe quel autre véhicule. D'ailleurs, les exercices d'alerte sont limités en raison du coût du carburant : les heures de sortie *à froid* des camions rouges sont alignées, toutes proportions gardées, sur celles des porte-avions et des bombardiers du Strategic Air Command.

— Le pire, ajoute Anderson, c'est l'échelle des salaires. Savez-vous combien gagne un pompier, primes comprises?

Le sénateur Cadett coupe net, exploite la question :

— Le parti démocrate a exigé le relèvement immédiat de certains traitements du secteur public, Ernst. Oui, infirmières, éboueurs, pompiers, croque-morts. Seulement, vous vous obstinez à voter républicain.

John l'Enfer replie sa perche télescopique. Si New York s'embrase, si New York s'écroule, il sera aux premières loges.

Le Cheyenne a toujours eu l'impression d'être le spectateur privilégié de cette ville à la surface de laquelle il ne prend pied que pour fermer les yeux.

Quand John aperçoit le python, il est trop tard : la bête longue, au même instant, a vu l'homme.

Après coup, il sera facile de dire : *à tel ou tel signe, j'aurais dû pressentir le danger, deviner une présence anormale, mortelle.* En effet, un carreau est brisé et ses éclats jonchent le rebord de la corniche; les oiseaux volent en cercles de plus en plus resserrés autour du gratte-ciel, mais ne s'y posent pas.

La réaction immédiate du Cheyenne est un geste de colère · Peggy ou le dispatcher auraient pu lui signaler l'existence d'un laboratoire spécialisé dans l'étude des reptiles à la hauteur du trente-deuxième étage; alors, à tout hasard, John se serait méfié.

A présent, ni l'homme ni l'animal n'ont la possibilité de refuser le combat; il faut que l'un des deux cède la place. Le serpent balance sa tête plate, effilée. Avec une lenteur effrayante, il se love sur lui-même, prêt à se projeter en avant. John estime que son adversaire doit mesurer près de six mètres de la gueule à la queue, que le diamètre de son corps approche les soixante-dix centimètres. Les morsures éventuelles du python n'étant pas venimeuses, le péril viendra de la force et de l'agilité prodigieuses de la bête qui tentera vraisemblablement d'étouffer l'homme.

Les oiseaux prennent de l'altitude, ils lancent des cris pointus.

A terre, dans les forêts de Long Island par exemple, John l'Enfer affronterait le reptile avec une sorte d'exaltation. Mais ici, il n'est pas libre de tous ses mouvements. Le serpent, lui, dispose de l'appui solide de la corniche tandis que l'Indien doit compter avec l'organisation compliquée des courroies de cuir de son harnais de sécurité, avec la résistance de la bête-à-ventouses. La seule chose qu'il puisse faire est d'imprimer à son carcan un élan suffisant pour se rejeter en arrière et revenir heurter la façade du gratte-ciel; devenir, en somme, un marteau animé d'une puissance capable de répondre exactement à celle que va développer le serpent.

John voudrait se débarrasser de la perche qui l'encombre et limite ses gestes. Il ne le peut pas, sinon en la laissant tomber du haut du niveau trente-deux : une faute professionnelle que les tribunaux sanctionnent sans pitié; le laveur de carreaux au-dessus de la ville a les mêmes devoirs qu'un avion : pour s'écraser, pour perdre avec préméditation une partie de lui-même, il doit attendre de survoler un désert; ou, à tout prendre, une vague banlieue aux pavillons clairsemés — laissant alors jouer la loi des grands nombres. Or, il est dix-sept heures; la foule des employés de bureaux engorge l'avenue, des files d'attente se forment, se défont autour des arrêts d'autobus.

Le python se met à osciller. Lui aussi, semble-t-il, a choisi de se comporter comme un marteau. John l'Enfer redoute la violence du choc, le déséquilibre qui s'ensuivra, l'arrachement possible des ventouses; une autre éventualité serait que la bête parvienne, dès son premier assaut, à enrouler ses anneaux autour du buste de l'Indien. Toute espèce de résistance, alors, deviendrait inutile. John n'aurait plus qu'à s'abandonner à l'étreinte du python, en attendant l'asphyxie.

Le Cheyenne décide d'obliger le serpent à lever la tête. Il assure le manche de la perche sous son aisselle droite, noue ses muscles et plonge en direction de la bête. L'extrémité de la perche heurte la paroi du gratte-ciel. Le python, surpris par cette attaque, détourne un instant son visage triangulaire. John saisit à deux mains la courroie maîtresse du harnais de sécurité, agit sur elle comme sur la corde d'une balançoire, bascule en arrière au-dessus du vide, revient violemment vers la corniche. La perche, qui n'a pas glissé de son aisselle, heurte le python à hauteur de la mâchoire. Un long frisson court sous les écailles de la bête.

De nouveau, John l'Enfer pèse de toutes ses forces sur la courroie du harnais, répète la même manœuvre. Le serpent, enivré par la souffrance du coup qu'il a reçu, vacille. Cette fois, la perche en aluminium percute le rebord de la corniche et éclate.

Le reptile a senti le danger. Il s'aplatit sur l'étroit chemin de béton, recule.

La perche échappe à John l'Enfer, elle descend vers le sol en tournoyant. Elle rebondit sur l'asphalte avec un son clair. Un bus freine, se met en travers de la chaussée. La foule s'éparpille, des hurlements de terreur montent jusqu'au Cheyenne.

Maintenant, ceux d'en bas devinent qu'un événement insolite se déroule au flanc du gratte-ciel. La plupart, se fiant à la loi des séries, disent qu'un laveur de carreaux se trouve en difficulté, victime d'une congestion cérébrale, et qu'il ne va pas tarder à s'abattre, bras et jambes écartés. On lui fait de la place sur le trottoir.

A cause du soleil éblouissant qui frappe le building de plein fouet, il est impossible de distinguer avec assez de précision ce qui se passe là-haut dans le ciel.

John l'Enfer, grâce à un mouvement de balancier, parvient sur la corniche et s'y accroupit. Le serpent continue de reculer, ses yeux jaunes fixés sur ceux de l'homme.

— Je ne te veux pas de mal, lui dit John, laisse-moi t'approcher.

Désormais, si le Cheyenne se garde de tout geste brusque pouvant passer pour une provocation, le python ne l'attaquera pas : l'homme a meurtri la bête à deux reprises, celle-ci se cherche une retraite ; hors de son élément naturel — un vivier aux parois de verre, humide et chaud, quelque part dans le gratte-ciel — le grand serpent a les réactions peureuses d'un rat de laboratoire. Il a failli se battre pour la possession de la corniche, mais sans conviction : à cette altitude où tout est sournois, le reptile a vite compris qu'il ne défendait pas un territoire coutumier. Simplement, comme tous les organismes vivants, il refuse la mort. Il rampe à reculons à travers des déjections molles, petites boursouflures blanc et ocre semées par les oiseaux.

« Viens, lui dit John.

Puisqu'il a prouvé qu'il était le plus fort, à présent l'Indien peut aimer le python. Ce principe atavique de la tendresse qui suit immédiatement la possession fait que John l'Enfer est un amant merveilleux : il n'est pas de ceux qui, après avoir joui d'une femme, se ruent dans les ascenseurs, dans les taxis jaunes, dans la nuit. Lui, John, il reste. Il pèse sur le corps moite, il répète, inlassable : *Je t'aime, toi, comme je t'aime !*

Pour habituer le python à son odeur, à son contact, John l'Enfer crache de longs filaments de salive sur la tête très belle, sur les yeux ourlés de noir.

Acculé contre une bouche d'aération, le serpent s'arrête.

Alors, les deux mains tendues, John s'avance vers lui. Il le saisit sous la mâchoire, comme pour l'étrangler. Il attire à lui la gueule qui s'ouvre démesurément, il pose ses lèvres sur la peau froide.

Puis le Cheyenne salue le serpent :

« Bon, je te laisse. Je dois continuer. J'ai un boulot. Est-ce que tu t'imagines que je suis payé pour dompter des lézards ?

Sur le trottoir, un certain Bashevis a gagné trente dollars. Il a acheté, chez l'opticien, un mini-télescope qui lui a coûté quarante dollars. Ensuite, il l'a loué un dollar la minute à tous ceux qui voulaient se rendre compte par eux-mêmes de ce qui se passait à hauteur du trente-deuxième étage. Lorsque John l'Enfer baise la tête du serpent, le chiffre d'affaires de Bashevis est de soixante-dix dollars.

Le jour tombe, Bashevis rentre chez lui. Dommage, car ce n'est pas encore fini : vers vingt heures, des policiers envahissent le building, lancent des filins munis de nœuds coulants ; ils tentent de capturer le python comme à la foire, baraque des pêches miraculeuses ; ils rient beaucoup et, jusque tard dans la nuit, des projecteurs vont balayer le niveau trente-deux ; on verra trembler une bête fantastique, ça fera des images très étranges demain pour l'édition de cinq heures trente des journaux télévisés.

Minuit. Le serpent trouve une ouverture dans la muraille et disparaît.

Elle sera là demain, la petite jeune femme bouclée, blanche, provisoirement aveugle. John l'Enfer a épinglé sa carte de visite sur le calendrier offert par les gardes-côtes : *Dorothy Kayne, diplômée des universités de Harvard et de New York, maître-enseignant de sociologie urbaine, accepte avec une vive reconnaissance votre invitation si amicale et vous en remercie de tout son cœur.*

Maintenant, les nuages s'écartent autour de la lune pleine ; c'est l'heure indienne, nocturne et propice aux grandes chasses à travers la lumière bleue, l'heure des manipulations rituelles. Les fumerolles puantes qui s'élèvent au-dessus de New York, et que le vent pousse vers Long Island, n'y changeront rien : car les textes gravés disent que l'Indien cheyenne, à lui seul et pour toujours, recèle, délimite et conduit le monde entier. Les incisions solennelles dans la pierre ne mentent pas.

Cette nuit, John l'Enfer ne dormira pas : il travaillera sa maison comme une pâte à pain.

Et d'abord, puisque cette fille n'y voit pas, offrons-lui des odeurs. Que la maison toute en bois sente le navire à trois, quatre ou cinq mâts : que miss Kayne ne quitte pas le parfum rugueux d'un béton d'hôpital pour retrouver, plus loin, le relent d'un autre béton. Ici, il faut que ça pue franchement la cale, le grand large. A cet effet, John a acheté douze bouteilles de rhum, de ce rhum gras et bon marché dont les Portoricains arrosent les crêpes et flambent les bananes ; il les débouche, en répand le contenu sur les murs de sa maison : le bois retiendra les principes alcooliques, mais restituera les effluves essentiels ; il faut ensuite introduire, dans les interstices des parois, des gousses de vanille fendues par le milieu.

Devant les baies vitrées, John l'Enfer accroche de très longs rideaux de toile écrue : pour ce bruit d'ailes qu'ils feront, lorsque le vent les gonflera comme des voiles.

Ailleurs, sur une marche d'escalier, l'Indien enflamme le contenu d'une coupelle de métal : c'est une poudre malaxée sous un pilon de granite, composée de piments séchés, de grains de poivre, de débris de carapaces de crabes, d'algues hachées ; tout cela, en brûlant, produit une vapeur subtile qui imprègne les descentes de lit, les torchons, l'imprimé à grandes fleurs qui recouvre le divan.

John se hâte, dans une demi-pénombre.

Puis il prépare le plat qu'il offrira demain à Dorothy Kayne dans un linge humide, au préalable imprégné de petit-lait, râper une noix de coco ; faire revenir, dans de l'huile, quelques oignons, quelques tomates, avec de l'ail et une feuille de laurier ; pendant ce temps, faire blanchir des coquillages ; mettre à part l'eau de cuisson ; lorsqu'elle est froide, y mêler intimement la noix de coco, ajouter du beurre travaillé en pommade si nécessaire ; et, sur un feu vif, griller une langouste, la décortiquer, la couper en menus morceaux ; dans un caramel très blond, saisir des quartiers de mangue, d'avocat, de larges rondelles de pamplemousse ; le temps de toute une nuit, laisser macérer l'ensemble, additionné d'un clou de girofle, d'une cuillerée à café de rhum agricole, de trois verres de vin blanc et doux ; le lendemain, passer à la flamme franche des poissons frais pêchés et, à l'instant de servir, couvrir les poissons de cette macération de la veille.

Parfois, entre deux maniements, John l'Enfer monte sur sa terrasse. Il aspire l'air de la nuit. Des bâtiments de l'US Navy croisent au large, escortant un troupeau de sous-marins nucléaires. A droite, vers le sud, New York City éructe à n'en plus finir : des lueurs, des nuées, des sirènes, des craquements, ça va se perdre sur l'écume de la mer.

Le village immense, alentour, s'est vidé peu à peu. Jusque tard dans la nuit, les bus du ramassage scolaire ont effectué des navettes entre la plupart des résidences de grande et moyenne importance et la station du chemin de fer Amtrack. Ils continuent à présent, mais moins nombreux, à transférer les toiles de maîtres et les meubles européens en citronnier vers le silo que la municipalité a mis à la disposition des propriétaires d'objets de valeur ; de la base au sommet, le silo est en tôle : la lèpre des pierres ne pourra rien contre lui.

John l'Enfer ne croit pas à une contagion possible de la maladie. Ou alors, c'est la côte atlantique tout entière qui va se coucher sur le flanc, y compris New York ; or des intérêts proprement gigantesques sont en jeu, des intérêts qu'aucun ordinateur, dans l'état actuel de la technique, ne saurait évaluer ; il est évident que les spécialistes découvriront et appliqueront l'antidote avant qu'il soit trop tard Dans moins de quinze jours, on entendra de nouveau le grondement des tondeuses autoportées, pilotées par des filles fraîches, sur les pelouses de Long Island : il y a trop longtemps que New York se vide au profit de sa banlieue résidentielle pour que l'exode cesse sous prétexte que la villa Cadett s'est effondrée.

Ce soir, les hôtels de la cité lointaine brillent de tous leurs feux, les réfugiés les plus fortunés s'arrachent les appartements de haut standing à louer dans Broadway, ils hésitent encore à faire venir leur mobilier jusque-là, ils meublent les vides à l'aide de plantes vertes louées à la journée.

Vingt-trois heures : le groupe gauchiste des Révolutionnaires non identifiés annonce que des commandos s'apprêtent à attaquer et à rançonner les convois d'œuvres d'art en provenance de Long Island. Personne, au FBI, n'a l'air de très bien savoir de qui dépend cette organisation, ni quels sont ses mots d'ordre ; peut-être s'agit-il d'un canular ; dans le doute, des motocyclistes de la police métropolitaine prennent position devant les autocars bruns — dont on a descellé les banquettes constellées de chewing-gum pour faire de la place.

Avec une sorte de tendresse appliquée, John l'Enfer dresse le lit où dormira Dorothy Kayne. Bien entendu, le Cheyenne abandonne à la jeune femme sa chambre du premier étage, sa vue sur la mer, sa salle de bains, son balcon taché d'excréments de mouettes.

Il déplie des draps peints à la main par Maman Pageewack ; elle les a offerts à l'Indien en disant :

— Sûr que je crèverai avant ton mariage, John, vu la façon dont tu t'y prends. Mais je veux que tu t'enroules là-dedans, fils de ta mère, avec ta p'tite femme en souvenir de moi.

C'est bien le genre de draps qui conviendront à une mariée ; un homme solitaire, qui ne se lave pas forcément les pieds avant de se coucher, n'oserait jamais s'y étendre : il aurait peur de souiller quelque chose de sacré. Et quand des filles de n'importe où viennent à la maison, John ferme à double tour l'armoire aux draps fragiles, au cas où les putes découvriraient le beau linge, voudraient s'y prélasser.

Si Dorothy ne peut voir le dessin des draps, elle en devinera la richesse rien qu'à l'étonnante douceur du coton dont ils sont tissés; on prétend aussi que les couleurs vibrent différemment sous les doigts des aveugles.

— Ashton, dites-moi à quoi ça ressemble?

— Imaginez la halle aux poissons de Gdynia, dans les années vingt.

— Connais pas.

Après deux heures molles sur autoroute, Dorothy descend d'une voiture de location (une Volkswagen, selon Ashton Mysha; ce doit être vrai, le moteur était à l'arrière), elle fait quelques pas sur un sol inégal, le vent se glisse sous son foulard.

— C'est plutôt sombre, dit encore Ashton Mysha. De guingois, en planches. Un rez-de-chaussée, deux étages. Là-haut, comme un chemin de ronde.

— Où est New York?

Ashton prend Dorothy par les épaules, la fait pivoter :

— Au sud, derrière vous.

— On aperçoit quelque chose?

— Seulement du brouillard au-dessus des arbres.

Dorothy détourne légèrement son visage, Ashton veut l'orienter dans la bonne direction, la jeune femme le repousse :

— Je regarde avec mes oreilles.

Elle ajoute :

« En quelque sorte, nous sommes ici sur les remparts.

Lorsqu'il est assis en tailleur sur la terrasse, John l'Enfer peut voir sans être vu.

Avant d'apparaître, il observe la jeune femme, il tente de saisir ses paroles que le vent emporte. Il voudrait tant savoir ce qu'elle éprouve : très longtemps, la *loi de la première impression* a influé sur le destin de la nation indienne; des guerres ont été engagées, ou bien des paix signées, qui s'appuyaient sur un sentiment *a priori*. Le jour se lève, l'homme-médecine écarte la portière de sa tente dressée à l'écart des autres : du degré de fraîcheur de l'atmosphère ce matin, de l'intensité des couleurs montantes de l'aube, le sorcier déduira toute la suite du jour; il en est resté, chez le Cheyenne, un mélange parfois contraire d'impulsivité et de réflexion.

D'abord, John a tressailli en reconnaissant l'ex-officier du *Vastitude :* il avait plus ou moins pensé que Dorothy commanderait un taxi, il avait préparé de la monnaie pour régler la course. Mais à présent, l'Indien est satisfait de la présence d'Ashton Mysha : ce dernier sera comme un conteur, il dira à Dorothy à quel point la maison est belle; c'est lui, bien sûr, qui parlera des fleurs sur la table, de l'absence de poussière, de la présentation des plats.

John se lève. Il ôte la trappe donnant accès à l'échelle qui conduit à la terrasse, s'enfonce dans la pénombre de la maison. Il s'arrête devant un miroir ovale, mouille ses cheveux pour les aplatir, les rendre brillants, les aider à résister aux assauts du vent; il se détaille, se trouve laid mais grand.

Maintenant, il lui faut dire quelque chose :

— J'espère que vous n'avez pas eu trop de monde sur la route, que vous avez trouvé facilement, enfin c'était simple, toutes les autres maisons sont en ciment.

Ashton Mysha s'avance, le soleil joue sur les galons de son uniforme; il se raidit pour saluer, renonce, tend la main :

— Nous nous sommes déjà rencontrés.

— Oui, dit John, dans le couloir, là-bas, à l'hôpital. Vous avez meilleure mine.

— Une appendicite, vous vous rendez compte? A mon âge, et le jour de l'appareillage! Le pire, quand on se réveille, c'est la soif. Ce n'est plus qu'un mauvais souvenir.

Il désigne Dorothy :

« Vous reconnaissez miss Kayne.

— J'espère que le voyage ne l'a pas trop fatiguée.

Les deux hommes n'ont plus rien à se dire. Alors, ils se tournent vers Dorothy. Des mouettes crient. La jeune femme sourit :

— Il fait un petit peu froid. Quelqu'un veut-il me prendre la main pour m'emmener à l'intérieur de la maison?

John hesite, puis s'écarte. Dorothy Kayne et Ashton Mysha vont vers le porche, l'Indien les suit, s'efface pour les laisser passer; il entre à son tour, referme la porte, très doucement, comme si un enfant dormait quelque part.

Ashton Mysha s'assied devant la table où il n'y a que deux assiettes; sans un mot, John l'Enfer dispose un couvert supplémentaire.

— Cette baraque doit être vieille, vieille! fait Mysha en regardant autour de lui.

— Ma *maison* date de la guerre de Sécession, répond le Cheyenne.

— Dans la bouche d'Ashton, dit brusquement Dorothy, c'était un compliment. Pour les Européens, plus c'est vieux plus c'est beau.

— Pour nous autres aussi, dit John.

— A cette différence que nous ne pouvons pas reculer tellement loin : la fondation de New York date de 1611.

John découpe des rondelles de concombre, pour les cocktails :

— ... et l'arrivée des premiers esclaves noirs de 1640. Mais il y a toujours eu des Indiens à Manhattan.

Il contourne la chaise où Dorothy attend on ne sait trop quoi, le visage droit, les mains posées sur les genoux. Il dénoue le foulard qui emprisonne les boucles de la jeune femme; celle-ci secoue sa tête, à la manière d'un chien auquel on ôte sa laisse.

« J'enlèverais bien aussi votre bandeau, dit John.

— Les compresses sont propres, on les a changées ce matin, juste avant que je quitte l'hôpital. On vous fait ça dans une chambre noire, comme pour développer des photos.

— Quelle est la couleur de vos yeux, Dorothy? demande Mysha.

Elle rit :

— D'après vous?

Il se tait; elle reprend :

« Faites une supposition, vous et John. Inscrivez ce que vous croyez sur un bout de papier, enfermez-le dans une enveloppe cachetée.

— Ils sont bleus, dit Ashton Mysha.

— Ils sont très sombres, dit John l'Enfer.

Dorothy insiste :

— Mettez ça dans une enveloppe ou dans une boîte, je donnerai une récompense au vainqueur.

Ashton Mysha recueille des cacahuètes et des amandes salées dans le creux de sa main, approche celle-ci des lèvres de la jeune femme. Délicatement, Dorothy lèche puis aspire les friandises. Mysha ne se rappelle pas avoir jamais eu à dorloter une passagère aveugle, ni d'ailleurs qu'aucune femme lui ait mangé dans la main; il arrive que le bout de la langue de Dorothy touche la peau d'Ashton Mysha, qui en éprouve une immense fierté, qui dit :

— Le jour où on enlèvera votre bandeau, je serai à Santiago du Chili, tellement loin d'ici. John l'Enfer gagnera la partie.

— Les yeux de Dorothy Kayne ont la couleur que nous voulons, murmure John l'Enfer en allongeant de grands poissons sur le gril.

— Et si je n'avais plus d'yeux du tout? Rien que des orbites vides?

John n'a pas pensé que la jeune femme serait incapable, sans aide, de préparer le poisson qu'il lui offre, d'en extraire les arêtes et de les mettre à part. Ashton Mysha n'a rien dit, mais il s'est penché sur l'assiette de Dorothy : de la pointe du couteau, il incise la peau craquante, écarte et soulève les filets, les imbibe de sauce.

— Dépêchez-vous, fait l'Indien, c'est bon quand c'est chaud.

Au lieu de remarquer toute la peine que John l'Enfer a prise pour lui confectionner un plat insolite et appétissant, Dorothy n'en finit pas de remercier Ashton Mysha de ses attentions :

— Sur la route, il me décrivait le paysage. Il ne se contentait pas d'un *la mer est verte, le ciel est bleu,* non, il cherchait des comparaisons : *la mer est verte comme ceci, le ciel est bleu comme cela.* Il est peut-être moins épuisant de vivre avec une femme qui ne peut plus marcher qu'avec une femme qui ne peut plus voir.

L'officier sourit. Habilement, il détourne la conversation, dévisage le Cheyenne :

— Vous me permettez de vous appeler John, n'est-ce pas, John tout court? Eh bien, John, je crois que vous aimez la mer, vous aussi.

Il a compté les maquettes de bateaux, les chromos sur les murs, les poissons-lune avec une ampoule électrique à la place du cœur. Il ajoute

« Davantage que moi, peut-être.

— Autrement.

Mysha apprécie :

— Elle vous fait rêver, moi elle me fait vivre.

L'Indien ne répond pas. Aujourd'hui, l'océan ne l'intéresse pas ;
aujourd'hui, il reçoit chez lui une femme émouvante — avec des
boucles lourdes qui retombent sur le col et les épaules de son
chemisier blanc ; alors, il préférerait que l'on parle de la nuit.
Ashton Mysha verse le vin :

« John, il faudra que vous bavardiez avec Dorothy. Même pour
ne rien dire. Évidemment, ce n'est pas votre genre. Le mien non
plus. On se sent plutôt seul sur la passerelle d'un bateau. Pendu à un
gratte-ciel aussi, je suppose ?

Comme le Cheyenne continue de se taire, Mysha se tourne vers
Dorothy :

« Vous n'avez pas eu de chance, ma chère. Ce qu'il vous fallait,
c'était une paire de représentants de la General Motors : ces gens-là
ont l'habitude des contacts humains, ils ne vous laissent pas une
seconde de répit.

— Je ne déteste pas le silence, dit-elle.

— Il y a très peu de silence par ici, fait brusquement John. Au
contraire, c'est le pays des vacarmes : pas plus tard que la semaine
dernière, une belle maison s'est écroulée juste derrière chez moi.

Ashton Mysha se souvient :

— Ils ont donné un reportage là-dessus, à la télévision. Un fou
tout en cuir *(ce type parle d'Anderson,* pense l'Indien, *et il ne sait pas
qu'Anderson approche la vérité de très près)* affirme que New York
va bientôt se casser la gueule, oui, ce sont les termes qu'il a
employés : ça va se casser la gueule.

— Ça va se casser la gueule, répète doucement John l'Enfer.

— Une drôle d'histoire, la lèpre des pierres.

— La maladie, c'est faux. Trop visible.

Le Cheyenne cherche ses mots, ajoute :

« Les choses viennent du dedans.

— Le dedans des pierres, dit Mysha.

John secoue la tête :

— Ça se passe dans les maisons.

Il se lève. Comment expliquer ces choses imprécises, entrevues au crépuscule à travers des vitres sales, les reculs, les désertions, le grand serpent fugueur sur la corniche du S-226? On ne l'a pas encore récupéré, celui-là : un building de luxe a un python en plein ventre, et nous ne sommes que quelques dizaines à le savoir, quelques dizaines de pauvres gens sur quinze millions d'habitants Le rapport de police est-il même parvenu sur le bureau de Baumstein, le maire de la ville? D'un département administratif à l'autre, des dossiers se perdent : en janvier, des terroristes ont volé un camion transportant des archives, on a fini par retrouver le véhicule dans Queens, près du cimetière de Ridgewood; les documents avaient brûlé, il s'agissait d'un mémorandum sur cette organisation qui fait franchir la frontière à des ouvriers mexicains, clandestinement, la nuit, par avion.

— New York est invincible, dit Mysha.

Sa première rencontre avec la ville date de 1947 — de 1948, peut-être : à un an près, il ne sait plus. Son navire d'alors, le *Foggy Fox*, un dragueur de mines reconverti en cargo, avait commencé de réduire sa vitesse aux environs de deux heures du matin. A cinq heures, il courait sur son erre, silencieusement. L'Atlantique était hérissé de lames courtes.

Ashton Mysha venait des cités fracassées, Amsterdam, Bruxelles, Brest, Londres. Là-bas, dans les rues courtes, ça sentait le ciment, l'huile chaude des grues et des bulldozers. Les femmes portaient des voilettes, à cause de la poussière de plâtre. L'Europe faisait du camping dans des baraques en planches. Tout semblait provisoire, infiniment fragile : les survivants des camps reprenaient du poids, lentement, mais gardaient le silence; les *portés manquants* revenaient les uns après les autres, de préférence le dimanche, les matins de fêtes carillonnées, ils avaient des habits trop grands, ils ne répondaient pas aux questions; ça continuait de puer la peur, malgré la paix; à la périphérie des villes en reconstruction, des banlieues de bois flambaient.

A cinq heures et dix minutes, à bord du *Foggy Fox*, le klaxon retentit comme pour une alerte : la côte américaine crevait la brume, à l'horizon, droit devant; elle s'affirmait, de plus en plus contrastée, semblable aux plaques photographiques plongées dans le bain du produit révélateur.

Sur la passerelle à ciel ouvert, les hommes se pressaient. Le boy cingalais n'en finissait pas de remplir les quarts de café bouillant. Même les mécaniciens étaient montés sur le pont; ils parlaient à voix haute, une voix de théâtre avec des mots brefs et sonores faits pour dominer le fracas haletant de la machine. Beaucoup étaient tchèques, hongrois, ou polonais comme Mysha : on comptait trois Csillag, quatre Kaminsky. Parmi eux, certains avaient pris part aux convois de l'Atlantique, ils racontaient New York à leurs camarades, *leur* New York; ils se rappelaient une ville debout, illuminée, où les filles noires refusaient les baisers sur la bouche, où le service d'ordre de l'US Navy cognait dur, où le vin réservé aux militaires en escale était trop sucré et pétillant.

Peu à peu, des détails apparurent : l'enseigne au néon d'un hôtel, violette et tourmentée, les superstructures d'autres bâtiments; et, dans un bassin à l'écart, une meute morte de sous-marins allemands dont on découpait encore les kiosques au chalumeau.

Le soleil se leva, rejaillit sur les fenêtres là-bas. Par contraste, l'eau devint plus sombre. A présent, d'interminables traînées de mazout s'effilochaient devant l'étrave du *Foggy Fox*. On vit flotter des cageots éclatés, des journaux, des pansements sur la mer grasse.

L'équipage se taisait.

— Un port comme les autres, dit le commandant.

Mais il n'en croyait pas un mot. Le *Foggy Fox* longea des wharfs aux piles gluantes de mousses marines; il suivit une embarcation de servitude, étrangement blanche, assise sur sa poupe, qui le dirigea vers son mouillage.

Il était alors onze heures du matin. Manhattan faisait de l'ombre au navire. Un peu plus tard, comme un autre bateau entrait dans le port, des femmes envahirent les quais. Elles avaient les bras gantés de clair jusqu'à hauteur des coudes. Elles couraient, enjambant les rails du chemin de fer portuaire; les dockers riaient avec elles.

Ashton Mysha surveilla les manœuvres de déchargement. Au coucher du soleil, il remit son rapport au commandant et dit qu'il se rendait à terre, qu'il ne rentrerait peut-être pas de la nuit.

Ashton Mysha n'avait pas beaucoup d'argent. Mais il était décidé à dépenser sans trop y regarder le peu qu'il possédait; c'était une façon comme une autre, pour lui, de rendre hommage à la grande

ville intacte. Il prit un taxi et demanda au chauffeur de longer la
Wallabout Bay; là, par la vitre baissée, il observa longuement
l'activité des chantiers navals qui s'étendaient entre Manhattan et
Williamsburg Bridge. Puis la voiture s'enfonça dans Brooklyn, prit
la direction du sud où toutes les routes conduisent à la mer, s'arrêta
devant le parc d'attractions de Coney Island.

Le hurlement de la fête frappa Ashton Mysha de plein fouet,
comme quelque chose de solide, lui rappela les ondes de choc
invisibles des bombes géantes.

Ashton descendit du taxi, resta un long moment immobile à
contempler le ruissellement de toutes ces lumières qui allaient,
ensuite, rougir le sable des plages. Des orchestres de saxophones
interprétaient des marches militaires, des charlestons, des tangos, le
trottoir vibrait sous les pieds de l'officier; et d'ailleurs, des
boursouflures faisaient éclater, ici ou là, le revêtement de macadam.

Ashton Mysha acheta des tickets pour tous les stands, tous les
phénomènes, tous les manèges; il les enfouit dans ses poches avec la
volupté du joueur qui vient de toucher son lot de plaques en nacre à
la banque du casino. Il riait comme un enfant, en courant entre les
pylônes ébranlés par les chariots fous des scenic railways. Les
vendeurs ambulants firent un cortège triomphal à cet homme qui se
chargeait, en les remerciant dans une langue étrangère, de leurs
trésors dérisoires. La moutarde des hot dogs giclait sur la chemise
blanche d'Ashton Mysha, ses doigts étaient poisseux de guimauve, il
portait autour du cou des colliers de fleurs et de coquillages. Mais il
riait toujours. On l'affubla d'un chapeau de cow-boy, on lui mit
autour de la taille l'étui d'un revolver à amorces, on le chaussa
d'immenses babouches de velours jaune semées d'éclats de verre. Il
but une quantité considérable de sodas et de bières, il pissa sans se
cacher, presque triomphant, contre les murailles en carton du
Château hanté.

La femme l'aborda près du stand de tir à l'arc où il venait de
gagner une tortue californienne. La tortue s'appelait Rachel, et la
femme dit à Mysha :

— Moi, c'est Bee.

Ce qui signifie *abeille*. Elle avait un visage triangulaire, pâle, un nez étroit, des lèvres qui s'avançaient comme pour prononcer indéfiniment la lettre O, elle était blonde. Ashton donna de l'argent à Bee, probablement tout ce qui lui restait : elle ne lui avait pourtant rien demandé, mais Mysha voulait acheter même ce qui ne se vendait pas. Il y avait de fortes chances pour que Bee fût une putain — elle ne refusa pas l'argent qu'on lui tendait.

Ashton et Bee escaladèrent les derricks à sensations, prirent place sur les chaises électriques où la secousse n'est que de quelques volts ; Bee voulut traire une vache en cuivre, Ashton se jeta en parachute du haut d'une tour métallique. Des milliers de personnes jouèrent avec eux, ou contre eux : c'était selon la règle, et celle-ci changeait à chaque podium. Tout cela arriva par une nuit tiède et claire, au cœur de l'été indien.

Bee possédait une automobile Hudson aux pneus blancs. Elle emmena Ashton dans son appartement qui donnait sur Sheepshead Bay. Par-delà les fenêtres ouvertes, le vent sentait la friture et le goudron, les bateaux de pêche grinçaient en se frottant les uns contre les autres. Bee voulut préparer des cocktails ; du bout des dents, elle dénoyautait des olives.

— Si je bois trop, dit Mysha, je suis malade ; ça ne rate jamais.

— Mieux vaut dégueuler tout de suite, dit Bee. Après, tu seras de nouveau en forme.

Elle s'assit sur ses talons, dévisagea l'officier dont les paupières retombaient malgré lui :

« Qu'est-ce que tu es venu faire à Coney Island ?

Il montra le petit aquarium où s'agitait la tortue Rachel :

— La chercher, elle sera ma copine.

— Je connais les tortues, ça ne te vaudra rien. Un marin, ce qu'il lui faut, c'est un perroquet : parce que ça parle.

— Ceux des autres, oui, dit Mysha. Ceux que j'ai eus n'ont jamais été capables que de grogner.

— Je sais grogner pas trop mal, dit Bee. Je suis très sensible aux caresses.

Ashton se leva : il éprouvait le besoin immédiat de se retrouver à bord du *Foggy Fox*, seul dans sa cabine aux parois un peu humides, sur lesquelles il avait tout de même collé les images de sa vie. La fête de Coney Island lui avait apporté exactement ce qu'il attendait d'elle : la certitude qu'il existait encore, dans un monde intouché, des moyens de s'étourdir autres que la vraie peur; quand il se rappelait les derniers mois de la guerre, il avait la sensation que quelque chose, dans sa poitrine, lui pressait le cœur : *et si ce n'était pas seulement un effet de mon imagination? Il paraît qu'ils ont de bons cardiologues, ici en Amérique, je devrais peut-être...*

« Je vais te remettre à neuf, dit Bee.

Mais là, elle commettait une erreur : Ashton ne voulait plus entendre parler de rénovations. *Londres, Rouen, ils élèvent des immeubles nouveaux, plus grands et plus nerveux, plus minces aussi, sur les ruines de ceux qui se sont écroulés; et s'il y avait encore des morts sous les gravats, dans les fondations anciennes?* Mysha ne ressemblerait pas à ces villes recommencées de l'après-guerre.

« Reste simplement pour dormir, alors, insista Bee.

Il accepta parce qu'il était incapable, saoul comme une vache, de marcher sans se heurter un meuble, sans se cogner contre un mur; à force, il finirait par briser l'aquarium de la tortue.

Et durant tout le temps que le *Foggy Fox* resta ancré dans le port de New York, Mysha vécut chez Bee. Il la quittait le matin pour se rendre à bord du cargo, la retrouvait le soir. Bee n'était pas seulement une prostituée, contrairement à ce qu'il avait pensé; elle avait aussi un travail régulier sur les quais de Sheepshead Bay : elle tronçonnait le poisson, l'empaquetait ensuite dans des sachets transparents. Elle passait de longues minutes sous la douche pour débarrasser ses avant-bras des écailles qui s'y incrustaient, de l'odeur de saumure.

Ashton et Bee firent l'amour. Mais Bee ne ressentait pratiquement rien. Aussi dit-elle à Ashton de prendre son plaisir au rythme qui lui convenait le mieux, sans se soucier d'elle. Toutefois, pour l'exciter, Bee simulait les approches de la jouissance.

Ils se quittèrent sans drame, un matin à cinq heures. L'un comme l'autre semblaient avoir l'habitude des ruptures. Il pleuvait. Ils promirent de se revoir.

Assis sur une caisse, à l'arrière du *Foggy Fox*, Ashton Mysha emporta de New York l'image d'une fille saine et simple. Dans sa mémoire, bientôt, se confondirent le souvenir de la ville et celui de Bee. Un peu plus tard, il écrivit à Bee; mais les lettres lui furent retournées avec la mention : *Destinataire inconnu à l'adresse indiquée*. C'est à cause de Bee, blanche et dure, de ses gros genoux, de ses cuisses, qu'il a dit :

— New York est invincible.

Dorothy demande :

— A présent, Ashton, allez-vous rechercher cette femme?

Elle fait un rapide calcul, en comptant sur ses doigts, ajoute :

« Elle a près de soixante ans, aujourd'hui.

— Je n'en suis pas loin non plus, dit Mysha.

John l'Enfer dit qu'on ne tronçonne plus les poissons, à Sheepshead Bay : désormais, on les prépare à bord des chalutiers où la pêche est congelée au fur et à mesure.

Le déjeuner s'achève, un peu de sauce au chocolat coule sur le menton de Dorothy Kayne.

Alors, sur la terrasse, le Cheyenne dispose trois chaises longues, des couvertures, des magazines, un jeu de dames, une bouteille de tequila. Dorothy soupire, et s'endort d'un sommeil profond. Pour la première fois de sa vie, John l'Enfer reste inactif en plein jour : pendant des heures, il regarde le vent soulever les boucles de la jeune femme.

Ashton Mysha oriente sa chaise longue vers le sud. Il fixe les sommets des gratte-ciel qui émergent là-bas, au-dessus de la forêt.

Le soir tombe, il fera nuit dans un instant. Ashton Mysha se lève pour prendre congé :

— Voilà, je dois partir. Rendre la Volkswagen à l'agence de location, trouver un hôtel. Du confortable, mais dans mes prix.

John l'Enfer va et vient sur la terrasse qui craque sous ses pieds tout à fait comme le pont d'un bateau. Il regrette de plus en plus que Dorothy ne soit pas venue seule, en taxi; car il sait déjà qu'il ne laissera pas Ashton Mysha quitter la baraque de Long Island, du moins pas ce soir; les lois de l'hospitalité seront les plus fortes.

John ne dit rien, soulève la trappe, descend dans la maison. Il arrange un lit, sur le divan. Ashton le rejoint, demeure immobile à suivre les gestes de l'Indien qui glisse un traversin dans sa housse, borde un duvet. Et Mysha, lui aussi, garde le silence.

Allongé sur un lit de camp tout près du fourneau, dans la cuisine où il fait chaud, John l'Enfer ne dort pas. Dehors, avec la nuit, le vent a forci. Il ne restera rien, demain, des fleurs roses dans les vergers; ce qui n'a peut-être aucune importance puisque Dorothy Kayne ne peut pas les voir, puisque Suzan et Eileen Cadett se sont réfugiées dans un hôtel de Manhattan. Il y a bien Maman Pageewack : mais la vieille Indienne est comme John, elle ne s'intéresse pas aux fleurs; elle leur préfère les mousses, les feuilles et les racines qui, elles, ont le pouvoir de tuer ou de guérir selon les décoctions qu'on en prépare.

Dans sa chambre au premier étage, Dorothy a marché un long moment; il semble qu'elle ait tourné en rond; John a compris qu'elle apprenait l'espace qu'on lui avait attribué, qu'elle en repérait tous les obstacles.

Profitant d'une recrudescence des rafales, le Cheyenne se lève. Il franchit le seuil du salon, s'arrête un instant devant le divan où repose Ashton Mysha. Puis il monte l'escalier. Il retrouve, d'instinct, la démarche silencieuse de sa race : les genoux souples, comme détachés du reste du corps, une brève palpation de l'extrémité des orteils, et les pieds qui se posent bien à plat. Sans doute John est-il le seul à savoir gravir cet escalier de bois sans en faire grincer une marche.

Dorothy Kayne a fermé les fenêtres de sa chambre, elle en a même rabattu les volets. Étendue en travers du lit, le corps à moitié recouvert par les draps magnifiques, elle dort à la manière des chats, un bras replié protégeant son nez et sa bouche.

Ne sachant où accrocher ses vêtements, elle les a posés sur le sol en un petit tas régulier. John l'Enfer s'en approche, se penche, il les saisit, les déplie un à un ; mais il ne touchera ni au slip ni au soutien-gorge, il se contente de jouer avec le chemisier blanc qui sent encore la lessive, puis il palpe la jupe entre ses doigts : elle a été coupée dans une étoffe légère, un tissu pour l'été caniculaire, Dorothy Kayne n'a-t-elle pas eu froid aujourd'hui sur la terrasse ? Si la jeune femme n'a rien apporté d'autre, John ira jusqu'à l'université chercher des robes plus chaudes, des chandails ; et si Dorothy refuse de lui confier la clef de sa chambre, l'Indien achètera pour elle des habits provisoires mais confortables — qui seront peut-être laids, un homme ne connaît rien à ces choses-là : de toute façon, Dorothy ne s'en apercevra pas, John brûlera les vêtements avant qu'elle recouvre la vue.

Sur la table de nuit, le Cheyenne avait placé un verre d'eau. Et maintenant, le verre est presque vide ; mais sur le rebord, il y a une trace de rouge à lèvres, alors John l'Enfer prend le verre et il boit l'eau qui reste au fond, lentement, en la savourant, sans cesser de regarder le visage et le corps de Dorothy.

Le lendemain matin, retour de la chaleur moite. Au cours de la nuit, le vent a viré au sud-sud-est, puis il est tombé ; vers cinq heures, portées par les dernières rafales, les fumées de New York se sont abattues sur les secteurs résidentiels de Long Island ; des scories échappées aux stations de crémation des ordures se posent sur les pelouses ; John l'Enfer réchauffe le café de la veille, Dorothy dit qu'elle a plutôt bien dormi ; pourtant, elle a eu l'impression confuse, parfois, que quelqu'un entrait dans sa chambre. Ashton Mysha demande :

— John, est-ce qu'il y aurait un fantôme ? Après tout, la baraque est si vieille...

Il rit, ajoute :

« Tout le monde a sa piscine, n'est-ce pas ? Mais qui peut se vanter de posséder un fantôme ? En Angleterre, les spectres donnent davantage de plus-value à une maison qu'un tennis ou une installation de chauffage par énergie solaire.

L'Indien pose sa main sur celle de Dorothy :

— C'était moi, dans votre chambre. Je voulais être sûr que vous ne manquiez de rien.

Dorothy tressaille, retire ses doigts : il était bien entendu, pourtant, que John l'Enfer n'aurait pas pitié d'elle. Elle dit, sèchement :

— J'ai l'habitude de dormir seule; et même, je ferme ma porte à clef; mais chez vous, il n'y a pas de clefs; si vous tenez à ce que je reste, fichez-moi la paix.

John ne répond pas. Il va jusqu'à la porte vitrée, l'ouvre. Il se demandait comment annoncer à Dorothy qu'il allait devoir la laisser seule aujourd'hui; la soudaine mauvaise humeur de la jeune femme lui facilite la tâche. Il murmure :

— Faut que je travaille. Mais demain, j'irai voir le toubib et il me signera un papier. Alors, je pourrai rester près de vous.

— Je n'ai besoin de personne, dit Dorothy.

Elle ment. Cela se voit à la façon dont elle s'est levée, brusquement, rejetant ses boucles en arrière. Elle reprend :

« Eh bien, laissez-moi seulement une tranche de jambon, ou des œufs durs. En évidence, sur un meuble par exemple, là où j'aurai une chance de les trouver.

Curieusement, elle tourne son visage vers un angle de la pièce où il n'y a personne.

Ashton Mysha allume une cigarette; il dit, du ton le plus neutre qu'il peut :

— Écoutez-moi, John, je ne suis pas à vingt-quatre heures près. Si vous n'y voyez pas d'inconvénient, je ne partirai que ce soir, quand vous serez de retour. Avez-vous un jeu de puzzle? J'assemblerai les pièces, Dorothy les triera selon la forme qu'elles ont, elle la sentira bien sous ses doigts.

L'Indien a déjà passé le seuil. Un camion remonte l'avenue bordée de platanes, sa benne déborde de gravats, c'est à peu près tout ce qui subsiste de la villa du sénateur Cadett. John n'aurait jamais pensé qu'une maison pût mourir aussi vite; peut-être les Cadett n'ont-ils pas su lire, dans les crevasses de leurs murs, les signes annonciateurs ou bien y avait-il trop de papiers peints, trop de tentures, trop de tableaux contre les cloisons?

Arrivé devant sa voiture, le Cheyenne se retourne. A cause du soleil et du sel, la maison de bois est blanche.

Lorsque John l'Enfer se présente aux bureaux de la Milous Enterprise, les deux secrétaires particulières du président lui annoncent qu'Edmond K. Milous a disparu depuis quarante-

71

huit heures. Alors, des hommes de loi sont venus poser des scellés sur les portes, ils se sont montrés polis, ont écouté patiemment les questions des secrétaires et du dispatcher Formann — mais ils ont refusé de fournir la moindre explication. L'accès des locaux professionnels étant interdit, c'est le deuxième jour que Sally et Donna passent dans le hall à lire des feuilletons et à faire des concours de tricot. Hier et avant-hier, c'était supportable ; aujourd'hui, avec la grande chaleur, les aiguilles deviennent poisseuses et la laine frise.

Seule Peggy doit savoir où se cache Milous, et pourquoi il a fui. Mais Peggy, elle aussi, est introuvable.

Derrière les portes closes, les téléphones n'arrêtent pas de sonner ; il paraît que les services fiscaux ont mis les trois lignes sur écoute — mesure inutile, pense John, puisque personne ne décroche.

Sally et Donna sont convaincues que la Milous Enterprise a capoté, elles en ont d'ailleurs informé leur syndicat ; en attendant que quelqu'un veuille bien réagir, elles avalent des sandwiches aux crudités et des sodas. Des Indiens viennent aux nouvelles, s'asseyent un moment sur les dalles de marbre, puis repartent les bras ballants, les yeux blessés par la lumière du dehors. John l'Enfer connaît tous ces hommes, il les appelle par leur nom tribal — quand ils en ont un ; mais jusqu'à présent les rapports n'ont pas dépassé le stade du salut fraternel, de la poignée de main qui n'engage à rien : on fait peut-être le même travail, mais chacun de son côté.

Un travail dont beaucoup se désintéressent depuis que les *chicanos* du Mexique et les Portoricains sont entrés dans les équipes de nettoyage : désormais, les Indiens savent qu'ils ne sont pas les seuls à pouvoir accomplir une tâche qu'ils croyaient au-dessus des capacités des autres hommes. Certains s'apprêtent à quitter les États-Unis pour les émirats du golfe Persique, pour l'Iran ou les Indes où des architectes élèvent des villes monumentales. Là-bas, les Indiens insensibles au vertige tiendront de nouveau le premier rôle au flanc des échafaudages gigantesques que les moussons transforment en pièges mortels.

Ceux-là envisagent sans tristesse la fermeture de la Milous Enterprise ; un peu de désarroi, seulement, à la pensée des démarches à accomplir, des vaccinations à subir, des dossiers à constituer. Si John leur parle, ils l'écoutent en silence ; et quand John se tait, ils hochent la tête et s'éloignent.

Au fur et à mesure que les heures passent, on apprend une partie de la vérité.

Et d'abord, il est clair que Peggy et Milous couchaient ensemble. Des témoins les ont vus se rouler sur le tapis de haute laine de la pièce 867, après la fermeture des bureaux, nus et enlacés, ridicules. Une femme de ménage, une Noire appelée Constance-Marie, affirme *que ça sentait la sueur, là-dedans, dans c'te marécage bourbeux, et la pisse aussi, même que ça lui donnait envie de dégueuler, que Jésus n'a pas créé les bonshommes et les bonnes femmes pour qu'ils se vautrent comme ça, le patron et son assistante, sa putain, oui, plutôt!*

Enquête éclair auprès des employés de l'agence de voyages située juste au coin de l'avenue : il semble qu'Edmond et Peggy, maintenant, continuent leurs *saletés* dans la banlieue de Denver, Colorado. On prête à Milous l'intention de se reconvertir, sous un nom d'emprunt, dans les sports d'hiver : il louera des skis, des luges et des patins, tandis que Peggy sera monitrice le jour, call-girl le soir.

Soleil au zénith. Le macadam fond. Les camions et les voitures lourdes patinent sur le goudron liquide. Par expérience, John sait que, lorsque New York coule ainsi, il y a recrudescence d'accidents et de meurtres.

Au milieu de l'après-midi, Formann avoue. On ne lui en demandait pas tant. D'une voix étouffée, le dispatcher révèle que l'état des finances était rien moins que lamentable :

— Mais ce n'était pas vraiment une question de bonne ou de mauvaise gestion. Le comptable Griggs a fait tout ce qui était en son pouvoir pour... oui, ce pauvre Griggs a mis le président en garde, mais il était trop tard. Chaque jour, nous perdions des clients.

— Qu'est-ce qui est en cause? demande Sally. La qualité du travail? Les tarifs? Les délais?

— Les clients eux-mêmes, dit Formann.

Il se tourne vers le Cheyenne :

« Est-ce que je mens, John l'Enfer? Les sociétés évacuent les gratte-ciel les unes après les autres : une vieille maison coloniale dans les Hamptons coûte tellement moins cher, après tout! Et comme siège social, ça en impose.

— Exact, fait l'Indien. J'ai lavé des vitres, et derrière il n'y avait personne pour regarder.

Formann triomphe :

— Quand je vous le disais! Moi aussi, ça va de soi, j'ai tiré la sonnette d'alarme. Mais Milous se bouchait les oreilles. Était-il déjà obsédé par les cuisses de Peggy? Ou bien avait-il prémédité sa fuite de longue date? Oh, ce n'est pas fini, il y aura d'autres Milous, d'autres désertions!

Quinze heures. Griggs fait une entrée remarquée. Il tourne en rond dans le hall, se heurte aux chaises, aux gens debout. Il est petit, gris et blanc, il sautille, il ressemble à ces oiseaux qui s'introduisent dans les chambres et ne savent plus s'en échapper.

— C'est effrayant, dit-il, la police est venue chez moi, elle a emporté tous mes livres d'écritures comptables.

Il se calme, demande :

« Je suis diabétique, est-ce qu'on met les diabétiques en prison?

— Tu n'as rien à te reprocher, Griggs, dit Formann.

— Toi et moi, nous le savons bien. Mais les autres?

Plus tard, Griggs s'en va. On le voit se diriger vers une salle de cinéma, acheter un billet, un sachet de pop-corn. Alors, un responsable syndical se présente, déclare qu'il souhaite s'entretenir en particulier avec Sally et Donna. Tous trois finissent par s'isoler derrière un rideau de plantes vertes. L'homme du syndicat (il ne cesse de s'excuser d'avoir mangé une pizza aux oignons, et il parle en mettant une main devant sa bouche) propose de lancer une action judiciaire contre Edmond K. Milous :

— Il y aura des frais importants. Mais enfin, le syndicat est là pour ça, pour faire face, pour casquer à votre place.

— C'est gentil, dit Sally.

— En attendant, vous pourriez travailler pour nous?

Mais Donna, à qui la chaleur ne vaut rien, répond qu'elle ne tient pas à taper en double exemplaire des listes d'adhérents pleines de noms impossibles, des lettres de rappel de cotisation, des textes de tracts. L'homme lui sourit

« C'était tellement plus excitant, chez Milous?

— Je ne sais pas, dit doucement Donna.

Elle pense à son grand bureau ensoleillé du matin au soir, aux temps morts, aux distributeurs de friandises qu'elle avait appris à connaître, à qui elle faisait cracher des barres de chocolat sans même glisser un cent dans la fente.

John l'Enfer s'est approché. A présent, sans bruit, il écarte les feuilles vertes qui ont la forme de l'as de pique. Il regarde le syndicaliste :

— Je voudrais une consultation, moi aussi.

— Appelez plutôt les Affaires indiennes, non?

— Non, dit John. Ils sont très capables, là-bas, de suivre une action; seulement, ils n'ont jamais su faire le premier pas.

L'homme hésite. Il se tourne vers Sally et Donna, qui approuvent d'un léger mouvement de tête.

— Parlez, John, dit Sally. Et surtout, ne vous inquiétez pas : tout est gratuit.

Le Cheyenne croise les bras. Ce qui signifie qu'il va prononcer des paroles importantes, et qu'il en pèsera chaque terme :

— Dix-neuf employés de cette entreprise, dix-neuf sur trente-cinq, me suivront. Des Indiens, seulement des Indiens, vous comprenez? Nous allons manifester, demain, à midi. Même s'il pleut, monsieur, nous le ferons. Les pancartes, les slogans, je m'en occuperai cette nuit. Chez moi, il y a du bois, de la toile, de la peinture. Mais il faut des autorisations, n'est-ce pas, pour descendre Centre Street jusqu'à Foley Square?

L'homme du syndicat fait de son mieux pour ne pas rire :

— Dix-neuf pauvres types à Foley Square? Ce n'est pas sérieux.

Dans leur dernière édition de la soirée, rubrique *Events Today*, les journaux annoncent que les autorités de la ville de New York ont autorisé pour le lendemain midi un défilé des salariés de race indienne de la Milous Enterprise. Les manifestants se disperseront devant les dix colonnes du New York County Court House.

Avant de s'engager sur l'autoroute en direction de Long Island, John l'Enfer s'arrête pour acheter des huîtres. Il espère que Dorothy Kayne les aime.

— John l'Enfer, dit doucement Dorothy, ne vous mettez pas en colère, s'il vous plaît. D'accord, il est tard, vous rentrez fatigué, vous avez rapporté des huîtres, c'est bon, les huîtres, et je n'ai même pas pensé à vous remercier, et je viens vous embêter avec mes petites histoires. *Elle va et vient sur la terrasse de bois goudronné, s'arrête en heurtant le garde-fou, fait demi-tour, repart dans l'autre sens. Exactement comme un jouet automatique. Elle est pieds nus. On entend, là-dessous, le couteau d'Ashton Mysha racler les coquilles, les débarrasser de leur croûte d'algues et de vase. Un juron : c'est la lame qui dérape, entaille le doigt.* John l'Enfer, on est bien chez vous. Dans mon enfance, j'habitais une maison un peu comme celle-ci, en planches, près d'une mine. Et pour Ashton, c'était pareil. Ashton qui devrait s'en aller ce soir, n'est-ce pas? C'était prévu comme ça, et c'était raisonnable. Moi, je suis votre invitée. Lui, il est en trop. Seulement, il aimerait bien rester encore. Pas beaucoup, juste un tout petit peu. A moi aussi, John l'Enfer, ça ferait plaisir. Vous voyez, je suis franche. Je voudrais qu'il reste parce qu'il sait s'occuper de moi : il ne me quitte pas, il me donne à boire, il me fait la lecture à haute voix. Cet après-midi, il m'a caressée. Oh, vous grognez, exactement comme une bête qui a mal. Mais vous n'êtes pas une bête, et vous n'avez pas mal. Les enfants aussi, John, ils se touchent. A huit-dix ans, ils commencent à se tripoter, et ça ne signifie rien. D'ailleurs, c'était ma faute; il faisait si chaud, j'avais relevé ma jupe; New York, ça devait être une étuve, non? John, n'oubliez pas que je suis aveugle. Ashton s'est approché de moi et, brusquement, j'ai senti sa main sur mon genou. C'est tout, et ça n'a pas duré tellement longtemps. Je n'ai pas bougé, je l'ai laissé faire. Ne soyez pas injuste, rappelez-vous l'hôpital, la buanderie. Mais vous auriez raison de penser, John, que chez vous ce n'est pas un

77

hôtel ; pas un hôtel de passe, en tout cas. Maintenant, à vous de décider : est-ce que vous voulez qu'on s'en aille tout de suite, Ashton et moi ?

L'Indien ne dit rien. A la lueur intermittente du phare-balise, il regarde le bandeau de laine blanche sur les yeux de Dorothy ; il évalue les chances d'Ashton Mysha, elles sont grandes : cette nuit peut-être, le Polonais s'introduira dans la chambre de Dorothy ; et si ce n'est pas cette nuit, ce sera demain. Lorsque Dorothy sera devenue la maîtresse d'Ashton, le couple prendra la route ; ils échangeront la Volkswagen contre une voiture plus puissante, ils fileront vers l'Ouest, pourquoi pas jusqu'à Denver où, dit-on, Milous et Peggy s'offrent du bon temps et dégustent du bout de la langue les flocons des dernières neiges du printemps ? Le Cheyenne espérait que Dorothy ouvrirait les yeux ici, un matin sur la terrasse, et qu'il serait le premier homme sur qui elle poserait son nouveau regard.

« Vous êtes toujours là, John l'Enfer ?

Elle s'avance vers lui, bras tendus, lui touche le visage ; et retire ses doigts, très vite, qu'elle essuie à sa robe. Il dit :

— Ce n'est rien, miss Kayne. Juste des embruns.

Après le dîner, Ashton Mysha a déposé quelques dollars froissés sur la table : ce qui lui reste de la somme que lui a fait parvenir son agent consulaire afin de couvrir ses premières dépenses à sa sortie d'hôpital :

— J'en gagnerai d'autres, John. Facile, en Amérique. Ils seront pour vous, au fur et à mesure.

Près de la fenêtre ouverte sur la mer, Dorothy se balance dans un fauteuil à bascule. En voulant aider à la vaisselle, elle a brisé deux verres. Le Boeing de Vancouver descend, à frôler les vagues.

« Pour votre job, dit encore Mysha, c'est navrant. Qu'est-ce que vous comptez faire ?

L'Indien désigne les pancartes qu'il est en train de peindre. Ashton sourit :

« Pour l'honneur, n'est-ce pas ? Nous aussi, il y a quelques mois, à la compagnie, nous avons manifesté : nous voulions des escales plus longues d'au moins vingt-quatre heures. Les dockers se sont rangés à nos côtés, c'était impressionnant. Mais la seule chose qui ait vraiment donné des résultats, c'est la grève. Des tonnes d'oranges et de bananes ont pourri dans les cales et dans les hangars : une réserve inépuisable de projectiles contre les charges de police.

John l'Enfer ne répond pas : tout ce qu'il pourrait jeter, lui, c'est son éponge ; comme dans les combats de boxe, pour demander grâce. Mieux vaut ne pas penser à la grève : quand on est chômeur, comment fait-on pour montrer qu'on arrête le travail ?

« Qui va nettoyer les gratte-ciel, à présent ? »

— Les autres. De toute façon, on les lave de moins en moins souvent, dit John.

Il ajoute :

« Je sors, ne m'attendez pas.

Assis derrière son volant, le moteur tournant au ralenti, l'Indien guette. Il entend le rire de Dorothy. Puis de la musique, c'est une valse. Dans la maison, toutes les lumières s'éteignent : la nuit à égalité pour Ashton Mysha et Dorothy Kayne.

Deux heures et quinze minutes plus tard, John l'Enfer entre dans New York. Les grandes avenues périphériques sont désertes, le Cheyenne croise seulement des ambulances et de longues files cahotantes d'arroseuses pilotées par des Noirs. Mais aux abords de Broadway, John doit ralentir : dans la 44e Rue, il y a deux cadavres sur le trottoir ; le premier a les bras en croix, la bouche ouverte, le teint plombé d'un noyé ; le second semble dormir, la tête sur les genoux. Les véhicules de secours gênent la circulation, les policiers n'en finissent pas de dessiner à la craie le contour des corps, de prendre des photos. Quand les flashes crépitent, des gens essayent de se placer devant l'objectif. Il faut les faire reculer, recommencer, tout cela fait perdre un temps considérable. Les bazars libanais et syriens de la 42e Rue sont en état de siège ; mais il est évident que le meurtrier s'est déjà perdu en pleine lumière, dans la foule qui monte et descend la 7e Avenue.

L'Indien ferme les vitres de sa voiture, malgré la chaleur de la nuit : tout à l'heure, pour cause d'énervement, il y aura des coups de feu, des balles perdues. Une vitre de voiture, bien sûr, ça ne vous protège pas ; seulement, quand vous mourez, ça fait du bruit ; ensuite, il est plus facile pour les experts en balistique de déterminer la trajectoire du tir : ainsi, parfois, sont évitées les erreurs judiciaires.

Peu à peu, l'embouteillage se résorbe. En même temps que les néons sont plus rares, la rumeur s'apaise. On quitte Times Square, les passants se hâtent davantage, ils disparaissent dans une fausse nuit aux reflets jaunes. Bientôt, il n'y a plus personne. Un gratte-ciel pâle barre les nuages, solitaire.

Grand Army Plaza. L'immeuble des Filles des combats de l'avenir est plongé dans l'obscurité. Mais John sait que des sentinelles, accroupies sur leurs talons, surveillent la cage d'escalier. Jusqu'au troisième étage, il ne se passe rien. Au quatrième, à l'angle du palier, des mitraillettes montent vers la poitrine de l'Indien qui ne fait pas un geste pour les écarter. Il a reconnu les guetteurs : Dick, Nathan et Osceolla. C'est Nathan qui parle le premier :

— Personne ne peut aller plus loin, John l'Enfer.

Osceolla sourit :

— Surtout, John, que tu n'as pas fait très bonne impression à la dernière réunion.

— C'est le règlement, ajoute Dick. Après vingt-deux heures, les étages sont interdits.

Le Cheyenne allume une cigarette. Il ne se presse pas. Il dit doucement :

— Je dois voir Evelyn. Alors, voilà ce que je suggère : Osceolla va la prévenir, et moi j'attendrai ici sous la surveillance de Nathan et de Dick.

Osceolla hésite. Mais Nathan, de la tête, fait un signe · la proposition de John l'Enfer paraît offrir toutes les garanties de sécurité souhaitables. Osceolla se lève, abaisse sa mitraillette, s'éloigne.

John s'assied sur une marche.

« Un jour, tout de même, il faudra faire réparer l'ascenseur.

Nathan se met à rire. Depuis un peu plus d'un an, les Filles des combats de l'avenir occupent ce gratte-ciel de poche qui appartenait à une société de produits chimiques, la Duke Hasting Chemical. Celle-ci a cédé le building pour une bouchée de pain : quelques millions de dollars, payables en cinquante ans. En fait, un coup fourré : éblouie par la perspective d'être enfin dans ses murs, l'association a eu la vue courte. Peu à peu, pour cause de non-paiement, les compagnies chargées de l'entretien et de l'approvisionnement du building ont suspendu tous leurs services : air conditionné, eau chaude, gaz et électricité, téléphone. Désormais, il faut descendre les poubelles à la main et, quand le soir tombe, allumer des lampes à pétrole.

Lorsque les inspecteurs de l'hygiène se sont présentés, l'association les a priés de ne pas insister : ... *mais toutes ces choses que vous voyez ici, et que vous jugez aberrantes, viennent de ce que nous ne souhaitons pas disposer de ce confort que vous appelez moderne ; ça ne se discute pas ; nous vivons ici en communauté, selon notre règle ; la Constitution des États-Unis n'oblige personne à utiliser la force électrique.*

Dick, à son tour, éclate de rire :

— Nous savions qu'ils allaient venir fouiner. Alors, la veille, nous avons démonté les tuyauteries et fourré toutes les armes à l'intérieur.

Onzième étage, troisième salle. Osceolla s'efface devant John l'Enfer. Au fond de la pièce, Evelyn se lève ; elle enjambe des corps étendus sur des matelas sans draps ni couvertures, vient vers le Cheyenne. John a du mal à respirer, l'odeur de tous ces sommeils est un peu écœurante.

— Ne restons pas ici, accompagnez-moi jusqu'à mon cagibi.

Evelyn élève une lampe à hauteur de ses yeux :

« Entrez.

Elle a poussé une porte dont la peinture rouge s'écaille par endroits. Elle dévisage le Cheyenne, en silence. Puis :

« Je faisais un rêve, justement. J'avais pris la place de Luther King, à la tête de la SCLC [1]. Je remportais des victoires, mais je pleurais.

— Petite fille, dit-il, vous mélangez tout. Les Noirs et nous, ce n'est pas du tout la même chose. Même en Georgie, les Noirs se foutent pas mal de ce que vous pouvez faire ici.

Elle l'observe, tout en se limant les ongles. Ou encore, elle le surveille ; on ne sait pas. Mais l'important, c'est qu'elle lime ses ongles longs et vernis : un petit bruit régulier, prodigieusement crispant ; sans doute se souvient-elle des interrogatoires qu'elle a subis en prison ; elle imite, davantage qu'elle ne se venge.

1 Conférence des leaders chrétiens du Sud, mouvement fondé en 1957

« Evelyn, il est bien tard pour parler politique, vous ne croyez pas?

Elle ouvre un tiroir de son bureau, en sort une bouteille d'alcool et deux gobelets en carton :

— On va boire. Vous m'avez réveillée, je ne me rendormirai pas. Alors, on va trinquer. C'est bon pour moi, la tequila, c'est souverain contre cette saleté d'impression de froid. Je suis glacée jusqu'aux os.

— Maladie psychosomatique, dit John.

Il est fier d'avoir prononcé ce mot sans buter dessus. Evelyn relève le menton, elle ne comprend pas. Il explique :

« Tout se passe dans votre tête. Mais vous n'êtes pas plus malade qu'une autre.

— Dites que je suis cinglée!

— Vous êtes malheureuse.

Elle rit :

— Pas vous, Mr. l'Enfer? Ça vous plaît tant que ça, de gratter des chiures d'oiseaux sur les buildings? De risquer de vous retrouver en bas, salement éclaté sur le pavé? J'ai vu le corps de Mawakhna à la morgue, vous savez, c'était plutôt répugnant.

Il boit une ou deux gorgées de tequila :

— Vous avez lu les journaux du soir?

— Quelque part dans un coin, Ismaël colle les articles les plus intéressants sur un grand cahier; je les verrai demain.

— J'ai besoin de vous, Evelyn.

John l'Enfer raconte la fugue de Milous, la pose des scellés, la mise à pied des laveurs de carreaux. Il dit sa décision de descendre Centre Street jusqu'à Foley Square, ajoute :

« Les pancartes sont prêtes, en bas, dans ma voiture. Je peux vous les montrer. Je crois que vous n'avez pas le droit de nous laisser tomber.

Elle demande, prudente :

— Comment réagit le Bureau des affaires indiennes?

— S'ils savent quelque chose, ils se gardent bien d'intervenir.

— Combien serez-vous, dans Centre Street?

— Une vingtaine, dont quatre ou cinq Séminoles. Mais les Séminoles, je ne sais pas pourquoi, je n'ai pas confiance.

La jeune fille ferme les yeux, lèche ses lèvres brûlées par la tequila :

— Taisez-vous, nous sommes tous les mêmes; des années qu'on se bat pour ça, pour la Grande Alliance; une nation indienne d'un seul tenant, John, d'une seule portée.

Dans l'air, du bout de son index interminable et fragile, Evelyn dessine une arche, la forme d'un pont. John secoue la tête :

— Ils croient en Jésus-Christ, ces gars-là, ce sont des intégrés à part entière. Alors, nos conneries, ça leur est bien égal. Ils ne sont plus que quelques-uns, ils n'ont rien à défendre. Ils sont prêts à conduire des taxis ou à vendre des pamplemousses. Je suis sûr qu'ils n'iront pas jusqu'au bout, demain.

— *Jusqu'au bout,* ça veut dire quoi?

Il ne répond pas. Il était persuadé que la manifestation serait interdite, parce que non représentative. Mais si les autorités ont dit oui, c'est la preuve que la marche dans Centre Street, malgré tout, signifie quelque chose. Est-ce qu'ils en ont parlé, à la télévision? Oui, non, peut-être, Evelyn n'en sait rien, les récepteurs ne fonctionnent pas sans électricité. Elle reprend :

« *Jusqu'au bout?* John, je ne veux pas d'une bataille rangée avec les flics. Pourquoi êtes-vous venu?

Il avoue :

— Je me sentais seul. Je *nous* sentais seuls.

— Comprenez bien ceci : de vous à moi, votre défilé est inutile. Glorieusement inutile. Les gens vous regarderont passer en rigolant. Certains applaudiront, ils s'imagineront que vous leur offrez une prestation folklorique.

— Possible, dit-il.

— La vérité, c'est que vous éprouvez le besoin de crier.

Il répète :

— Possible, oui.

— Mais le vrai boulot, dit Evelyn, le seul qui soit important, c'est nous qui le ferons : pour vous reclasser, vous et vos camarades, en épluchant les petites annonces; en démarchant les employeurs; et jusqu'à ce soir, vous pensiez que l'association c'était juste pour se faire plaisir.

Elle ouvre un registre :

« A Detroit, secteur automobile, on demande des jockeys.

— Qu'est-ce que c'est, des jockeys?

— C'est piloter jusqu'aux parkings les voitures terminées qui sortent des chaînes de montage. Distrayant, malgré la poussière.

Elle tourne des pages lourdes, couvertes d'une écriture fine à l'encre bleue :

« A Pittsburgh, ça manque de manœuvres. Pénible, mais correctement payé. A Seattle, on veut des assembleurs. Une usine d'aviation : haute technicité, propreté, la symbolique de l'évasion, tout le bordel. D'accord pour quitter New York, John? Écoutez, je vous trouve un poste là-bas; et vous, en échange, vous éduquez les camarades. Je m'explique : vous leur apprenez la colère.

Il sourit :

— Merci Evelyn, merci non. Je reste, et on verra bien. Inscrivez les Séminoles en partance pour Pittsburgh. Moi, je veux être là jusqu'au bout.

— Jusqu'au bout? C'est la deuxième fois que vous prononcez ce mot. Jusqu'au bout de quoi, John l'Enfer?

Il garde le silence. Elle n'insiste pas : *mañana es otro día, la faim fait sortir le loup du bois, qui rit vendredi dimanche pleurera.* La quarteronne est patiente. Et elle est belle.

« Logiquement, dit-elle, je devrais en référer à notre président. Il ne vous aime pas beaucoup : tout Cheyenne que vous êtes, il estime que vous avez un caractère d'Apache. Eh bien, tant pis, je décide toute seule. Alors, c'est entendu : les Filles des combats de l'avenir vous encadreront, demain. Admettons qu'elles représentent le service d'ordre. Vos pancartes sont dans la voiture? Nathan va descendre les chercher, nous allons étudier vos slogans. Politiquement parlant, nous devons respecter une certaine orthodoxie.

Un peu plus tard, Evelyn entraîne John l'Enfer sur la terrasse jonchée d'ordures. Aucun vent, on se croirait au sommet d'une poubelle très haute. Trois ou quatre transats dont la toile est crevée.

Evelyn désigne un building illuminé, dans le nord-ouest :

— Vous voyez cet hôtel? J'y loue une chambre, à l'année. A cause de la salle de bains. Ici, se laver, c'est presque impossible. Parce que je suis lesbienne, je me crois obligée d'être plus propre qu'une autre : par respect pour ma petite compagne de jeux. Je vais là-bas, je me frotte. Voyage et purification : comme au temps des grandes transhumances.

« La veille d'un combat, les pères s'asseyaient près du feu. Car

84

même en été, même par une nuit très chaude comme cette nuit-ci, il y avait un feu. On y jetait nos impuretés, tout ce qui nous pesait : alcool, sperme, dollars compromettants. Ensuite, quand la flamme avait épuré nos choses mauvaises, on cuisait doucement ce qui restait de viande. On palabrait, on fumait, on se souvenait. Si une femme désirait une autre femme, ou un homme un autre homme, ils allaient à l'écart. On n'en faisait pas une affaire. Plus souvent, tel père choisissait telle mère, après la danse de l'homme-médecine. Étrangement, dans les hauteurs, derrière les rochers, les chacals s'accouplaient en criant ; étrangement, les chiennes mettaient bas ; étrangement, les œufs se brisaient.

John l'Enfer s'agenouille parmi les épluchures et les mégots. Il attire à lui le bidon vide de la Mobil Oil Company, rouge et blanc, frappe dessus selon la cadence ancienne : un coup long, trois coups brefs, un coup long, trois coups brefs. De plus en plus vite, jusqu'à ce que le sang afflue en vagues dans les poings fermés, jusqu'à ce que la respiration cesse d'être naturelle et épouse ce rythme lancinant dont le paroxysme — tout le secret est là — recule au fur et à mesure qu'on croit l'approcher.

Evelyn dénoue ses cheveux.

« Arrêtez, dit-elle. On a assez d'emmerdements comme ça avec les voisins de la terrasse d'à côté : à partir de vingt-deux heures, plus de musique, folklo ou pas folklo.

Mais il fait celui qui n'entend pas. Evelyn, maintenant accroupie, lui embrasse la nuque ; le tambour de guerre de la Mobil Oil bascule et roule sur le ciment. Puis, Evelyn verrouille le cadenas fermant la trappe qui permet d'accéder à la terrasse. Très vite, elle est nue. C'est le sang blanc qui a retroussé son nez, alourdi ses cuisses ; sinon, elle a la taille haute, admirable, et la peau douce des Cherokees. Elle rit :

« Moi aussi, John, j'ai de la mémoire. C'est écrit quelque part : même nos chevaux bandaient, en dévalant les pentes des Alleghanys, pour l'assaut. Tu n'aimeras jamais mieux que cette nuit. Alors moi, quitte à renouer avec les hommes, je veux que ce soit avec toi.

Le Cheyenne baisse la tête, ses mains martèlent le vide, son regard plane au-dessus de la mer, à deux heures et quinze minutes hors les murs de New York, il voit Dorothy Kayne et Ashton Mysha : après la valse, le tango ; et puis, le slow ; enfin, plus rien qu'une sorte de corps à corps.

Mais plus tard, à l'automne, juste après l'été indien, quand le ciel se brouille, quand on croit que ce sont des confettis et que c'est déjà la neige, Ashton partira pour Valparaiso *via* Panama. Ou ailleurs. Dans le même temps, les étudiants reviendront s'entraîner au base-ball sur les pelouses de l'université ; ils suivront, sur les allées, la marche hésitante d'une jeune femme aux yeux... comment, au fait ?

« Je t'en prie, John, ne me laisse pas comme ça. C'est simple, l'amour, ce n'est pas politique — quoi qu'ils en disent. Remue-toi, John, pense à demain, pense à Centre Street, pense à la bataille, à tous ces cars de police qui, en ce moment, roulent vers Foley Square, prennent position. On baise tellement bien quand il fait chaud.

Il accepterait de ne pas toucher Dorothy Kayne, jamais. De ne pas danser avec elle, de ne pas changer ses pansements. Mais qu'elle vive dans sa maison, seulement ça — et rien d'autre. Elle est la millième femme, peut-être, dont John l'Enfer rêve de suivre la vie pas à pas. Les autres, il les a laissées le dépasser sans leur adresser la parole ; il les a vues, depuis son perchoir là-haut sur les gratte-ciel, ou se reflétant dans les vitres ; il les a perdues, tout au bout de la 5e Avenue. Mais Dorothy Kayne est entrée chez lui, elle se cogne contre ses murs à lui ; une fois, comme ça, il a gardé une mouette durant sept mois.

Sur la pointe des pieds, Evelyn danse en gémissant ; elle s'approche de l'homme à le toucher ; alors John se relève et envahit la quarteronne debout. L'étreinte ne se prolongera pas, elle durera juste le temps nécessaire à John l'Enfer pour jouir les yeux clos en pensant à Dorothy.

L'orage hésite au-dessus de la ville. Sur Queens, il tombera des trombes d'eau ; mais rien sur Manhattan.

Centre Street, en haut, onze heures cinquante-sept. En se bousculant, les Filles des combats de l'avenir jaillissent de dessous la bâche du camion Mercedes. Elles portent des mini-jupes de cuir blanc, effrangées sur les cuisses, et des tee-shirts ornés de décalcomanies : *Respectez-nous, Américains, nous sommes votre passé!* Evelyn et le Cheyenne les passent en revue à bord d'une voiture décapotable équipée d'un haut-parleur maintenu sur le capot par des sangles de valise.

John a ceint son front de la coiffe traditionnelle, dont les plumes blanches et noires retombent sur ses épaules. Les plumes sont en plastique : plus résistantes, elles sont aussi beaucoup moins chères que les vraies; à la télévision et sur les photos, on ne voit pas la différence.

Evelyn plante ses ongles dans le bras de John l'Enfer :

— Vise un peu, juste devant.

Cinq camions rouges, en travers de l'avenue, ferment le passage. La chaleur moite fait ruisseler les visages des pompiers, leurs casques, les vannes de cuivre des véhicules. Ernst Anderson a le torse nu sous sa veste de cuir. La voiture freine, tous phares allumés, et Anderson s'avance. Un autre que lui utiliserait un mégaphone pour dominer le vacarme des moteurs; mais Anderson a dressé sa voix comme on dresse un chien, il sait aboyer plus fort que n'importe quoi :

— Venez avec moi, l'Enfer, venez boire quelque chose. Faut qu'on discute, tous les deux.

— Ernst, dit John, ne vous mêlez pas de ça. On va défiler gentiment jusqu'au County Court. Et d'ailleurs, nous avons des autorisations en règle.

Anderson attend un instant avant de répondre. Il observe le rassemblement des Filles des combats de l'avenir en haut de

87

l'avenue : une buée de chaleur déforme leurs silhouettes, c'est un peu comme si la mer, soudain, les recouvrait. Les Indiens de la Milous Enterprise se sont assis sur le rebord du trottoir; ils fument, les pieds dans le caniveau.

— Autant que vous le sachiez, dit Anderson, les flics ont pris position légèrement derrière mes gars. Le plan est le suivant : si vous atteignez Foley Square, je dois ouvrir les robinets des lances à incendie.

Assise maintenant sur le capot de la voiture, Evelyn braque ses jumelles. Elle doit savoir ce qui se dissimule là-bas, derrière le mur des camions rouges, à l'angle des voies qui coupent Centre Street. Enfin, elle essuie ses yeux qui coulent, blessés par la lumière vive dont les lentilles des jumelles augmentent encore l'intensité.

« Faut qu'on discute absolument, répète Anderson.

Il écarte les bras :

« Dans cette foutue histoire, l'Enfer, il n'y a rien de politique, je vous le jure. Hier, on ne pouvait pas vous refuser la permission de descendre l'avenue. On aurait dû, pourtant. C'est moi qui ai tiré le signal d'alarme. Alors, on a réfléchi. Toute la nuit. On a même fini par voter, à bulletin secret, c'était régulier. Tout le monde s'est prononcé contre votre projet.

— Pourquoi, Ernst?

— Question de sécurité, dit Anderson avec lassitude.

Le Cheyenne sourit. Il récite :

— Laissez tomber un mégot incandescent dans une certaine poubelle, à une certaine heure, au coin d'une certaine rue : et la ville flambe en moins de deux jours.

— La poubelle est dans Centre Street, avoue Anderson.

Evelyn crache sur le verre de ses jumelles, les essuie du revers de la manche :

— Qu'est-ce que vous nous offrez, pompier?

— Allez faire ça à Central Park, non?

Evelyn secoue la tête :

— Avec Harlem au cul? Toutes les chances que ça dégénère. Je veux un terrain découvert, ni arbres ni buissons, pouvoir mettre mes gamines à l'abri dans de vraies maisons.

Ernst Anderson a un geste d'impuissance. Il se tourne vers le Cheyenne .

— John, elle raconte n'importe quoi. Si vous avancez, c'est ici que ça va dégénérer. C'est moi qui suis intervenu pour que votre manifestation soit interdite à la dernière minute, malgré l'autorisation donnée par la police. Mais j'ai eu peur. Et ça continue, je crève de peur, de plus en plus.

— Vous vieillissez.

Evelyn s'installe au volant de la décapotable :

— En voilà assez, John, nous descendrons Centre Street ou rien. C'est toi que ça regarde, mais décide-toi vite.

— C'est la ville qui est vieille, crie Anderson. Elle tient plus sur ses pattes. Lui faites pas mal, l'Enfer.

John hésite encore. Il connaît New York autrement, c'est vrai, mais au moins aussi bien qu'Anderson. L'un et l'autre ils ont vu la ville se contorsionner : Anderson dans les caves inondées ou enfumées, dont il fracassait les portes à coups de hache ; John depuis son perchoir glissant, à même d'observer les progrès de la rouille et l'effritement des pierres. Tous deux savent que la cité dissimule sous sa poussière et son clinquant une charpente qui se sclérose davantage de jour en jour.

Evelyn enfonce l'avertisseur :

— Eh bien, John ?

Le Cheyenne évite de regarder Ernst Anderson. Il consulte sa montre :

— Déjà midi quinze. Il faut former le cortège.

En longeant les trottoirs, des policiers remontent Centre Street. Ils repoussent les spectateurs vers le haut de la ville. Ils disent que la manifestation a été interdite en dernière minute, mais qu'il semble qu'elle aura lieu quand même, et que l'affrontement sera inévitable. Les passants, pour la plupart, n'insistent pas ; certains remercient les policiers du soin qu'on prend de leur sécurité ; d'autres font mine d'obéir, se dispersent, se dissimulent dans une encoignure, reviennent sur leurs pas ; certains se prétendent journalistes, la police ne discute pas. Entre deux ordres donnés par haut-parleur, on entend le grincement des rideaux de fer.

Au même instant, John l'Enfer prend la tête du cortège qui se met en marche, lentement. Des banderoles se sont déchirées au moment où on les déployait — durant la nuit, la peinture et la colle ont rongé l'étoffe; mais les revendications portent sur des points de détail n'ayant pratiquement aucune chance d'être satisfaits, alors l'état déplorable des banderoles n'a pas beaucoup d'importance; la seule chose qui compte vraiment c'est d'être venus jusque-là, de se mettre en marche à l'heure dite, en formant la chaîne au coude à coude, d'aller plus loin ensemble sous le soleil et sous les regards.

A présent les Indiens franchissent le premier obstacle, celui que forment les camions des brigades de lutte contre l'incendie. Victoire facile, Anderson ayant fait reculer ses véhicules; après quoi, il a ordonné aux chauffeurs de pointer le capot des camions vers Foley Square.

Les moteurs des autopompes tournent au ralenti. L'eau chauffe à l'intérieur des tuyaux de toile exposés au grand soleil. Anderson sait que cette eau, dont la température atteint quarante-huit degrés centigrades, risque de provoquer des brûlures graves en s'abattant sur les manifestants; aussi exige-t-il que l'on vide sur la chaussée, toutes les cinq minutes, le contenu des tuyaux.

Les forces de police font savoir à Anderson qu'il doit arrêter au plus tôt cette *manœuvre imbécile :* les motos et les Chevrolet ont déjà suffisamment tendance à se mettre en travers sur le macadam qui fond sans qu'on leur inflige, par-dessus le marché, ce marécage d'eau chaude. A quoi Anderson réplique que, si les engins de la police étaient chaussés de pneus neufs, ils ne déraperaient pas pour un oui ou pour un non. L'inspecteur responsable juge cette réponse parfaitement irrecevable; il rappelle à Ernst Anderson que le budget que la ville lui attribue est insuffisant, et même ridicule, et qu'on ne peut pas en même temps remplacer des pneumatiques et assurer retraites, prestations médicales et colonies de vacances aux agents des équipes d'intervention. Juché sur la roue de secours de son command-car, Anderson hurle dans le radio-téléphone qu'il se fiche complètement de la tenue de route des voitures de la police, des finances de la police, de tous les problèmes sociaux ou non touchant à la police; qu'il refuse d'être à l'origine de brûlures au second degré — voire au troisième, *est-ce qu'on sait quels sont les paramètres de résistance thermique d'un épiderme peau-rouge?* Là-dessus, Anderson passe sur une autre longueur d'onde.

Les Séminoles ferment la marche. Deux d'entre eux ont ôté leur chemise, une petite croix d'or danse sur leur poitrine. Il est visible qu'ils ont peur. Ils ne sont pas les seuls. Emmenées par Evelyn, les Filles des combats de l'avenir longent les trottoirs ; en cas d'urgence, elles s'échapperont selon ce qui a été convenu : dispersion dans White Street ; à la rigueur, par Colombus Park, elles se perdront dans le grouillement de Chinatown, à leur portée en courant vers l'est ; elles ont des mocassins souples aux semelles volontairement usées pour ne pas laisser d'empreintes ; elles ont inondé leurs cuisses et leurs aisselles de déodorant : on leur a dit que la sueur indienne sentait autrement que les autres, et que la police disposait d'une trentaine de chiens spécialement entraînés.

John l'Enfer, maintenant, accélère le pas. Une voiture bleue remonte le cortège. Debout sur le marchepied, un policier hurle dans un porte-voix que la manifestation est interdite, que cet avertissement est le dernier.

Alors, la rue se vide. En apercevant le premier hélicoptère au-dessus des buildings, les passants s'éloignent. Certains se précipitent à l'intérieur des immeubles, sonnent aux portes, demandent qu'on les laisse aller jusqu'aux balcons. Ils offrent des dollars, entre deux et huit dollars, selon l'étage, l'angle de vision ou la réverbération du soleil.

Le Cheyenne se tourne vers les Séminoles :

— Éteignez vos cigarettes.

On approche des poubelles.

John devine que les policiers achèvent leur manœuvre d'encerclement : des motocyclistes dépassent le cortège à grande vitesse ; il y a ceux qui dévalent Centre Street pour prendre position devant les issues du City Hall Park ; et puis les autres, qui ont probablement reçu l'ordre de neutraliser le carrefour de Canal et de Walker Street.

Tout va se jouer à l'angle de Baxter Street. Lorsque les feux de signalisation passent au clignotant, John regarde Evelyn. Les lèvres de la jeune femme sont sèches et gonflées.

— Très bien, dit le Cheyenne, tu as fait ton possible. Mais je crois que tu dois partir.

Lentement, Evelyn dénoue le foulard qu'elle porte autour du front. C'est une longue bande de soie, le signal.

Une moto Harley-Davidson vacille sur le goudron gluant. Le cri de la sirène est assourdissant. Le mot police est imprimé sur le pare-brise à l'aide de bandes de papier adhésif.

Le pilote perd ses lunettes ; elles rebondissent derrière lui ; il tente alors de redresser la machine qui se dérobe mais n'y parvient pas. Avec une violence extraordinaire, la moto percute le rebord du trottoir, elle se couche sur le flanc. La poignée des freins laboure le ciment, se brise net. Le réservoir se déchire, il s'ouvre comme un fruit mûr, le jus gicle, gras et doré, c'est de l'essence, une étincelle l'enflamme.

Éjecté dès le premier choc, le motard a maintenant cette démarche saccadée, un peu grotesque, de quelqu'un qui descend d'un train en route. Il court sur le trottoir, les yeux hagards, en comprimant son côté droit. La moto se relève toute seule, continue sur sa lancée et défonce une vitrine.

Quelqu'un dit, stupidement :

— On a tiré.

Là-haut, Anderson a tout vu. Devant l'essence qui flambe en descendant le long du caniveau, il éprouve une sorte de répulsion. Il ordonne de mettre en batterie cinq des huit lances à incendie. Les pompiers doivent se jeter à plat ventre sur les tuyaux pour les empêcher de faucher les jambes des spectateurs massés à l'angle de Leonard Street. Le bruit de l'eau jaillissant des lances rappelle celui d'une explosion. L'homme qui croyait avoir entendu un coup de feu affirme maintenant qu'il a aperçu, derrière une fenêtre, la silhouette d'un tireur armé d'un fusil à lunette. C'est évidemment un faux témoignage, davantage imputable à la chaleur et à la tension qu'à la malveillance, mais personne n'a vraiment le temps de chercher à savoir où est la vérité. Les policiers envahissent le bas de l'avenue, quelques grenades lacrymogènes éclatent. Elles tombent trop court.

John l'Enfer comprend tout de suite que la fuite est impossible. Seules quelques Filles des combats de l'avenir pourront s'échapper, à condition que le jet des lances à incendie ne les cloue pas au sol.

L'air brûlant est immobile. On est là-dedans comme dans une

pierre, se dit le Cheyenne ; les fumées des lacrymogènes montent à la verticale. Les fenêtres des buildings se ferment les unes après les autres.

Osceolla applique un mouchoir humide contre sa bouche et ses narines. Plié en deux, il rejoint John :

— Notre seule chance, foncer, forcer le barrage.

John l'Enfer ne répond pas. Depuis que les premières grenades se sont abattues en tourbillonnant, le Cheyenne a cessé de penser en termes de *chance*. Avec une curiosité d'enfant, il se demande plutôt comment la ville saura supporter toutes ces flammes et ces milliers de litres d'eau qui dévalent à présent Centre Street.

Osceolla insiste :

« Ces salauds, je te dis, s'imaginent qu'on va reculer. On aura l'effet de surprise pour nous, c'est quelque chose, ça !

Il se redresse :

« J'ai l'habitude.

Il a la réputation d'être un spécialiste. Il a même été jusqu'en Alabama, invité par les Noirs pour servir de conseiller technique lors des émeutes sur les campus. Osceolla tire sa vanité d'avoir toujours sorti son épingle de ce jeu de fous. Sans grabuge, jamais. Après un engagement, il est comme un boxeur vainqueur ; il s'allonge sur le dos, n'importe où, et tant pis si le matelas est crasseux, il paye une pute pour lui masser les parties, il boit du cola ; surtout, il parle et se déclare prêt à reprendre la danse dans la minute qui suit.

Mais aujourd'hui, Osceolla se fait cueillir dès le premier sprint. Il rebondit contre un camion, retombe disloqué sur le capot. On l'emporte en le tirant par les manches de sa veste ; laquelle résiste, curieusement : les Indiens sont meilleurs tailleurs que chasseurs ou pêcheurs.

La rue est humide là où il est tombé. Ce n'est pas du sang, mais de l'urine.

Evelyn, à son tour, est près du Cheyenne. Elle le regarde sans oser lui parler. Il est trop haut, trop dur brusquement ; il émane de lui quelque chose qu'Evelyn ne connaît pas ; et qui, au lieu de la rassurer, augmente sa peur.

Elle crie, enfin :

93

— Qu'est-ce que tu fous, John, qu'est-ce que tu attends?

Elle trouve qu'il est brave, mais d'un courage qui ne sert strictement à rien. D'un autre temps, peut-être, quand il suffisait de plonger ses yeux dans ceux du chacal pour que la bête soit à genoux, tout de suite ou presque. Le temps des bras croisés sur la poitrine, bien sûr, et de la longue veille à cheval sur les crêtes à dominer les feux de camp des soldats bleus, à attendre l'heure qui serait la bonne. Aujourd'hui, l'heure va trop vite : elle n'obéit plus au rythme d'un cœur humain ni même à celui, si simple, des espaces. Ne pas confondre un combat de rues avec la guerre des plaines.

« Je vais y aller, dit Evelyn. Ils ne pourront rien retenir contre moi. D'ailleurs, si ça se compliquait, l'association est là pour payer le montant de ma caution.

Elle s'avance vers les policiers, les mains jointes derrière la nuque. Les Séminoles en font autant, à une dizaine de mètres en retrait. Les banderoles brûlent en tas au milieu de l'avenue, dégageant une fumée âcre et rousse.

John l'Enfer suit des yeux la progression des colonnes de police, le long des immeubles de chaque côté de Centre Street. Evelyn et les autres sont enchaînés deux par deux, on les pousse à l'intérieur d'un camion cellulaire. Il doit faire bon là-dedans, pense le Cheyenne debout, presque frais, enfin sûrement meilleur qu'ici, même si ça pue la misère.

Le tir des grenades lacrymogènes a cessé pour permettre aux policiers d'approcher l'Indien immobile. Un inspecteur en civil prend John l'Enfer par le bras :

— Veuillez me suivre.

Quelques taxis se hasardent dans l'avenue. Ils font jaillir de grandes éclaboussures d'eau sous lesquelles, déjà, jouent des enfants.

DEUXIÈME PARTIE

Un jour, il n'y aura plus de différence notable entre une prison et un hôpital ; ce sont les journalistes qui le disent ; reste à savoir laquelle de ces deux institutions recouvrira l'autre la première.

John l'Enfer, lui, pense que la prison deviendra hôpital avant que l'hôpital ne devienne prison. Le Cheyenne ne se sent pas coupable, il a plutôt le sentiment d'être la victime d'une maladie puérile et désagréable — quelque chose comme le rhume ou le torticolis, une souffrance lancinante mais sans réelle signification médicale, dont on peut se dire : *encore trois ou quatre jours, et ça passera comme c'est venu.*

Et d'ailleurs, le cabinet Robbins a été alerté par les Filles des combats de l'avenir éparpillées dans Chinatown. Bob et Jack Robbins : *the best and cheapest lawyers for coloured*[1]. Leur père, Ebenezer, a fait fortune en remportant quarante-sept procès contre les services de l'Immigration et en gagnant deux fois contre la Cour suprême. Avant lui, il y avait eu Salomon Robbins qui possédait, alignés sur son piano, quatre portraits dédicacés du président Lincoln. Enfin, Bob et Jack ne demandent que trois cents dollars de provision.

En attendant de rencontrer l'un des frères Robbins au parloir de la prison, John se promène lentement sur cette place au soleil, hexagonale, que les détenus ont surnommée « le parc ». C'est un terrain cimenté, entouré de hauts grillages comme on peut en voir autour des courts de tennis. D'après le règlement, les prisonniers n'ont accès au parc que de onze heures trente à seize heures ; mais en raison de la canicule, la direction n'oblige les détenus à réintégrer leurs cellules qu'au coucher du soleil.

---

1. Les plus efficaces et les moins chers des avocats pour les gens de couleur.

Le parc est un endroit fascinant. On y entend, à peine assourdis, les bruits de la rue. Des mouettes, parfois, viennent se poser sur les poteaux de basket-ball. Il y a des insectes, toujours. C'est aussi un centre commercial en réduction : les hommes se vendent les uns aux autres des cigarettes, des livres, des magazines, des fruits et des objets pieux. Les Portoricains ont le monopole des fruits et des objets pieux, les Noirs celui des magazines; les plus jeunes contrôlent le marché des livres, presque tous politiques; les romans sont rares, souvent abîmés : les connaisseurs affichent au-dessus de leur couchette des pages arrachées à Faulkner, Merritt, Salinger ou Vonnegut Jr.

Au-delà des grillages du parc, c'est le terrain vague. Là, parmi l'herbe folle et jaune — sorte d'avoine dégénérée —, se dresse le bunker gris qui renferme les appareils de congélation. Avant que la peine de mort ne soit déclarée « hors la loi constitutionnelle », le bunker abritait la pièce destinée aux exécutions et la cellule où les condamnés passaient leur dernière nuit. Un nommé Priller fut le premier détenu à ressortir vivant du bunker : la peine de mort ayant été abolie entre la date de sa condamnation et le matin de son exécution; lorsqu'il apparut sur le terrain vague, entre deux rangées de gardiens, il y eut une ovation formidable; c'était en février, la neige tombait; on dit que les cris de joie furent si puissants que les flocons se couchèrent à l'horizontale.

Derrière le mur du nord s'étend le quartier des femmes. Là sont aussi les premières rangées de miradors. On aperçoit, dans le lointain, la masse des gratte-ciel. Du quartier des femmes, par les jours de grande chaleur, monte une odeur de fruits et d'océan : l'odeur des fruits vient des maquillages, de l'abus des blush-on et des rouges à lèvres; mais l'odeur des vagues, c'est celle du linge qui sèche, mélange salé d'urine, de sueur et de détergent.

A travers les exclamations des jeunes filles qui jouent au badminton, John l'Enfer tente de reconnaître la voix d'Evelyn.

Le deuxième jour de sa détention, vers dix-sept heures, le Cheyenne est appelé au parloir. Précédé par un gardien, suivi par un autre, il remonte la coursive de la neuvième division. Derrière les grilles de cellules dont les verrous ne sont pas enclenchés, des détenus volontaires sont au travail; ils assemblent des plaques de liège qui deviendront des ceintures de sauvetage destinées aux embarcations de tourisme des côtes de Floride.

Plus loin, John s'arrête un instant près de Mc Pherson : c'est un vieil homme, condamné à une peine très longue (quelque chose comme la perpétuité, peut-être; Mc Pherson n'a plus l'air de très bien savoir, il faudrait consulter les archives), et qui a longtemps exercé les fonctions de coiffeur de la prison. Mais aujourd'hui, Mc Pherson va mourir. Il repose sur un lit de camp dressé au milieu du couloir. Ses bras et ses jambes sont hérissés d'aiguilles de perfusion.

Mc Pherson a refusé d'être transporté à l'hôpital. Ni le directeur ni ses avocats n'ont pu le convaincre; ça n'aurait d'ailleurs rien changé; tout de même, pour sauver plus ou moins les apparences, une ambulance est restée stationnée deux heures durant devant la grande porte de la neuvième division, moteur tournant au ralenti, brancardiers prêts à intervenir. Et puis, l'ambulance est repartie.

Mc Pherson entend démontrer qu'il est capable de s'en sortir sans l'aide de quiconque. Ses amis se contentent de lui apporter du miel et des toiles d'araignées, que Mc Pherson réduit entre ses doigts à l'état de boulettes sombres et poisseuses, et qu'il ingurgite ensuite par trois ou quatre à la fois : il prétend avoir découvert une échelle thérapeutique nouvelle uniquement fondée sur les matières résiduelles des insectes. Il se soulève sur un coude, regarde intensément John l'Enfer :

— Mon vieux, vous vous rappelez certainement ce film qu'ils nous ont montré, hein, sur la prédominance des insectes sur les hommes? Si les sauterelles s'en tirent mieux que nous, hein, ce n'est pas tout à fait par hasard, hein?

— Bien sûr, dit John. Et le jour viendra — nous le verrons ensemble — où les scarabées rendront la monnaie aux comptoirs du Waldorf Astoria.

— Ils rendront la monnaie, hein, répète Mc Pherson.

Il tousse rauque et ajoute :

« Mieux : ils la garderont, la monnaie. Faut pas prendre les coccinelles pour des connes, hein?

John l'Enfer songe alors qu'il est peut-être plus facile de s'en aller en pensant que la domination de l'univers par les insectes n'est qu'une question d'heures, plutôt qu'en misant tout ce qui vous reste d'espoir sur *l'inaliénable dignité de la personne humaine*. Évidemment, il existe une tierce hypothèse : Maman Pageewack, qui croit en Dieu. Et les frères Séminoles. Et les deux pasteurs de la prison (surnommés Laurel et Hardy) qui paraissent y croire, eux aussi. Et des tas d'autres gens avec eux, surtout les homosexuels et les drogués. Mais pourquoi s'épuiser à chercher une réponse qui, satisfaisante ou décevante, vous sera donnée de toute façon ? Après seulement quarante-huit pauvres minables petites heures de détention, le Cheyenne a compris qu'il lui fallait vivre sa prison au jour le jour. Ne pas compter. A plus forte raison, ne pas escompter.

Il pose sa main sur le front moite et très plissé de Mc Pherson, qui étouffe doucement :

— Tenez bon. Demain, ce soir au plus tard, il vous poussera des mandibules dans la bouche. Ça fait que vous serez le plus fort.

— Je l'ai toujours dit, rigole le vieux. Je te les mordrai, hein, je te les grignoterai tous, ces salauds, hein ? Et les grands murs de merde avec.

Les murs du parloir intéresseront Mc Pherson lorsqu'il aura réussi sa métamorphose : ils sont verts, couleur épinard. Au plafond, des ventilateurs brassent un air lourd.

Le gardien désigne à John une chaise et une table. Au-dessus de la table, un écriteau se balance : *Prisonniers seulement*. Le Cheyenne devine que, sur l'autre face de l'écriteau, il doit y avoir écrit : *Visiteurs seulement*. L'Indien s'assied. Un instant se passe. Puis, en face, une porte s'ouvre dans le mur épinard.

— Avancez... tout droit... arrêtez-vous... un peu plus à droite... là, c'est bien... vous y êtes...

Une femme guide Dorothy, en la tenant par le bras. Instinctivement, Dorothy tend la main, ses doigts se recroquevillent comme après une brûlure en heurtant le grillage qui la sépare de John l'Enfer. Elle se reprend, sourit :

— Je croyais que ça serait plus difficile que ça. Enfin, qu'on me demanderait de prouver je ne sais trop quoi : que je suis votre sœur, votre épouse.

L'Indien garde le silence. Bien que le soleil passant à travers les carreaux de verre dépoli lui brûle les épaules et la nuque, c'est d'en face que lui vient l'éblouissement.

« Vous êtes là, John? demande Dorothy.

Qui ajoute, anxieuse :

« Ils ne m'ont pas bluffée, j'espère, au greffe? Je ne peux pas prendre le risque d'ôter mon bandeau.

— Salut, dit-il enfin.

Il essaye de reconstituer l'itinéraire qu'a suivi Dorothy pour le retrouver : les salles de rédaction des journaux, les postes de police, le tribunal; peut-être a-t-elle commencé par les hôpitaux, les services d'urgence, les morgues; et pourquoi pas la fourrière? Elle dit :

— Pour savoir ce que vous étiez devenu, quelle affaire! Mais maintenant, je suis bien contente.

Il allume une cigarette, la fumée passe à travers le grillage, les narines de Dorothy palpitent.

« Ah, oui, fait-elle, j'ai pensé à vous apporter de quoi fumer. Est-ce que je dois balancer ma cartouche de Winston par-dessus la grille?

John dit que non; un gardien viendra, tout à l'heure, qui se chargera de lui transmettre le colis après l'avoir éventré. Ça lui fait plaisir, les cigarettes, mais il a autre chose en tête :

— Et Ashton Mysha?

Dorothy sourit de nouveau :

— ... estime que vous êtes pire qu'un enfant. Il faut le comprendre : lui, n'est-ce pas, il a fui les ennuis. A la nage. Tandis que vous, John, vous vous êtes jeté dedans tête baissée! La presse a écrit que votre manifestation avait été un ratage lamentable. Hier soir, au bulletin télé de vingt heures, Anderson vous a chargé.

Un temps, puis :

« Avez-vous vraiment tenté de détruire New York, John l'Enfer?

Il écrase sa cigarette sur le plateau de la table, dont le bois est déjà constellé de dizaines de petits cratères noirs :

— Est-ce que c'est ça, leur acte d'accusation?

Elle lui sourit — et c'est la troisième fois, déjà :

— Nous avons tous peur. Pourquoi fait-il si chaud à New York et si froid à Tokyo et à Buenos Aires? Qu'est-ce qui se passe vraiment dans les maisons de Long Island? Des bruits courent, on dit que des chiens se seraient échappés, qu'ils se rassembleraient maintenant sur les pentes des monts Alleghanys — mais pourquoi, mon Dieu? Par-dessus le marché, les éboueurs sont en grève depuis ce matin.

Tandis qu'elle parle, sa tête oscille de droite à gauche. John a d'abord pensé qu'elle était venue pour le réconforter; il commence à se demander si ce n'est pas exactement le contraire, si ce n'est pas Dorothy Kayne qui a besoin d'être rassurée.

L'Indien veut bien essayer. Il lui faudrait seulement pouvoir prendre la main de la jeune femme et souffler dessus, longuement, pour la sécher : car l'angoisse des gens finit toujours par se rassembler, comme un peu d'eau, dans le creux de leurs mains. Et tout ce qu'il peut faire, c'est secouer le grillage entre elle et lui; naturellement, les autres prisonniers se mettent à gueuler parce que le bruit des mailles d'acier qui crissent les unes sur les autres est exaspérant.

— Vos yeux, Dorothy, comment ça va?

Elle tourne la tête sur le côté, légèrement :

— Pas trop mal, John, rien à dire. Enfin, ils ne suintent plus. Ou si peu. Une chance, entre nous : Ashton ne sait pas changer mes pansements, c'est bizarre, comme il est brutal...

A présent, Dorothy Kayne joue avec la cartouche de Winston. Elle sort les paquets de l'étui de carton, les épluche, les ouvre.

Un gardien s'approche et dit qu'il reste encore sept minutes, après il faudra partir.

— Et la maison? fait John. Elle tient le coup, la maison? Je vais vous donner l'adresse de Maman Pageewack, elle viendra pour le ménage, et elle vous montrera comment marche le congélateur.

Dorothy se mord les lèvres :

— « Ils » ont tout coupé : l'eau, l'électricité, le téléphone. Alors, le congélateur, il est mort... Ashton dit qu'on ne pourra pas rester longtemps, dans ces conditions.

Elle avance son visage, colle ses lèvres contre le grillage :

« Je crois que je vais retourner à l'hôpital.

Le Cheyenne se lève et crie :

— Non!

— Plus que cinq minutes, dit le gardien.

Il dévisage Dorothy, pose une main moite sur l'épaule de John :

« On raconte, comme ça, que le monde fout le camp. Y a sûrement du vrai, quand on voit une belle fille aveugle.

Le Cheyenne laisse les doigts du gardien pétrir son épaule, s'incruster dans sa chair. Et il a raison, puisque très vite le gardien se lasse.

— C'est un con, dit John avec une certaine douceur. Mais les gars l'aiment bien : son revolver n'est pas chargé, jamais. Ce sont des choses qui ont leur importance.

Il regarde autour de lui, renifle. Il a honte, soudain, de cet univers qui est devenu le sien ; qui sent l'oignon et le désinfectant, dont la peinture s'en va par plaques ; et il rit :

« On est bien, nous deux ! Une fois c'est moi qui vais vous voir à l'hôpital, une autre fois c'est vous qui venez à la prison.

Elle rit avec lui. Il lui fait signe qu'elle doit reprendre son sérieux ; mais elle n'a même pas conscience de toutes ses mimiques, de toutes ses gesticulations de l'autre côté de la grille ; alors il dit :

« Bon, on va essayer de rester tranquilles. Vous ne devez pas retourner à l'hôpital. Les frères Robbins vont venir bavarder avec moi, on mettra quelque chose au point, ce sont des avocats du tonnerre de Dieu, et je vais sortir de là. Peut-être pas demain, parce que les formalités sont longues, mais le jour d'après. Tout s'arrangera. Dans la cave de la maison, il y a un compresseur et une dynamo à essence : je vous fabriquerai de l'électricité pour le congélateur, et même pour la télé.

Elle frotte son nez contre le grillage :

— Pour être libre, vous devrez payer une caution. Et pour régler la caution, au moins douze mille dollars, il vous faudra vendre la maison.

L'Indien se balance sur sa chaise.

Qu'est-ce que c'est, encore, que cette histoire de douze mille dollars ? John l'Enfer connaît des tas de gens, et aucun d'eux, c'est évident, ne possède douze mille dollars. Quant à l'association des Filles des combats de l'avenir, elle ne dispose certainement pas d'une telle somme en compte courant. Et à supposer qu'elle en soit dépositaire, elle n'abandonnerait pas une pareille fortune entre les mains d'un juge : aucun Indien n'a jamais valu tant d'argent à la fois, même ceux qui se sont produits dans des cirques, même ceux qui travaillent pour les équipes de cascadeurs de la télévision.

Dorothy s'explique : eh bien, c'est surtout pour cela qu'elle est venue, pour connaître les intentions de John concernant la caution ; il faudra plusieurs jours pour obtenir l'argent de l'hypothèque, alors autant s'y mettre tout de suite. Elle ajoute :

« Lorsque vous les verrez, les frères Robbins confirmeront. Nous avons discuté, avec Ashton Mysha : il est d'accord pour prendre cette affaire en main, accomplir les démarches, remplir les formulaires. La paperasse, ça ne lui fait pas peur.

John l'Enfer cesse de se balancer. Lui aussi, il appuie son nez contre la grille :

— Impossible. Parce que cette maison, ce n'est plus seulement ma maison. C'est aussi la vôtre, je vous ai invitée.

Il voudrait raconter comment il a parfumé les murs de bois au rhum gras, comment il les a truffés de vanille, de poivre des îles : il ne trouve pas les mots qu'il faudrait, son discours aurait l'air d'une recette de cuisine, ce serait lamentable. Il préfère se taire.

— Depuis hier, dit Dorothy, les agents immobiliers font le siège. Ils campent juste devant la porte, dans leurs bagnoles dégueulasses. Ils se concertent. Le téléphone sonne sans arrêt, dans la cabine publique qui est à droite sous le réverbère. Ashton et moi, on ne se dérange pas. Tout de même, c'est angoissant. De toute façon, si vous n'hypothéquez pas, la maison finira par être déclarée insalubre — des experts ont écrit pour prendre rendez-vous.

Le Cheyenne continue de secouer la tête, comme un enfant qui refuserait de goûter une soupe inconnue. Pourtant, à travers le récit de Dorothy, John a compris que le processus était désormais irrémédiable, qu'on le déposséderait nécessairement d'une manière ou d'une autre.

« Autant récupérer quelques milliers de dollars, dit encore la jeune femme. Si vous acceptez le principe de l'hypothèque, la maison reste à vous. Sinon, vous serez expulsé. Soyez certain qu'elle sera démolie, votre maison, parce que les planches ça n'inspire pas confiance.

Une sonnerie stridente retentit. Les néons clignotent, comme au théâtre lorsque l'entracte est terminé. Un enfant pleure. A moins que ce ne soit une adolescente, une fiancée. Déjà, on repousse les chaises. Les paquets de cigarettes volent par-dessus le grillage, entre les mailles on se glisse des messages roulés, les gardiens gueulent, on détourne leur attention.

Dorothy se lève :

« Je vous en prie, signez les papiers que vous présenteront vos avocats.

John hurle, pour dominer le vacarme :

— Vous reviendrez?

Dans un instant, sur la passerelle de fer en forme d'étoile qui enjambe le grand hall et les filets antisuicide, le Cheyenne apercevra quelques femmes. Evelyn sera parmi elles, l'Indien la reconnaîtra. La quarteronne aura un geste obscène, elle glissera rapidement une main sous sa jupe, elle se caressera avec une sorte de violence. Un surveillant principal recevra un blâme pour avoir mal modulé les déplacements respectifs des prisonniers et des prisonnières.

Ce sera, ensuite, la marche traînante à travers les coursives entre deux hautes murailles de briques blanchies au lait de chaux. Tout au bout, le gardien-aiguilleur :

— A droite pour les chiottes, à gauche pour les cellules, à droite pour les chiottes...

Le troupeau se sépare en deux colonnes. John choisit celle de gauche

Tom n'a qu'une chemise. Il a pour elle les attentions d'une mère. Il la lave deux fois par jour, en consolide les huit boutons de nacre ; il ne l'enfile que pour quitter sa couchette, se rendre à la promenade ou à la consultation. Tom s'est fait arrêter volontairement, à seule fin de bénéficier d'une médecine de pointe. Ici, Tom profite des thérapeutiques les plus avancées, celles qui ne sont encore appliquées qu'aux cobayes qui ont conclu un accord privilégié avec tel ou tel laboratoire. A son entrée en prison, Tom était leucémique au dernier degré : désormais, il ne souffre presque plus de ses articulations ; et il peut même jouer au volley-ball avec les autres. S'il travaille à longueur de journée, c'est moins pour payer sa dette à la société que pour régler, à sa façon, la facture que ne lui présenteront jamais les médecins du pénitencier.

Ce soir, sa température ne s'élève pas au-dessus de trente-sept huit.

Il regarde entrer John l'Enfer, plie les manches de sa chemise, referme la porte de la cellule :

— Tu planes, grand chef. Raconte, va, raconte le paysage, mec, et je ferai provision de lumière.

Il se retourne et désigne une bible reliée en maroquin, posée sur le rebord intérieur de la fenêtre aux vitres incassables :

« Si j'avais eu le temps, mec, j'aurais appris l'hébreu. Pour piger toute l'histoire. Il est dit là-dedans, au chapitre « Noé », que la terre était habitée par les Néphilim. Néphilim, ça signifie à peu près « tombés du ciel ». Les Néphilim couchaient avec les filles des hommes comme toi et moi, ça te faisait un mélange racial explosif, et c'est pour ça que Dieu a noyé le monde sous les eaux du déluge. Le pasteur a beau dire que je me mets le doigt dans l'œil : il y a eu des extra-terrestres, mec, il y a eu des stellaires autrefois sur la terre.

John s'assied sur sa couchette. Il ouvre une boîte de jambon. Il murmure :

— Pour ce que ça m'intéresse..

Puis il sourit :

« Tom, tu devrais aller faire un tour dans le couloir.

Tous les livres qui se respectent ont une page de garde sur laquelle ne figure aucun texte. C'est une page pour les doigts sales, ou pour noter des numéros de téléphone. L'Indien déchire avec précaution la page de garde de la bible, il trouve que le papier est beau, fin, juste assez jauni pour avoir l'air solennel. John humecte son crayon, et il écrit :

Chère Dorothy, je partage ma cellule avec un type qui s'appelle Tom. Il vient de sortir. Et il croit que je veux rester seul pour me masturber. On ne peut pas empêcher Tom d'être comme ça : peut-être parce qu'il mourra bientôt, il voit la vie partout. D'ailleurs, la plupart des hommes se masturbent en revenant du parloir. Ces choses-là, on les comprend tout de suite ou jamais.

Chère Dorothy, Tom me les casse avec son histoire de gens venus d'ailleurs, venus d'une autre étoile. C'est peut-être vrai, mais qu'est-ce que ça change?

Je crois que le monde sera détruit. Les chiens dans les montagnes, c'est un signe. Alors, ici, j'ai peur. Si New York prenait feu, si n'importe quoi d'autre arrivait, il y aurait des tas de morts chez nous autres, à la prison : le temps d'ouvrir les portes, de faire évacuer tout le monde...

Alors, chère Dorothy, je ferai comme vous avez dit : je vais hypothéquer la maison. Avec les douze mille dollars, je sortirai d'ici.

Pourtant, nous ne retournerons pas à Long Island. Au contraire, il faudra clouer les volets, la porte, les lucarnes du toit. J'arracherai les clous beaucoup plus tard, quand j'aurai racheté l'hypothèque du diable. Il faut que la terre soit à moi, ou pas du tout.

J'ai mal. On peut avoir mal à sa maison comme on a mal aux dents, c'est intenable, on veut dormir un bon coup.

Ma chambre dans Queens, elle est trop petite pour vous, pour Mysha et pour moi. Mais Tom dit qu'il existe un gratte-ciel, quelque part par là, où il n'y a plus personne. Enfin, seulement des misérables de l'Ohio, du Wyoming et du Missouri. J'irai voir, et

John l'Enfer doit arrêter ici sa lettre à Dorothy. Il lui reste juste la place pour signer.

A deux heures du matin, Mc Pherson meurt dans son couloir. On emporte son corps à l'infirmerie, pour l'autopsie. Quelques détenus frappent en cadence sur les barreaux de leurs cellules. Tout en haut de la neuvième division, sous le toit de la prison que le soleil a chauffé toute la journée, et qui maintenant diffuse sa chaleur torride à la manière d'un four, le Cheyenne pense à Dorothy Kayne.

Il voudrait avoir encore du papier, un fragment de page de garde de la bible, et écrire là-dessus tout ce qu'il contemple, tout ce qu'il respire, tout ce qu'il lèche et touche.

Tom Brennan se lève, va pisser et dit :

— Tu es amoureux, l'Enfer.

John répond :

— Non. Ta gueule, je dors.

A Maman Pageewack seulement, le grand Cheyenne oserait avouer la vérité.

Kennedy Airport. Un jet international manque son décollage, dérape hors de la piste. Il brûle. Vu depuis la tour de contrôle, on dirait un morceau de charbon ardent dans le cône noir d'un barbecue. Ernst Anderson, ses hommes et ses voitures sont sur place. Le long de Southern Parkway éclatent, dans le silence de la nuit, les milliards de bulles blanches de la neige carbonique. L'herbe sèche s'enflamme tout de même, une cicatrice pourpre, interminable, dévore la terre en direction de Hamilton Beach.

Dorothy Kayne a franchi les portes de la prison. Puis elle a levé ses yeux bandés vers le ciel, canalisé là-haut entre les terrasses des buildings : à la morsure plus ou moins vive du soleil sur son nez, la jeune femme est désormais capable de deviner l'heure qu'il est ; elle utilise de plus en plus, et de mieux en mieux, son toucher et son odorat.

Ainsi au parloir, il y a un instant : sans avoir besoin de le lui demander, elle a su que John l'Enfer employait le nouveau dentifrice Five-Mint (cinq feuilles de menthe fraîche pour un décigramme d'excipient) que tout le monde s'arrache.

Pour capter les odeurs innombrables, enchevêtrées, de la ville et des gens, elle redresse légèrement son visage, avance le cou ; ce qui est probablement la cause de cette vague crampe à la base de la nuque dont elle commence à souffrir.

Dix-neuf heures. Dorothy entrera bientôt dans Brooklyn, qu'elle rejoint en empruntant la ligne IRT du métro. Elle compte les stations. Autour d'elle, des voyageurs rient et se bousculent. Elle doit se concentrer pour ne pas se laisser distraire par les conversations et risquer ainsi de sauter un arrêt ou deux.

Ashton Mysha lui a donné rendez-vous dans un bar où l'on boit des cocktails à base de lait. Elles doivent être ravissantes, toutes ces couleurs tendres dans les coupes qu'elle ne verra pas.

Tout en serrant la poignée de cuir du wagon, Dorothy pense qu'elle aurait peut-être dû louer une canne blanche. Mais lorsque John sera libéré, il lui en taillera une dans une branche de chêne. Plus tard, quand elle aura recouvré la vue, John et elle brûleront la canne d'aveugle ; ils la jetteront dans un grand feu solennel, au milieu de la clairière, un jour de pique-nique ; debout l'un près de l'autre, ils regarderont monter la fumée vers la cime des arbres.

En attendant, Dorothy se sert de ses bras tendus; et puis aussi de son sac à main, qu'elle balance en cadence, qu'elle projette loin devant elle pour repérer les obstacles. Il est rare que quelqu'un offre de l'aider à traverser la rue : les gens s'imaginent sans doute qu'elle s'entraîne en vue du prochain marathon des exploits inutiles, dont on dit qu'il pourrait se tenir au Madison Square Garden; d'autres personnes croient qu'elle est la victime d'une punition rituelle — ces derniers mois, on a remarqué de jeunes Américaines qui arpentaient les artères fréquentées avec les mains liées dans le dos; elles portaient un écriteau sur la poitrine :

REGARDEZ-MOI, MAIS NE ME DÉTACHEZ PAS
CAR J'AI FAUTÉ GRAVEMENT
VOICI QUE, POUR MOI, L'HEURE DE PAYER EST VENUE

Les protestations pour outrages publics aux bonnes mœurs, élevées par les Ligues de moralité (dont le siège est le plus souvent à Boston ou à Salt Lake City), n'ont pas encore abouti.

Dorothy descend à Kingston Avenue. Elle s'enfonce dans un étrange labyrinthe de rues dont elle ne peut pas lire les noms. Il arrive qu'elle heurte un corps affalé sur une chaise de paille. Alors, Dorothy s'excuse; mais néglige de demander si l'itinéraire qu'elle suit est le bon, car elle connaît par cœur l'agencement du quartier immense : elle est aussi à l'aise dans sa nuit que derrière son micro de l'amphithéâtre.

La cécité lui donne l'occasion de mettre à l'épreuve sa mémoire de la ville. L'une de ses collègues de l'université, professeur de sciences naturelles, lui disait :

— Je ne peux pas voir une souris sans la visualiser aussitôt à l'état de souris écorchée, clouée sur sa planchette de liège, je crois entendre le crissement doux de sa peau grise sous la pointe du scalpel, je respire le chaud de ses entrailles toutes petites.

Il en est de même pour Dorothy. Aveugle, elle se dirige à travers Brooklyn avec les yeux du souvenir et de la connaissance; pour elle chaque coin de rue, chaque arc-boutant de pierre ou de fer, chaque avancée de béton ou de verre armé portent une date, racontent une histoire — construction 1880, démolition 1930, reconstruction 1947 : la cité nord-américaine est vivante comme une génération dont les membres ne tombent en poussière qu'après avoir dûment comblé les vides ; ou encore comme cette myriade d'insectes minuscules et noirs qui se prennent dans les cheveux de la jeune femme, chatouillent la peau de ses bras nus.

Dorothy ne s'était pas aventurée dans Brooklyn depuis son accident. Aujourd'hui, d'une manière confuse, elle sent que quelque chose a changé ; que le paysage sonne creux ; au bout de ses doigts qui suivent le contour des murailles, la brique est friable ; surtout, il y a davantage de palissades en planches.

Don't look through, ne regardez pas à travers, en lettres rouges sur fond blanc. Sous prétexte, bien sûr, d'enrayer ce nouveau mal psychique (en passe d'être plus répandu que les complexes d'Œdipe ou du Survivant) qui naît de la contemplation des ruines.

Ruines encore debout : immeubles au gros ventre, du style enfants hydropiques, livides ou verdâtres, les fenêtres brisées ; il paraît que certains seraient devenus des repaires pour chauves-souris, elles seraient pendues là-dedans, la tête en bas, au-dessus des téléviseurs crevés et des tapis constellés de déjections blanches.

D'autres ont croulé, à l'occasion d'un séisme de poche ou du passage d'un train. C'est un champ de pierres sèches, d'éclats de plâtre fichés dans la terre, un nœud de tuyauteries et de gouttières ; c'est plein d'enfants qui se faufilent sous les barrières, la lueur des réverbères joue sur le pelage des rats, sur les boîtes de conserves alignées comme des tuyères.

Hier, faute d'argent, la ville a cessé de construire. A présent, elle renonce même à réparer. Il faudrait un peu plus d'un milliard cinq cents millions de dollars. Et Dorothy Kayne, comme chaque soir, commence à sentir son front pris dans un étau dont un fou serrerait la vis. Lentement. Cette migraine a tout de même un avantage : au fur et à mesure qu'elle s'enfle, Dorothy voit danser des phosphènes derrière son bandeau.

Ashton Mysha attend à la porte du bar Hypocrite's Milk Tavern. Il craint que Dorothy ne dépasse la façade sans s'en apercevoir ; les buveurs de lait sont moins bruyants que les amateurs de bière ou de whisky.

111

Lorsqu'il reconnaît la silhouette de la jeune femme au bout de la rue, il court vers elle, il la prend dans ses bras ; mais elle se dégage :

— Vous puez le crabe, Ashton.

Il s'ébroue, regarde sous les semelles de ses chaussures :

— J'ai écrabouillé des coquillages à marée basse. On oublie un peu vite que cette ville est au bord de la mer.

Il entraîne Dorothy dans l'arrière-salle du bar, près de la piste de danse. Quelques couples évoluent sur le cercle de parquet vitrifié, avec des attitudes lascives de patineurs sur glace ; les filles ont de longs cheveux noirs qui retombent sur leurs épaules, des robes de style hispanique, rouges, courtes et bordées de volants ; elles dansent sans plier la taille, qui est mince, se contentant de balancer leurs hanches au rythme de la musique ; leurs cavaliers paraissent plus jeunes qu'elles, l'un d'eux n'a peut-être pas quinze ans. Dorothy commande un cocktail mousseux à base de banane et de cacao. Quand la musique s'arrête, le temps qu'on retourne le disque, on entend siffler le mixer du barman.

« Alors ? fait Mysha. Que dit notre Indien ?

— D'accord pour l'hypothèque.

Dorothy tâtonne, saisit une serviette en papier et la passe sur son front moite pour tenter de se débarrasser des insectes-ventouses affolés par les orages qui tournent autour de New York sans se décider à éclater.

Le Polonais sourit :

— Excellent. Je vais téléphoner aux avocats. Ce soir, nous irons chercher les formulaires, nous étudierons les clauses, et demain vous porterez le dossier à John pour qu'il le signe.

— Non, dit-elle doucement.

Elle ajoute, après avoir allumé une cigarette :

« Je ne veux pas retourner là-bas, à la prison. Que Jack Robbins y aille lui-même, ou son frère Bob. Mais qu'est-ce que c'est que ces gens-là, ces Robbins ? Ils n'ont pas de quoi se payer un garçon de courses, ou quoi ?

— Attention, dit Mysha, votre cendre va tomber sur votre jupe

Il l'aide à repérer le cendrier, reprend :

« Ne vous énervez pas. Nous sommes convenus d'agir ainsi. C'est bien le moins, Dorothy : ce type nous a reçus chez lui, et...

112

Elle l'interrompt :

— Ce n'est pas à John que nous rendons service, c'est aux Robbins.

— C'est *aussi* à John, et vous le savez très bien.

Elle hésite, puis répète d'une petite voix têtue :

— Arrangez ça comme vous voudrez. Mais moi, je ne retourne pas là-bas.

Il croit deviner :

— Bien sûr, la prison c'est un choc. Ça vous secoue, même quand on ne fait qu'entrer et sortir.

La jeune femme est devenue pâle. Elle se mord les lèvres.

— Je ne veux plus rencontrer John l'Enfer, dit-elle, c'est aussi simple que ça. Ashton, j'ai besoin que rien n'arrive. Que tout soit terriblement calme. Je refuse d'être mêlée à cette histoire. On ne peut pas m'y obliger, d'ailleurs : j'ai fait tout ce que je devais.

En silence, Mysha observe les traits de Dorothy : le bandeau blanc qui dissimule les yeux de la jeune femme est exaspérant, il fausse toutes les données, il faudrait pouvoir l'arracher.

« A présent, murmure Dorothy, nous allons rentrer à Long Island. Nous rangerons la maison. Vous me direz : *ici, il y a une potiche*. Et moi, je vous répondrai : *mettez la potiche sur l'étagère, Ashton, bien au fond, essuyez-la sans la casser*. Quand il reviendra, John trouvera une maison impeccable. Demain, vous me conduirez à l'université. Ou à l'hôpital. Après tout, je m'en fiche.

Elle repousse son verre :

« Quel endroit ridicule, ici ! Ces cocktails, ils n'ont aucun goût. Du lait. Et quoi encore ? Vous me prenez pour une petite fille ? Je me suis déjà cuitée, vous savez, et je recommencerai. Le vermouth, c'est idéal : on peut en avaler des quantités avant que la tête se mette à tourner.

Elle se lève maladroitement, sa chaise bascule. Sur la piste, les couples continuent de danser comme si de rien n'était.

De grands éclairs de chaleur encadrent le pont de Brooklyn. Quand la Volkswagen s'engage sur l'autoroute de Long Island, Dorothy éclate en sanglots. Ashton Mysha lui rappelle que les médecins lui ont interdit de pleurer.

113

Les courtiers des agences immobilières n'ont pas levé le siège. Au crépuscule, ils ont tenu une sorte d'assemblée générale autour d'un barbecue ; ils ont décidé, d'un commun accord, de limiter la surenchère à quarante-deux mille dollars : si le Cheyenne exige davantage, ils déclareront forfait et céderont la place aux hyper-promoteurs de Dallas ou de Miami, lesquels ont le pouvoir d'obtenir sous quarante-huit heures n'importe quel découvert de la part des banques qui les soutiennent.

Mae Wright représente une officine de Harlem. Elle a vingt-trois ans, le teint clair, les traits à peine négroïdes. Pour elle, cette opération prend des allures de croisade. Elle parle sans arrêt des incidences politiques, du renversement possible des principes ethno-socio-économiques, elle correspond avec son siège de Lenox Avenue par radio à ondes courtes. Elle est longiligne, ravissante, elle est tout le temps à se lécher les doigts comme s'ils étaient enrobés de sucre de pomme.

Le rêve de Mae — et de ceux qui l'emploient — est d'acquérir un terrain sur le front de mer et d'y élever un immeuble de trois ou quatre étages, catégorie grand luxe, avec quelques boutiques, une base nautique et une église. L'ensemble serait évidemment réservé aux Blancs : le comique de la chose, selon Mae, étant que les énormes bénéfices seraient empochés par des Noirs et que l'affaire serait réalisée sur le dos d'un Peau-Rouge. Mae Wright, lucide, estime que la partie peut être jouée — mais non gagnée. Elle est encore assez jeune pour considérer que toute victoire est un événement relatif.

Ashton Mysha range sa Volkswagen près de la voiture de Mae :

— Miss Wright, vous allez me suivre à l'intérieur de la maison. Je vais vous raconter ce qui se passe, et vous transmettrez aux autres.

Mae sourit au Polonais ; elle prend Dorothy par la taille et l'aide à franchir le seuil.

Plus tard, lorsque la jeune Noire aura fait passer le message : *John l'Enfer ne vend pas, il hypothèque pour douze mille dollars, on l'a tous dans le cul, enfin provisoirement,* Ashton Mysha fermera les fenêtres pour ne pas entendre les injures des courtiers. Les unes après les autres, les Chevrolet feront demi-tour, elles se perdront dans la nuit. Mae Wright restera la dernière. Avant de s'installer au volant, elle se tournera vers la maison de bois; elle adressera un grand signe amical à l'ombre d'Ashton Mysha.

Alors, il commencera à pleuvoir.

Ashton monte sur la terrasse. On se croirait sur le pont d'un navire en plein dans un coup de chien. Le vent s'est levé, il souffle de l'ouest, rafales brèves et denses qui couchent l'averse à l'horizontale.

Le Polonais entend Dorothy gravir l'escalier : elle n'a pas encore pris la juste mesure des marches, elle se tord les chevilles, gémit. Ashton n'a pas un geste pour lui venir en aide. Au contraire, il gagne l'extrémité du chemin de ronde, face à l'océan.

Tout le temps que Mysha s'entretenait avec Mae Wright, Dorothy n'a pas cessé de pleurer. De tripoter son pansement dont les bandes d'albuplast se décollent à cause des larmes. De répéter qu'elle n'en pouvait plus, qu'elle avait hâte que les circonstances donnent raison à Ernst Anderson et à tous les autres prophètes de malheur :

— Combien de temps croyez-vous que ça va durer, New York et le reste? Ici, les maisons pourrissent sur place. Ailleurs, voilà que ça brûle, et personne n'y peut rien (la télévision, en ce moment, dans un flash spécial, annonce le *crash* de l'avion à Kennedy Airport), il y a aussi les chiens, qu'est-ce qu'il vont faire dans la montagne, les chiens?

— C'est la nuit, a dit doucement Mae Wright. La nuit, c'est bien connu, les malades ont comme une angoisse. Il ne faut pas non plus oublier cet orage au-dessus de nous. Miss Dorothy devrait se reposer. Essayer de ne plus penser.

Mae a tourné le bouton du téléviseur à piles. L'ombre a envahi la pièce. Dorothy s'est sauvée, elle est allée s'abattre sur le lit de John l'Enfer, dans la cuisine. Au passage, elle a heurté un ou deux meubles, probable, elle s'est fait des ecchymoses.

Dans un jardin public, la foudre partage en deux un palmier rabougri. La tornade emporte une moitié d'arbre, qui file vers la mer. Les feuilles grasses s'enroulent les unes sur les autres, un long panache de sable et de sciure accompagne l'arbre, on parlera demain du passage d'un objet volant non identifié au-dessus de Long Island.

Dorothy Kayne, enfin, atteint la terrasse. Elle rampe sur les planches mouillées, et crie :

— Vous êtes un salaud, mon vieux.

— Oui, je sais, dit simplement Ashton.

Il se retourne. Dorothy rentre la tête dans ses épaules, cherche à donner moins de prise à l'ouragan. Mysha voudrait s'élancer vers elle, l'allonger à même le sol, lui écarter les bras en croix, oser l'embrasser. Ou bien, il voudrait ne rien faire du tout, la laisser venir à lui, chenille rose, boueuse et humiliée, en l'appelant d'une voix tranquille :

« Sur la droite... continuez, maintenant... vous devriez bien renifler mon eau de toilette, importation française à dix dollars le flacon, c'est un repère, ça!

Lui, Ashton Mysha, officier en second du *Vastitude,* il pouvait dire : *telle latitude, telle longitude, le bateau patauge là, exactement.*

Dorothy porte ses mains à ses yeux, pour protéger ses compresses de la pluie battante :

— Je suis perdue.

Ashton sourit :

— *Don't worry, miss Kayne.* John reviendra. John le Fabuleux, hein, avec des parapluies plein les poches. Peut-être même qu'il donnera des ordres au soleil, John l'Enfer!

Si le diable le veut, pense le Polonais. Dorothy se redresse, elle étreint la rambarde. Les éclairs qui se succèdent presque sans interruption font paraître bleue sa robe blanche. Elle devrait mourir maintenant, pense encore Mysha, un grand coup de tonnerre au milieu du front.

— Qu'est-ce que vous avez contre moi, Ashton? Pourquoi est-ce que vous me laissez toute seule?

Il s'approche. Brusquement :

— Est-ce que vous ne savez pas que vous êtes amoureuse de John l'Enfer, Dorothy?

Elle vacille. Elle dit que la pluie délirante et le vent, à force, vont arracher son bandeau; ce sera un désastre, et elle perdra la vue à tout jamais.

Ashton Mysha répète :

« Vous êtes amoureuse de John l'Enfer. Reconnaissez-le, qu'est-ce que ça peut bien foutre, après tout?

Elle est debout, tant bien que mal, elle balbutie :

— Vous êtes fou, Ashton, sûrement, je ne sais même pas à quoi il ressemble.

— Mais vous avez tellement d'imagination, Dorothy Kayne!

Il se détourne. Surveille un instant le rassemblement des vagues sous les murs de bois, la menace grondante et spongieuse. La maison vibre sous les coups de boutoir.

Dorothy des campus ou Bee de Coney Island, toutes les femmes sont des femelles. Sauf ma mère. Même que ça me trouble beaucoup d'être né, d'être la conséquence de cet acte mou, mouillé; de me dire en somme que maman a écarté les cuisses pour que papa lui glisse sa queue entre, et que c'était une nuit d'hiver, à n'en pas douter, et qu'on entendait hurler les loups pas loin sur la neige. Février 1917, moins vingt degrés en Russie, moins vingt-trois en Pologne. Ce serait bientôt le soir du 27, à Petrograd, mais on n'en savait rien. L'eût-on su que ça n'aurait rien changé : le communisme a maraudé vingt-six ans avant de toucher Pinsk, les marécages et les fumiers de Pinsk; je suis venu au monde sous le toit d'un paysan pour être paysan à mon tour; je me rappelle seulement que mes aïeules Maria et Vania disaient que ma peau était rose comme celle des cochons élevés au petit-lait aigre, les cochons de grand luxe, ceux qu'on ne mangeait jamais, nous autres, vu qu'on en tirait un bon prix à la foire.

J'ai un passeport britannique, des origines douteuses, mais un nom juif — vaguement juif. Une chance, ici, en Amérique. Quelque chose comme un sauf-conduit. J'oublie ma peau, qui est restée rose en dépit des années. Craquelée, rugueuse, boursouflée sous les yeux (le vent et cette saleté de vermouth dans les salons des paquebots), mais rose.

Si vous pouviez me voir, Dorothy Kayne, vous n'hésiteriez pas. Sûr que je ne détonnerais pas dans les restaurants de la 56e Rue.

L'orage grimpe, parvient au zénith, bombarde la terre d'éclairs rectilignes — dont quelques-uns font mouche, notamment sur les forêts qui bordent l'Hudson; par mesure de sécurité, on éteint les projecteurs de l'Empire State Building et les hélicoptères sont consignés au sol; à Kennedy et à La Guardia, les jets embouteillent les bretelles d'accès au *runway*, la tornade arrache les bâches qui protègent les bagages sur les chariots; il paraît que la zone pluvieuse glisse vers le sud, vers Philadelphie où l'American Airlines annule deux vols sur trois. Seuls les trains partent et arrivent à l'heure dite, les bus Greyhound se rangent sur le bas-côté de la route, les chauffeurs arrêtent les essuie-glaces devenus impuissants à lutter contre les cataractes.

Ashton Mysha marche vers Dorothy Kayne.

Elle avait besoin d'amour. A présent, elle ne pleure plus. Elle fait semblant de dormir, étendue en travers du lit. Par la trappe restée ouverte, la pluie tombe sur le plancher. Au matin, il faudra éponger. En attendant, les derniers éclairs projettent sur les rideaux les silhouettes miniatures des voiliers de John l'Enfer ; et pour un peu, parce que les rideaux bougent, on se croirait au cinéma.

Mysha sourit : ces filles américaines ne sentent rien, à croire qu'elles sont imbibées de savon depuis le jour de leur naissance ; peut-être leur administre-t-on des perfusions de déodorant, à travers les vitres de leurs couveuses.

Une lointaine odeur de caramel, et c'est tout. Ashton contemple le corps de Dorothy. Évidemment, un jeune professeur de sociologie urbaine se doit d'avoir les fesses briquées. Mais maintenant, il voudrait la tenir entre ses bras et danser avec elle sur les flonflons d'une musique sud-américaine, un de ces tangos pue-la-sueur comme on sait les faire à Buenos Aires et à Valparaiso.

Il devine qu'elle refusera — de toute façon, et quelle que soit la mélodie. Elle s'est couchée sur le côté, les genoux remontés sous le menton, ça veut tout dire : elle veut oublier, elle refuse d'accorder plus d'importance à ce qui vient d'arriver qu'à une masturbation d'écolière.

Malgré son bandeau, Dorothy perçoit le regard de l'homme posé sur elle. Elle se blottit davantage :

— Tu n'es pas content ?

— Si.

— Longtemps que je ne m'étais pas donnée. La dernière fois...

— Non, tais-toi, j'aime mieux pas savoir.

Elle rit :

— D'accord. Mais les étudiants sont plus romanesques que toi. Ils font l'amour comme... comme les oiseaux, tiens, avec des idées de nid derrière la tête, des idées de tout-chaud.

— Comme si on n'étouffait pas suffisamment.

— Moi, j'ai froid. Toujours, quand je baise. Dis, je me demande comment font les putains? Retourner sur le pavé, sous la flotte...

Elle se redresse, ajoute :

« Au fait, toi, tu dois savoir? Bee a dû te raconter.

Il se lève, quitte le lit. Il s'en veut. Son bien-être s'estompe, il a l'impression de redescendre à l'intérieur de son corps, il retrouve cette raideur au niveau de ses genoux et de ses coudes, et la douleur sourde, à droite, dans la région du foie. Ou de la vésicule, peut-être. Il dit :

— Pardonne-moi, Dorothy. D'une certaine façon, je crois bien que je t'ai violée.

— Couvre-moi.

Il étend le drap sur elle, en silence. Puis il reste là debout, les bras ballants.

En l'aimant, il ne lui a même pas arraché un cri de plaisir. Mais il se promet de la rendre heureuse la prochaine fois, quand il reviendra du port de New York après avoir signé son engagement comme officier en second d'un nouveau navire.

Brusquement, les élancements dans son côté se font plus violents. Il se plie en deux et crie, près de la jeune femme qui s'endort.

Bob et Jack Robbins n'ont pas échangé une parole tant que l'orage s'est tenu au-dessus de la ville. Les deux avocats se sont contentés d'observer, en connaisseurs : habitués à la colère des hommes, ils sont capables d'apprécier cette violence primitive dans le ciel. Quand le tonnerre roule à n'en plus finir, Jack Robbins se rappelle la guerre qu'il a faite sur la plage d'Omaha Beach, en Normandie. Bob pense aux centaines de milliers de kilowatts qui se perdent dans l'atmosphère, il se demande ce que vont devenir toutes les chaises électriques des prisons d'Amérique à présent que le Congrès a déclaré la peine de mort hors la loi constitutionnelle ; des amateurs ont-ils déjà fait des offres d'achat à l'administration, et à combien peut-on évaluer le prix d'un fauteuil encore en état de fonctionner?

— Bien entendu, dit enfin Jack, l'accusation délire complètement. Un pauvre type comme ce John l'Enfer est incapable de détruire New York. Incapable même d'en concevoir l'idée.

Bob s'éponge le front. Une chaise électrique doit valoir, à quelques dollars près, le prix d'une vieille Ford modèle T.

« Tu m'écoutes? fait Jack.

Il n'attend pas la réponse de son frère, poursuit :

« A mon sens, il existe deux hypothèses de travail : ou bien nous démontrons la stupidité de chacun des motifs d'inculpation, ou bien nous prouvons l'innocence de John. Dans les deux cas, je suis partisan de plaider non coupable.

Il quitte la fenêtre, feuillette le dossier, s'arrête un instant sur les dépositions des policiers et des pompiers. Le plus inquiétant, c'est le témoignage d'Ernst Anderson : celui-ci a dicté une déclaration posée, réfléchie, circonstanciée; et puis, Anderson a le vent en poupe; il n'a pas franchement démenti la rumeur selon laquelle il briguerait la mairie de New York dans un proche avenir : alors, contrer Anderson reviendrait à contrer du même coup tout l'appareil du parti républicain.

« Sale histoire, murmure Jack Robbins. Il serait peut-être plus prudent de déclarer forfait.

Bob semble sortir d'un rêve. Il allume une cigarette :

— Attends. Tu ne crois pas que nous devrions d'abord décider du montant de la provision que nous allons réclamer à cet Indien? Vicieuse ou pas, une affaire est une affaire.

— Ce que gagne un laveur de carreaux est minable. Quand j'étais étudiant, j'ai lavé des vitres. Eh bien, petit vieux, ça me rapportait à peine de quoi sortir Suzan.

Bob fait remarquer que Suzan était une fille particulièrement dépensière. Jack dit qu'elle n'a pas changé, que les choses auraient plutôt tendance à empirer avec l'âge. Et les deux hommes se mettent à rire. Puis Bob s'assied sur le coin de la table :

— Je serais curieux de savoir ce qui s'est passé à Pompéi, à Skopje, à Agadir, en Chine. Est-ce qu'ils ont rendu quelqu'un responsable de leurs malheurs, là-bas?

— Il était trop tard.

Jack aligne des chiffres, effectue des opérations compliquées. Il relève la tête :

« Que dirais-tu de quatre cents dollars pour commencer? Ensuite, des versements de deux cent cinquante jusqu'au procès. Correct?

Bob hésite. Finit par consentir :

— A condition de repousser deux ou trois fois la date de l'audience.

Maintenant, les avocats qui vont défendre le Cheyenne dans l'affaire *l'État de New York contre John l'Enfer* ouvrent des canettes de bière. Assis l'un en face de l'autre, ils reprennent le dossier ; ils cherchent la faille, croient la découvrir à l'énoncé de chaque « attendu » ; mais il y a la mort du motard et le témoignage du spectateur qui affirme avoir entendu un coup de feu.

— Ça ne va pas, dit Jack. Quand on a autopsié le motard, on n'a pas retrouvé la moindre balle.

— Il n'empêche que l'Indien tenait *peut-être* un revolver à la main, qu'il avait *peut-être* l'intention de s'en servir.

Jack hausse les épaules. Il se lève, retourne près de la fenêtre. Au fur et à mesure qu'elle s'infiltre dans l'organisme de l'avocat, la bière produit son effet. Tout à l'heure, l'aîné des Robbins sera passablement ivre ; mais pour l'instant, il a atteint le seuil où sa lucidité est plus vive que jamais.

Il regarde.

L'orage est loin. Queens, le quartier-dortoir, sèche sous la lune. Peu de lumières. C'est encore l'époque des vacances. En automne, les New-Yorkais reprendront possession de leur ville ; la lumière de l'été indien est belle mais impitoyable : alors New York leur apparaîtra plus effritée, plus bosselée, plus chancelante qu'avant l'été.

On dira, comme toujours, que le mal vient des ghettos. De Harlem, de la longue artère pouilleuse de Bowery, des *piers* laissés à l'abandon depuis que les grands transatlantiques ne viennent plus s'y ranger. On accusera l'argent, le trop d'argent des uns et le pas assez des autres, de favoriser le pourrissement général. Une fois de plus, on augmentera les impôts locaux ; et une fois de plus, ce sera inutile. Les politiciens, et jusqu'au président des États-Unis, se disent persuadés que le sauvetage de New York est une question de dollars. Attitude rassurante : les finances, ça se contrôle.

Jack Robbins ne pense pas tout à fait comme le président. Jack pense que les villes vivent d'une vraie vie. Qu'elles sont soumises au sacré vieux cycle de la naissance, de la croissance, de l'usure. Et ça, personne n'y peut rien. *Mais vous me voyez raconter devant la Cour que New York est une feuille, enfin quelque chose dans le genre d'une feuille, et sortir une histoire de sève qui se retire, et...*

— Bob, dit-il, tu ferais bien de descendre nous chercher quelques bières chez Gino avant que ça ferme.

Les monts Alleghanys courent sur plus de deux mille kilomètres, parallèlement à la côte est. Mais les chiens errants n'occupent qu'un territoire restreint, une poche qui ne dépasse pas les soixante hectares. La plupart ont conservé des mœurs de chiens domestiques, quelques-uns sont déjà retournés à l'état sauvage. Vus d'avion, ils n'ont pas l'air dangereux : au moindre bruit de moteur, ils s'enfuient et vont se terrer dans les tanières naturelles qui s'ouvrent au flanc des rochers.

Jusqu'à présent, aucun d'eux ne s'est aventuré hors des limites de ce qu'il faut bien maintenant considérer comme une réserve de fait. Aucun n'a tenté de regagner la ville dont il s'est échappé. Ils restent là, attendant on ne sait quoi, à des heures de marche de New York. Selon le dernier recensement effectué par des spécialistes venus de Yellowstone Park en hélicoptère, ils seraient un peu moins d'un millier. Mais il s'agit d'une donnée fluctuante : les malades se cachent pour mourir, et les chiots, dont la couleur se confond avec celle du sol, sont pratiquement invisibles.

Presque tous les fugitifs portent encore un collier, ou traînent derrière eux, dans la poussière, un lambeau de laisse.

Malgré les innombrables pétitions qu'ils ont reçues, les services de la Santé ont renoncé à « réduire » la *dog-zone :* tout le monde, en effet, s'accorde à penser que les premières neiges tueront les chiens aussi proprement que des bombardements de boulettes de viande empoisonnée. On s'est contenté d'interdire la *dog-zone* aux campeurs; des jeeps de rangers barrent les voies d'accès jour et nuit. Il semble d'ailleurs que la migration soit entrée dans sa phase terminale : on découvre de moins en moins de petits cadavres sur les bas-côtés de l'autoroute principale qui relie New York aux contreforts des Alleghanys. La presse évite de faire allusion au mystère de la *dog-zone*. Pourtant, au commencement, les propriétaires de chiens perdus inondaient les journaux d'avis promettant des récompenses à qui leur rapporterait leur labrador ou leur setter. Quelques personnes — surtout des chômeurs — se sont associées pour louer avions, camions, cages et filets ; trompant la vigilance des rangers, elles ont pénétré dans la *dog-zone* et se sont lancées dans la chasse aux chiens errants ; mais les rares animaux qui ont pu être capturés et ramenés à New York n'ont pas tardé à reprendre le chemin des montagnes.

La seule question vraiment importante qui continue de se poser aux membres de l'équipe de zoologistes qui bivouaquent en bordure de la *dog-zone* est celle-ci : les chiens ont-ils été irrésistiblement attirés vers les Alleghanys, ou bien ont-ils éprouvé une répulsion subite pour la ville ? Et de toute façon, dans un cas comme dans l'autre, par quoi s'est traduit l'appel ou le refus ?

C'est d'autant plus troublant qu'aucun chat ne s'est évadé ; qu'il y a toujours autant d'écureuils à Central Park ; que les bêtes des zoos sont tranquilles ; que le tracé des sismographes n'a pas varié d'une division ; que le gouvernement italien vient de faire savoir qu'on n'avait pas enregistré, à Venise, des réactions comparables chez les chiens.

Aujourd'hui, 2 juillet, John l'Enfer ne s'intéresse pas aux molosses des Alleghanys. En temps normal, il se serait sans doute passionné pour cette affaire qui a de nombreux points communs avec l'exode du peuple cheyenne abandonnant la région du haut Missouri pour s'enfoncer vers l'Ouest. Mais depuis ce matin, trop d'événements se sont succédé ; et qui se contredisaient les uns les autres.

Il y a d'abord eu la visite des frères Robbins. John n'a pas rencontré ses avocats au parloir, mais dans une cellule spéciale équipée de tout le confort moderne : air conditionné, distributeur d'eau et de sodas, interphone relié avec le QG des surveillants. Bob et Jack paraissaient en grande forme. Ils étaient rasés de frais, portaient cravate et boutons de manchettes. Un homme grand et maigre les accompagnait, John l'Enfer reconnut en lui un des notaires les mieux cotés de Long Island. En se relayant, les avocats lurent à John les textes qui légalisaient l'hypothèque de sa maison. Le notaire mit ses

lunettes lorsque l'Indien apposa son paraphe au bas des documents.
Jack prit les mains de John dans les siennes :

— Aussi facile que ça, mon vieux. Vous voilà à la tête de douze
mille dollars.

Quand le candidat d'un jeu télévisé gagne douze mille dollars, on
lui demande ce qu'il va en faire. La plupart des gens essayent alors
d'avoir l'air intelligent ; ils parlent de réfections de toitures, de dons
partiels aux organisations charitables. John l'Enfer n'eut pas besoin
de réfléchir : Bob Robbins lui présenta aussitôt d'autres papiers qui
transféraient purement et simplement les douze mille dollars entre
les mains des autorités judiciaires. Le Cheyenne ne les signa pas tout
de suite :

— J'aimerais qu'on nous apporte du café. On le boirait tous
ensemble, et après je donnerais l'argent.

Le notaire dit qu'il était logique qu'un homme voulût jouir le plus
longtemps possible de la sensation de posséder douze mille dollars ;
il ajouta que quatre cafés n'entameraient pratiquement pas la
fortune provisoire de John l'Enfer.

Un peu plus tard, on ramena l'Indien dans sa cellule. Vers onze
heures, Bob et Jack vinrent annoncer à John que le versement de sa
caution avait été enregistré et que sa mise en liberté provisoire allait
intervenir immédiatement. John exigea d'être d'abord conduit aux
douches. Puis il prit congé de Tom Brennan. Il lui offrit un dessin
auquel il travaillait depuis le premier jour de son incarcération : une
interminable frise abstraite en deux couleurs, peinte sur un rouleau
de papier hygiénique. John avait obtenu le rouge à partir de la sauce
tomate dans laquelle baignaient les haricots ; le noir, c'était de la
poussière mêlée de salive.

Ashton Mysha attend devant les murs de la prison. De l'autre
côté de la rue, sous les arbres d'un square, des filles revêtues de
longues tuniques accordent des instruments de musique. Les détenus
participent au concert en frappant en cadence contre les barreaux de
leurs petites fenêtres. La police laisse faire : les filles ont promis de
ne jouer que des airs patriotiques, *Stars and Stripes, How the West
was won, Glory, glory, alleluia*. John l'Enfer franchit le porche de la
prison en clignant des yeux. Il hésite un peu, saisi par le vacarme du
monde libre — il arrive qu'on ne puisse pas s'endormir à cause du

bruit, derrière les grilles; mais c'est un charivari sec, métallique, dont le rythme ne coïncide jamais avec celui du cœur qui bat; ici dehors, au contraire, ça fait corps avec vous, pour un peu ça vous jetterait par terre. Voilà que des gosses montent vers Chinatown, en balançant à bout de bras des paniers remplis de crabes, et l'Indien fouille ses poches à la recherche d'une cigarette. Ashton lui en tend une, qu'il vient d'allumer :

— La voiture est là. Dedans, il y a Dorothy. Elle ne voulait pas venir, mais...

John l'Enfer n'attend pas la suite. D'une chiquenaude, il envoie promener sa cigarette. Il bouscule le Polonais, court vers la Volkswagen. C'est pour Dorothy que John a voulu prendre une douche tout à l'heure. Sous l'eau tiède, les muqueuses enflammées par les cristaux de désinfectant qui se dissolvaient en grésillant, John se persuadait que Dorothy Kayne ne serait pas au rendez-vous, mais qu'il fallait tout de même faire comme si, que c'était un geste d'amour que de se laver pour la femme qu'on aimait.

Dorothy a reconnu la course du Cheyenne. Elle abaisse la vitre latérale, tourne son visage vers John. Elle a, ce matin, des joues d'enfant fiévreuse. Les mains de John secouent les montants de la portière, la voiture grince, et l'Indien répète sans arrêt :

— Terrible, ça, terrible de vous voir, vraiment terrible!

Il veut qu'elle parle, qu'elle dise à son tour quelque chose, n'importe quoi. Mais elle reste silencieuse, elle entortille la sangle de son sac autour de ses poignets. Sous l'étoffe fine du bandeau, une petite bosse; puis plus rien; puis de nouveau la petite bosse : Dorothy fait jouer ses paupières, dans le noir.

John dit, en riant :

« C'est moi, je suis revenu, faut plus avoir peur.

Elle se détourne légèrement :

— Mais je n'ai pas eu peur, John.

Maintenant, la voiture roule. On longe un terrain de jeu, près du pont de Brooklyn. Deux petites filles noires chevauchent une baleine de céramique qui crache de l'eau.

Mysha arrête la voiture près d'un vendeur ambulant de hot dogs et de bretzels. Il en achète pour quatre dollars et soixante-quinze cents.

126

— On va s'asseoir sur les marches de St. Andrew, s'offrir une fête comme les mendiants — et ce que diront les gens, on s'en fout!

Il rit d'avance.

John l'Enfer contourne la masse sombre de l'église, s'approche du tout petit square qui tient du jardin japonais et du potager de banlieue. Le vent de l'East River couche un jet d'eau aux pieds de la statue de Notre-Dame de New York. John recueille un peu de cette eau dans un gobelet en carton. Il l'offre à Dorothy, qui refuse. Alors, désignant les baraques italiennes sous les arbres :

— Je vais vous chercher du soda. Et des clams frits.

Mais Dorothy secoue la tête. Elle se lève, fait quelques pas sur le parvis — toujours ses pas d'aveugle, le buste rejeté en arrière, les bras tendus droit devant elle.

« Qu'est-ce qu'elle a? demande l'Indien.

Ashton écrase son bretzel entre ses doigts, jette les miettes aux pigeons :

— Elle a que j'ai couché avec elle.

John, lui aussi, déchiquette son bretzel. Mais il n'en donne pas les miettes aux oiseaux. Il les broie sous son talon. Soudain, l'odeur de friture qui vient des baraques lui soulève le cœur. La lumière est noire autour de lui, comme avant une syncope. Mc Pherson est mort sans être parvenu à se métamorphoser en insecte. Tom Brennan, bientôt, va se coucher pour ne plus se relever : sa fièvre qui tombait, c'était la rémission; il y a toujours une rémission, quand un cancer entre dans sa phase terminale. Evelyn la quarteronne n'a pas encore pu payer le montant de sa caution, demain elle sera maigre. Le soleil va finir par se coucher, et les rues ne seront plus assez sûres. Et John l'Enfer a tout perdu.

— C'est elle qui a voulu?

— C'est moi, fait Mysha.

On dirait qu'il ne regrette rien. Il a seulement l'air de s'ennuyer.

John regarde Dorothy Kayne qui continue de tourner en rond sur la place blanche, qui passe du plein soleil à l'ombre des gratte-ciel du centre administratif, indifférente.

— Pourquoi? interroge le Cheyenne.

— Cette fille n'était pas à vous.

Ashton Mysha dit la vérité. Rien n'est à John, parce que John est un arbre. L'un des derniers rameaux d'un arbre très ancien que les

127

hommes ont effeuillé d'en bas jusqu'en haut. Les *bêtes-sans-visage* dont parlait avec terreur le Livre d'écorce ont tout pris : la terre à viande, la terre à galettes, la terre à feu ; et même (mais pour en faire quoi ?) la terre à tombes, la *terre-pour-moi-dormir*. John, lui, il se disait comme ça que la chasse était sûrement finie. La rapine. La grande fauche blanche. Je suis naïf. Surtout, je suis cheyenne. Ce qui, pour l'Histoire, reviendra toujours un peu au même. Un Polonais qui passait par hasard en Amérique, un sale polack résidu d'appendicite, a bouffé le dernier bourgeon, le dernier greffon.

Il crie — et les gens se retournent sur lui :

— Pourquoi, Dorothy, pourquoi?

Elle, très calme :

— Pourquoi quoi?

— Rien.

Il trouve dans sa poche la boîte d'allumettes sur le rabat de laquelle Tom Brennan a noté l'adresse du gratte-ciel désaffecté et l'itinéraire pour l'atteindre. Il revient vers Mysha qui se raidit, qui gronde :

— On va pas se battre, non?

John l'Enfer sourit. Après le rush de dix-sept heures, le métro devient dangereux. Il y a un policier par rame, mais combien de temps faut-il au flic pour courir du premier au cinquième wagon? Une trentaine de secondes. Davantage si le train aborde une courbe, parce que le franchissement des soufflets par lesquels les wagons communiquent devient plus difficile. Imaginons le pire, c'est-à-dire la ligne droite : trente secondes, c'est assez pour tuer un homme qui ne s'y attend pas. Le Polonais est malade, il a quelque chose qui le mord à l'intérieur du ventre, il ne lutterait pas longtemps.

— Il vous reste de l'argent, Mysha?

— Presque pas. J'ai investi mes derniers dollars dans notre déjeuner. Je passerai au consulat, lundi.

— Nous sommes samedi, fait remarquer John. Rapportez la voiture, vous récupérerez l'argent de la caution.

Ashton hésite. L'Indien insiste :

« Je sais où nous pouvons coucher ce soir. Et demain. Et aussi longtemps qu'on voudra. Rendez la voiture, on prendra le métro.

Mysha dit, tout bas :

— Je croyais qu'on allait se séparer.

John lui montre Dorothy, là-bas tout au bout de la place, qui a trébuché contre un obstacle qu'elle n'a pas deviné à temps. Elle est tombée.

— Moi, j'ai promis de veiller sur elle jusqu'à ce qu'elle y voie clair à nouveau.

— Et si elle vous demandait de lui foutre la paix?

John l'Enfer ne répond pas. Il s'avance vers la jeune femme, l'appelle d'une voix douce, un peu monocorde. Elle se tourne vers lui. John lui sourit. Sourire qu'elle ne peut pas voir, évidemment; mais il est possible qu'elle le perçoive quand même — et autrement. Avec les aveugles, on ne sait pas. John continue de l'appeler. La signification des mots qu'il prononce n'a aucune importance, et d'ailleurs ce sont des mots cheyennes, seule compte l'inflexion de la voix.

Alors, Dorothy Kayne vient à lui.

Plus tard, la nuit, sous les globes jaunâtres d'un quelconque Mc Donald's dans Little Italy, Ashton profitera de ce que Dorothy s'est rendue aux toilettes pour demander à John :

« Vous l'avez domptée. C'est ce que vous pensez, n'est-ce pas? »

Le Cheyenne éclatera de rire, ce rire de poitrine que Maman Pageewack appelle le rire de fête :

— Vous ne comprenez rien.

— Aux femmes?

John se taira. Mysha se prend pour un cheval sauvage parce qu'il a déshabillé Dorothy Kayne un soir d'orage et l'a pénétrée : ça, dit John, c'est de la bestialité.

De nouveau, le rire de fête.

« On peut savoir? fait Mysha avec agacement.

Silence de John. Dorothy revient déjà, en évoluant parmi les tables, frôlant parfois les cheveux d'une autre femme, une épaule d'homme.

Les wagons du métro, barbouillés en blanc, en jaune, en bleu pâle. Le long du quai gris minable, sous les néons, ça finit par faire joli. Deux slogans sont encore lisibles, qui courent sur la tôle et sur les vitres : *Vive les Pirates* et *Vive les Yankees*. Du base-ball avant toute chose. Pour le reste, la crasse et la pluie ont emmêlé les mots d'amour et les slogans politiques. Les auteurs de graffiti se servent de ces bombes aérosols destinées à peindre des radiateurs — c'est à peu près tout ce que peut dire la police ; sinon, on ne sait rien d'eux ; on suppose qu'ils sont jeunes, qu'ils escaladent les hautes grilles des dépôts avec leurs bombes à radiateurs glissées dans la ceinture comme des revolvers. Personne ne les a vus, jamais. Sur la ligne qui dessert Chinatown en direction de Brooklyn, les graffiti ont des allures d'idéogrammes : rouges, étirés, en forme de pagodes ou de hérons, avec des pattes grêles. Au sud de Manhattan, côté ouest, dominent des taureaux ventrus hérissés de banderilles. Avec l'East River et l'Hudson qui suintent au fond des tunnels, goutte à goutte, le réseau devient grotte peu à peu, dans un million d'années ce sera la Nouvelle Préhistoire. Mais attention aux vents chargés de rouille : le fer souterrain, le fer des rails et des signaux, est déjà granuleux sous la main gantée d'amiante des employés des équipes de maintenance.

Là-dedans, John l'Enfer, Dorothy Kayne et Ashton Mysha s'enfoncent en rasant les murs. Ils se tiennent par le bras. Il y a des murmures dans les renfoncements, aux angles des couloirs. Venus de Bowery, les *Grands Misérables* s'installent pour la nuit : ce sont de pauvres ombres qui mangent du chat, de la mouette, du poisson au gas-oil ramassé sur les rives des deux fleuves. Ceux-là ne sont pas dangereux. Ils regardent passer les trains en hochant la tête. La police n'intervient que lorsqu'ils allument un feu de vieux journaux, au bord du quai. Alors, les rames directes lancées à toute allure font naître de grands tourbillons de neige carbonique ; la mousse vient se coller aux vitres des wagons.

Mais le péril, le vrai, a plutôt bonne figure et pas tout à fait trente ans. Aussitôt les portes du wagon refermées, John a senti le danger : assis au fond près du soufflet, sous le halo d'une petite ampoule, un garçon malade a ouvert les yeux — le regard fixe et les pupilles dilatées, il tremble de tous ses membres, comme un très vieux. Ses mains ont esquissé un geste de défense ; puis il s'est affaissé sur lui-même. Une odeur fade, un peu médicamenteuse flotte dans le wagon.

Ashton Mysha, lui aussi, a compris. Il s'agite, il parle fort. Il rit. Peut-être veut-il faire croire au garçon malade qu'il n'a pas peur de lui. Il se penche vers John :

— Ce type est drogué.

— Je sais.

— Alors, on ne va pas rester là.

— Il est un peu tard, dit le Cheyenne.

Parce que, là-bas, le garçon s'est levé. Il est très grand et très maigre. Il sourit et se retient aux poignées qui se balancent au plafond du wagon. On dirait un arbre qui s'approche. L'odeur de médicament est plus forte. Mysha est devenu pâle :

— Pensez à Dorothy.

John l'Enfer écarte le Polonais :

— Arrêtez de m'emmerder.

Le garçon malade dévisage Ashton Mysha, puis John l'Enfer. Il prononce quelques mots incompréhensibles. Sa voix est rauque, presque belle. Il secoue longuement la tête, se tourne vers Dorothy Kayne. La rame aborde un virage à grande vitesse, Dorothy vacille, son dos heurte la paroi du wagon ; ça l'amuse :

— Quand on n'y voit rien, c'est comme le *scenic railway* à Coney Island un soir sans lune.

Le garçon lui touche les lèvres du bout de ses doigts fins dont les ongles sont bordés de noir :

— Tais-toi. Est-ce que tu joues à un jeu ? Ou bien t'es aveugle pour de bon ?

Le tunnel s'élargit brusquement. Une station défile derrière les vitres du wagon. Les quais sont déserts. Ashton Mysha fait un mouvement vers la portière. Le garçon gronde :

« Bouge pas, connard.

John l'Enfer s'interpose entre les deux portes automatiques et le Polonais :

— Restez tranquille, Ashton. De toute façon, cette rame ne s'arrête pas à Kingston.

— Elle ne s'arrêtera nulle part, dit le garçon. Elle ira jusqu'au bout.

Dorothy demande ce qui se passe — et où se trouve *jusqu'au bout ?* Le garçon dit qu'il a posé une question à cette fille avec un bandeau sur les yeux et qu'elle ne lui a pas encore répondu ; si elle ne se montre pas raisonnable, il devra la punir ; il déteste l'insolence. Il parle à John, et à lui seul. De toute évidence, il tient Mysha pour quantité négligeable.

L'Indien s'approche du garçon. L'odeur de médicament devient intolérable.

— Vous êtes armé?

— Sûr, dit le garçon.

— Couteau? Revolver?

— Ça fait mal quand ça tue.

— Couteau, conclut John.

Il sourit et ajoute :

« Il est là, collé à votre poitrine par une bande de sparadrap. Il vous faut un peu moins de dix secondes pour le tenir en main, déboutonnage de la chemise compris.

— Je ne déboutonne pas, j'arrache.

John l'Enfer siffle doucement. Il paraît prodigieusement intéressé. Puis :

— Il y a un flic tout au bout de la rame. Vous le savez?

— Bien entendu. C'est loin.

Le Cheyenne glisse une main dans la poche gauche de son pantalon. Il en tire une petite seringue en plastique, dans son emballage stérilisé, et un flacon rempli d'un liquide incolore et scellé par une capsule de caoutchouc. D'un geste rapide, il déchire l'emballage, fait jouer le piston de la seringue.

« J'en veux, dit le garçon.

Il s'allonge sur une banquette, ferme les yeux. Un peu de salive mousse aux commissures de ses lèvres. Une courbe qui n'en finit pas, la rame hurle. Les lumières du plafonnier s'éteignent, puis s'allument à nouveau. John l'Enfer perfore la capsule de caoutchouc. Le liquide incolore monte à l'intérieur du tube de la seringue, aspiré par le piston. Ashton Mysha enlace Dorothy Kayne et la supplie de ne pas avoir peur. John dénude le bras droit du garçon. La plupart des veines ont éclaté, formant des hématomes violacés qui montent jusqu'à l'épaule.

Sous la chemise, le couteau fait une bosse étroite. En se penchant sur le malade, John a découvert qu'il dissimulait aussi deux longs rasoirs aux lames nues; l'une d'elles, visible par l'échancrure de la chemise, porte des traces de sang. Le garçon dit :

« Tu ne serais pas le premier que je...

— Ne bouge plus.

Mais l'autre insiste :

— Souviens-toi. J'arrache, je te plonge le machin dans le ventre, même les serpents ne vont pas aussi vite que moi. Merde, j'ai mal. Dépêche-toi.

— Ce n'est pas si facile.

Une étrange sueur glauque coule sur le front du garçon, lui poisse les cils. Il répète :

— Vite, vite, ou je t'ouvre.

— Oui, mon petit, dit John en s'agenouillant.

Délicatement, il soulève une des oreilles du drogué. Derrière le lobe, un abcès énorme tend la peau. Ses racines doivent s'enfoncer jusqu'à l'oreille interne. C'est de là que vient l'odeur écœurante. John se mord les lèvres. Le garçon n'a plus que quelques jours à vivre ; ses souffrances, déjà, doivent être intolérables ; sans doute n'a-t-il même plus la force de regagner la surface : alors, il erre d'une rame à l'autre en rançonnant les voyageurs isolés. Il ne demande pas d'argent, mais de la drogue. Au pire, de l'alcool qu'il s'injecte dans l'aine ou dans les veines de la jambe.

Alors, John l'Enfer vide le contenu de la seringue sur le plancher du wagon. Ce n'était, de toute façon, que de l'eau distillée : l'Indien sait que le plus sûr moyen de dissuader un agresseur est de lui faire croire qu'on partage les mêmes besoins, les mêmes manques, la même épouvante que lui. Il ne prend plus jamais le métro sans une seringue neuve et un peu d'eau.

En s'écoulant à travers l'orifice minuscule de l'aiguille, le liquide produit un léger chuintement. A cause du vacarme du convoi lancé à grande vitesse, à cause de la résonance des anneaux du tunnel sous l'East River, le garçon n'entendra rien.

Maintenant, manœuvrant le piston en sens inverse, John remplit la seringue d'air. Il enfonce l'aiguille dans une veine qu'il est parvenu à faire saillir en comprimant avec force l'avant-bras du garçon :

— Petit, ça va aller beaucoup mieux.

La bulle d'air atteint les centres vitaux. La mort survient, silencieuse et calme. Le garçon tressaille à peine. Ashton Mysha récite une prière en polonais, qu'il croyait avoir oubliée. La dernière fois qu'il a murmuré ces mots-là, où il est question de pardon, de sommeil et de paix, un navire mettait en panne au large des Açores, il pleuvait. Dorothy Kayne dit alors :

— Il y avait quelqu'un qui parlait, un type qui cherchait la bagarre, et on ne l'entend plus.

Le métro ralentit, puis s'arrête. Les quais de la station sont à cinquante-sept mètres sous la ville.

Les policiers ont dit qu'ils connaissaient le mort, qu'il s'appelait Bart-quelque chose en « o », et qu'il y avait bien deux semaines qu'ils cherchaient à le coincer. Dans ses poches, ils ont trouvé des petits sachets blancs qui avaient contenu de la drogue ; Bart les gardait peut-être comme on conserve le ticket d'un cinéma où on a vu un bon film, où on a caressé les jambes et la poitrine d'une fille qui rendait la pareille — et qui la rendait bien. Ils ont étendu le corps sur le quai, en attendant l'arrivée d'une civière. Puis, ils ont demandé à John l'Enfer de leur raconter ce qui s'était passé ; l'un des policiers a suggéré, en désignant Ashton Mysha :

— On devrait plutôt interroger celui-là. Avec les Indiens, on ne sait pas, des fois c'est vraiment n'importe quoi.

Mais John a parlé :

— Le garçon était armé, il nous menaçait. J'ai sorti une seringue et je lui ai injecté de l'air dans les veines. C'est comme ça qu'il est mort. Je ne regrette pas ce que j'ai fait : il aurait fini par crever.

— Soyez poli et dites *mourir*.

— Pardon, monsieur, a fait John, mais le mot juste c'est *crever*. Les organes éclatent les uns après les autres, tellement ils sont engorgés. Le signe, c'est cet abcès au crâne.

Là, il a dû s'interrompre pour laisser passer une rame. Quand le silence est revenu, on a entendu Dorothy qui pleurait et Mysha qui lui faisait la leçon :

— Tu sais bien que les larmes, c'est mauvais pour tes yeux.

Le policier qui dirige la patrouille a pris John l'Enfer à part :

— Mon vieux, est-ce que vous êtes conscient d'avoir tué un homme ?

Le Cheyenne a hésité avant de répondre ; il a longuement regardé vers le cadavre de Bart-quelque chose en « o », allongé tout seul au bord du quai; il y a un instant, lorsque la rame est passée, les cheveux bouclés de Bart se sont soulevés, puis ils sont retombés en désordre sur son visage. Bart était un être humain, mais était-il un homme? L'était-il encore au moment où l'aiguille s'est enfoncée sous sa peau? Si oui, a pensé John, les Cheyennes des grandes guerres en étaient aussi. Et on les a exterminés, très officiellement, parce que certains Indiens crucifiaient sur des roues de chariots des filles semblables à Dorothy Kayne. Ensuite de quoi, les survivants ont massacré les soldats américains qui découpaient à la baïonnette les seins des femmes indiennes et les faisaient bouillir jusqu'à ce qu'ils deviennent durs comme des sculptures de cuir, avec la blancheur de l'ivoire. Hier le vertige et l'épuisement ont tué Mawakhna, aujourd'hui John a achevé Bart-quelque chose en « o ». La vie n'est pas une ligne droite, c'est le dedans d'un chaudron. *L'acte du ragoût* résume assez bien toutes ces choses, assure Maman Pageewack. Elle veut dire par là qu'il n'y a aucune logique dans un pot-au-feu où ça bouillonne tout pareil, viande, eau, sel et légumes; aucune autre signification que l'assouvissement. le contentement d'un ventre.

— Monsieur, dit John, c'est difficile

Le policier sourit :

— Ne vous inquiétez pas, ça n'a aucune importance. vous étiez en état de légitime défense. D'ailleurs, j'ai le témoignage de vos deux amis.

— Miss Kayne n'a rien vu.

— Naturellement. Mais elle a tout entendu.

Et le policier ajoute, cette fois en riant, qu'il ne va tout de même pas mettre en doute les propos d'un professeur de sociologie urbaine. Jolie fille, autant qu'on puisse en juger : ce qui implique qu'elle doit avoir des appuis, des relations haut placées.

« Vous êtes libre. Juste une petite signature, là, pour le procès-verbal. Je ne crois pas qu'on vous convoque. Après tout, vous avez fait notre travail — et beaucoup plus proprement, ça, on doit le dire!

John signe et s'en va. Les policiers, qui cessent alors de se considérer en service, échangent des cigarettes. On recouvre enfin d'un mouchoir le visage de Bart. Il faudrait mettre une pierre à chaque coin du mouchoir, pense John. Sinon, au prochain passage d'un train, il s'envolera.

Bien que la nuit soit encore très chaude, l'air extérieur paraît presque rafraîchissant après l'étouffante moiteur du métro. Ashton Mysha évite de regarder le Cheyenne. Lui, Mysha, il aurait agi autrement. Par exemple, il aurait essayé de gagner du temps en engageant le dialogue avec le garçon malade. Depuis qu'il a quitté la Pologne, il a toujours fait confiance aux mots ; et ceux-ci ne l'ont pas trahi.

C'est encore sur les mots qu'il compte pour reconquérir Dorothy Kayne, dont il devine qu'elle s'écarte de lui pour suivre John comme une ombre. Et maintenant, il se sent très loin de cet homme qui marche à côté de lui, impassible. Il le redoute parce qu'il ne le comprend pas.

— Ne parlez pas, surtout ne dites rien, ordonne brusquement John en posant une main sur l'épaule de Mysha.

— Mais je...

— Si : vous alliez dire des choses. Quelles choses, je ne sais pas. Seulement je suis sûr qu'il vaut mieux nous taire.

De même, après la chevauchée victorieuse, la cavalerie cheyenne se retira-t-elle sur l'autre versant des collines, et se perdit dans le silence. Les vainqueurs rouges allaient, les yeux clos, les cuisses ne caressant plus qu'à peine les flancs des chevaux.

Plus loin, John l'Enfer désigne un building de trente étages, une sorte de cube massif et sombre. Un terrain vague, jonché de détritus où dominent des morceaux de ferraille, en protège l'accès aussi efficacement qu'une herse et des douves.

— C'est ici.

De part et d'autre du chemin de planches qui conduit jusqu'aux portes, des feux de camp achèvent de se consumer. La fumée fait comme un brouillard poisseux qui, parfois, dissimule les contours de l'immeuble.

Dorothy Kayne, en dépit des prévisions optimistes des médecins, ne s'est pas accoutumée à sa nuit. Elle la subit comme un enfant le sommeil qui met fin à ses jeux. L'obscurité permanente et la danse hallucinante des phosphènes, peu à peu, ont engourdi la volonté de la jeune femme. Elle fait de moins en moins la distinction entre l'activité et le repos. On lui avait dit que ses autres sens s'ouvriraient davantage : cela n'a duré que quelques jours. A présent, les sons lui parviennent brouillés, les odeurs mêlées, elle hésite avant de reconnaître sous ses doigts la texture du métal de celle du bois.

En quittant l'hôpital, elle se croyait assez forte pour assumer seule une existence au jour le jour presque normale. Elle se mouvait et agissait encore comme une voyante ; lorsqu'elle prenait conscience de sa cécité, il était heureusement trop tard : elle avait déjà accompli, sans même y penser, le geste qu'il fallait.

Et puis, la crainte de tout et de rien s'est emparée d'elle. Dorothy a l'impression que, dans la profondeur de la nuit, quelque chose l'attire invinciblement vers un choc ou vers une chute. Illusion d'un vertige, peut-être.

Elle a constaté qu'elle s'endormait parfois les yeux ouverts sous le bandeau. Et cela l'a bouleversée, car seuls les morts gardent ainsi les yeux ouverts sur le néant. Elle n'a rien dit, mais elle a pleuré. Désormais, le soir, elle noue une écharpe autour de son front pour appuyer davantage le bandeau sur ses yeux, pour obliger ses paupières à s'abaisser et à demeurer ainsi jusqu'au réveil. La liberté, l'indépendance, sont autant de pièges.

Elle n'a pratiquement pas réagi à la mort de Bart ; elle a même menti aux policiers, exagérant les soi-disant menaces du garçon malade : d'une voix lasse, elle a juré qu'il avait manifesté ouvertement l'intention de les tuer, elle d'abord, puis Ashton Mysha, puis John l'Enfer ; elle a ajouté que le garçon voulait trancher les parties sexuelles des deux hommes, et les enfoncer ensuite dans sa bouche à elle. De tout cela qui salissait la pauvre mémoire de Bart-quelque chose en « o », Dorothy Kayne n'a ressenti aucune honte : l'essentiel étant que les policiers n'emmènent pas John, qu'ils lui rendent ce Cheyenne qui sait la guider. Elle fera l'amour avec lui, si c'est le prix qu'il demande pour être cette muraille nécessaire entre elle et la peur de ce qu'elle ne voit pas.

Sur le chemin de planches, elle vacille et supplie :

— John, s'il vous plaît, est-ce que vous voulez bien me porter ? Je me tords les chevilles.

Lui, sans un mot, il la prend dans ses bras.

Des ampoules nues se reflètent sur les panneaux de marbre du hall. Du tableau de bord électronique et futuriste par lequel l'ancien gardien du building communiquait avec les locataires, il ne subsiste qu'un squelette d'aluminium terni, hérissé de tronçons de fils multicolores qui ne conduisent plus nulle part. Rédigée en espagnol et en anglais, une inscription barre les deux grands miroirs : *Les chiens et les enfants sont priés de ne pas uriner dans l'entrée.* Au-dessous, à l'aide d'un bâton de rouge à lèvres, quelqu'un a ajouté : *sinon, il leur arrivera des bricoles.* Reste à savoir, naturellement, ce que recouvre le mot *bricoles.*

Affalé sur un fauteuil pivotant en simili vert, un homme somnole ; il est vêtu d'un uniforme défraîchi de l'US Air Force, dont les galons ont été décousus. Sans modifier sa position, il interpelle John :

— Qu'est-ce que vous voulez ? Il est tard.

— Je viens de la part de Tom Brennan.

L'homme soupire, consulte distraitement un cahier à spirale :

— Pas de Tom Brennan ici, rien qui ressemble à ce nom-là.

— C'est pourtant Brennan qui m'a donné cette adresse. Il m'a affirmé que je pourrais louer un appartement.

L'homme hésite. Puis, après un regard sur Dorothy :

— Pour ça, faudrait voir Groote, Helmut Groote. C'est le propriétaire. Mais ça m'étonnerait qu'il vous admette : on ne veut plus de malades dans la maison, on a déjà assez d'ennuis comme ça avec le service de l'Hygiène.

— Mr. Groote connaît sûrement Tom Brennan, dit John avec douceur. Je suis certain que tout peut s'arranger. D'ailleurs, miss Kayne n'est pas malade. En tout cas, ce n'est pas contagieux.

— Pour que je dérange Groote en pleine nuit, faudrait que votre Brennan soit un type de première importance. Et si cela était, évidemment je le saurais.

— Tom Brennan *était* un type de première importance. Maintenant, il est en train de mourir. Je suppose que Mr. Groote sera content d'apprendre que son ami Tom a pensé à lui dans ses derniers instants, et qu'il m'a envoyé.

L'homme ouvre un petit placard mural, en sort une thermos, boit à même le goulot. Un peu de café coule sur son menton :

— Admettons que vous ayez un tout petit peu de fric en trop : je pourrais vous faire confiance et courir le risque de réveiller Groote.

139

Les sept ascenseurs ont été condamnés par des chaînes cadenassées : la compagnie responsable de leur installation ne garantit plus la sécurité des cabines dans « les normes actuelles d'utilisation ». Par chance, l'appartement d'Helmut Groote se trouve au quatrième étage.

— Comment est-ce? demande Dorothy.

— Rupin, ment John.

Et il ajoute :

« Partout, il y a des lustres. »

L'homme qui les guide se met à rire, et le Cheyenne doit lui donner deux dollars pour le faire taire.

Helmut Groote se souvient vaguement de Tom Brennan. Il précise qu'il n'est pas nécessaire d'être recommandé par qui que ce soit pour louer un logement à la résidence 509. L'essentiel est d'apporter la preuve qu'on n'est pas recherché par la police — *vous obtiendrez sans difficulté un certificat en allant voir Steve Styffer, un ancien flic qui a pris sa retraite, à deux blocs d'ici* — et qu'on possède de quoi régler le montant des douze premières nuitées. Ensuite, il faut payer chaque matin en mettant l'argent dans une enveloppe et en jetant celle-ci dans une espèce de boîte aux lettres peinte en rouge qui se trouve à chaque palier.

Groote dit encore :

— Surtout, pas de confusion : cette maison n'est pas une succursale de l'Armée du salut. C'est un immeuble locatif tout ce qu'il y a de régulier, et moi aussi je suis un type régulier. Si c'est un marchand de sommeil que vous cherchez, adressez-vous ailleurs. Je ne veux d'histoires avec personne, et surtout pas avec la police.

Il s'approche de la fenêtre, désigne le terrain vague. Le vent couche les fumées sur le chemin de planches.

« Dans le temps, fait Groote, il y avait des fleurs, des allées goudronnées, et la nuit on allumait des tas de petits réverbères marrants qui ressemblaient à des champignons. D'accord, quand j'ai acheté l'immeuble j'ai viré les jardiniers, le cantonnier. Mais est-ce ma faute si tout est devenu tellement dégueulasse? Je vous pose la question, Mr. l'Enfer : ai-je transporté cette montagne de boue dans mes poches?

140

Peu à peu, John apprendra qu'Helmut Groote a bâti sa fortune en achetant des buildings désertés, promis à la démolition, et en les louant par appartements. Désormais, Groote vise plus haut : il guette un gratte-ciel en passe d'être abandonné, dans le sud de Manhattan, à proximité de Chinatown. Il a déjà décidé de le louer aux transfuges de Cuba qui ne trouvent pas à se loger à Miami ; ce gratte-ciel sera la première cellule d'un quartier nouveau que Groote appelle déjà la Petite Havane, qui étendra ses ramifications vers le fleuve, absorbant Bowery Street. Helmut Groote, de Hambourg, administrera la Petite Havane comme personne n'a encore jamais osé administrer personne — sauf les Chinois, peut-être ; mais l'exemple chinois n'intéresse pas Groote : le communisme exclut la notion de profit. Groote régnera sur la Petite Havane, décidant des unions, des naissances.

Parce qu'il fait nuit, parce qu'il a un public, Groote parle. Il s'enroule dans un drap de satin et dit :

« Les uns après les autres, les grands gratte-ciel tomberont entre mes mains. Simple logique : personne n'en veut plus, sauf moi. Pour les exploiter autrement.

Il n'y aura pas d'exception. Quant aux tours que quelques promoteurs irresponsables s'obstinent à construire, elles resteront à l'état de carcasses. Helmut Groote, alors, interviendra : il les fera démonter et revendra les poutrelles d'acier au poids du métal : elles serviront à l'assemblage des pétroliers géants de cinq cent mille tonnes. Il rit :

« New York finira sur l'eau, battant pavillon grec ou panaméen.

Si Groote trouvait les soutiens financiers qui lui font encore défaut, il achèterait des blocs entiers de Los Angeles ou de San Francisco : les sismologues prédisent que les deux cités seront détruites par un tremblement de terre avant cinquante ans ; dans une Amérique masochiste, une ville en miettes se revendra plus cher qu'une ville debout.

Helmut Groote ressemble à n'importe lequel de ces traiteurs allemands de Greenwich Village qui vendent des *Delikatessen*. Il porte un costume rayé noir et gris au pantalon trop court, une chemise brodée à ses initiales, un nœud papillon lie-de-vin. Il pose sur sa tête chauve un chapeau mou dont un bord (celui par lequel il le saisit) est taché de graisse. Il monte dans sa Studebaker 1963 et s'en va, a toute petite vitesse, apprécier à sa façon la déchéance de la ville.

Là-dessus, le jour se lève. Dorothy Kayne bâille. Dans le hall, une jeune femme remplace le gardien en uniforme de l'US Air Force : elle berce un enfant pour qui la nuit n'est pas encore finie.

Peu à peu, Dorothy Kayne se familiarisera avec l'univers vertical de la résidence 509. Elle osera s'échapper du logement, s'aventurer dans les étages, frôler ces femmes inconnues qui montent et descendent, muettes, les escaliers du building; les odeurs lui permettront de savoir à tout moment dans quelle zone elle se trouve. La farine chaude et le fromage aigrelet, ce sont les Italiens; un palier plus haut commence la « spirale des Hispaniques » : cinq niveaux, quarante appartements, ananas, laurier, parfums lourds; plus haut encore, aux abords immédiats de la terrasse, des Scandinaves mettent à sécher des filets de poisson, grillent des crabes sur des réchauds à gaz. Dorothy entend crisser sous ses pas des éclats de coquilles, elle est arrivée, c'est maintenant l'air libre avec le vent. Trente étages plus bas, des enfants rient et roulent dans la boue du terrain vague. D'autres enfants s'agrippent aux échelons de l'escalier de secours, ils s'élèvent comme des singes le long des parois du building, font mine de se lancer dans le vide; ils jouent à être sherpas de l'Everest ou parachutistes israéliens sur l'Ouganda. John dit qu'il y aura bientôt un accident mortel. Les mères de Porto Rico hurlent de peur et d'impuissance. Hier, les pompiers sont venus délivrer une petite fille qui était restée accrochée par le fond de sa culotte. Ses fesses nues, rondes comme une lune noire de Saint-Domingue, se balançaient contre le ciel gris. Un homme a pris des photos, au téléobjectif.

Il arrive que les doigts de Dorothy plongent dans une pustule de plâtre frais : car c'est avec du plâtre détrempé qu'on comble les fissures de la résidence 509, il ne viendrait à l'idée de personne d'utiliser du ciment — à quoi bon, pour si peu de temps? Ici, les gens font escale. Tous des migrateurs, en quelque sorte, aux frontières d'une ville qui ne connaît plus de population stable mais des échanges. Les familles errantes surgies du fin fond des États s'abattent sur le building avant de poursuivre leur fuite en avant : New York est leur dernière chance américaine ; après, c'est l'océan, le retour au pays.

Alors, au royaume d'Helmut Groote, on reprend des forces. Les emplois provisoires ne manquent pas dans l'extrême sud de Manhattan : les hommes ont le choix entre les garages spécialisés dans la remise à neuf des voitures accidentées et les docks ; les femmes s'embauchent dans ce grand hôtel qui domine l'embarcadère de la Circle Line, où les pourboires vont bien, où il y a des tapisseries modernes dans les salons et l'air conditionné jusque dans les vestiaires du personnel ; elles ont ainsi, les femmes, un avant-goût des délices qui les attendent, des richesses qui seront peut-être un jour les leurs, en cas de réussite. C'est à ça qu'elles pensent en changeant les draps, en aseptisant les cuvettes des waters.

Poutrelles et fibro, le Fabulous Southwest est un supermarché comme les autres ; sauf qu'il faut payer comptant.

Tout, et même les salamis.

Récemment, des manifestations ont eu lieu le long d'Upper Bay pour exiger l'application du crédit sur les salamis. Parce qu'un salami de taille moyenne peut nourrir pendant trois jours une famille de quatre personnes. Il y a tout ce dont on peut avoir besoin, dans un salami industriel : glucides, lipides, protides ; et même de la cellulose, pour peu qu'on mange aussi la peau.

Sous les lumières psychédéliques du Fabulous Southwest, Ashton Mysha pousse un chariot le long des comptoirs. John l'Enfer le remplit, et c'est le consulat britannique qui règle la facture au nom de la compagnie d'armement du *Vastitude*.

Le Cheyenne s'arrête devant le rayon des draps et couvertures. Il palpe un édredon, longuement :

— Faudra pas se laisser piéger, Mysha, l'hiver viendra vite.

— Pas à Valparaiso.

— C'est à Dorothy que je pensais, dit John. Elle est frileuse.

— ... surtout du bout des pieds !

Là-dessus, le Polonais se met à rire. John continue d'évaluer l'épaisseur et le moelleux du duvet. Mysha se calme et dit :

« Avant la fin de l'automne, Dorothy aura recouvré la vue

Alors, elle s'en ira. Redeviendra la femme libre d'avant son accident. Ni vous ni personne ne pourront l'en empêcher.

L'Indien n'a pas cessé de tripoter l'édredon. Il pose sur Ashton un regard sans expression.

« Vous l'aimez? demande Mysha. Peut-être que oui, après tout. Elle dépend de vous, pire qu'un chien. Mais je n'appelle pas ça de l'amour. N'attendez rien de l'hiver, John, vous seriez déçu.

Les deux hommes doivent s'écarter, John lâche le duvet. Au rayon des couvertures, la foule est accourue : on organise un concours, la première cliente qui saura répondre à une question facile emportera deux paires de draps en satin.

— Marilyn Monroe roupillait dans des draps exactement comme ceux que vous voyez là, Mesdames, et je pose la question : qui étaient les deux partenaires de Marilyn dans *Someone like it hot?*

Mysha et le Cheyenne sont repoussés vers le comptoir des légumes surgelés. Une démonstratrice est pliée en deux au-dessus des immenses bacs blancs, son haleine s'échappe de ses lèvres gercées. Elle souffre, elle sourit. Ashton suggère :

— Achetez des maïs, ils sont beaux.

Et, sur le même ton :

« D'ailleurs, c'est avec moi qu'elle couche, la petite Dorothy.

Chaque soir, Ashton Mysha déshabille Dorothy Kayne. Tandis que John, dans la pièce voisine, regarde la télévision et augmente le volume du son pour ne pas entendre le froissement de la jupe ou du chemisier. Mais quand il n'entend pas, il devine.

Le déshabillage terminé, il y a le frottement des pieds nus de Dorothy sur le plancher. Le gargouillis de la douche. Une fois, la jeune femme s'est brûlée parce qu'elle ne trouvait plus la manette du mélangeur. Elle sautillait sous l'eau chaude, en criant. Mysha a dit que, désormais, il resterait là, près d'elle. Il réglerait cette saloperie de douche, Dorothy n'aurait qu'à demander *un peu plus chaud, un peu plus froid.* Mysha a promis de détourner les yeux, de ne jamais regarder ce corps arqué sous la douche. Parfois, Dorothy interroge :

— Tu n'en profites pas? C'est bien vrai?

— C'est bien vrai, répond le Polonais.

Qui ment, naturellement.

Et puis, Dorothy s'enveloppe dans un peignoir, retourne dans sa chambre, s'allonge. Mysha ferme la porte, revient au salon, du savon a éclaboussé sa chemise bleue à galons d'officier. Il s'assied près du Cheyenne. Les deux hommes évitent de se parler, boivent de la bière à petites gorgées, font mine de s'intéresser au programme de la télévision. Le feuilleton s'achève, Ashton dit qu'il est temps d'aller dormir. Il ajoute, invariablement :

« Parce que je partirai de bonne heure, demain. J'irai sur les quais. Je voudrais tellement être en mer avant la fin de la semaine.

Il couche dans la petite pièce aux vitres dépolies qui était autrefois un cabinet dentaire. La potence de la roulette est toujours là, scellée dans le parquet, elle fait office de porte-manteau.

Dans quelques minutes, le Polonais va se relever, tâtonner jusqu'à la chambre de Dorothy.

Celle-ci dit « non », à voix basse. Sans doute agite-t-elle violemment la tête, de droite à gauche sur l'oreiller. Puis elle finit par céder : Ashton est expert en matière de caresses. Bien sûr qu'il n'osait pas lécher les cuisses ni le cul des prostituées, mais avec Dorothy tout est différent. Elle est propre comme un bébé qu'on vient de langer. Ashton et elle font l'amour très vite, en silence. Ensuite, elle murmure :

— Dis-moi comment tu es?

Mysha se raconte :

— Ma gueule? Osseuse. Tu vois le genre? Le type slave, vaguement. Les pommettes hautes. Tiens, donne ta main, touche mes pommettes. Ce creux? Une fossette. Mes sourcils, il y a du blanc dedans. Ah, oui, dans les cheveux aussi. C'est élégant. Non, je n'ai pas l'air d'être ton père.

Mais le matin appartient à John. C'est lui qui réveille Dorothy. Il se penche, respire son haleine un peu fade, soulève délicatement les draps, admire cet abandon, les jambes qui se recroquevillent. Est-elle belle, cette pauvre petite!

— John?

— Oui, miss Dorothy.

Il a retrouvé la voix souple, attentive, des esclaves du Sud ancien. A travers John l'Enfer, c'est la nation cheyenne qui s'agenouille. Respire, avide, le parfum trouble d'une fille blanche et blessée, encore endormie.

Les Indiens eussent été capables de mourir d'amour. Une chance

146

que les soldats bleus ne l'aient jamais su, et se soient jusqu'au bout trompés d'arme absolue. Encore maintenant, d'ailleurs.

John l'Enfer se redresse, pénètre dans la chambre de Mysha. Secoue ce grand corps sur le ventre, les bras en croix, aussi chaud que l'autre — mais différemment, quand même. A l'aube, Mysha n'est plus l'amant fringant de la veille : jusqu'à la toilette, sa peau restera grise et ses articulations douloureuses. Il mangera ses œufs du bout des lèvres, réprimera une ou deux nausées, une quinte de toux le pliera :

— Les cigarettes. Deux paquets, hier. A bord, je ne fumerai plus. C'est pas pareil, sur un bateau, on se soutient les uns les autres. De toute façon, si c'est un pétrolier...

Jusqu'à huit ou neuf heures, il aura l'air d'un presque mort. A faire peur, tant il existe mal. Il soupire, dérange des objets sans raison valable, ne les remet pas en place, se traîne d'un bout à l'autre du logement :

« J'étais venu chercher... mais chercher quoi?

Puis il s'enferme dans le réduit des WC. C'est là qu'il recommence chaque jour sa petite résurrection, en lisant le journal. Il suit, grâce aux rubriques spécialisées, les mouvements des navires qui entrent dans le port de New York ou en sortent. Il échafaude des hypothèses :

« Pas normal, cet Allemand qui s'offre trois jours de retard. Que s'est-il passé à Panama? Et s'il avait débarqué un de ses officiers? Une avarie de machines, le journal en parlerait. Contacter la Hamburg, et pas plus tard que ce matin.

Il se hâte. Il se rase, cure ses rides et ses ongles, enfile son uniforme, il sent la menthe et le vétiver, c'est un homme debout. Il ferme à demi les yeux, comme s'il avait à lutter déjà contre la réflexion du soleil sur la mer. Il dit :

« J'ai une piste : un frigorifique de douze mille tonnes, je ne peux pas rêver mieux. Tu viens, Dorothy? Je ne lâcherai pas ta main.

John s'interpose :

— Elle reste là. Une aveugle, ça n'a pas sa place sur le pont d'un bateau. Avec tout le bordel, vous comprenez...

Il fait allusion à ce désordre organisé de bâches et de palans, de chaînes et de panneaux. Un désordre qui ne se ressemble jamais, un peu comme un langage que chaque navire renouvelle.

147

Dorothy Kayne ne dit rien, le Cheyenne a parlé pour elle. Il lui a évité l'humiliation d'avouer sa peur du dehors ; des quais, surtout, avec leurs flaques de mazout-peaux de bananes, leur à-pic au-dessus de la mer glauque qui a les mouvements furtifs d'un guetteur, d'un sale embusqué ; il y a aussi, entre l'eau et les hangars, les trains étroits qui vont à travers la foule des dockers. Un port, ce n'est pas fait pour s'y promener. Un port, il faut en partir. Dorothy Kayne, elle, ne s'en va pas : avec un bandeau de laine blanche sur les yeux, on dort.

Elle dort n'importe où, d'ailleurs, n'importe quand. Debout comme les chevaux, elle en est capable. Elle croit que le Cheyenne en profite pour se faufiler jusqu'à sa chambre, déranger son linge de la veille, s'offrir quelques instants de reniflette. S'il lui prend l'envie de se masturber, elle n'y voit pas d'inconvénient : on fait l'amour qu'on peut dans cette ville où l'étreinte est payante ; tarif au quart d'heure dans les quartiers pauvres, au week-end ailleurs ; enfin, sur Broadway, les cabines individuelles de cinéma porno à vingt-cinq cents les quatre minutes. Mais l'Indien n'est sûrement pas un homme d'images, il lui faut du tangible, de la lingerie pour de vrai, tiède encore si possible. Alors, persuadée que John joue avec ses culottes et ses bas, Dorothy les abandonne en évidence. John a deviné l'attention, il en est touché. Mais c'est Dorothy qu'il désire, pas ses dépouilles : il sourit, empile les petites affaires dans une cuvette, les lave, les essore, les repasse, les plie, les range. Par respect, il porte des gants de ménage.

Appuyée contre le mur, ce matin, Dorothy demande :

— Quand Ashton aura trouvé un embarquement pour de bon, est-ce qu'on s'en ira d'ici ? Votre chambre, dans Queens...

— Trop petite.

— Pour nous deux ?

— Une seule pièce. Avec un seul lit.

— Eh bien, John, retournons à Long Island. Je l'aimais bien, moi, votre maison.

Elle se détache du mur, fait quelques pas, frôle la table, le fauteuil. Elle ne peut voir ni la poussière ni les crevasses dans le bois, mais elle en suit la trace sous ses doigts :

« Vous m'avez menti. Ce n'est pas rupin, ici, c'est franchement minable.

148

Il ne répond pas. Elle tâtonne, débranche l'aspirateur qu'il vient de mettre en marche :

« Je vous en prie, retournons là-bas. Entendre le bruit des vagues, et le vent. Je sais : l'hypothèque. Mais qu'est-ce que ça peut faire, John ? Personne ne vous a obligé à partir : vous vous êtes chassé tout seul. On se demande pourquoi, vraiment.

— Je ne peux aimer que ce qui est à moi.

Il souligne :

« A moi tout à fait. Je rentrerai quand j'aurai payé.

— Mais ça n'arrivera jamais ! Où pensez-vous trouver douze mille dollars ? En faisant quoi ? Après le départ d'Ashton, de quoi vivrez-vous ? Est-ce qu'on vous verse une allocation chômage, ou un truc de ce genre ?

Il dit qu'il a réfléchi. Il a décidé de chercher du travail, il commencera dès demain. On embauche tous les jours au département de l'Hygiène, section des déchets. Le premier avantage de ce job, c'est qu'on travaille de quatre heures du matin à midi :

— Je pourrai continuer à m'occuper de vous. Avant de filer, je préparerai tout pour votre petit déjeuner, vous n'aurez plus qu'à brancher la prise de la cafetière. On se mettra d'accord sur la place des choses. Un code : le beurre à droite de la table, la confiture à gauche.

Il a parlé d'un ton grave, presque solennel ; comme s'il dévoilait les phases d'un plan militaire d'une importance extrême ; maintenant, il sourit :

« J'ai pensé à tout.

Dorothy s'approche de lui, émue malgré elle :

— Heureusement, ça ne durera pas : bientôt, je pourrai ouvrir les yeux. Alors, on fera une fête. Avec mon argent.

Depuis le début, John lui a laissé croire qu'elle possédait encore en banque quelque trois mille dollars : c'est lui qui ouvre et contrôle les relevés de compte de Dorothy. En réalité, par le jeu des prélèvements automatiques, la jeune femme n'a plus que cent trente dollars. Elle semble avoir oublié toutes les traites et tous les ordres de virement qu'elle avait signés avant son accident. John et Ashton ont discuté pour savoir ce qu'il convenait de faire ; ils ont opté pour le mensonge, pour la dissimulation — tellement plus charitable ! Se sachant au bord du découvert, Dorothy Kayne eût probablement exigé de reprendre sa liberté. Tandis que l'illusion d'avoir de l'argent l'incite à se laisser porter à bout de bras.

« Bien entendu, dit-elle, je vous rembourserai tout ce que vous avez dépensé pour moi.

Elle fouille dans son sac, à la recherche de son chéquier :

« Et même, on va s'y mettre tout de suite. Voulez-vous guider ma main, pour que je signe? La somme, vous l'inscrirez vous-même.

John lui saisit le poignet. Par hasard, son pouce se pose sur l'artère. Les pulsations du sang sont trop rapides. Il dit :

— Ne soyez pas nerveuse.

Elle rit, le visage levé vers lui :

— Faire un chèque, c'est si bon!

Puis elle signe, maladroitement, et demande :

« A peu près correcte, cette signature? Est-ce que ça ne déborde pas trop? De combien voulez-vous amputer ma fortune?

— Quatre cents dollars, dit-il.

Elle rit de nouveau :

— Mettez cinq cents. Non : cinq cent cinquante. Mille, si vous voulez. Allez-y franchement. J'ai enfin l'impression de...

— Oui, je comprends.

Il n'a pas encore lâché son poignet. Et elle ne cherche pas à se dégager. Elle dit que John a les doigts chauds, souples, que les bijoutiers feraient aussi bien d'oublier l'or, l'argent, le platine; que le chef-d'œuvre absolu serait un bracelet composé de phalanges d'Indien; que c'est sans doute cruel, mais que la beauté est souvent à ce prix.

Elle dit, en fait, n'importe quoi pour qu'il ne retire pas sa main.

John prend le chèque inutile, le glisse dans une poche. Il le jettera plus tard, après l'avoir déchiqueté. Brusquement, Dorothy penche la tête, effleure du bout des lèvres les doigts du Cheyenne :

— Merci d'avoir accepté. Je me sens heureuse. Ce soir, je signerai un autre chèque. Pour Ashton, cette fois.

Après avoir longé les *piers* au sud de Manhattan, le frigorifique de douze mille tonnes *Wienner* abat sur tribord et s'engage dans l'estuaire de l'Hudson. Il bat en arrière toute, puis met en panne. Une glisse silencieuse, régulière, va maintenant l'amener à proximité du quai. Ashton Mysha le regarde courir sur son erre. Il observe la silhouette claire du navire, apprécie en connaisseur : l'étrave est fine, et sa courbe bien dessinée ; le château s'élève à l'arrière, signe que le bâtiment est de construction relativement récente ; depuis la passerelle qui s'ouvre sur toute la largeur du château, on doit bénéficier d'une vision remarquable à laquelle rien ne vient s'opposer.

Le *Wienner* se range contre son quai sans l'intervention du remorqueur ; celui-ci attend quelques instants, des torrents de fumée noire couronnent sa cheminée trapue ; puis il s'élance, rageur, vers l'embouchure du grand fleuve.

Le Polonais monte à bord du frigorifique en même temps que les services des douanes et de la santé. Le représentant new-yorkais de l'armement de Hambourg entraîne Mysha vers la passerelle :

— Je doute que Schöldorff vous reçoive séance tenante : une arrivée à quai, vous savez ce que c'est ?

Ashton ne répond pas — l'autre mettra son mutisme sur le compte de la pluie qui maintenant tombe à verse.

Ashton Mysha est conscient de n'avoir pas choisi le meilleur moment pour proposer ses services au commandant Schöldorff ; mais il n'a pas su résister à l'envie de sentir de nouveau sous ses pieds cette vibration à fleur de peau de la machine marine qui donne ses derniers tours ; puis ce frisson différent, plus saccadé et plus sourd, des groupes électrogènes qui prennent le relais.

Lorsque le Polonais pénètre sur la passerelle, Wilhelm Schöldorff vient justement de la quitter pour rejoindre l'officier sanitaire dans les compartiments réfrigérés où la cargaison (de la viande de bœuf et des primeurs de Californie) doit subir une première inspection.

Le jeune matelot qui a pris l'écoute dans le local radio demande s'il faut rappeler le commandant. Ashton secoue la tête :

— J'attendrai, je ne suis pas pressé.

Il détaille l'agencement de la passerelle. Peut-être s'imagine-t-il déjà seul, de nuit, dans ce local étroit, surveillant les images fluorescentes qui montent des cadrans. Il entend glisser sur leur tringle les anneaux du rideau noir, et la voix d'un steward :

— Votre café. Il est bien chaud.

Aux relents du mazout se mêle le parfum un peu écœurant d'une cigarette roulée à la main, et qui achève de se consumer au bord d'un cendrier publicitaire. Ashton se tourne vers le matelot qui boit du Coca-Cola dans le local radio :

151

— Vous feriez mieux d'éteindre ça tout de suite.

Le jeune garçon rougit et se hâte de faire disparaître le mégot. Mysha lui sourit :

« Je suppose que c'est un officier, n'est-ce pas, qui fume de la marijuana?

Le matelot se trouble : il ne sait pas, il n'avait même pas remarqué que cette cigarette dégageait une odeur particulière. Il ajoute que les officiers du *Wienner* sont des hommes taciturnes, qui ne parlent que si leur service l'exige. Il conclut, en soufflant sur les cendres de marijuana :

— Peut-être bien qu'ils ont des souvenirs.

Le commandant Wilhelm Schöldorff est un homme de petite taille, tout en pointes et en angles, aux doigts recourbés comme des griffes d'oiseau. Mais le sourire est chaleureux. Tout de suite, Schöldorff tend la main :

— Veuillez vous asseoir, capitaine Mysha. Navré de vous avoir fait attendre : mais je ne savais pas... Eh bien, notre agent m'a prévenu quant au but de votre démarche.

Il laisse passer quelques instants, puis :

« Le *Wienner* vous a donc séduit, capitaine Mysha?

— Oui, commandant. C'est un beau navire.

Schöldorff s'enfonce davantage dans son fauteuil de cuir.

— Moi aussi, dit l'Allemand, il me plaît. Une légère tendance à rouler, peut-être. Enfin, il suffit d'équilibrer la cargaison en conséquence.

Le silence, à nouveau. Soudain rompu par Mysha :

— J'étais second du *Vastitude*, commandant.

— Une référence. Et vous en avez assez des paquebots?

— De celui-là, oui. Tourner en rond dans la Méditerranée, ça ne m'intéresse pas. Le rôle du second se réduit plus ou moins à celui d'un super-steward.

Schöldorff ouvre un petit réfrigérateur encastré, présente à Mysha un verre de jus de fruit :

— Vous ne m'en voudrez pas? J'interdis l'alcool à mon bord. J'ai conservé un certain nombre de principes. Des manies, si vous préférez, attrapées dans la Kriegsmarine. Oh, je n'ai pas servi longtemps : cinq pauvres petits mois, j'avais à peine dix-huit ans.

— J'étais de l'autre côté, précise Ashton. Sur le plan idéologique : en réalité, je ne me suis pas battu, ou si peu...

Wilhelm Schöldorff se lève, s'approche de la fenêtre de sa cabine. Entre deux nuages de pluie, un soleil froid fait luire les eaux de l'Hudson.

— Encore que le problème ne soit pas là, capitaine Mysha.

L'Allemand se retourne et dit :

« C'est une question d'âge.

— J'avoue ne pas comprendre, commandant.

— Mais si, voyons ! Ce n'est pas parce que nous vivons sur la mer que nous sommes différents des autres hommes ; des autres sociétés. Un armement, c'est une entreprise semblable aux autres. Aussi impitoyable. Je ferai deux ou trois fois la ligne de San Francisco, *via* Panama. Et puis je rentrerai à Hambourg. En avion. J'ai cinquante ans, capitaine Mysha. Pendant la guerre, j'étais un enfant qui brûlait de vieillir. C'est chose faite.

— Pas à cinquante ans, commandant !

— A cinquante ans, capitaine Mysha. Mon successeur à bord du *Wienner* est déjà nommé. Un garçon délicieux, Oscar Hellschmidt. Pendant que nous causons, Hellschmidt rassemble sa cohorte de gosses. Il l'entraîne, là-bas en Allemagne. Ils font des courses de hors-bord sur la Baltique. Ils font aussi l'amour. Faites-vous encore l'amour, capitaine ?

Ashton ne répond pas. Avec une sorte d'épouvante, il contemple cet homme fluet qui prononce contre lui une accusation à laquelle il ne pensait pas devoir faire face : l'âge.

Le premier instant de stupeur passé, le Polonais se ressaisit. Il attaque :

— Commandant Schöldorff, que faites-vous de l'expérience ?

— De la merde, dit doucement l'Allemand. Les navires d'aujourd'hui sont automatiques. Le monde entier est automatique. Même la guerre, s'il devait y en avoir une, serait automatique. Aux mécanismes, à présent, d'avoir de l'expérience — c'est-à-dire de la mémoire. L'ordinateur est stupide, il n'a pas de bras. Mais, la vache, il a de la mémoire. Il nous éliminera. A quoi servirons-nous, le jour où les ordinateurs auront notre passé ?

— Pareil pour Oscar Hellschmidt.

— Non. Hellschmidt n'est pas un homme, lui.

Le vent se lève sur le fleuve, soufflant avec force des collines aux forêts épaisses. Un grand soupir glisse sur l'Hudson. Et le *Wienner* tire sur ses amarres : un bateau ne peut espérer que dix à vingt ans de vie active ; la peinture immaculée des tôles ne signifie rien, le frigorifique allemand entrera prochainement au cimetière des navires.

Mysha ne lutte plus. Il le sait, Wilhelm Schöldorff a raison. Une usure, c'est rapide comme la lumière.

« Je crois qu'on s'est compris, tous les deux, dit encore Schöldorff.

Il a soulevé le carreau de la fenêtre. Il regarde les gratte-ciel à travers les enfléchures des grues.

Brusquement, Ashton Mysha sent le froid l'envahir. Les pieds pour commencer, puis les genoux, le ventre. Un coup d'œil au thermomètre scellé au plafond de la cabine lui apprend qu'il règne pourtant une température de vingt-deux degrés centigrades. Le Polonais essaye de se rappeler quand il a éprouvé, pour la première fois, cette sensation de froid. C'était il y a longtemps.

Debout sur l'aileron de la passerelle, le commandant Wilhelm Schöldorff suit des yeux Ashton Mysha qui s'éloigne. Jusqu'au bout, Ashton s'est débattu. Un beau diable, ma foi. Même qu'il s'est mis en colère :

— Taisez-vous, Schöldorff. Vous êtes allemand. Le monde nouveau, hein ? Place aux jeunes et au mark vainqueur ! Attendez, je ne suis pas perdu, moi. Je tenterai ma chance ailleurs.

— Capitaine Mysha, regagnez votre paquebot. Mettez des plantes vertes dans votre cabine, exigez de votre steward qu'il vous apporte une bouillotte tous les soirs. Essayez de dormir, capitaine.

Mais le Polonais a claqué la porte. Sans dire merci ; ni pour le jus de fruit, ni pour les sourires, ni pour les conseils.

Schöldorff règle ses jumelles :

« Mais il pleure, ce con-là !

Ashton Mysha, ce soir, n'est pas rentré.

Le front appuyé contre la vitre, John l'Enfer surveille les ombres qui remontent le chemin de planches jeté sur le terrain vague. Il les voit s'étirer de réverbère en réverbère, les identifie l'une après l'autre ; il dit, sans se retourner :

— Ils l'ont peut-être gardé à dîner. Sûrement, même. Entre marins, quand on se retrouve...

Dorothy demande :

— Qu'est-ce que c'est, ce boucan ? La pluie ?

— La pluie. Et on n'a plus de pain.

— Mais plein de biscottes. C'est pas mal, les biscottes.

Le Cheyenne ouvre la fenêtre. New York sent la glaise humide et l'essence. Au loin, soudain, des projecteurs s'allument. Ils balayent la façade d'un gratte-ciel. John dit encore :

— Quelque chose qui ne va pas, sur le S-623. Je l'ai drôlement récuré, celui-là. Mais il est pourri jusqu'à la moelle, ça ne pouvait pas durer. Peut-être que c'est pour cette nuit. Je me demande le bruit que ça fait, quand ça tombe. Est-ce que ça se détache par petits bouts, ou bien est-ce que ça vient tout d'un coup ? Enfin, avec des vérins, ils peuvent encore le soutenir un moment.

Ernst Anderson est sur place. A dix-neuf heures, il a été prévenu. A dix-neuf heures vingt — compte tenu des encombrements, on peut parler d'exploit —, il a pris en main l'opération *Survie Hirondelle*. D'accord sans le savoir avec John l'Enfer, Anderson a réquisitionné les vérins hydrauliques d'un régiment du génie. Maintenant, il regarde manœuvrer les hommes et les véhicules. Command-cars hérissés d'antennes télescopiques, ordres brefs et

155

codés sur ondes courtes, la ronde hurlante des motards autour du building blessé : beaucoup de bruit pour peut-être pas grand-chose, pense Anderson.

Le gratte-ciel n'abrite que des bureaux : à cette heure, sa population se réduit à quelques femmes de ménage effarées, huit gardiens de nuit, trois techniciens du chauffage et de la climatisation. Les pompiers n'ont eu aucune difficulté à rassembler ces gens-là dans les salons de l'entresol, puis à les évacuer en bon ordre jusqu'à l'avenue.

Les vérins militaires viennent s'appuyer contre les flancs de l'immeuble. La faille, à hauteur du vingt-huitième étage, est franche, rectiligne. Une compagnie de cinéma qui opère sur le Washington Bridge a prêté sa grue géante qui porte le nom d'*Humphrey Bogart IV*. Une mécanique splendide : debout sur le plancher de la cabine à ciel ouvert, propulsé par des torrents d'huile minérale sous pression, précédé par la flaque laiteuse des projecteurs, Ernst Anderson, muni des pleins pouvoirs, monte vers la cassure. Il pleut sur lui une fine poussière de plâtre.

En chuintant, la grue ralentit puis s'immobilise. Une odeur nauséabonde s'exhale de la faille. Sur la plate-forme, quelqu'un dit :

— Un tuyau de vidange qui aura crevé.

Anderson secoue la tête : cette puanteur, c'est celle *sui generis* du ciment lentement pourri. Il introduit ses mains gantées d'amiante à l'intérieur des lèvres de la cicatrice. Palpe, dans les entrailles du gratte-ciel, l'amalgame devenu pulvérulent. Il sent sous ses doigts les longues tiges de métal noyées dans ce qui fut du béton dense, compact : elles ont l'air de vouloir résister.

Alors, la grue ramène Anderson vers le sol. Son visage est poudré de blanc :

— Je ne peux pas me prononcer, avoue-t-il. Il faudrait que l'entreprise qui a construit ce machin nous communique un certain nombre de données : densité du béton, diamètre et fréquence des tubes d'armature, coefficient de résistance théorique aux séismes. Mais selon moi, ce ne sera qu'une alerte.

Il lève les yeux, contemple le gratte-ciel illuminé qui crache une fumée pâle :

« Tombera pas.

Quatre tracteurs à douze roues motrices font reculer la grue

Humphrey Bogart IV. Une sirène couine, inutile et lugubre, tout en haut de la flèche jaune. Ernst Anderson rentre les épaules, s'insinue dans l'habitacle de sa voiture, déboutonne sa veste de cuir, martyrise le clavier du radio-téléphone :

« A vous de jouer, Dick : à tout hasard, combien de secousses telluriques intéressant l'ensemble de l'État de New York depuis six heures du matin ? Quelle intensité sur l'échelle de Richter ?

La foule s'est écartée pour laisser passer le sénateur Cadett, applaudi comme un prophète. Littéralement porté par les policiers du service d'ordre, Cadett atteint la portière de l'Oldsmobile :

— Anderson, soyez prudent. N'espérez pas un miracle, surtout ! Ça a commencé comme ça, chez moi. Vous connaissez la suite.

— Chez vous ? Mais c'était une baraque, chez vous ! Il y a tout de même une différence, monsieur le sénateur. Tant qu'on y est, vous voulez peut-être qu'on évacue aussi l'ESB [1] et qu'on le condamne à la démolition ?

Une caméra de télévision zoome. On voit pivoter la bague bleue de l'objectif, dont les stries renvoient vers le ciel l'éclat des projecteurs. Anderson saisit la main du sénateur, la serre entre les siennes. Et murmure :

« La paix, Cadett. La lèpre des pierres ? Non, pas ici, pas au cœur de la ville. Le feu, plutôt. Ah oui, c'est le feu qui aura notre peau.

Cadett se dégage. Ses lèvres tremblent de colère :

— On sait que vous lorgnez vers la mairie, Anderson. Alors, vous essayez de rassurer les gens. Bravo : la sécurité, comme argument électoral, on n'a pas trouvé mieux !

— Un incendie, vous estimez que c'est rassurant ?

Le sénateur hausse les épaules. Il se tourne vers les journalistes :

— Cet homme vous ment, dit-il en désignant Ernst Anderson. Moi, je vous affirme que la ville est mourante. Rappelez-vous ma maison. Nous avons vu trop grand, et pas assez solide : un siècle, c'est beaucoup trop pour un mélange de sable, d'eau, de gravier et d'êtres humains.

Anderson sourit. Il enfonce le klaxon de son véhicule. Cadett est forcé de s'interrompre. Alors, les micros se tendent vers le responsable des brigades antifeu :

[1]. ESB : abréviation pour Empire State Building.

157

— Contrairement à ce que vous avez l'air de penser, sénateur, je ne fais pas de politique.

Il éclate de rire ; un rire tonitruant, qui le tient tout entier, qui n'en finit pas :

« J'aimerais bien en faire, remarquez. Mais chaque chose en son temps : pour le moment, j'éteins des feux. A propos, ne jetez pas vos mégots dans les poubelles, surveillez vos appareils de chauffage, et gare aux gosses qui jouent avec des allumettes.

Il passe un bras par la portière, braque le phare pivotant de l'Oldsmobile vers le gratte-ciel :

« D'accord, je le vois comme vous, il y a un grand trou là-haut. Et après ? Bon Dieu, vous ne pensiez tout de même pas que ça n'arriverait jamais ? Il y en aura d'autres, des trous. On les bouchera. Les uns après les autres. Dès demain, des spécialistes vont grimper. Il n'y paraîtra plus.

Un prêtre, fendant la foule, s'est approché. Un homme très pâle. Il casse sa silhouette interminable, et souffle au visage d'Anderson :

— Monsieur, c'est écrit dans la Bible. Deux anges sont venus dire à Lot que Sodome allait être détruite, monsieur. Et Gomorrhe aussi, monsieur.

Ernst Anderson se recroqueville sur lui-même. Pourquoi ces prêtres refusent-ils de se laver ? Pourquoi cette politesse plaintive qui ne parvient pas à dissimuler le mépris — la moquerie, parfois ? Le chef des brigades antifeu a vu Dieu dans les brasiers. La dernière fois, c'était quand il portait Connie dans ses bras, sur l'échelle. Une seule flamme a léché la chemise de nuit de Connie, et la petite fille s'est embrasée. Anderson l'a tenue contre lui jusqu'au bout. Jusqu'au sol. Jusqu'à l'étouffement sous la cascade des lances. Connie avait eu le temps de mourir, Ernst avait eu celui d'être brûlé au troisième degré. La poitrine et les mains. Le hurlement fou de l'enfant, Anderson le jure, c'était le cri de Dieu.

Il interpelle un policier :

— Qu'on emmène ce pauvre type.

Tandis qu'on entraîne le prêtre qui n'oppose aucune résistance, Anderson choisit un micro, l'empoigne :

« Pourquoi pas le déluge ?

Il saisit la manche brodée de Heidi Luhrer, petite journaliste volante au *Chronicle* :

« Heidi-chatte, ouvrez-moi deux pages spéciales dans votre édition de dimanche. Rameutez les prix Nobel. Détruisez-moi Sodome et Gomorrhe pour de bon, cette fois. On a toutes les preuves scientifiques qu'il faut — et au-delà, Heidi-chatte, au-delà! — que Dieu n'y était pour rien. Le diable non plus, d'ailleurs. Rien que la sacrée ligne des cassures tout autour de la terre.

Heidi Luhrer proteste : le *Chronicle* est déjà programmé à la photocomposition. Anderson insiste :

« Heidi-chatte, la ville payera. Ça, je vous le garantis. Question de salut public.

Il démarre, branche sa sirène. Les motards de l'armée lui ouvrent le passage. N'importe quoi, pense Anderson, pourvu que New York ne se dépeuple pas. Il faut que les gens restent, qu'ils soient heureux de se trouver là, qu'ils payent des impôts, qu'ils nourrissent le monstre. Ernst sait très exactement ce dont il parle : avant-hier, quelque part dans Harlem, on a entendu un grand bruit. Le vacarme provenait d'un petit immeuble du début du siècle, réservé aux familles nécessiteuses; ses locataires avaient fini par renoncer à l'usage de l'ascenseur, n'ayant pas de quoi assumer les charges de son entretien. A douze heures quarante-deux, ce jour-là, après un lent pourrissement dans le secret de sa cage bétonnée, la cabine de l'ascenseur, bloquée au troisième, s'est écroulée. La mort de l'ascenseur sera contagieuse : le petit immeuble, rongé par le mal inexorable du désert, n'en a plus que pour deux ou trois ans. Ce qu'il faut transfuser dans les murs de New York, c'est de l'argent.

Environ cinq cents millions de dollars.

Longeant les môles, Ashton Mysha atteint la gare maritime du ferry de Staten Island. C'est de là qu'il aperçoit, dans le lointain, la tache livide des batteries de projecteurs qui envahissent la façade du gratte-ciel S-623. Il apprend ce qui se passe là-bas grâce aux transistors cadenassés à la devanture d'un magasin spécialisé dans la revente d'appareils détaxés. Le Polonais éprouve alors comme une sorte de soulagement : satisfaction égoïste de pouvoir se dire *je ne suis pas le seul, toute une ville s'abîme avec moi.*

A plusieurs reprises, il a été sur le point de rebrousser chemin, de remonter à bord du *Wienner*, d'affronter à nouveau le commandant

Schöldorff ; mais il a renoncé chaque fois, craignant que l'Allemand ne précise sa pensée.

Mysha regarde les équipages quitter la gare du ferry. Ils sont en complet veston, mais ils ont encore sur la tête la casquette galonnée d'or qui rend compte, au monde entier, de leur fonction. Ashton ne finira pas à bord d'un de ces bateaux ventrus, informes, dont les aménagements intérieurs ressemblent à ceux d'une rame de métro : même buée permanente, même odeur aigrelette, mêmes banquettes au simili couturé, marbré de brûlures de cigarettes, souillé d'inscriptions pornos. Vingt minutes pour Staten Island : et puis, de l'autre côté de la baie, une foule pareille à celle-ci, une misère de foule qui regarde ce tout petit morceau de mer non pas comme une évasion possible mais comme une servitude. Joan Baez chante, dans les transistors cadenassés, la mort de Sacco et Vanzetti. Ashton Mysha frissonne. Mais il met ce froid sur le compte du changement de saison. Il remonte vers le nord-est, il entre dans Chinatown. C'est l'heure où, de chaque soupirail, s'échappe une vapeur odorante. Encore une trentaine de minutes, juste le temps que la nuit s'installe sans discussion possible, et les restaurants afficheront complet. Une file d'attente oscille devant le cinéma chinois. Dragon aux épines alternatives : tantôt l'enfant, tantôt l'ancêtre. Le Polonais continue d'avancer, comme un automate. Il va de cascade de lumière en cascade de lumière. Ses jambes le portent sans qu'il en ait vraiment conscience. Parce qu'il lui semble toujours qu'il sera mieux sur le trottoir d'en face. Voici qu'il pleure de honte, il n'y voit plus rien. Il allume une cigarette. Aux gens qu'il heurte, il dit :

— Pardon, c'est cette cigarette...

John l'Enfer tourne le dos à la fenêtre. Là-bas, les lumières se sont éteintes au flanc du S-623. Ni morts, ni blessés, annonce la télévision — laquelle accorde une large part aux déclarations optimistes de l'équipe de secours dirigée par Anderson. John sourit :

— Pigé, Dorothy ? Il va leur falloir des types dans mon genre pour grimper là-haut. Emporter une truelle à la place d'une éponge, ça m'est égal. Et puis, Anderson l'a dit : il y aura d'autres trous.

Dorothy Kayne ne répond pas. A cause du bandeau blanc sur ses yeux, on ne peut jamais savoir si elle se tait parce qu'elle dort ou bien parce qu'elle boude. John surveille la respiration de la jeune femme, il en conclut qu'elle ne dort pas. Il dit :

« Bon, je n'aurai pas besoin de m'embaucher pour le ramassage des ordures.

— Si j'avais tué un homme, ça me serait indifférent.

Alors, John l'empoigne. Il hurle :

— L'histoire de Bart, on avait décidé qu'on n'en parlerait plus jamais. Qu'est-ce qu'il vous faut? Même les flics ont classé l'affaire. J'ai fait ce qu'il fallait. Et je l'ai fait mieux qu'un autre. Jusqu'au bout, le petit a cru...

— ... que vous lui injectiez de la drogue, n'est-ce pas? Et il est mort heureux. C'est votre version, John.

Elle se lève. Trébuche jusqu'à ce cabinet de toilette triangulaire qui fait aussi office de cuisine. Elle entreprend de laver leur vaisselle à tous les deux. Elle souhaite peut-être qu'une assiette lui échappe, chute et se brise : miss Kayne est l'auteur d'une plaquette intitulée *Du fracas des choses comme exorcisme de l'angoisse collective.*

« Comment en sommes-nous arrivés là? demande-t-elle. Et quand les choses ont-elles commencé?

— C'est votre job, on dirait, de répondre à ces questions. Mais j'ai quand même ma petite idée.

— Celle d'Evelyn. L'idée indienne. Je connais.

Elle ajoute, méprisante :

« Ne vous donnez pas cette peine-là, John l'Enfer. J'ai soutenu une thèse sur ce sujet. New York ne pouvait pas devenir une métropole indienne. Vous n'avez pas le sens de la ville. Ni les moyens.

— Les moyens sont là, à présent. Grande abondance.

Ce que Dorothy espérait se produit : un verre roule, éclate sur le rebord de l'évier. John s'agenouille. En silence, du tranchant de la main, il rassemble les morceaux. Dorothy halète. Puis :

— Ne vous blessez pas. Je suis désolée d'avoir fait ça.

De la joue, John lui effleure le genou. Frotte sa tête contre les deux jambes écartées. Bon chien, Cheyenne, bon chien. Il aboie. Il rit :

— Chien d'aveugle. Ces bêtes-là, on les traite rudement. Elles aiment ça. Faites pour servir. Réflexes obligatoires, pas le droit de se tromper. Maintenant, laissez tout ça. Je vais vous aider à vous coucher.

Il la conduit vers la chambre. Dorothy s'abandonne contre lui. Tandis qu'il déboutonne son chemisier, elle demande :

— Est-ce que vous êtes inquiet au sujet d'Ashton?

— Oui.

Il s'assied sur le rebord du lit. Contemple la silhouette de Dorothy. Pense au soutien-gorge qu'il lavera demain — il aime laver les soutiens-gorge, parce que les ballonnets flottent sur l'écume de savon comme de petites chaloupes; on peut jouer au naufrage, on provoque des vagues, et le soutien-gorge coule au fond.

« Dorothy, faut plus faire l'amour avec Ashton. Faut plus lui mentir comme ça. Il s'imagine des choses. Que vous le suivrez peut-être.

— Je lui fabrique des souvenirs.

— Il en a déjà trop. Il est vieux.

— Pas tellement.

Elle pivote sur elle-même, glisse vers le radiateur, pose la main sur les tubes :

« C'est si froid que ça vous brûle.

Puis :

« Baiser, pour vous, c'est important? Est-ce que ça vous engage tout entier? C'est grave, alors? Répondez-moi, John l'Enfer, j'ai besoin de savoir. Je vais écrire un livre sur les Indiens. On le vendra par souscriptions dans les réserves. On prétend, aujourd'hui, que tout homme est déterminé par sa sexualité. Je dois connaître vos pulsions.

Et encore — puisqu'il se tait :

« Pendant que vous aviez le dos tourné, j'ai allongé le bras. J'ai trouvé la bouteille de whisky. J'ai bu au goulot. Vous êtes fâché? Je suis triste à cause d'Ashton. Peut-être est-il mort quelque part. Il faut se méfier des villes, ça vous assassine mine de rien.

Elle pleure. John le sait, à cause du bandeau qui change de couleur. Qui devient gris et jaune : les larmes décomposent les pommades.

« Et si c'était fini? dit-elle. Si je n'y voyais plus jamais?

— Je vous garderais.

Et tard dans la nuit il est encore là, près d'elle qui dort d'un sommeil lourd. Peu à peu, les nausées de Dorothy Kayne se sont espacées. La sueur qui collait les boucles de ses cheveux s'est évaporée. A deux ou trois reprises, entre deux rêves, elle a murmuré :

— Tu es près de moi?

Il a répondu :

— Rien ne vous menace. Vous n'êtes pas obligée de cacher votre tête sous les draps, comme une toute petite fille : j'ai tué tous les scorpions.

Elle a vraiment cru qu'il y avait des scorpions dans la chambre. Elle s'est agitée, elle a crié. Puis elle est retombée, les lèvres gonflées de fièvre. Certain qu'elle ne pouvait pas l'entendre (et que, si elle l'entendait, elle ne pouvait le comprendre), John l'Enfer lui a dit qu'il l'aimait.

A l'est de Chinatown, sans l'avoir vraiment voulu, Ashton Mysha s'est enfoncé dans la rue des Ombres. C'est Bowery Street. Le plan d'assainissement et de reconstruction de l'artère n'a pas encore abouti; bien que reconduit de budget en budget par la municipalité, il ne connaîtra jamais sa fin. Parce que Bowery se vautre et se souille au fur et à mesure qu'on la nettoie : les urbanistes du Civic Center ne comprennent pas qu'il faut aux Ombres des pans de murs contre lesquels pisser.

Peu importe. Dans Bowery, même en hiver, il fait moins froid que partout ailleurs dans New York. Ici, tout est nourriture. Les fourneaux envahissent les trottoirs et la soupe coule de partout. Soupe maigre chez Chang, plus épaisse chez Blumfield, géniale chez le petit Arturo. Des foyers montent des escarbilles. C'est pourquoi, dans Chinatown à deux pas, le long des grilles de l'église catholique de la Transfiguration, une voiture de pompiers patrouille en permanence.

Ashton Mysha s'arrête, cligne des yeux. Après le ruissellement des enseignes du quartier chinois, la nuit de Bowery agrandit ses pupilles. En fait, le Polonais n'avait rien décidé; il s'en allait au hasard. Il se demande pourtant si ce n'est pas là que l'attendent les fantômes de Wilhelm Schöldorff et de son équipage de camés; là qu'ils viendront le rejoindre, pour l'emporter, après l'ultime traversée d'est en ouest du canal de Panama; dans la sous-ville, en somme, où ça remugle tellement d'entre les pierrailles que même le vent d'océan renonce à chasser la puanteur.

Ashton a faim. Faim d'une viande grasse et âcre. Du mouton, de préférence, rapport au goût fort qui vous coule dans la gorge, qui peut vous faire tousser mieux qu'un alcool. Mais dans Bowery, le mouton manque. Le bœuf aussi. Vague compensation : haricots et patates baignent dans un mélange de farine et de sang. Ce qu'on trouve à foison, c'est du chien cuit. Le prix varie selon la race, les fluctuations du cours sont inouïes. Les bandes d'approvisionneurs rapinent sous les arches du Brooklyn Bridge ou du Washington; les plus audacieuses poussent jusqu'au Verrazano : là-bas, les matrones sont moins sur le qui-vive, les bêtes mieux nourries, donc plus tendres.

Encore que, depuis plusieurs semaines, le chien se raréfie. Toujours cette histoire d'un grand rassemblement canin dans les gorges des monts Alleghanys.

Le Green Circumstance, à mi-parcours. L'établissement se vante de n'avoir jamais été fermé par la police. Il loue des lits pour la nuit, à un dollar le matelas. Des prostituées assurent l'animation, elles dansent et se dénudent à la demande. Le coït et les baisers sur la bouche sont prohibés, les sévices légers sont autorisés (pinçons, morsures, gifles) : il en coûte alors soixante-quinze cents.

Mysha commande un poisson de la baie à la sauce tomate. Des hommes se rassemblent, par petits groupes, devant un rideau rouge qui tarde à s'ouvrir. Des jeunes filles épongent sans jamais s'arrêter le plancher de lattes de bois, à vif, qui engloutit la bière.

Le Polonais fixe la coquille de plexiglas où se trouve le téléphone. Il pose une pièce de vingt-cinq cents sur la table. S'il le voulait, il aurait de quoi appeler Dorothy. Mais il préfère la laisser dans l'incertitude. Laquelle, sait-on jamais, deviendra inquiétude. Nom de Dieu, l'inquiétude, est-ce que ce n'est pas le grand luxe d'un amour? Ashton Mysha voit Dorothy réussissant à ouvrir les fenêtres du logement, fouillant l'obscurité de ses yeux morts, appelant :

— Ashton, tu es en retard, chéri, moi je ne peux pas me déshabiller sans toi, je ne veux pas qu'il me touche — ce sale Indien. Sale, parce qu'ils sont tous sales. Marqué noir sur blanc, en toutes lettres, dans l'Histoire de nos États-Unis. Viens, on les aura, nos mers chaudes et *tutti quanti*. Un Allemand ne fait pas la loi sur les océans. Cherche bien, Ashton, il y a sûrement mieux que le *Wienner* dans le port de New York.

Mysha baisse la tête. Il regarde son poisson a la sauce tomate Lui trouve mauvaise mine. Non, il n'y a pas mieux que le *Wienner* dans le port de New York. Les môles sont déserts, on a déjà vendu des remorqueurs aux enchères. Des enfants noirs arrachent des moules aux piles des wharfs, des yachts s'ancrent là où les transatlantiques rejetaient à la mer les couvercles de leurs boîtes de caviar.

— Je n'ai plus aucune chance, Dorothy.

La fille qui jongle avec des balles de base-ball se penche :

— Allons, pas la moindre Dorothy ici, mon chou. Sûr que tu t'es gouré de bahut.

— Je ne demande rien à personne, dit Mysha.

Il se lève. Il n'a même pas entamé son poisson. D'accord, c'était immangeable. Mais il y a autre chose : la fausse faim. Comme le faux sommeil, le faux désir.

Il achète un cigare, il ne veut pas mourir.

Plus avant dans Bowery, tandis que des guirlandes s'allument aux arches des ponts. La mer est visible à son scintillement plomb fondu au bout des impasses, par-delà les entassements de cageots, de trognons de légumes et de voitures d'enfants. Les putains sont plutôt maigres par ici, elles sautillent comme des insectes d'un halo à l'autre. Ashton Mysha écrase des emballages vides, boîtes blanches et vertes de Super-Sleep'n'dream, deux comprimés une demi-heure avant de s'allonger, de la tachycardie et des troubles de la vue peuvent survenir en cas de dépassement de la dose prescrite.

C'est joué, le Polonais a perdu sa route. Maintenant, il peut errer comme ça jusqu'au petit jour, tourner en rond sans jamais réussir à quitter l'avenue de la misère. D'autres avant lui ont été pris au piège de Bowery, ils se sont endormis debout parmi les asiles de nuit qui débordent jusque sur les trottoirs. Mysha est encore lucide, il sait qu'il devrait fuir, se faufiler sous les échafaudages des chantiers, retourner vers la lumière. Une musique de jazz monte des bouges, mélodies cuivrées et clinquantes auxquelles manque l'étincelle. Puis il se met à pleuvoir. Ashton Mysha se réfugie dans une encoignure.

C'est là que la femme va le découvrir, à trois heures du matin. Elle porte une robe rouge, une mantille sombre sur ses cheveux décolorés. Elle joue les Espagnoles, en claquant des talons sur le macadam. Elle s'arrête à distance, dévisage le Polonais :

— J'étais sûre que c'était toi. Il m'avait semblé te reconnaître, au

167

Green, quand tu es entré. Tu es reparti si vite. Ton poisson, c'est un petit couple gentil qui se l'est tapé. Je t'ai cherché dans les bars, je t'ai couru après partout.

Elle s'approche, de façon que son visage reçoive toute la lumière du réverbère. Elle relève sa mantille. L'averse a fait couler son maquillage, elle a l'air d'une petite fille vieille et grasse. Elle insiste, la voix rauque. Dit qu'elle est Bee, Bee de Coney Island.

« Viens plus près, Ashton, il ne pleut presque plus. C'est extraordinaire de te revoir, après toutes ces années. Mais ça devait nous arriver, on ne s'était pas dit au revoir. Qu'est-ce que tu as? Tu restes là, dans ton coin, comme un fiévreux. Tu ne me reconnais pas, j'ai changé, c'est ça que tu es en train de penser? Ne me dis pas que tu es déçu, Ashton, ce ne serait pas raisonnable.

Alors lui, enfin, quittant son espèce de cachette, il s'est avancé vers elle. Tandis qu'elle parlait, il entendait le fracas de l'océan en bordure du parc d'attractions, le grincement des manèges, les cris des filles dans les balançoires à vapeur au-dessus de l'écume, et la musique, la même musique qu'à Bowery, à peu près, ce jazz loupé qui n'a pas d'âme mais qui traduit si bien le gueulement des mouettes.

— Bee, quel âge as-tu? Il y a si longtemps.

Elle rit :

— Ne dramatisons pas, ça file pareil pour tout le monde, Ashton. Seulement, j'ai quitté la foire. Les grandes roues me flanquaient le tournis, je n'ai plus mon estomac d'autrefois. J'ai un peu la gueule de Bette Davis, c'est pas vrai?

Il est contre elle. Il la reconnaît. Pourtant, il n'ose pas encore la toucher. Et demande, désignant Bowery :

— Tu vis là-dedans?

— Je ne fais que passer, juste pour la récolte. Une combine, je gagne gros. Donne-moi la main.

Le Musée de cires, en bordure de Bowery, ne met en scène qu'un seul tableau l'agonie de Jeanne d'Arc, sur le bûcher de Rouen. Jeanne est vivante, vingt-deux ans, étudiante en médecine, elle s'appelle Caroll. Lorsque s'allument les projecteurs rouges et que le nain Jack Falcon met le feu aux cartouches fumigènes, Caroll fait sonner les chaînes qui l'attachent au pieu, tout en haut des fagots de matière plastique. Une bande magnétique tourne, on entend des cliquetis d'armes, des volées de cloches, la rumeur de la foule. Derrière son paravent, Jack Falcon hurle :

— Nous avons brûlé une sainte!

Alors, Caroll crie plus fort que le nain :

— Jésus! Jésus! *Ave Maria, gratia plena!*

Et aussi :

« Peur, j'ai peur de mourir.

Il arrive que Jack Falcon se trompe dans le dosage des cartouches fumigènes; dans ce cas, la jeune fille étouffe, tousse et pleure de vraies larmes. Ce sont des moments *of great emotion*. Pour tout le monde.

Caroll et Jack Falcon sont deux des créatures de Bee. La troisième, la plus rentable, c'est Mary Virginia Taylor. Elle passe la moitié de la nuit sanglée sur un fauteuil de bois, dans une petite pièce séparée du musée par un rideau noir. Le dossier du fauteuil est garni de clous dont les pointes effleurent le dos nu de Mary Virginia Taylor. Les amateurs payent douze dollars, en échange de quoi ils reçoivent une cigarette allumée. Alors, ils approchent le bout incandescent de la cigarette des seins de Mary, qui a le choix entre la brûlure ou les pointes. Bien sûr, elle choisit les clous. D'autant que Jack Falcon se tient auprès du fauteuil et qu'il dit stop lorsque les pointes vont déchirer le dos de Mary Virginia. Le client s'en va par une porte donnant sur la cour, un autre le remplace. Mary n'a pas peur : le nain est attentif, dévoué, il arrête toujours le geste du client avant qu'il ne soit trop tard. Mary reçoit deux cent cinquante dollars par semaine, elle ne travaille ni le samedi ni le dimanche.

A présent, Bee abaisse les interrupteurs et l'ombre envahit le musée. Jack Falcon offre un verre de lait mentholé à Caroll et à Mary Virginia Taylor. Il regarde le Polonais :

— Vous en voulez aussi?

Bee sourit :

— Désolée, Ashton, pas une goutte d'alcool dans l'établissement. Ce machin à la menthe est quand même buvable. Si j'obtiens un jour la licence complète, je triple mon chiffre d'affaires. Seulement, personne n'arrive à se mettre d'accord sur la catégorie à laquelle j'appartiens vraiment : entreprise éducative et culturelle, ou théâtre porno?

Elle s'affaire autour des soldats de cire, époussette les casques et les mantelets des armures :

« Si tu frottes trop fort, tu effaces la couleur. Les mannequins historiques coûtent les yeux de la tête. A lui tout seul, l'évêque Cauchon frôle les six cent cinquante dollars; bien sûr, c'est la faute aux bijoux, aux bagues à chaque doigt.

Ashton s'est allongé sur une des banquettes de velours qui entourent le bûcher. Il essaie de calculer ce que perdrait Bee si New York s'enflammait, si l'incendie ravageait Bowery et ce musée des deux horreurs. Mais les chiffres dansent devant ses yeux, ils refusent de s'aligner les uns au-dessous des autres. Jack Falcon a lancé un ventilateur qui chasse dans la nuit, par une lucarne, le brouillard bleu des fumigènes.

Les portes verrouillées, des housses blanches jetées sur les figures de cire, Bee entraîne chez elle Ashton Mysha, le nain Falcon et les deux filles. Tout en marchant, Caroll et Mary Virginia Taylor comparent les mérites respectifs de la dialyse et de la greffe du rein.

— Une contrainte insupportable, la dialyse, explique Caroll. Pour les opérateurs comme pour les malades. Des heures, tu penses, ça dure des heures. Deux, trois fois par semaine. Elsa Mechmann m'a demandée, pour un stage dans son service. J'ai refusé. Dans moins de dix ans, le rein artificiel sera aussi démodé que la chirurgie mutilante.

Mary Virginia Taylor masse ses poignets un peu endoloris par la pression des sangles de cuir :

— Tu auras autant d'organes sains dans la cuvette que de malades à greffer? Tu le crois vraiment, chaton?

Mary Virginia porte une veste en lapin blanc. Elle jure qu'elle déteste être ligotée sur le fauteuil à clous, qu'elle fait ça pour de l'argent, parce que ça rapporte plus que le baby-sitting; en réalité, elle adore ça; elle s'imagine que les hommes qui tentent de la brûler ont pitié d'elle; et la pitié des hommes lui fait gonfler les seins; elle finira le corps brisé sur des rochers, à Coney Island justement, dans sa veste en fourrure, sa veste de vierge, sous la lueur glauque d'une lune de printemps. Mary Virginia Taylor appelle le tueur, comme d'autres appellent le pantouflard. En attendant ses noces, Mademoiselle Victime passe comme une reine sous les ombres portées des

façades borgnes. Ashton admire le flair fantastique de Bee. Et
Caroll réplique à sa compagne :

— La greffe? Un problème strictement économique. Jusqu'à
maintenant, on a fait appel à la bonne volonté des donneurs
éventuels. Une seconde, Mary, réfléchis : et si on leur proposait de
l'argent, dis? Pas juste un peu, non, mais beaucoup de fric. A
Atlanta, Almendrick a l'air de penser que ça pourrait marcher. Je
t'accorde que cet Almendrick manque de génie. Médecin des Noirs,
il pense « cobayes ». Mais il approche la question d'une façon
intéressante. Ce n'est pas plus amoral qu'une vente en viager, après
tout !

Deux vedettes rapides remontent l'East River, guidées par un
hélicoptère de la police. Une voiture est tombée dans le fleuve. A ce
qu'il paraît, la lueur de ses phares serait encore visible sous onze
mètres d'eau trouble. Caroll prend le bras d'Ashton Mysha :

« Vous donneriez un peu de votre chair contre une fortune?
Versement comptant, chèque certifié...

— C'est pour fêter mes retrouvailles avec le Polonais, a dit Bee
en ouvrant deux bouteilles de gin.

Et puis, une fois les bouteilles vidées, elle a renvoyé le nain et les
deux filles. Elle s'est adossée contre la porte laquée de son
appartement, a tendu la main vers Ashton Mysha :

« Je ne cherche pas à t'éblouir, tu sais. Je me suis gentiment
débrouillée, voilà tout, ça me fait plaisir que tu le saches.
Maintenant, on oublie tout, et c'est la première fois.

Elle glisse sur le carrelage rouge, éteint les lumières :

« Je crois que tu vas bien te marrer, Ashton, en voyant mon lit :
même pour moi toute seule, il est trop étroit!

Ashton Mysha la suit dans la chambre. Pièce au plafond arrondi,
tendue de papier japonais (imitation bambous fragiles), il y a aussi
une salle de bains avec une baignoire encastrée dans le sol, genre
piscine de paquebot, et tout un système électrique qu'on commande
en claquant dans ses mains. Ashton sait qu'il ne pourra pas faire
l'amour avec Bee, parce qu'il est épuisé. Mais Bee est une
prostituée, elle ne renoncera pas aussi facilement, elle mettra son
point d'honneur à exciter l'homme jusqu'à ce qu'il soit capable de la
pénétrer. Au commencement, le Polonais éprouvera comme un

dégoût ; il écartera de lui la bouche et les mains. Il renoncera, dans un demi-sommeil.

A l'aube, enfin, il enlace Bee. Et demande, dans l'étreinte :

— Tu le connais, toi, ce toubib qui achète des organes, à Atlanta ?

John l'Enfer a poussé une chaise en rotin contre la fenêtre qui domine le terrain vague. Mais la buée, très vite, a envahi le carreau. Alors John a pesé de tout son poids contre la poignée, et la vitre a basculé. Le tas de sable où jouent les enfants est devenu compact, l'averse a mouillé les guidons des patinettes appuyées contre la margelle de ciment.

Un froid nouveau pénètre la ville, l'été indien s'éloigne dessus la mer, remplacé par cet hiver soudain chargé de neige suspendue. Le Cheyenne surveille l'horizon du terrain vague sans cligner des yeux. Il sait, d'instinct, comment guetter l'apparition d'une silhouette dans la nuit : n'appuyer sur le plat de la chaise qu'une seule cuisse à la fois, et sous la chaise se tordre les pieds à la limite de la crampe, ne jamais se laisser aller à fixer aucun point de repère — au contraire, obliger son regard à se déplacer, à couvrir le champ de vision le plus vaste, et nommer à mi-voix chaque chose reconnue. Réciter. Lampadaire auquel manque une ampoule, bac de sable, flaque de boue, abri pour les poubelles, borne d'appel pour la police. Balayer le décor dans l'autre sens, de droite à gauche à présent, refuser l'impression de déjà vu. John l'Enfer n'invente rien. Ses ancêtres, longtemps avant que le grand-père du grand-père de son père ait vu le jour, appliquaient déjà la même technique : rien ne doit échapper au guetteur, capable de compter trois feuilles qui tombent, silencieuses, entre les arbres du lointain bosquet.

Parfois l'Indien se lève. Sans bruit, il gagne la chambre où repose Dorothy Kayne, pousse doucement la porte, remonte la couverture sur le corps endormi — dont la tiédeur, déjà, émet une odeur enfantine.

— Pourvu qu'elle n'ait pas froid, avec cette fenêtre ouverte.

Il parle à l'armoire. Puis il revient vers sa chaise, glissant sur les talons. Le brouillard de la ville s'est insinué dans le logement, les contours des objets deviennent flous, et la résidence sombre avec une certaine noblesse à travers une vapeur subtile qui pue l'essence, le dépotoir, la pistache et le curry.

C'est après l'aurore, et John l'Enfer n'a pas cédé au sommeil. Dans sa chambre, Dorothy s'est agitée, un mauvais rêve. Elle a tenté d'arracher son bandeau, mais l'Indien a tenu étroitement serrées les mains de la jeune femme, et l'irrémédiable ne s'est pas produit. Encore que des nuages, de toute façon, aient caché la lune; miss Kayne serait passée d'une nuit à l'autre.

Les gratte-ciel de Manhattan se dessinent de plus en plus nettement à la lisière ouest du terrain vague. C'est comme une esquisse sur les traits de laquelle le crayon du dessinateur repasserait en insistant chaque fois davantage. John peut maintenant nommer les hauts immeubles les uns après les autres. Elles montent du néant, toutes ces grandes maisons qu'il a vaincues, léchées comme on lèche des filles blondes — oui, *blondes*, les gratte-ciel se distinguent de la masse des bâtisses par cet enduit sur eux, cette neige de poussière claire et duveteuse, à l'odeur fauve, qui leur vient à la fois des rues et du ciel.

Le Cheyenne concentre son attention sur le S-623. A présent que la lumière est plus étale, le building se fond dans la masse. Les projecteurs éteints, il redevient un bâtiment comme les autres, un simple carré gris en bas et à gauche du damier de Manhattan. Mais John surveille les mouettes qui se rassemblent au-dessus de la baie et s'apprêtent à plonger vers les poubelles du centre ville avant que la foule dans les rues soit trop dense : si les oiseaux évitent les abords du gratte-ciel, ce sera le signe que la faille au flanc du S-623 est plus profonde et plus nauséabonde qu'Anderson a bien voulu le laisser entendre. A sept heures douze, les mouettes s'envolent, planent un instant au-dessus des barges et des ferry-boats, s'orientent avant de s'élancer à travers le haut corridor de Wall Street.

Elles hésitent en approchant du S-623.

Alors, l'Indien ne peut s'empêcher de penser aux centaines (peut-être aux milliers) de chiens qui ont fui vers les Alleghanys. De penser aussi au python qui veille dans les flancs du E-708. Il se retourne vers le fond de l'appartement, fixe la porte de la chambre où dort Dorothy Kayne.

Du terrain vague monte un chant. *This is Missouri land, and I've found a fairy land.* Ashton Mysha martèle les planches jetées en travers de la boue. Pour la première fois depuis des années, il regarde vraiment très haut et très loin devant lui, les galons de son uniforme, encore humides de la pluie nocturne, scintillent au soleil neuf. John hésite, comme s'il ne reconnaissait pas le marin. Puis il sourit. Il s'empare d'un catalogue, le déchiquette, il jette des langues de papier multicolores par la fenêtre. Il sait. Quand New York était encore New York, quand la ville avait du temps à perdre et des annuaires téléphoniques à revendre, on accueillait ainsi les héros. Et surtout les survivants. *C'était autrefois, il y a quinze ans.*

Mais les lambeaux du catalogue, emportés par le vent, vont se noyer dans la boue. On dira encore, dans l'immeuble, qu'il y a des salingues qui ne savent pas se servir d'un vide-ordures. Ashton Mysha n'a rien vu, il s'est engouffré dans le hall, John l'Enfer éclate de rire, secoue le lit de Dorothy Kayne :

— L'autre fou qui revient ! Levez-vous, on va faire quelque chose pour lui, tous les deux ! Du café ou n'importe quoi !

Dorothy rit, elle aussi. Elle saute du lit, trébuche, se cambre. Elle est nue, elle est belle. Entre son front et le bandeau de laine blanche, John voudrait glisser une plume d'aigle, noire, en hommage.

L'histoire que Mysha raconte à présent n'est pas claire. Bien entendu : le Polonais, c'est toujours fumées, rébus, errances.

— On ne nous le changera pas, dit John, riant encore.

Ashton s'est assis sur la chaise près de la fenêtre où l'Indien l'a guetté toute la nuit :

— Je vous dis que je l'ai trouvé, mon voyage. Je n'en espérais pas tant. Seulement, c'est loin. Je vais devoir me reposer encore un peu avant de partir. Prendre des forces. Attendre que Dorothy aille mieux, qu'on lui remplace son bandeau par des lunettes noires. Être sûr, enfin, que tout est comme il faut. Parce que je ne reviendrai pas à New York.

— Jamais plus ?

— Jamais.

La chaise grince. John pense qu'il faudra la réparer, un jour. Il réchauffe ses mains à la vapeur qui monte de la cafetière :

— Valparaiso, ce n'est pas le bout du monde.

— Quoi, Valparaiso? Il ne s'agit pas de Valparaiso, évidemment. Et d'ailleurs, le Chili, non merci

— Et ton bateau s'appelle comment? demande Dorothy — qui n'a jamais vu le Chili, même à la télé, mais qui connaît des choses : les grands stades gris sous le soleil ou sous la neige, selon les saisons; les vestiaires où la pisse des hommes en armes, imbibant des serpillières qu'on enfourne dans la bouche des détenus, sert d'instrument de torture.

Le Polonais dit que les aveugles, c'est comme les enfants : il faut qu'on leur raconte, qu'on leur détaille, qu'on nomme les choses Leur mentir est si facile, pourtant.

A John d'interroger, tout en cherchant après un torchon, un linge, n'importe quoi pour empoigner la cafetière brûlante :

— Mentir à un enfant?

— Je l'ai fait, dit Mysha.

On ne lui demande plus rien, mais il parle quand même :

« C'était une gare, petite et minable. Moi, j'étais assis sur le bord du talus, les jambes pendantes, à sucer des herbes, quand le train est arrivé Ils devaient dormir, les gens, dans les wagons de marchandises. Parce qu'on n'entendait rien. Et puis, un gosse a passé sa main entre deux planches du wagon, deux planches qui ne tenaient pas bien ensemble. Il a laissé sa main tendue, comme ça, dans le vide. Je crois qu'il attendait qu'on y mette quelque chose, dans sa main. Je n'avais rien. Je foutais le camp, vous comprenez? Mais je me suis approché, j'ai attrapé le bout de ses doigts, j'ai serré. Je lui ai parlé. De son voyage, qui touchait à son terme. Tu t'en vas dans un beau pays, un pays de plaines avec des forêts, des étangs. Des renards, aussi. Tu aimes les renards? Sûr, il adorait les renards. Tu penses, je connais : j'y suis né. Et l'hôtel où tu descendras, tu verras, il est splendide. D'ailleurs, c'est son nom, le Splendid Hotel. Des lustres partout, même dans les salles de bains. Impossible d'avoir peur, la nuit. Mais les SS remontaient le long du convoi, vers la locomotive. Je me suis mis à courir.

— Il allait où, ce train?

Mysha allume une cigarette. Il l'écrase aussitôt. Dit, en s'éloignant de la fenêtre :

— Et puis merde, ce n'était pas un mensonge : il ne pouvait pas me comprendre, cet enfant, je ne parlais pas sa langue.

Les mains de Dorothy tâtonnent sur la toile cirée qui recouvre la table, à la recherche de la cafetière :

— Si c'est aujourd'hui seulement que tu t'en aperçois, reprends un peu de café ; ça vaut bien ça.

TROISIÈME PARTIE

Samedi soir. Un palet rond et noir, dans la main gauche d'un homme en gilet rayé. Remise en jeu, répète le haut-parleur. On entend crisser la glace sous les patins du second arbitre qui gagne le rond central. Les États-Unis d'Amérique mènent par deux buts à un devant l'équipe nationale de Pologne. Mais deux tiers-temps restent encore à disputer, et il semble que le team américain ait donné son maximum. Dans les gradins réservés, juste au-dessus des bancs de la « prison », les hockeyeurs soviétiques, tchèques et canadiens braquent leurs jumelles sur Kalinsky, l'homme dangereux de Varsovie. Demain, seuls le Russe Vashov et le Québecquois René Fauchard auront une vitesse de jambes suffisante pour (peut-être) réussir à prendre Kalinsky en défaut. C'est aussi l'avis des chroniqueurs sportifs qui donnent la Pologne victorieuse du tournoi. Sauf si les États-Unis maintiennent leur avance, sauf si les Tchèques surprennent l'URSS et se retrouvent en finale devant les Polonais.

Neuf cents kilowatts, cette nuit, pour illuminer la patinoire. A peine moins sur les arcades extérieures. Naturellement, les contrôleurs aériens de Kennedy et de La Guardia ont demandé qu'on réduise l'éclairage : les équipages des quadriréacteurs en approche se plaignent de la réverbération sur le ventre des nuages. Mais si l'équipe US conserve son but d'avance, le nouveau président des États-Unis, qui a décollé de Washington DC à dix-neuf heures et qui vole actuellement vers Philadelphie, se posera à New York le temps de serrer la main des joueurs de la formation américaine. Ce qui explique que le ton monte, au fil des minutes, entre les responsables techniques des aéroports et ceux de la patinoire. Tandis que sur le stade de glace, en attendant la remise en jeu, le silence est total. Seul Halphen, le gardien américain, trahit sa nervosité par une suite d'évolutions désordonnées devant sa cage. Au centre, les joueurs des deux équipes cherchent la position idéale ; le dos arrondi, les genoux souples et écartés, ils évitent que les lames de leurs patins ne s'incrustent dans la glace ; ce qui, à l'instant du bond en avant, pourrait leur faire perdre les quelques dixièmes de seconde qui font la décision. Kalinsky allonge le cou, efface les épaules. Son casque renvoie vers la voûte les faisceaux des quarante-huit projecteurs principaux, matérialisés par les fumées de cigarettes qui descendent des gradins. Jorge Cebion, l'Hispanique de l'équipe des USA, surveille Kalinsky. Depuis le début du match, les deux hommes s'affrontent. Ils profitent des phases de jeu qui les entraînent dans la zone des cages, lorsque la confusion est extrême, pour se provoquer à coups de crosse. Tout à l'heure, Kalinsky est tombé, il s'est écorché le menton. Ensuite, ça a été le tour de Cebion dont une joue a été profondément entaillée par un des patins de Kalinsky.

En frappant la glace, le palet émet un son dur. C'est alors le choc des crosses et le bruit aigu des lames qui déchirent la surface de la patinoire. Trois mille spectateurs se lèvent et hurlent, Kalinsky pousse le palet vers les buts américains, Jorge Cebion a fait une chute, il glisse sur le flanc, c'est interminable, jusqu'aux panneaux publicitaires qui bordent la piste blanche.

Seuls, John l'Enfer et Ashton Mysha tournent le dos à la patinoire. Ils ne sont pas venus pour suivre le match, ils sont venus pour parler. Une idée de Mysha. Doublement motivée : parce qu'il fallait trouver un prétexte plausible pour abandonner Dorothy aux mains des Italiennes de la résidence, parce qu'il fallait ce vacarme des hommes autour des murmures d'Ashton. Le Cheyenne aurait préféré l'autre rive de l'Hudson, la rive hors-la-ville, et parler dans la forêt. Mais Mysha est devenu fort.

Il a cet air de celui à qui on ne peut rien refuser, surtout pas un caprice.

Il dit :

— Demain, dans l'après-midi, un taxi viendra nous prendre. Il nous conduira à l'hôtel, un grand hôtel. Par la suite, John, il se passera beaucoup de choses qui risquent de vous surprendre. Vous serez tenté de me poser des questions, mais il ne faudra pas. Acceptez ce qui se présente. Suivez-moi, je vais vous montrer quelque chose.

Le Polonais entraîne John vers la cafeteria, qui se trouve au niveau supérieur. Il faut gravir quatre rampes de béton humide; à chaque plate-forme stationne une ambulance, son phare clignotant tourne déjà, le hayon est relevé, on peut voir tressauter les aiguilles bleues des manomètres d'oxygène. Ashton Mysha s'arrête contre un pilier. Il glisse une main dans la poche intérieure de son imperméable, en sort une enveloppe jaune fermée par deux élastiques. Il dit, très doucement, avec une sorte de respect, que des choses graves sont contenues dans cette enveloppe; et que John l'Enfer, à présent, doit l'ouvrir et regarder.

Ce sont des dollars. Il y en a beaucoup, en coupures moyennes. Des billets presque neufs, où se voient encore les traces des épingles des caissiers qui les ont réunis en liasses.

— Est-ce une avance sur votre solde? demande John.

— Une simple avance? Vous auriez fini par découvrir tout cet argent, vous vous seriez posé des questions. Peut-être, vous auriez pensé...

L'Indien sourit :

— Non. Je ne vous crois pas capable de voler autant de fric à la fois. Si vous l'avez, c'est qu'on vous l'a donné.

— On me l'a donné, confirme Ashton Mysha. C'est de l'argent propre, personne ne peut rien y redire. Maintenant, rendez-moi l'enveloppe.

Mais John, lentement, commence à compter les billets. Puis, quand il a fini :

— Un matin, vous êtes sorti. Vous n'êtes rentré que le lendemain. Je donnerais la moitié de tout ce qui est dans cette enveloppe pour savoir où vous êtes allé, et ce qui est arrivé. D'ailleurs, vous allez me le dire. Nous sommes là pour ça.

— Allons plus loin, murmure le Polonais. Ici, on pourrait nous entendre.

Il fait allusion aux vendeuses de programmes-souvenirs et de saucisses, assises sur les rambardes, et qui tournent le dos à la patinoire; qui comptent leur recette de la soirée avec la même fébrilité que John, il y a un instant, comptait la fortune du Polonais; mais ces femmes ne regardent que le fond des boîtes en carton où elles ont serré leur gain, qu'elles brassent à deux mains. Une immense clameur peut monter des travées, elles continuent sans même élever la voix d'additionner des quarts de dollar.

La vérité, c'est qu'Ashton Mysha cherche un décor. Exilé, il n'a jamais connu que les lieux des autres ; leurs rues, leurs hôtels, leurs casernes, leurs navires. Il a aimé dans des chambres qu'il n'avait pas choisies, il a été transporté dans des hôpitaux dont il ne découvrait la façade qu'en les quittant. Mieux que n'importe qui, Mysha peut comprendre le Cheyenne qui a perdu sa maison ; de même que le Cheyenne peut comprendre Mysha qui n'a pas eu de maison, sinon autrefois sur le territoire riche et gras de Pinsk ; et encore ! cette maison, c'était celle du père d'Ashton, il était prévu qu'elle reviendrait à Thomas, le frère aîné. L'argent qu'il a en sa possession, c'est pour le Polonais la chance d'aller là où il veut ; de dire j'ai voulu telle rue, et ce sera telle rue. Les fortunes s'épuisent vite à New York, Ashton Mysha n'aura pas le temps de devenir propriétaire : mais il aura au moins celui d'être locataire, un de ces locataires aux bagages de luxe, en veau clair, qui sont davantage propriétaires que les propriétaires eux-mêmes — ils payent.

A présent, Mysha s'élance vers l'anneau ultime du stade, le dernier anneau gris tout là-haut, où personne ne va jamais, sinon les pauvres, ceux qui n'ont pas de quoi s'offrir des gradins d'où l'on a encore une vision acceptable du match. Mais les pauvres eux-mêmes hésitent à s'asseoir sur les travées de ciment du dernier anneau : ils préfèrent suivre la partie à la télévision, dans un bar. Tandis que Mysha, cette nuit, peut choisir. Il est assez riche pour louer, si l'envie lui en prend, une centaine de places au premier rang. Davantage peut-être. Ou décider d'aller s'installer sous la voûte, près des batteries de projecteurs.

John ne proteste pas. Il suit Mysha sans un mot. Et même, il ne le suit pas — ce qui serait servile. Il l'accompagne, il marche à sa hauteur.

Au sommet du stade, le fracas du jeu ne parvient plus qu'étouffé. Par bribes. On a l'impression d'assister à la projection d'un film dont la bande sonore serait effacée par endroits. Pourtant, par des lucarnes grillagées, on perçoit la rumeur des boulevards : à New York, le silence absolu n'existe pas.

Mysha escalade une échelle de fer, jusqu'à s'interposer devant le faisceau d'un projecteur. Un jeu. Alors, l'ombre démesurée du Polonais danse sur la glace. Un policier découvre le manège d'Ashton, il lui fait signe de redescendre immédiatement. Le Polonais obéit en souriant :

— Si je voulais, pauvre type...

De nouveau, il tend l'enveloppe jaune au Cheyenne :

« Regardez encore une fois. C'est beau, vous savez. De toute ma vie, je n'ai jamais eu autant d'argent à moi à la fois. D'abord, je n'étais pas très sûr de ce que je faisais. Maintenant, je ne regrette rien. Je crois que je suis heureux.

L'Indien recompte les billets. Il n'arrive pas au même résultat que la première fois, il trouve davantage. Quelle importance? Erreur ou pas, la somme est colossale. Ashton Mysha reprend, un peu exalté :

« Qu'est-ce qu'on va raconter à Dorothy? On va lui expliquer comment? Je ne veux pas qu'elle sache.

— D'être riche, ça vous fait honte?

Mysha ne répond pas. Et les deux hommes sont devant cette masse de dollars comme deux collégiens devant une première cigarette. Ils se distribuent le papier-monnaie, ils en éprouvent la tenue et le craquant, reniflent son odeur d'encre neuve.

« On lui dira, à Dorothy, qu'on travaille tous les deux, décide John. Elle sera tellement contente. Elle n'en demandera pas plus. Et puis, avec tout ça, vous allez pouvoir lui acheter des affaires. Des machins pour qu'elle ait chaud.

Il s'assied sur le rebord de l'anneau, laisse pendre ses jambes dans le vide. En bas, les deux équipes sont à égalité. Le président des États-Unis a averti la tour de contrôle de Kennedy Airport qu'il continuait son vol vers Philadelphie sans détour par New York.

« Tout de même, murmure l'Indien, cet argent vient bien de quelque part. Forcément. On dirait l'argent d'une assurance.

Lorsque Mawakhna est tombé, John l'Enfer a accompagné la petite amie du laveur de carreaux à la banque où elle devait toucher le montant de l'assurance sur la vie que Mawakhna avait contractée à son bénéfice. Et comme Denise refusait le chèque, le caissier l'a payée en coupures de vingt dollars. Le Cheyenne se souvient du grand sac de toile, orné de perles multicolores, qui se gonflait comme un poisson-lune au fur et à mesure que le caissier y enfournait les liasses. Denise pleurait. Mais des hommes s'étaient approchés, ils regardaient le caissier éplucher les billets. Alors,

Denise avait fini par leur sourire. Le caissier aussi. Et le directeur de la compagnie d'assurances était arrivé, accompagné de son état-major. Tout juste s'il n'avait pas offert le champagne. John n'arrêtait pas de penser à Mawakhna, enseveli debout au pied d'un arbre, au fait que la chair de Mawakhna nourrirait l'arbre et que Mawakhna, au prochain printemps, donnerait des fleurs.

— Je valais très cher, dit Mysha. Je ne le savais pas. Vous aussi, mon vieux, vous valez de l'argent. Dans quelques années, ce sera devenu une opération aussi banale qu'un emprunt. Bee était au courant de ces choses. Elle est très forte, Bee. Elle connaît beaucoup de gens. Almendrick est un homme à elle. Il évolue dans sa zone d'influence, elle l'a satellisé, en quelque sorte.

Mysha se met à rire. Il poursuit, les yeux plissés :

« Almendrick payait Bee pour avoir le droit de jouer au bourreau à la place de Jack Falcon, de faire semblant de mettre le feu aux fagots. C'était à l'aube, toujours, quand le musée est fermé au public. Il prétendait, Almendrick, qu'il oubliait tout. Qu'il était tout propre, après ça, pour opérer. En pleine forme. La vérité est que le docteur Almendrick est un grand chirurgien. Je l'adore, ce type. Moi qui suis un dégoûté de nature, je vous jure que je boirais dans son verre ; que je lécherais la cuiller avec laquelle il a mangé sa crème caramel. Pourquoi je lui aurais dit non, John ? Il faut être fou pour refuser sept mille dollars, sept mille dollars à ne rien faire, quand c'est le docteur Almendrick qui vous les offre.

Très lentement, sur la piste de glace, Jorge Cebion lève sa crosse. En même temps, il réunit ses chevilles et plie les genoux pour acquérir davantage de vitesse. Il rejoint le palet, le dépasse. La foule hurle. Kalinsky s'est porté à la rencontre de Cebion. Le choc entre les deux hommes est inévitable. Mais, une fraction de seconde avant le heurt, Jorge Cebion a commencé d'abattre sa crosse. Celle-ci ouvre, comme une lame, le visage de Kalinsky.

« Surtout, dit encore Ashton Mysha, que le docteur Almendrick ne m'a pas fixé de date. Vous comprenez, il ne m'oblige pas à me tuer. Il attendra le temps qu'il faudra. Il sait ce que c'est, la patience. Avant de pouvoir utiliser des organes humains, il a greffé des foies de singes. Il s'est fait la main. Ma seule obligation, c'est de l'avertir à temps. Tout ça est très au point : je dois l'appeler sur sa ligne directe, et c'est lui, Almendrick, qui préviendra l'ambulance.

Celle-ci suivra ma voiture. Après l'accident, il ne leur faudra que quelques minutes pour me prendre le foie. Pas le cœur. Parce qu'il est en mauvais état, mon cœur. Almendrick me l'a dit. Le foie, par contre, ça va. Il est comme il faut. Tout de même, je ne boirai plus d'alcool. Plus de sauces dégueulasses, plus de fritures. Il faut savoir ce qu'on veut. Comme j'ai soif, John, tout à coup! Si la cafeteria n'est pas ouverte, on la fera ouvrir.

Le Cheyenne dit doucement qu'il a compté plus de sept mille dollars. Mysha explique que Peter Almendrick lui a réglé deux échéances d'avance. Dans les tribunes, des gens prennent des photos du nez de Kalinsky. Ce n'est plus tout à fait un nez. Mais avec la lumière indirecte produite par la réflexion des projecteurs sur la glace, le nez de Kalinsky fera malgré tout l'objet d'un excellent cliché capable de remporter le First Academy Award de la photographie sportive.

Maintenant, John l'Enfer court après Ashton Mysha. La foule glisse sur eux comme une eau. La neige tombe à gros flocons, alors les policiers à cheval chargés d'assurer l'évacuation du stade mettent pied à terre et immobilisent leurs montures; c'est qu'ils en ont assez de les voir finir, à cause du verglas, sous forme de croquettes pour chiens (steack de cheval mélangé à du steack de baleine, encore une de ces correspondances très singulières entre New York City et l'océan qui lui ronge le front).

— Ashton, crie le Cheyenne, faut pas mourir! Faut même pas y penser! Eh bien, pour une histoire à la con, c'est une histoire à la con. Moi, je ne compte pas, d'accord. Mais il y a Dorothy. Dans tout ça, qu'est-ce que vous faites de Dorothy Kayne? Votre affaire de greffe, du foie ou d'autre chose, pensez un peu comme ça l'intéresse! C'est aux yeux, qu'elle a mal. Écoutez-moi, Ashton, c'est aux yeux...

Le Polonais brandit l'enveloppe jaune. Il crie plus fort que l'Indien :

— Un jour, quand elle y verra clair, je n'existerai plus. Elle me prend pour un autre.

— Moi aussi, dit John.

Ashton Mysha s'arrête, vacille un moment, bousculé par des hommes qui chantent. Finalement, les États-Unis d'Amérique ont battu la Pologne. Il y a des enfants noirs pour déployer des petits drapeaux humides. Et Mysha sourit :

— Pauvre John, mon vieux, ce sera à votre avantage. Comme elle sera heureuse de vous voir. Vos épaules, vos jambes, vos mains, c'est large tout ça, c'est grand.

Voilà cet imbécile d'Ashton qui prend l'autre par les épaules, qui lui fait subir un bombardement de baisers froids et mouillés, partout, sur les joues, le menton, dans le cou. Autour d'eux, on rit. On les prend pour des supporters de l'équipe américaine, trop heureux pour attendre d'être de retour à la maison, d'être saouls, et qui s'embrassent tout de suite.

Passent des voitures rouges, qui dérapent sur la neige fraîche. De l'intérieur des voitures, on jette des tracts. Anderson a commencé sa campagne électorale, il s'est fait photographier en costume d'archange ; dans son déguisement, les ailes déployées, il plane au-dessus de la ville, il la tient sous sa protection. On retourne le tract, on lit : *Mes amis, c'est du bluff. Je ne pourrai rien pour vous, si vous ne collaborez pas avec moi. J'entrerai à la mairie porté par vous tous, ou pas du tout.*

Habileté d'Anderson : il n'utilise pas ouvertement le danger comme argument, il laisse à ses électeurs le soin de décider si la lèpre des pierres est un péril ou non, si la fuite des chiens vers les contreforts des Alleghanys est un signe ou pas. Lui, Ernst Anderson, vole tout droit au plébiscite. Investi de tous les pouvoirs, il prendra les mesures qui s'imposent ; il ne se laissera pas influencer par un conseil municipal politicard ; il n'est, en fait, ni républicain ni démocrate ; il est seulement Anderson, *the man in love with the city.* Et c'est vrai, qu'il aime New York d'amour, il l'a prouvé, il a payé de sa personne, il a failli en mourir : le tract comporte aussi quelques clichés en noir et blanc (photos d'agences, avec du grain, des halos, qui font authentiques) montrant le responsable des brigades antifeu braquant la lance de cuivre vers un ciel de flammes. Et de grosses larmes coulent sur ses joues tandis qu'une très vieille femme crève entre ses bras, une pauvre Noire toute chauve, la poitrine défoncée par une pluie de brandons.

— Démagogie primaire, dit le sénateur Cadett. Anderson chatouille l'électorat nègre. C'est le bal des dupes. Eh bien, je m'étonne qu'il ne s'adresse pas aussi au rassemblement communiste.

Vingt-trois heures et neuf·minutes. La police encercle l'immeuble de la télévision. Ernst Anderson rappelle que Néron avait rejeté sur les chrétiens la responsabilité de l'incendie de Rome. Il se renverse en arrière, éclate de rire :

— Sénateur, je vous accorde que New York ne sera jamais Rome!

— Heureux de vous l'entendre dire.

— Ce sera Pompéi, gronde Anderson.

Là-dessus, il se lève. Marche vers les coulisses. Une caméra le suit, une autre le précède.

« Plus le temps de faire le pitre, conclut Anderson.

Un hôtel de quarante-deux chambres brûle dans Harlem. La neige sur le feu, c'est joli mais ça tue. A bord d'un side-car, Ernst Anderson traverse la ville. Dans les lignes droites, il se redresse, il se met debout pour être le premier à apercevoir le nuage hideux, gonflé d'étincelles, que le vent emporte vers Manhattan.

John l'Enfer retrouve Dorothy Kayne chez les Italiens de la résidence 509. Elle lui dit qu'elle a mangé une espèce de bouiiiie au fromage, des tomates, trois sardines. Ses cheveux sentent la friture, pareil pour ses vêtements. Elle ajoute qu'un enfant lui a fait pipi sur les genoux, et qu'elle a bien été obligée d'en rire. Maintenant, elle voudrait se changer, boire un verre d'eau très fraîche, s'allonger pour dormir. Elle a mal à la nuque — c'est peut-être le vin rosé des Italiens? Est-ce que John pourrait parler à Ashton Mysha? Est-ce que John pourrait lui demander de ne pas la toucher ce soir, de ne même pas essayer? D'ailleurs, ça lui devient insupportable cette manie des autres de la frôler, de la tripoter, de jouer avec elle comme avec une bête en peluche. Puisqu'elle n'a plus ses yeux, les autres devraient bien voir à sa place. Et voir qu'elle est une femme. Tellement femme qu'elle prétend regagner l'appartement en passant par l'escalier de secours; elle sait que c'est dangereux : mais John est là, il l'aidera, il a l'habitude de faire l'araignée de haut en bas des buildings.

Et dehors, appuyée contre le mur de béton, ses longs doigts serrant la rambarde de fer, elle écoute le cri aigre des ambulances et des voitures de pompiers qui montent vers Harlem. Loin, au-dessus de la rivière, s'élève un gigantesque champignon fauve qu'elle ne voit pas — ce sont des conduites de gaz qui ont éclaté. John grimpe lentement, derrière Dorothy. Il a le nez sous ses jupes. A la lueur du grand feu, parfois, selon les déhanchements de Dorothy, le Cheyenne aperçoit une petite culotte blanche avec des volants de dentelle.

Ashton Mysha, le premier, s'est glissé dans l'un des quatre alvéoles de la porte tournante. Porte monumentale : c'est vaste, c'est habitable comme la cabine d'un commandant au long cours de la Cunard. C'est tout cuivre, tout verre et bois, une lame de caoutchouc balaye le marbre des dalles.

Ensuite, le Polonais se plante debout au milieu du hall. Juste sous le lustre dont les breloques s'entrechoquent — à cause de la climatisation dont le courant d'air va et vient, pulsion-répulsion, si chaud que les vitres de la galerie ruissellent de neige fondue. Puis, quand John et Dorothy entrent à leur tour dans l'hôtel, Ashton se met à chantonner pour eux un air de son pays, et c'est la ritournelle du printemps sur les plaines molles de Pinsk — chanson dite de *Soniouchka au pont de la Bretva*.

Et comme l'Indien fait un geste pour se saisir des bagages qui arrivent sur un tapis roulant :

— Touchez pas, John. Ici, on se laisse aller. On flotte. Vos petites choses vous suivent, c'est merveilleux, rien ne se perd.

Il se tourne vers Dorothy, approche son visage à lui de son visage à elle, jusqu'à respirer son haleine de fille fiévreuse :

« Mon amour, mon aveugle à la manque pour encore trois ou quatre semaines, attends que je t'explique...

Avec emphase, maintenant :

« Il a fallu le temps, c'est vrai. Mais enfin, ils ont fini par reconnaître qui j'étais, dans les compagnies. Un grand marin. Parce qu'il y a des grands marins comme il y a des grands peintres. Question de doigté, question d'instinct, de sixième sens. Venir à poste juste en mourant sur son erre, sans se payer le quai ni ces connards de voiliers qui viennent te regarder sous la proue, n'importe qui ne peut pas. Moi, je peux. Le *Vastitude*, la nuit, je le faufilais entre les icebergs sans jamais froisser un centimètre carré de bordage. La Générale Transatlantique me voulait, la Hamburg America aussi. Ce sont les Allemands qui ont gagné, parce que je préfère une retraite en marks à une retraite en francs. Pour l'instant, la retraite, on n'en parle pas. Je touche des avances.

Elle ne l'écoute pas — ou à peine. Elle se sert de ses oreilles pour sonder le hall de l'hôtel, pour en éprouver le moelleux et l'immensité. Un espace aussi grand que celui de l'amphithéâtre de l'université, mais avec des ramifications en plus, des contours, des tortillons, des annexes. Au chuintement des portes automatiques, elle devine qu'il y a au moins six ascenseurs. Sans compter le monte-charge pour les bagages et les cercueils, et puis aussi pour les tables roulantes. Elle entend les sonnettes qui appellent aux caisses les hôtes en partance, et le murmure de la foule qui descend vers les trois restaurants en sous-sol : une pizzeria, un grill, une cave à vingt-cinq dollars le couvert.

Elle dit :

— C'est une folie, Ashton. Je ne te laisserai pas faire. Il faudra prendre sur mon compte, n'est-ce pas ? Je tiens à payer ma quote-part, je suis déjà bien assez humiliée comme ça.

Elle se rappelle le bandeau blanc sur ses yeux, sa démarche hésitante ; elle croit sentir, posés sur elle, les regards insistants de tous ces gens qui n'ont besoin de personne pour se diriger, elle croit entendre leurs paroles apitoyées. Et déjà, elle mûrit un plan, une sorte de vengeance élégante : ce soir, à vingt-deux heures, elle fera son entrée au restaurant de catégorie luxe. Elle marchera devant Ashton Mysha et devant John l'Enfer, elle aura loué pour l'occasion une robe étonnante, elle ira très lentement pour ne pas heurter les dessertes. Pour attirer l'attention, elle récitera un poème, un poème sur la nuit, à mi-voix. Elle fera mille reproches au maître d'hôtel, aux serveurs : trop froid, trop chaud, trop tard ou trop tôt. Il se trouvera bien un imbécile pour se pencher vers sa voisine de table :

— Mais oui, je vous assure que je l'ai déjà vue quelque part. A la télévision, peut-être ? Tout ça, c'est du training. Elle s'exerce à jouer les aveugles.

Alors, pourvu qu'elle ne pleure pas.

Il fait froid, dans la chambre et sur le lit. Elle pense : sûrement, ce sont des draps de satin. Et le satin met un certain temps à réagir, à emmagasiner la tiédeur du corps humain. Davantage de temps que la soie, dit-on. Je vais pouvoir me vautrer là-dedans, jusqu'au cou et ne pas lésiner. Si quelqu'un avait la bonne idée de venir faire maintenant l'amour avec moi, j'aurais pour cette nuit un lit bien chaud.

Mais on ne viendra pas. Le jour tombe derrière les rideaux de tulle, les enfants chasseurs de taxis du West Continental Great Hotel se rassemblent au Salon Bleu, onzième étage, à la demande du syndicat : on va voter l'élimination de Grosse Hannah, sous-directrice adjointe du personnel, vicieuse comme une truie, qui met les petits garçons en pénitence sous ses jupes.

John est immobile sur le seuil de sa chambre. Le porteur de valises a fini par s'en aller, par rengainer sa main tendue paume ouverte. Seul à présent, le Cheyenne contemple avec une sorte de stupéfaction les deux lits jumeaux dont celui de droite est découvert — mais pas l'autre. Il est déjà arrivé à John de dormir dans une pièce sans lit, jamais dans une chambre à deux lits dont l'un devait rester inoccupé. L'Indien sait que, tôt ou tard, il étendra la main dans l'obscurité pour palper le désert de l'autre lit. Il sait aussi qu'il éprouvera comme un malaise. Alors, pour un peu, il décrocherait le téléphone, appellerait le service intéressé :

— S'il vous plaît, il y a un lit de trop dans ma chambre. En m'excusant bien de vous déranger, est-ce que vous pouvez venir l'enlever? C'est que ça me fait de l'effet, à moi, ce lit vide tout contre le mien. Je vais avoir l'impression de dormir près d'un mort.

Mais la douceur du tapis merveilleux l'emporte sur son dégoût de la couche vide. Il se déchausse. Il foule les fibres de laine, hautes comme des herbes. D'ailleurs, c'est vert tout pareil. Un peu plus crissant, peut-être. Dommage que ce soit de l'acrylique, en réalité. Quand même, John s'allonge là-dessus le ventre nu, et il se met à ramper le nez enfoui dans les touffes luisantes. Est-ce que des hommes à plat ventre comme lui se sont frottés, masturbés sur cette laine fausse, tenace et souple? Des jeunes gens, à coup sûr, qui n'auront pas osé demander au concierge de leur faire monter une call-girl de leur âge, en même temps que leur bouteille d'eau minérale du soir. Faut-il être niais, tout de même, quand tout le monde sait que les putains c'est un service des grands hôtels de la ville, exactement comme la blanchisserie, le change de devises ou le coiffeur.

C'est en rampant toujours que John l'Enfer atteint le carrelage de la salle de bains. La nuque du Cheyenne s'interpose entre les deux yeux globuleux d'une cellule photo-électrique, et la lumière s'allume automatiquement. Ébloui, John se redresse. En slip et en chaussettes, il entre dans la baignoire. Il éventre les petits sachets de plastique gonflés de mousse pour le bain, de produits adoucissants et anticalcaires, offerts par la direction du West Continental Great Hotel. L'eau gicle partout, elle grésille en heurtant les tubes au néon, une montagne de bulles retombe de l'autre côté des parois de la baignoire. John s'enfonce sous l'eau, garde les yeux ouverts malgré la brûlure du savon : il voyage à travers un univers de science-fiction, gorgé d'une multitude de petits mondes sphériques, qui viennent crever contre sa peau. Là-bas, tout au bout de l'horizon, parmi les courants savonneux, deux monstres agitent leurs têtes cornues : ce sont les orteils de l'Indien, gainés de mousse verte aux algues de la mer. John rit à perdre haleine. Il se contorsionne, réussit à se mordre les doigts de pied, le fou rire ne le lâchera plus jusqu'à ce que l'eau de la baignoire soit devenue froide, jusqu'à ce qu'il jaillisse du bain en claquant des dents et se réfugie près du conditionneur d'air, dans un angle de la chambre. Doucement, le Cheyenne caresse son sexe — fripé, dur et rouge comme après un plongeon dans un torrent. Il lui parle. Puis il le laisse dormir sur sa main ouverte. C'est ainsi qu'il honore les femelles de saumons : à ce jour, soixante-seize ont palpité jusqu'à la mort, dans sa paume, au couchant. C'était du temps qu'il avait l'âge de l'enfant Pageewack, et qu'il tuait des poissons pour se rendre intéressant aux yeux des petites filles du bord de la Réserve. Elles faisaient cercle autour de lui, commentant l'agonie du saumon. Elles l'appelaient le Montreur de Merveilles. La plus docile des fillettes, la nuit venue, emportait le poisson dans son corsage.

John l'Enfer avait tout appris de ces enfants : l'amour, et ce qui était au-delà. Le grand fleuve coulait, de toute façon, pour les laver les uns et les autres des souillures qu'ils s'imposaient, le cœur battant. Alors, comme il devenait simple et naturel de se dépasser. On rentrait au premier cri de la chouette, en coupant à travers bois. Et ça sent la résine qu'on mâchonne à la place du chewing-gum.

Plus haut que la cime des arbres, le pylône du réémetteur de la télévision, chaîne spéciale destinée à ceux de la Réserve, quinze minutes d'informations chaque soir en langue indienne. Enfin, à la lisière, les roulottes blanches, les niches à chiens, les baraques où sont les métiers à tisser, le four où l'on cuit les figurines d'argile et le tour à bois. Plus loin, c'est le cimetière. Plus loin encore, le village. Les enfants cheyennes se séparent, une dernière fois les petits garçons baisent les seins des petites filles. Après le passage de l'épervier au-dessus des fumées de la Réserve, ils seront devenus des gosses comme les autres. C'est ce que croient les parents, l'instituteur de l'État, le pasteur O'Donnell. Mais il se peut que l'Homme-médecine, qui sait se déplacer de branche en branche aussi silencieusement que l'oiseau, connaisse la vérité. Du moins, cette autre vérité qu'on ne dit pas. Le sorcier ne trahira jamais les enfants, il se contentera d'observer leurs jeux très graves. Au moment de mourir, il inscrira dans l'écorce, selon la manière ancienne, un testament auquel le notaire de la ville avouera ne rien comprendre. Mais par la suite, après les funérailles solennelles, les petites filles iront à minuit uriner sur la tombe de l'Homme-médecine, afin que l'eau dorée venue de leurs entrailles baigne, pour l'éternité, le corps maigre de celui qui avait l'oreille si fine que le silence lui-même l'étourdissait.

Et John l'Enfer, les yeux clos, continue de caresser son sexe. Il songe à Dorothy Kayne, il la pénètre en pensée. A eux deux, ils engendrent un arbre.

Ashton Mysha n'a défait qu'une valise sur deux. Il déteste les gestes inutiles. Après tout, il n'habitera le West Continental que très provisoirement. Allongé sur son lit, le Polonais regarde sa chambre : par chance, elle est aussi luxueuse et impersonnelle qu'il l'espérait. Le soir où il la quittera, il ne sera pas tenté de jeter un dernier coup d'œil par-dessus son épaule. Il a l'habitude de ces départs définitifs qui n'ont pas l'air de l'être.

Il décroche le téléphone, demande qu'on veuille bien le mettre en communication avec miss Kayne. Dorothy lui répond, d'une voix ensommeillée, qu'elle a l'impression que tout est très beau autour d'elle, beaucoup trop beau pour le genre de fille qu'elle est; elle ajoute que si Ashton veut venir la rejoindre, elle l'attend; s'il le désire, elle peut laisser ouverte la porte de sa chambre, il lui suffira d'entrer ; elle sera dans la salle de bains, à jouer avec ses échantillons de produits de beauté. Au fait, que veut-il qu'elle sente ce soir ? *Youth Dew* ou *Baby Soft ?* Elle aime bien, quant à elle, cette eau de toilette citronnée, un peu grasse, qui s'évapore presque tout de suite, qu'elle a trouvée sur la tablette au-dessus du lavabo, dont elle est certaine qu'il s'agit d'un « sent-bon » pour messieurs. Un after-shave, tu dis ? Comme c'est drôle, de ne rien y voir du tout, de ne pas pouvoir déchiffrer les étiquettes ! Un jour, mon amour, tu verras que je me brosserai les dents avec du cirage, de la pâte brillantine, n'importe quoi. C'est vraiment marrant, ceux qui ne sont pas aveugles ne peuvent pas comprendre, c'est un peu comme de tomber dans la rue : n'empêche que les gens qui t'aident à te relever, eh bien ils ont le fou rire. Devinant qu'elle est sur le point de pleurer, Ashton Mysha lui dit qu'il lui apportera tout à l'heure un nouveau bandeau pour ses yeux :

— Un bandeau du soir, très habillé, avec des fils d'or, de la broderie partout. Sûrement d'origine chinoise.

Elle remercie, elle essaye de raccrocher, cherche la fourche du téléphone, renverse sa lampe de chevet. Elle s'énerve, elle finit par enfouir le combiné sous l'oreiller. Mysha sonne le standard de l'hôtel, il appelle Bee au musée de Bowery.

— Ma vieille chérie, dit le Polonais, imagine-toi que j'ai toute la ville sous les yeux pour peu que j'ouvre les rideaux. Je crois qu'on m'a logé au vingt-septième étage, je n'ai pas encore eu le temps de compter. Mais c'est une autre ville, Bee, pas du tout comme celle qu'on voyait de la résidence. Les autos sont plus longues, plus belles dans la rue. Il y a des théâtres.

Elle rectifie, amusée :

— Ce sont des cinémas. Est-ce que tu es déjà allé au cinéma à New York, Ashton ? Un soir, tu dois te payer ça avec Dorothy : elle entendra les images, va, et tu pourras l'embrasser. Et même un peu plus. Ils font de ces musiques de films, à présent, je ne te dis que ça ! Je sais bien que tu as déjà embrassé Dorothy, je sais que tu as couché avec elle : mais au cinéma, Ashton, c'est différent. La langue de la fille dans ta bouche, ou ta langue à toi dans sa bouche à elle, enfin, un baiser, quoi ! et si la musique est belle, tu voudrais chialer.

Il y a un silence. Et puis :

« Ashton, je suis contente que tu m'appelles. Parce que je voulais te demander quelque chose. Ça va faire dix-huit mois, à peu près, que je suis allée voir le docteur Almendrick à Atlanta. Ça va faire dix-huit mois qu'il me paye mes mensualités. Il est régulier, Almendrick. Mais je sens qu'il va falloir conclure. Pas du tout parce qu'Almendrick s'impatiente, non, c'est plutôt de moi que ça viendrait. A force, tu comprends, le sentiment malsain d'être en sursis, l'impression de me servir de quelque chose qui ne m'appartient plus.

Un nouveau silence. Ensuite :

« Attends, Ashton, ne raccroche pas, je reviens.

Bee a soulevé la portière de velours noir, dans la Chambre aux sadiques de Bowery Street. Elle a délié les poignets de Mary Virginia Taylor :

« Va jouer ailleurs, petite, va-t'en pour un moment. J'ai besoin d'être seule.

Le nain Falcon a jeté une cape sur les épaules nues de Mary Virginia, il a accroché un écriteau à la poignée de la porte : *Suspension de séance pour inventaire.* Il est sorti derrière Mary Virginia, tous deux sont allés boire du vin rosé et manger des merguez au Café Marrakech.

Bee s'est assise sur le rebord du grand fauteuil garni de pointes. Elle regarde le cendrier de cristal à trois pieds de bronze, dont la corolle déborde de longs mégots. Si elle avait décidé de vivre encore un peu, trois mois, six mois, Bee eût exigé de revoir ses accords avec la Richmond Imperial Tobaccos Furnisher : ces requins-là, ils lui facturent la cartouche de cigarettes classe A au prix du commerce de détail.

« Tu es toujours là, Ashton ?

— Je t'écoute, Bee.

— Ce n'est pas parce qu'il fait froid, et gris, et merdique là-dehors que je pense à m'en aller.

— J'espère, dit-il.

Elle rit :

— Pareil pour toi, j'en suis sûre.

— Tu peux.

— Peut-être bien que je veux seulement savoir l'effet que ça fait, de passer de l'autre côté. De m'envoler un soir, comme ça, sans avoir payé mes impôts ni mes cotisations d'assurance-maladie.

Elle s'arrête, reprend son souffle. Et puis :

« En ce qui te concerne, Ashton, ce sera où, quand et comment ? »

Il hésite. Il est sur le point de mentir : après tout, le silence est son droit. Le docteur Almendrick, là-dessus, s'est montré formel :

— La mort est un privilège, capitaine Mysha. Un privilège secret. Le seul qui soit laissé, s'il le désire, au bon vouloir de l'homme. Les Suédois ont compris cela avant nous — c'est d'ailleurs assez vexant pour notre pauvre Amérique qui se targue d'être systématiquement en avance sur le reste du monde. Bien entendu, le parlement de Stockholm a repoussé cette idée d'une clinique à suicides. C'est le côté institutionnel de la chose qui a déplu. Il n'empêche que le principe était dans l'air.

Il faisait beau sur la Georgie. Il fait toujours très beau sur la Georgie : pendant qu'il neige à New York, on se promène en chemisette dans les rues d'Atlanta, de Macon ou de Colombus. Angela, la première assistante, essuyait les vitres où s'attachait encore un peu de poussière de coton. Angela était belle. Elle survivait, avec une élégance délicieuse, à deux interventions à cœur ouvert. Dans la poitrine, sous un chemisier de soie verte, elle portait un *pacemaker*. Et ce jour-là, sans quitter des yeux les longues jambes d'Angela, le docteur Almendrick dit encore :

« Mon fils Teddy s'est noyé sur la plage de Barberus, en été, sans même nous avoir laissé un mot d'explication. Vous ne connaissez pas cet endroit, Barberus Beach ? Un paradis pour les enfants, parce que la rivière y est plus chaude que partout ailleurs. Surtout, il y a l'épave d'un vieux bateau à aubes. Plus tard, avec Suzan, nous avons remonté le fleuve Savannah jusqu'au barrage où les pompiers avaient fini par découvrir le corps de Teddy. Là, capitaine Mysha, j'ai amarré la barque à un tronc d'arbre. Et j'ai dit à Suzan que nous devions réfléchir, sans colère. Qu'est-ce que nous savions de la mort, tous les deux, pour accuser Teddy d'avoir été une brave petite ordure égoïste ? Il a eu ce qu'il souhaitait si fort : la nuit. Voyez-vous, il ne souriait jamais qu'après le coucher du soleil. Je l'avais répété à Suzan, je le lui avais répété mille et mille fois : Teddy est un gosse qui aime trop son lit, beaucoup trop. Son lit où il dormait sur le dos, les mains jointes, la fenêtre ouverte même en hiver.

Angela classait des fiches. A travers les 154 000 km² de l'État, et sur les zones frontalières du Tennessee, de l'Alabama et de la Caroline du Nord, trois cent cinquante malades attendaient une cornée, cent vingt s'étaient inscrits pour subir une greffe rénale, onze avaient un besoin urgent d'un nouveau cœur. Almendrick signait un chèque, le tendait à Ashton Mysha :

« Il y a un numéro de téléphone que vous devez connaître de mémoire : le mien. Lorsque vous aurez pris votre décision, lorsque vous aurez tout mis au point, appelez-moi. Ne me donnez pas de détails, dites simplement à quel endroit précis et à quelle heure nous pourrons trouver votre corps. Portez sur vous, dans votre porte-feuille par exemple, la carte autorisant n'importe quel praticien à effectuer le prélèvement d'organes. Ce sont là vos seules obligations. Ne vous hâtez pas trop, pourtant, ne précipitez pas les choses : aussi longtemps qu'il vous plaira, les échéances dont nous sommes convenus vous seront versées ponctuellement. Rappelez-vous que vous ne me vendez rien, que je ne vous achète rien ; nous organisons l'avenir, c'est tout.

Lors du dernier concours de dessins d'enfants qui eut lieu dans une des écoles d'Atlanta, tous les jeunes élèves choisirent de faire le portrait de Teddy, le petit suicidé de Barberus Beach, sur le fleuve Savannah. Une fillette de race noire, appelée Sugar Carry-Lou, peignit le visage de Teddy en bleu, et dans une bulle qui sortait de la bouche de Teddy, elle inscrivit ces mots : *I will, and shit on you, fellows* [1].

Sugar Carry-Lou, en punition de son insolence, fut condamnée à être suspendue par les mains durant huit minutes. On la décrocha un peu avant la fin de sa peine ; ensuite de quoi, on lui donna des bonbons — et même une sorte d'abonnement valable tous les dimanches dans une boutique d'ice-creams. Sugar Carry-Lou ne comprit jamais ce que les grandes personnes avaient dans la tête, elle jugea que les adultes étaient des êtres imbéciles, parfaitement inconséquents. Le pire est qu'elle se crut la première petite fille à porter ce verdict. Elle ne doutait de rien, Sugar Carry-Lou ! Un soir, elle se faufila parmi les plantations de coton, elle disparut. On pensa qu'elle s'était noyée dans un marigot. On fit des recherches sérieuses

---

1. Je veux, et que la merde soit sur vous, les gars.

qui coûtèrent une fortune aux contribuables de Georgie : parce qu'on ne lésina pas sur les moyens, on employa jusqu'à dix hélicoptères à la fois — les jours de soleil.

Depuis la fugue de Sugar Carry-Lou, le docteur Almendrick et son assistante dépouillent minutieusement la presse locale, rubrique des informations générales. Ils ne peuvent s'empêcher d'espérer que l'on retrouvera le cadavre de la petite fille, et qu'il sera encore biologiquement et physiologiquement possible de lui emprunter un peu de son cœur. Mais les semaines passent, et Almendrick n'y croit plus. Enfin, presque plus. Il sait que les organes non irrigués se sclérosent très vite. Et puis, à supposer que le cœur de Sugar Carry-Lou soit utilisable, encore faudrait-il convaincre le receveur éventuel : un vieux planteur, transfuge de l'Alabama, qui a fait savoir à tout le personnel de l'Hôpital général qu'il refusait par avance la greffe d'un cœur noir. Almendrick est naturellement décidé à ne jamais avouer la vérité à son patient ; lors de la conférence de presse, il dira aux journalistes que le vieux a désormais dans la poitrine quelques morceaux du cœur d'une blondinette de quinze ans. Déjà, une agence de publicité a réalisé, par collages, le portrait émouvant d'une adolescente à la bouche rieuse, un peu trop grande, au nez en trompette, aux cheveux de lin — ceux-ci ont été juste ce qu'il fallait poissés de sang, à hauteur de la nuque ; on racontera que Blondinette s'est tuée en tombant d'un tracteur.

Almendrick a souri :

« Un boulot exaltant, n'est-ce pas ? Bon retour à New York. Amusez-vous bien, là-bas. Ne pensez à rien. Est-il vrai que Broadway est devenue la plus grande sex-shop du monde ? J'aurais aimé offrir ça à Teddy, pour Noël : une fille que je lui aurais choisie, une fille mince avec de grands yeux cernés. Je serais monté avec lui.

— Tu ne me parles plus, Ashton ? demande Bee.

Le Polonais tire les rideaux. L'enseigne du West Continental clignote derrière la baie vitrée. La télévision s'est mise en marche toute seule : c'est l'heure du mini-programme en circuit fermé, le *house-organ*, qui donne aux clients de l'hôtel la liste des réjouissances prévues pour la soirée. Il y aura un récital de piano, un concours de danse, une conférence sur la secte Moon et la projection d'un film en huit millimètres entièrement tourné dans les ascenseurs de l'Empire State Building.

« Qu'est-ce que tu as, Ashton? Je t'entends respirer.

— D'où crois-tu que le toubib tienne tout son fric? Tout cet argent qu'il nous donne?

— Je ne sais pas, dit Bee. Qu'est-ce que ça peut faire?

Tout bas, à présent, au point de laisser des traces de rouge à lèvres sur le microphone :

« Ne commence pas à te poser des questions. Surtout, pas d'enquête : les propositions d'Almendrick ne sont sûrement pas très régulières. Et la preuve, c'est qu'il ne met pas de petites annonces dans les journaux.

Elle ajoute, en riant :

« Tu vois, Pollack, les beaux vertiges qu'on peut encore s'offrir?

Il repose doucement le combiné. Bee l'ennuie. Elle a vieilli sans grandeur. Elle ressemble à ces clowns qui ne savent pas se démaquiller, qui promènent dans les garden-parties de la haute société leurs joues poudrées et leurs sourcils charbonneux. On les croise en se pinçant les narines, parce que ça sent la vieille armoire. Bee était si jolie quand elle était jeune sur les manèges de Coney Island, quand elle faisait voir ses dessous en dentelle, quand elle léchait la bouche des hommes pour deux dollars cinquante dans les wagonnets du train fantôme. Parions qu'elle aura la mort vulgaire, comme le reste. Elle se jettera du haut du Washington Bridge sur le pont d'un remorqueur. Ou dans les godets d'une drague. Elle éclatera parmi les marins, les oiseaux et la vase.

Est-ce que Dorothy Kayne peut devenir une Bee? Mais une Bee toute sèche, talons plats et jupe triste, cheveux dévitaminés, la culotte qui se met à sentir le pipi quand elle s'appuie contre un radiateur?

Ashton Mysha s'élance à travers les couloirs, trouve la chambre de Dorothy. La jeune femme n'a pas fermé sa porte à clef : au cas où l'hôtel prendrait feu, elle n'est pas absolument certaine de pouvoir mettre à temps la main sur le verrou, d'en faire jouer le mécanisme.

— C'est moi, dit le Polonais.

Jusqu'à l'heure du souper, il va parer Dorothy de rubans et de bijoux fantaisie qu'il a commandés dans les boutiques du hall. Assise immobile sur le rebord du lit, Dorothy se laisse faire. Elle aime ce jeu de mains qui la rendra belle, elle aime sentir sur sa nuque le poids de ses cheveux noués en chignon. Elle caresse le diadème, les pendentifs, les trois bagues :

— Raconte, Ashton, de quelle couleur sont ces pierres ? Et si elles brillent beaucoup ?

— Plastique saphir, plastique topaze, plastique émeraude.

Il l'inonde de *Baby Soft,* elle se dégage en riant :

— Arrête donc, ce truc-là pue l'enfant !

Vingt et une heure douze. Sur l'estrade du Cellar, le restaurant de luxe de l'hôtel, on ôte les housses qui recouvrent les quatre pianos blancs. Au-dehors, une poussière impalpable passe sur la ville. On la voit flotter dans le halo des réverbères, comme une petite neige qui ne se déciderait pas à tomber. C'est du plâtre pulvérulent dont personne, pour le moment, ne peut dire d'où il vient.

Ils prendront le menu de prestige à quarante-cinq dollars le couvert, baptisé ce soir *Ask me for the moon* [1]. Le maître d'hôtel ouvre devant eux les portes de cuivre qui donnent sur le grand escalier du restaurant ; un escalier qui, dans les années trente, conduisait au salon d'honneur d'un paquebot autrichien, et que les acheteurs-décorateurs du West Continental ont traqué jusque dans les cimetières de navires du Sud-Est asiatique. Dorothy marque une hésitation en sentant sous son pied l'amorce d'une marche. Ashton pousse légèrement la jeune femme en avant, pour l'obliger à descendre malgré sa peur de cet espace inconnu. John l'Enfer écarte le Polonais et prend la main gauche de Dorothy :

— Venez tranquillement, laissez-vous emporter sans réfléchir, comme si nous dansions tous les deux.

Il l'entraîne sur la volée de marbre, aux marches tendues de moquette prune. Il lui dit encore :

« Ne cherchez pas la rampe, serrez mes doigts très fort.

Dans l'immense salle circulaire, plusieurs regards se tournent vers eux. Sans doute y a-t-il quelques hommes qui aimeraient voir tomber la jeune femme aveugle, les uns pour se précipiter vers elle et l'aider à se relever, les autres pour l'entendre crier — et pour cela seulement. Le Cheyenne a compris, il attire le corps de Dorothy contre le sien.

Au bruit feutré des conversations, au tintement sourd des couverts d'argent, au froissement des étoffes, Dorothy Kayne devine les visages, les gestes et les toilettes. Elle penche la tête sur le côté, murmure à l'oreille de John :

1. Demandez-moi la lune.

201

— Jurez-moi que je ne suis pas ridicule.

Il le jure d'autant plus volontiers qu'il ne connaît, lui, que la fierté. Celle d'être un vivant, sans qu'il soit besoin d'autres qualificatifs, ne pas confondre avec l'orgueil. C'est pour ça qu'il aurait tellement aimé être un marin dessus la mer, cracher sous le vent et se reprendre son crachat sur le nez, bien étalé. Rien de tel pour vous rappeler que vous existez, que le monde est comme ci, comme ça, que vous êtes au milieu de lui et qu'il vous coule sur les joues. La seule chose peut-être ridicule pour de vrai, c'est un mort. Voyez Mawakhna sur son tiroir d'émail blanc, tout enveloppé de glace comme une bouteille de champagne. Alors ça, dit John, ça c'est du grotesque. Être cheyenne, aveugle ou polonais dans la salle de restaurant du West Continental n'a aucune importance. Il parle à Dorothy sans recourir aux mots, se servant tout juste de la chaleur et de la pression de ses doigts sur ceux de la jeune femme.

Elle sourit. Elle relève le front, les broderies d'or de son bandeau accrochent les faisceaux des projecteurs braqués sur l'escalier. On joue du Brahms sur les quatre pianos blancs, on le joue mal, avec élégance : ce n'est pas tout à fait du massacre, seulement du conditionnement. Musique lente et persuasive, même différence qu'entre l'ananas frais et celui en conserve, pour vous dissuader de boire trop vite, de parler trop fort.

Et Mysha, derrière eux, descend l'escalier comme un prince. Aux lèvres, l'ébauche d'un sourire. Qui songe aux pourboires qu'il va distribuer, dont l'énormité (car énormité il y aura) sera fonction de la considération qu'on lui témoignera. Ce soir, Ashton Mysha joue un nouveau jeu : il ne se réfugie plus derrière ses galons d'officier, sa fonction de second capitaine d'un paquebot de prestige ; il est vêtu d'un costume gris, chemise claire et cravate unie, il mise sur les dollars neufs qui gonflent ses poches.

Des buissons de chandelles sont auprès de chaque table. Dorothy les frôle, le maître d'hôtel s'incline :

— Avec votre permission, miss Kayne, je pense que vous apprécierez une table à l'écart de la piste?

Un peu avant minuit, Walter Desmond est monté sur l'estrade. Présentateur de jeux télévisés, il est aussi l'animateur des soirées de gala du West Continental. Il descend les trois marches de l'estrade, louvoie entre les tables et s'arrête devant Dorothy Kayne. Tout à l'heure, depuis les coulisses, il a repéré l'aveugle.

— Pour ouvrir le bal de cette nuit, j'ai voulu la plus méritante — mais aussi la plus charmante des cavalières. Miss Kayne, levez-vous et prenez mon bras...

Il sait qu'il doit compter avec l'effet de surprise. La jeune femme mettra entre trente et quarante-cinq secondes à se lever. Comme toutes celles qui l'ont précédée. Mais les autres n'étaient pas aveugles ; alors, il est possible que Dorothy Kayne prenne une minute entière, et même davantage, pour repousser sa chaise, défroisser sa robe et enlacer Walter Desmond.

« Mesdames et messieurs, pardonnez-moi de ne pouvoir faire des présentations plus complètes. J'ignore encore si miss Kayne est mariée, si elle préfère la mer ou la montagne, quelle est sa profession... Mais il suffira d'une valse, et je saurai tout. Du moins, *presque* tout : parce que miss Kayne possède un mystère que je ne déchiffrerai pas.

Du bout de l'index, Desmond effleure le bandeau :

« Cette étoffe dissimule deux yeux sans regard. Là est le secret de Dorothy Kayne.

John l'Enfer dit :

— Oui, mais c'est provisoire. Vous devez apprendre à tous ces gens que ça ne durera pas.

Walter Desmond sourit :

— Tout est provisoire, mon cher.

La salle applaudit. Desmond lève la main pour réclamer le silence, puis il se penche vers Dorothy :

« Miss Kayne, connaissez-vous Walter Desmond ?

— Non. Pas vraiment. Une fois, pour mon anniversaire, mes parents voulaient m'offrir un téléviseur portable. Mais je leur ai demandé de me donner plutôt de l'argent : j'avais envie d'aller en Californie. A l'université, il y a des postes. Mais je n'ai pas le temps de regarder les programmes. Depuis mon accident, de toute façon...

A présent, Desmond s'agenouille près d'elle. Il pose sa tête sur les genoux de la jeune femme :

— Moi non plus, miss Kayne, je ne vous connais pas. Qu'est-ce que je sais de vous ? Eh bien, que vous êtes adorable. Et que vous sentez...

Là, il fait mine de se concentrer. Un truc, parce qu'il connaît la réponse depuis qu'il s'est approché de Dorothy : s'il lui arrive de se tromper avec les parfums d'importation, Walter Desmond ne commet jamais la moindre erreur quant aux eaux de toilette nationales :

« *Baby Soft!* Et je vous en félicite, miss Kayne. Croyez-moi, l'innocence est le comble de la séduction.

Desmond éclate de rire. On l'applaudit — c'est déjà la seconde fois en moins de sept minutes. Il se relève, fait un petit signe entendu à l'adresse de John l'Enfer et d'Ashton Mysha :

« Gentlemen, puis-je vous enlever miss Kayne l'espace d'une danse?

Sans attendre la réponse, Walter Desmond prend la taille de Dorothy et l'entraîne vers la piste. Les applaudissements redoublent, il y a même quelques vivats. Sur son calepin, le couturier George Howe écrit : *La mode est à la nuit. Après avoir caché les seins, les genoux et les fesses des femmes, pourquoi pas leurs yeux? Leur bouche aussi, peut-être. En toucher un mot à Geneviève de M... Qu'elle me fasse venir des Indes de la soie, et de la rayonne de Lyon, pour bandeaux et bâillons. Aucune espérance commerciale, mais ça fera parler.* Pendant ce temps, sur l'estrade, une formation de jazz a remplacé les quatre pianos. Desmond s'informe :

« Votre chanson préférée, miss Kayne?

Elle dit :

— Aucune importance, du moment qu'elle dure longtemps.

Dans le réduit technique, l'opérateur a coupé toutes les lumières de la salle. Il n'a conservé qu'un seul projecteur, un « suiveur » de deux mille watts qui isole le couple formé par Desmond et Dorothy.

— Est-ce que vous aviez prévu une chose comme ça, Ashton, en nous emmenant ici?

Mysha regarde le Cheyenne, et lui sourit :

— Tu sais, je peux me lever et aller la chercher. Et lui dire de s'asseoir et de ne pas se donner en spectacle. Oui, je peux faire ça, j'en ai le droit. Mais j'ai cru comprendre que c'était un jeu. Une sorte de petite fête. Dorothy est heureuse. Quand je serai parti, quand tu lui feras un enfant...

— Je ne lui ferai pas d'enfant, dit l'Indien. Avec elle, je n'aurai rien du tout. On ne se mélangera pas, tous les deux.

A New York, on ne s'aime plus que le temps d'une défaillance. Il faudrait une jolie dose d'inconscience pour mettre des enfants au monde dans cette ville-là. Reste, évidemment, la possibilité de s'enfuir : les autoroutes du Nord, après avoir franchi la zone répugnante des grands entrepôts, traversent des forêts qu'on pourrait croire vierges. On y va pique-niquer en fin de semaine, sur des souches d'arbres, pour se laver les poumons. Mais le dimanche soir, on réintègre la ville. Il n'y a ni usines ni bureaux dans les forêts. Seulement des daims, des truites, des écureuils et quelques grosses fortunes.

— Je croyais, dit Mysha, que des Indiens étaient capables de survivre là-dedans. Et leurs petits avec eux. Écoute voir, ce n'était pas non plus la joie dans les marécages de Pinsk. Quand j'ai quitté la Pologne, ma sœur Lena venait d'avoir quinze ans. Pas la merveille des merveilles, bien sûr, mais les garçons avaient tous envie de la tripoter — cette blondeur!

Il rit :

« Je me rappelle le jour de son anniversaire. Elle sentait la tourbe, l'eau pas comme les autres des marais, et puis aussi la bouse. Oui, mon vieux John, la bouse de vache. C'était peut-être bien la faute aux quinze bougies sur le fromage blanc qui servait de gâteau de fête. Quinze bougies, ça chauffe les odeurs.

Il ne rit plus :

« D'après toi, qu'est-ce qu'elle est devenue, ma Lena?

— Aucune idée, balbutie John l'Enfer.

Il est passablement ivre, il en est à sa deuxième bouteille de vin du Rhin. Au moins autant que l'alcool, le sucre qui lui englue la langue rend son élocution difficile. Ashton Mysha est saoul, lui aussi. Il ne devrait pas, pourtant, à cause de son foie et de ses reins qui ne lui appartiennent plus tout à fait. Mais demain, c'est juré, il se remettra au Coca-Cola ou au thé froid.

— Des fois, reprend le Polonais, je pense qu'on me l'a fusillée. C'est un rêve que j'ai fait souvent, en mer. Quand ça branlait dur. En somme, les mouvements du bateau m'inspiraient : je voyais Lena tomber toute molle, comme une feuille morte. D'autres fois, j'ai l'intuition qu'elle s'est sortie de là. Secrétaire à Varsovie. Un type

205

s'intéresse à elle, un fonctionnaire du Parti. Pour Noël, il lui a payé
un parapluie.

— Ça ne sert à rien de se faire des idées, dit John.

Walter Desmond danse mieux que les étudiants de l'université.
Enfin, il danse autrement.

Walter Desmond, c'est l'élégance. Pas la moindre goutte de sueur
au front, ni au creux des mains. Et quand il ouvre la bouche, il se
détourne légèrement : on ne souffle pas au nez d'une femme, même
quand on gagne un peu plus de cinquante-huit mille dollars par an.

Dorothy se demande s'il a les yeux ouverts ; pour un peu, elle lui
retirerait ses doigts, les élèverait jusqu'au visage de Desmond, elle
palperait. Mais elle n'ose pas : il pourrait se méprendre, rien ne
ressemble davantage à une caresse que ce que le docteur Laedipark
appelle *le regard digital*.

Desmond parle enfin, tout bas :

— Vous vous amusez?

Elle répond que ce n'est pas vraiment le mot qui convient. Il
cherche autre chose :

« Vous êtes heureuse, miss Kayne?

Ce n'est pas encore ce mot-là. Walter Desmond n'est pas un
homme des mots. Dans ce domaine, l'approximation lui suffit. Peu
importe ce qu'il dit, du moment qu'il gonfle ses phrases d'adjectifs
comme *joyeux, riche, étincelant, magique* ou *fantastique*.

Renonçant à connaître les états d'âme de Dorothy, il change de
propos.

« Nous ne sommes plus seuls, miss Kayne. Maintenant, ils
dansent tous.

Elle dit qu'elle l'a deviné, au martèlement des semelles sur le
parquet. A ce vent léger qui s'est levé autour d'elle, et qui fait à
présent voler les boucles de ses cheveux. Il murmure :

« Dommage que vous ne puissiez pas voir ça. Ils ont tout envahi.
Ils ne dansent pas, ils se trémoussent. Je crois qu'ils nous ont
oubliés, tous les deux. Je pourrais vous embrasser, personne ne
remarquerait rien. Mais je ne le ferai pas, miss Kayne. Je disais cela
seulement pour que vous compreniez à quel point, désormais, nous
comptons peu pour eux.

— Est-ce que ça vous choque?

— Je les récupérerai tout à l'heure, quand la musique s'arrêtera et que nous passerons à autre chose. Après la danse, il y aura les jeux. Les jeux, c'est ce qu'il y a de plus important.

Selon les cas, Desmond humilie ou élève la petite foule suspendue à ses récompenses, à ses pénitences — à ses lois, en somme. Son talent, c'est de pressentir ce qu'on attend de lui. Son chef-d'œuvre fut peut-être une certaine « danse du tapis » qu'il organisa pour un club d'octogénaires anciens présidents d'entreprises. Un degré au-dessous, ce fut la nuit où Mirabella Winkler, chorus girl au Radio City Music Hall, dévora dans une taverne de Broadway les excréments d'un oiseau. On avait astucieusement disposé les merdes minuscules dans une coquille d'huître, on avait arrosé le tout d'eau salée, puis de vinaigre à l'échalote. Mirabella lissait ses longues nattes rousses, maniait la petite fourchette d'argent frappée aux armes du restaurant, et disait :

— Vous êtes incorrigible, Walter. Votre gage, je l'ai drôlement bien compris. Mon vieux, vous êtes percé à jour : ce n'est pas de l'huître, ça, c'est du clams. Exactement, Walter, du Cherrystone clams coupé en morceaux.

Le rock and roll est devenu slow. Desmond serre Dorothy contre lui :

— Ce qu'on a pu se marrer, tout de même, miss Kayne !

Il y a maintenant quatorze minutes que la lampe s'est mise à clignoter sur le grand panneau de verre du quartier général du Fire Department, New York City, N.Y. En temps normal, on ne dérange pas Anderson pour si peu : on attend le rapport des voitures d'avant-garde. Neuf fois sur dix, Julius N. Grant assume la direction des opérations. Pourtant, cette nuit, Grant alerte Anderson : il s'agit d'un lieu public ; selon les statistiques de l'annuaire officiel de l'hébergement, le West Continental peut accueillir près de trois cents personnes ; il comporte même une suite réservée aux chefs d'État en visite privée ; son staff comprend une centaine d'employés, tous sont logés et nourris sur place.

L'alerte n'a pas été donnée par le West Continental, mais par les factionnaires du poste de police situé à deux blocs de l'hôtel. C'est l'agent O'Brien qui a déclenché le dispositif de sécurité, à partir de l'appel émis par le véhicule de patrouille 208.

Selon les premières informations reçues, il semblerait qu'une conduite d'eau ait éclaté dans les sous-sols de l'établissement. Non loin de la chaufferie, a précisé O'Brien.

— Interrogez les Ford, dit Anderson.

Il se tourne vers June :

« Mets quelque chose sur toi, n'importe quoi, la couverture par exemple. Et branche-moi le téléphone dans la salle de bains.

Anderson est sous la douche. Il dispose encore de douze minutes de répit. Pendant que June lui masse la colonne vertébrale, le dispositif d'urgence se met en place. Une voiture-radio quitte le garage souterrain du quartier général, elle roule en direction de la 56e Rue où habite Anderson. Elle est précédée de deux motards, les agents Philip et Routledge, qui ont pour mission d'assurer le libre passage du véhicule aux carrefours de Manhattan. Au fur et à mesure de la progression de la voiture, les feux de signalisation sont verrouillés sur la position intermédiaire orange.

La première personne à avoir constaté quelque chose s'appelle Constance Dobson. Elle assure, de quatorze à vingt-deux heures, le service du quarante-quatrième étage. Comme chaque soir, Constance a pris l'ascenseur pour gagner le niveau cinquante où sont les chambres du personnel résidant. Elle a d'abord remarqué qu'il faisait froid dans la cabine de l'ascenseur. Après avoir franchi la porte de son appartement (deux pièces et kitchenette), elle a été prise de frissons. Elle a serré son ours en peluche sur sa poitrine, elle lui a dit :

— T'en fais pas, Browny, c'est la climatisation qui ne tourne plus très rond.

Constance Dobson s'est couchée, elle a éteint la lumière. Alors, elle a vu que du givre s'attachait aux deux fenêtres de sa chambre. Elle s'est levée, elle a utilisé le téléphone intérieur pour prévenir le concierge.

Les hommes d'équipe qui ont pénétré dans la chaufferie, après avoir déverrouillé la porte d'acier, ont reculé : l'odeur était insupportable. Une eau fétide et grasse, charriant des immondices, avait envahi la crypte. Elle se hissait, lentement, jusqu'aux brûleurs.

Les serveurs du restaurant se sont retirés. Seul le maître d'hôtel continue d'assurer le renouvellement des commandes. Sur la piste, Walter Desmond fait des avances à Dorothy Kayne. La jeune femme se blottit contre lui :

— J'ai froid, Walter. S'il vous plaît, demandez à l'orchestre une danse plus rapide. Une bonne suée. Mais pourquoi fait-il si froid?

Ashton Mysha dort. Parfois, il ronfle. John l'Enfer a renversé son verre sur la nappe, pour être bien certain de ne pas boire davantage.

Il se lève. Il écoute, à travers la musique déchaînée, le cri strident des sirènes. La sonorisation a des ratés, elle faiblit, reprend, faiblit à nouveau. Quelqu'un doit tripoter le tableau de commande des circuits électriques du West Continental, pense l'Indien.

Il y a aussi, récente, cette vibration sourde derrière les murs, sous les dalles de marbre.

Un instant, John se demande si une maîtresse poutre de fer ne se serait pas descellée, quelque part dans le béton coulé des cinquante étages; mais il connaît trop bien la vie intérieure des buildings pour y croire longtemps : en réalité, l'incident est souterrain.

Il a pris naissance, c'est sûr, dans les caves de l'hôtel. Là où sont les parkings et la chaufferie. C'est pour ça qu'il fait si froid, brusquement.

John l'Enfer, debout, se retient à la table. Le trop d'alcool le fait vaciller. Il regarde danser les couples, il a envie de leur hurler de s'arrêter, de remonter en désordre le grand escalier, de se ruer vers les sorties de secours. Il voudrait leur expliquer qu'il possède, lui, l'instinct de la maison. Exactement comme ses ancêtres avaient la science des plaines et des bois.

Mais le Cheyenne sait qu'on ne l'écouterait pas : on n'interrompt pas une foule qui s'amuse, on ne la dérange pas. Surtout quand elle a payé pour ça.

Sur la piste, Desmond embrasse Dorothy à pleine bouche; et de la main gauche, il lui caresse les reins. Mais la conduite de Dorothy Kayne, ce n'est pas l'affaire de John. Même si John est celui qui souffre le plus.

S'appuyant de table en table, il est sorti. La ronde des danseurs n'a pas ralenti, au contraire, les musiciens ont du mal à suivre.

John n'a aucune difficulté à trouver l'accès aux sous-sols de l'hôtel : il lui suffit de suivre le lacis des grands tuyaux de toile encore inertes, le long desquels courent des pompiers. Un groom pleure près des ascenseurs, il n'a pas quatorze ans, son corps est secoué de hoquets convulsifs, il tente d'arracher les boutons d'argent de son uniforme rouge.

Après la double porte de fer, il y a une rampe au revêtement rainuré. Une puanteur monte des profondeurs du West Continental. L'Indien hésite avant de s'engager sur la rampe. Mais la nécessité de savoir est plus forte que les injonctions des pompiers qui, en le bousculant, lui ordonnent de rebrousser chemin, disant qu'il n'y a rien à voir là en bas dans le bourbier, sauf de la merde. John l'Enfer se range contre la paroi suintante, attend un moment, puis reprend sa descente.

La chaufferie, les magasins de stockage et le parking privé à l'usage de la direction ont été bien conçus. Cette architecture souterraine rappelle la légèreté lumineuse des constructions de surface. Rien de trapu, mais une sorte d'élancement naturel des points portants, des poutres et des arcs. L'éclairage mixte est assuré par des lampes à incandescence et à vapeur de mercure. Au fur et à mesure qu'il progresse, le Cheyenne retrouve ici ce qu'il a connu à l'aplomb des façades : les gaines épaisses, de section rectangulaire, où circule l'air ; les canalisations transportent les fluides et les liquides, leurs ramifications et leurs nœuds de distribution ; les échelles métalliques avec leurs cerceaux de protection, les bouches grillagées d'aération, et l'éternelle rugosité du ciment. Ici, le vent est dirigé et la lumière est constante. Ce n'est pas une prison, c'est un univers stabilisé. Bientôt, John ose appuyer le plat de sa main contre le revêtement partagé, à la verticale pour en accuser la hauteur, par de larges bandes de couleur.

La lueur des lampes à vapeur de mercure joue sur les casques et sur les combinaisons. Plus John avance, et plus l'odeur est écœurante. Il y a maintenant un peu de fumée grasse qui poisse le visage et les mains : les pompiers assurent que le cloaque a gagné le niveau des brûleurs, les chaudières sont éteintes. Les hommes qui remontent des profondeurs ont les jambes souillées jusqu'aux genoux, ce qui confirme l'hypothèse selon laquelle ce serait un collecteur important qui aurait éclaté.

Ernst Anderson a tout de suite compris qu'il ne serait pas le plus fort. Aucune attaque de front n'a la moindre chance de réussir. Ce qu'il faut, c'est ruser avec l'égout crevé, le juguler là où il s'y attend le moins — à l'origine. Plus tard, lorsque la bête aura cessé de dégurgiter ses immondices, il sera temps de pomper. Pour l'heure, il n'y a rien de plus urgent que de fermer l'une des vannes principales. Pourtant, Anderson hésite · il redoute un surcroît de pression dans un des collecteurs annexes, ce qui pourrait entraîner une nouvelle rupture en amont.

Le flot noir monte au-dessus des bottes d'Anderson, s'infiltre à l'intérieur. L'homme ne se dérobe pas, au contraire : il apprécie de faire ainsi physiquement connaissance avec son adversaire. Il va jusqu'à remuer ses orteils à l'intérieur des bottes envahies par la boue gluante. Pour la première fois de sa carrière, Anderson affronte une situation paradoxale. Cette nuit, il a pour ennemi son ancien allié : l'eau. A dire vrai, il n'avait jamais pensé à l'eau. Du moins à l'eau de cette nuit, lourde et malodorante, dont le torrent s'amplifie au fur et à mesure que s'élargit la brèche.

Toutes les brigades de la ville ont dépêché des observateurs. Ceux-ci, venus de Queens, de Brooklyn, de Staten Island, et même de Yonkers, Newark ou Hacksensack, entourent Anderson. L'un d'eux a dit :

— On va devoir reculer. La chaufferie numéro deux est perdue, il va y avoir des dégagements de gaz. Sans compter que la saloperie monte de près d'un centimètre toutes les trois minutes.

Des jauges blanches et millimétrées ont été plongées dans l'ordure. Dans le grand alvéole du parking, deux voitures sont soulevées par le flot. Un troisième véhicule a coulé à pic, ses vitres étant restées ouvertes ; une énorme bulle a crevé la surface, on a entendu un gargouillis ignoble. Au-dehors, les sirènes continuent de hurler.

Julius N. Grant se tourne vers son chef :

— Ernst, ça suffit comme ça. Tu dois prendre une décision, et vite.

— Il y a des rats, des coquilles d'huîtres, du carton, murmure Anderson. Jamais les pompes ne pourront étaler.

— Alors, donne l'ordre de verrouiller les vannes d'amont.

Anderson recule de quelques pas .

— Certainement, Julius. C'est l'ordre que je vais donner. Eh bien, ça, tu peux en être sûr. C'est notre seule chance, pas vrai? Cet ordre, d'ailleurs, est-ce que je ne l'ai pas déjà donné?

— Pas encore, Ernst.

— Très bien, ne nous énervons pas, ça va venir. Chaque chose en son temps. Comprendre d'abord, agir ensuite. La question est celle-ci, Julius : pourquoi ce collecteur s'est-il rompu?

Grant fait signe a un des pompiers de ne pas allumer la cigarette qu'il vient de porter a ses lèvres : des gaz hautement inflammables errent peut-être à la surface des eaux souillées. De nouveau, il regarde vers Anderson :

— Un jour ou l'autre, il fallait que ça arrive. L'usure, Ernst.

— Ou la malveillance.

— Qui aurait intérêt à...

— Je ne sais pas, coupe Anderson. Est-ce que les flics sont arrivés? Est-ce que les interrogatoires ont commencé?

Mais Grant hausse les épaules : jusqu'à nouvel ordre, le rôle des forces de police consiste à assurer le passage des véhicules d'intervention et leur stationnement aux abords du West Continental, à canaliser la foule qui se rassemble devant le hall. Pourquoi la police perdrait-elle son temps à chercher des coupables là où il n'y en a pas? Le temps, et lui seul, a tout rongé : l'extrados des voûtes, l'intrados, les pieds-droits et le radier. Les vagues finissent toujours par désintégrer le rocher; et ce rocher-là, ce n'est jamais qu'une chape en ciment de trois centimètres d'épaisseur, battue jour et nuit par les rejets de la grande ville.

— Il faut fermer les vannes en amont, répète Grant.

— Je les fermerai, dit Anderson. Attendons encore un peu.

Avec le feu, on ne tergiverse pas. Il y a le vent, les matériaux combustibles qui nourrissent l'incendie et l'aident à se propager. Mais un égout qui se fend, c'est quelque chose comme une hémorragie : le ralentissement du mal est inévitable, il s'inscrit dans la logique mathématique des faits.

Le West Continental, après tout, peut tenir des mois contre la lente imprégnation de ses fondations. C'est répugnant, mais ce n'est pas mortel.

« Appelez le Centre des études sismiques, dit encore Anderson.

Demandez à ces gens-là s'il n'y aurait pas eu un tremblement de terre quelque part.

Il ajoute, pour Grant seul :

« Ta théorie ne tient pas. Il y a des villes tellement plus vieilles que la nôtre. Avec des égouts tellement plus mal foutus. Est-ce que ça crève pour autant, chez eux ?

Grant a fait un pas en arrière — le flot allait atteindre sa taille.

— On n'exige pas de Londres ce qu'on exige de New York.

Deux tonnes de viande sont emportées par le flot. Des quartiers de bœuf défilent devant Anderson, puis disparaissent. Les deux Cadillac qui se maintenaient à la surface sont enfin englouties par l'ordure liquide.

— Qu'on fasse évacuer les journalistes, crie Anderson.

A présent, il est évident qu'il a peur.

John l'Enfer s'est approché. Les tempes battantes, en raison de l'alcool et de sa répulsion pour ce monde sous la terre, il dévisage Ernst Anderson. Celui-ci boutonne jusqu'au col sa veste de cuir, on dirait qu'il a froid. Il n'a toujours pas donné l'ordre de bloquer les vannes d'amont. Et l'Indien devine qu'Anderson ne donnera cet ordre que lorsqu'il sera trop tard, quand l'inondation des sous-sols du West Continental aura atteint le point de non-retour, quand le colmatage de la brèche au flanc du collecteur sera devenu un véritable exploit technique. Ernst Anderson laisse la catastrophe suivre son cours et s'installer.

Parce que cette catastrophe et celles qui l'ont précédée lui serviront d'alibi plus tard, quand il sera élu maire de New York.

Pas plus que son prédécesseur, Anderson ne pourra réussir l'assainissement des finances : le maire sortant, Isaac Baumstein, a déjà réduit toutes les dépenses qui pouvaient l'être.

La grande astuce d'Anderson est d'avoir trouvé un autre responsable que le manque d'argent à la dégradation de la cité : la lèpre des pierres, le risque du feu, la surpopulation. Demain, si la ville frôle à nouveau la banqueroute, Anderson s'en prendra au vent du large. A la maladie financière, il opposera un cancer naturel. Alors, on ne pourra rien lui reprocher.

Pourtant, il ne peut pas ignorer les conclusions de la Commission d'enquête chargée de faire la lumière sur l'effondrement brutal de la

213

villa du sénateur Cadett : en tant que candidat le mieux placé, Anderson s'est soudain découvert des amis d'importance parmi les administrateurs de la cité, et il a eu accès à certains dossiers confidentiels. Notamment au dossier Cadett. Or, la lèpre des pierres était un mythe : on a trouvé, dans les décombres de la villa, des dizaines de milliers de larves de capricornes. Ces insectes avaient rongé le dedans des charpentes et le cœur des poutres maîtresses. Deux entreprises spécialisées avaient bien proposé au sénateur de le débarrasser du fléau : mais le traitement radical par injections représentait une somme élevée, devant laquelle Cadett avait renoncé.

Il en était de même des voies de circulation qui se soulevaient, défoncées par les tourbillons de vapeur du chauffage urbain, des buttes qui se couvraient d'herbes folles au-dessus des rivières — d'ailleurs, on parle de puiser dans ce qui reste du stock de défoliants rapportés du Vietnam.

Et le pont de Brooklyn lui-même s'écaille, du moins son tablier de bois clair où des cyclistes noirs se défient à la course les jours sans touristes, quand il y a des brouillards givrants sur l'East River et que le fer de l'armature est si froid qu'il vous brûle le dedans de la main pire qu'un feu.

Cette nuit encore, Julius N. Grant a vu juste en accusant la vétusté et le manque d'entretien d'être cause de l'éclatement du collecteur et de l'irruption de plusieurs tonnes d'immondices dans les profondeurs du West Continental Great Hotel. Des éclatements, des soulèvements, des effondrements, il y en aura d'autres ; comme il y aura d'autres failles dans les murailles des gratte-ciel, sans oublier l'imprévisible qui prendra n'importe quel visage. Les journalistes écriront que tout est la faute aux finances, la faute aux deux millions de dollars qui devraient être dans les caisses de la ville, et qui n'y sont pas. Anderson et les siens laisseront dire : ils répondront par la fatalité des choses, la nature irrémédiable et lente qui reprend ses droits sur les hommes et leur orgueil.

Anderson reconnaît John l'Enfer et lui sourit :

— Vous manquiez au tableau. J'avais appris votre libération sous caution, bien sûr. Mais je n'aurais jamais pensé vous retrouver dans ce genre d'endroit. Je ne parle pas de ce bourbier, John, mais des cinquante étages au-dessus. Le grand luxe, à ce qu'il paraît.

— Pas moi qui paye, dit le Cheyenne.

— Vous ne m'étonnez pas. A combien se monte la nuit, dans ce palace?

— Pas eu la curiosité de regarder, Ernst, mais pour bouffer c'est très cher.

Il suit des yeux la course d'un chapelet d'ananas, il voit les fruits rebondir comme des balles contre les piliers du parking, se partager par le milieu. Plus tard, ce sont des boîtes d'ice-cream. Maintenant une gabardine s'éloigne, horizontale et les manches étendues sur l'eau noire, gonflée comme un noyé.

« Qu'allcz-vous faire, Ernst? Fermer les vannes d'amont?

Anderson a envie de hurler. Qu'est-ce qu'ils ont donc tous, à vouloir agir sur les vannes d'amont? Il se peut en effet que ce soit la solution rationnelle : mais New York a cessé d'être logique pour devenir la ville capable de tout; ici les mêmes causes ne produiront plus jamais les mêmes effets — dans l'appartement de la 56e Rue, il y a June qui est enceinte alors que deux médecins avaient affirmé à Anderson qu'il était stérile; il ne faut pas que June avorte, rien ne vaut une naissance pour conclure une campagne électorale, même si l'enfant est illégitime. Anderson se détourne :

— Les vannes d'amont, hein? Pour créer une tension insupportable dans un quelconque boyau de dérivation? Pour que ça pète ailleurs sans que personne s'en aperçoive, pour que ça grouille sous les trottoirs? J'y ai pensé, et c'est non. Ici au moins, c'est devenu un déversoir : je peux voir ce qui se passe, mesurer seconde après seconde l'importance des dégâts. Je compte réquisitionner des plongeurs, qui nageront jusqu'au trou, qui me le boucheront.

— Parce que tu appelles ça un trou? fait Grant. Je ne te comprends plus, Ernst. Comme si tu ne savais pas que la situation ne peut que se dégrader...

Anderson ne répond pas. Il prend le bras de l'Indien :

— Écoutez-moi, l'Enfer, tout le monde se mêle de tout. Restez à l'écart de tout ça. Ce qui arrive est plutôt ignoble, mais il n'y a aucun danger. C'est seulement très humiliant.

Dans le hall de l'hôtel où le personnel vient d'installer des radiateurs d'appoint, le sénateur Cadett répond aux questions des journalistes expulsés du sous-sol. Il déclare qu'il vient d'avoir un long entretien téléphonique avec le maire :

— Isaac Baumstein était à son bureau, messieurs. Saviez-vous qu'il faut près de seize heures de travail quotidien pour expédier les affaires courantes de New York City? Seulement les affaires courantes, messieurs, je vous laisse juges du reste! Eh bien, à une heure du matin, Baumstein était encore à l'Hôtel de Ville. Il y est toujours, vous pouvez vérifier. Il va ordonner à Anderson de fermer toutes les vannes en amont.

— Et si le vieux Ernst s'entête?

On apporte au sénateur un verre de grog au cognac. Cadett avale une gorgée, s'essuie les lèvres :

— En ce cas, bien entendu, nous devrons peut-être en référer à Washington. Je voudrais, messieurs, vous faire toucher la vérité du doigt : en soi, la rupture d'un égout n'est pas à proprement parler un cataclysme. Sauf si les eaux souillées sont reconnues porteuses de germes dangereux, aptes à déclencher une épidémie. Nous avons à New York deux millions de pauvres : les défenses naturelles de l'organisme de ces gens-là sont largement entamées par la fatigue et, parfois, par la sous-alimentation. Il vous appartient de conclure.

— Est-ce une réalité *objective,* monsieur le sénateur?

— C'est une hypothèse de travail, dit Cadett.

Il sourit, reprend :

« Inutile, cependant, d'affoler la population. Nous sommes encore loin du désastre collectif. Ceci est un simple argument que je livre à votre réflexion.

Le sénateur se penche, enfile le pantalon d'égoutier qu'on lui présente. Il a décidé de s'avancer dans le cloaque jusqu'à la ceinture. Il désigne trois photographes pour l'accompagner, auxquels il garantit le libre accès au souterrain malgré l'opposition d'Anderson.

Applaudi par les journalistes, le sénateur marche vers les ascenseurs.

Avec Isaac Baumstein, Cadett est le seul à savoir que les coffres-forts du West Continental recèlent une fortune évaluée à plus d'un million de dollars; que ces coffres sont situés dans un alvéole directement menacé par l'inondation; que l'installateur du système de protection et de blindage ne garantit pas, dans les circonstances de cette nuit, la résistance des chambres fortes. Quant aux compagnies d'assurances, elles ont déjà fait savoir que leur couverture ne saurait s'étendre jusqu'à cette situation, qualifiée par elles de *catastrophe naturelle*. En cas d'ouverture inopinée des coffres et de perte des valeurs qu'ils contiennent, la ville de New York serait juridiquement tenue pour responsable.

Isaac Baumstein n'a pas un million de dollars à perdre.

Dans la salle du restaurant du West Continental, les guitares électriques, l'orgue électronique et le synthétiseur se sont arrêtés. On a alors réinstallé les quatre pianos blancs. Dorothy a dit :

— C'est une autre musique. Et il fait toujours aussi froid.

Walter Desmond avance son visage, respire le bandeau de la jeune femme à hauteur du léger renflement des paupières. Il s'étonne de ne déceler aucune odeur médicamenteuse — rien que ce *Baby Soft* dont elle s'est copieusement inondée. Il demande, perplexe :

— Tu es une aveugle pour de vrai ? Et, dis-moi, ces deux hommes avec toi, que sont-ils au juste ?

— Une attente.

Prenez garde aux aveugles, aux sourds, à tous les enfermés : il y a du chien en eux, du chien qui dort sur sa révolte.

Dorothy gronde à l'oreille de Desmond :

« Faites-moi pivoter vers la table de John l'Enfer, Walter, tournez-moi vers lui.

Desmond hésite : il y a longtemps que le Cheyenne est sorti ; dans le restaurant désert, à présent, il ne reste plus que Mysha endormi et un serveur qui empile les assiettes sales et jette les couverts dans une panière d'osier.

Enfin, Desmond prend Dorothy par les épaules et l'oriente :

— Là, mon petit, John l'Enfer est juste en face de toi.

Dorothy Kayne, alors, sourit gentiment à une chaise vide.

Il est un peu plus de deux heures du matin lorsque Anderson, après avoir eu un bref entretien téléphonique avec le maire de New York, consent à la fermeture des vannes d'amont. La boue liquide jaillit encore de la brèche durant une vingtaine de minutes ; puis le

217

flot se tarit et le tumulte s'apaise ; les eaux sales cessent de bouillonner, alors il semble que l'odeur nauséabonde diminue quelque peu.

Sur la rampe, les pompiers verrouillent les larges conduits annelés des pompes surpuissantes. D'après les premières estimations, un pont routier de quinze camions-citernes sera nécessaire pour absorber les résidus de l'inondation et les emporter vers l'océan.

Le sénateur Cadett s'est assis sur un fauteuil pliant qu'un groom vient d'apporter, il converse en souriant avec les journalistes et quelques clients du West Continental qui ont été assez malins pour se faufiler entre les cordons de police.

Comme tout le monde, Ernst Anderson regarde les eaux noires s'immobiliser. Malgré le froid, quelques gouttes de sueur coulent sur son front. Cette nuit, Anderson fait plus que son âge. Son dos est voûté et sa veste de cuir, dans la lumière trop vive des projecteurs, montre le fin réseau de toutes ses craquelures. A force de repriser ce vêtement fatigué, qui cède de partout, June s'est abîmé le bout du pouce. Mais Anderson ne veut pas entendre parler d'une autre veste, même coupée sur mesure dans un cuir de luxe.

Le sénateur l'appelle près de lui :

— Venez, Ernst, j'ai commandé du champagne. Après tout, nous sommes arrivés à bout de cette saleté. Je sais bien qu'il est très tard, et que vous êtes épuisé. Mais les victoires, c'est toujours avec des survivants qu'on les célèbre.

Anderson s'approche, en déployant un plan des égouts :

— Une fausse victoire, sénateur. Dès maintenant, les collecteurs secondaires s'engorgent. Demain, ça sautera quelque part dans les profondeurs. Alors, quelles nouvelles vannes fermerez-vous ? Je vous accorde volontiers que c'est vexant, mais nous sommes à la merci d'une masse colossale de merde.

On sourit. Le champagne coule dans les coupes. Anderson est au bord des larmes, il ne veut pas qu'on le sache, il se mouche.

« La ville nous échappe, dit-il. Demandez à cet Indien près de moi, il est de race cheyenne.

John l'Enfer s'avance à son tour :

— C'est l'histoire de la cavale blanche. Elle avait été capturée dans les plaines par les chasseurs de chevaux de l'ancien temps, et offerte à celui qui conduisait le peuple. Une bête étrange et belle, que rien n'effrayait. Dans les combats, elle portait en croupe l'espérance de la nation cheyenne.

— Il veut dire par là qu'on lui confiait le fils aîné du chef, précise Anderson

— Lorsque la lune fut favorable, dit encore John, on accoupla la cavale avec un étalon digne d'elle. Et la cavale mit bas, c'était un soir en été. Mais le poulain qui se tordit jusqu'en dehors de ses entrailles était noir. Surtout, il portait au front la tache de la mort.

On interroge pour savoir ce qu'est la tache de la mort, mais John ne répond pas : il y a des choses qui ne se disent pas, parce que la connaissance absolue suppose le temps de l'éternité et la douleur qui ne s'endort pas. L'Indien ne sait pas ce que cela signifie, mais il a souvent entendu ces mots dans la bouche de Maman Pageewack, dans la bouche aussi de son père et de sa mère, ouvriers de la General Motors.

« On parla d'abattre la cavale. Quelques-uns refusèrent. Ils dirent qu'il suffisait de récolter des herbes particulières, de les amalgamer, puis de les enfourner profond dans l'utérus de la cavale. Malgré cela, la bête enfanta un second poulain — par les naseaux. Lui aussi portait au front la tache de la mort. De nouveau, on cueillit les plantes qu'il fallait et on les enfonça dans les naseaux de la cavale. Pourtant, pour la troisième fois, la cavale mit bas : par la bouche, un peu comme un crachat. Et pour la troisième fois, le poulain était marqué. Alors, on ferma la bouche de la cavale avec les mêmes herbes qu'auparavant.

John l'Enfer s'accroupit sur ses talons, et conclut :

« A l'aube, la cavale était morte par étouffement.

Le sénateur Cadett sourit :

— La légende est plaisante. J'ai toujours pensé que vous autres, Indiens, ne saviez pas exploiter les trésors de votre folklore.

Il se tourne vers Anderson :

« Félicitations, Ernst. Le numéro est joli, et bien préparé.

— Pas préparé du tout, sénateur. Je me suis rappelé que l'Enfer m'avait raconté cette histoire dans le fourgon cellulaire qui l'emmenait en prison. C'était après les événements de Centre Street. Par là, il voulait me démontrer...

Cadett l'interrompt :

— Merci. La symbolique indienne est assez évidente — en fait,

219

presque puérile! — pour que je puisse me passer de votre traduction. Mais New York n'est pas une jument. D'autre part, croyez-vous vraiment que ce soit l'heure et le lieu de tenir un débat contradictoire?

Il lisse les revers de son smoking dont le pantalon d'égoutier protège encore les jambes. Seule l'odeur écœurante s'est insinuée sous le caoutchouc, imprégnant les fibres du vêtement. Mais c'est là un moindre mal auquel le sénateur trouvera facilement remède en allant rendre visite à Tsien-Wang, blanchisseur dans Chinatown. Facilement et agréablement : entre autres richesses et avantages, Tsien-Wang est le père d'une jeune fille soyeuse et docile, dont la peau du ventre est étrangement sucrée sous la langue. Liaison qui pourrait être périlleuse pour le sénateur, quand on sait que la petite affiche très ouvertement des idées politiques d'extrême-gauche; mais quand la fille de Tsien-Wang prétend, sans en apporter la preuve, appartenir au parti communiste clandestin, n'est-ce pas dans l'espoir de recevoir la punition rituelle et merveilleuse que lui inflige Cadett dans l'arrière-boutique, en la couchant sur les piles de linge, après lui avoir lié les poignets avec des cravates ou des culottes éminemment bourgeoises?

Anderson brise le rêve du sénateur :

— Il n'y a pas que les élections. Il y a aussi cette ville qui nous claque dans les doigts.

Cadett se lève, repousse son fauteuil de toile, jette dans les eaux sales un magnum vide :

— C'est ça, qui vous fait peur? Un peu de boue? Je vais vous dire une bonne chose, Ernst : vous êtes un homme d'oracles. Pour un peu, vous ausculteriez des tripes de poulets. Vous voyez partout des signes, des avertissements ou je ne sais quoi. Je vous mets en garde : si une certaine forme de folie collective vous portait à la mairie, rappelez-vous qu'on ne gouverne pas New York avec des fantasmagories — mais avec des dollars. Où les prendrez-vous, les dollars? Vous avez été de ceux qui ont stoppé les licenciements, qui ont exigé que les effectifs municipaux soient doublés. Pure démagogie, Ernst : avec quoi réglerez-vous les salaires? Deux millions de gens riches ont fui vers les banlieues, ils ont été remplacés par deux millions de pauvres qui n'ont pas de quoi entretenir la ville. Arrêtez de rêver, sinon votre rêve va tourner au cauchemar.

Le sénateur s'arrête un instant, pour permettre aux journalistes qui prennent des notes de se dégourdir les doigts. Il fait de plus en plus froid, dans les sous-sols du West Continental. Puis, marchant vers John l'Enfer :

« S'il a droit au bulletin électoral, cet homme votera pour vous. Il vous apportera sa voix — mais c'est tout! Ensuite, il regagnera sa tanière. Et vous resterez seul, épouvantablement seul face à la ville-monstre. Croyez-moi, Ernst : le pire, avec les pauvres, ce n'est pas qu'ils manquent d'argent; c'est qu'ils soient incapables de tenir leurs engagements.

L'Indien sourit : demain, les 940 000 exemplaires du *New York Times* reproduiront textuellement les propos de Cadett. Ce qui provoquera le report de quelques milliers de voix sur la candidature d'Anderson. Par contre, de nouveaux chèques viendront alimenter la caisse électorale du sénateur — lequel, s'il en a les moyens, n'hésitera pas à lâcher Isaac Baumstein et à faire cavalier seul.

— Puis-je avoir du champagne, moi aussi? demande John.

On lui tend une coupe, on se tait : à qui ou à quoi va-t-il boire?

« A Dorothy Kayne, dit-il.

Alors, assaillis de questions, Anderson et Cadett sont contraints d'avouer qu'ils ne connaissent pas de Dorothy Kayne, que cette personne n'appartient ni de près ni de loin à leurs états-majors respectifs; qu'il s'agit soit d'une erreur de nom, soit d'une affaire privée entre le Cheyenne et cette Dorothy Kayne, affaire qui, aussi aberrant que cela paraisse, n'aurait strictement aucun rapport avec les élections.

« Vue de tout là-haut, dit encore John l'Enfer, cette ville a pas mal de gueule. Enfin, je l'aime, moi. Quand le soir tombe, et qu'on voit des choses et des gens, et même des bateaux, qui se reflètent sur les vitres. Naturellement, pour ça, il faut que les vitres soient propres.

Mais on ne l'écoute plus. Alors, il pose sa coupe vide sur la rampe et il s'éloigne.

Lorsqu'il reprend conscience dans l'immense restaurant vide, Ashton Mysha éprouve une douleur lancinante au creux de la nuque. Autour de lui, ça sent la bougie, l'étoffe imbibée d'alcool et le cigare froid. Ne se rappelant plus s'il a ou non donné un pourboire, le Polonais dépose quelques dollars dans une soucoupe aux armes du West Continental.

— Vous devrez passer par la sortie de secours, fait une voix. Faut pas m'en vouloir, m'sieur, mais j'ai ordre de fermer la porte du grand escalier après trois heures du matin. C'est rapport à l'appel d'air en cas d'incendie.

— Qui est-ce qui parle? demande Ashton en se redressant.

Mais la voix se tait. Un soupir, près des longues banquettes de velours — où s'asseyaient autrefois les jeunes filles de la très haute société, un carnet de bal sur les genoux. Ashton se lève, tamponne son front brulant à l'aide d'une serviette trempée dans le seau à glace. Maintenant, il entend comme un froissement d'ailes au-dessus de lui. La voix reprend :

— Vous en faites pas, m'sieur, c'est juste Wendy.

— Qui est Wendy?

— Un oiseau, m'sieur. Un oiseau, encore que personne l'ait vu, jamais. On l'entend seulement, qui fait le con quand on a tout éteint. Une femelle, pour sûr, une timide. Elle chipe des choses qu'on a laissées pour elle. Oh, ça ruinera pas la maison, allez! Des amandes salées, et puis des cacahuètes, et du gras de saucisson.

Le Polonais allume son briquet : allongé sur l'une des banquettes, un petit garçon noir, vêtu d'écarlate, le regarde. Il boit au goulot d'une bouteille oubliée, du chablis, et s'essuie gravement la bouche du revers de sa manche — comme un homme. Il sourit :

« Vous avez pris la grosse cuite, hein, m'sieur? Moi aussi, des fois, ça m'arrive.

Il désigne le dôme tout là-haut, les peintures romantiques et les anfractuosités que masque le trait sinueux des feuillages bleus :

« C'est beau, avec la lumière. Wendy se cache là-dedans. D'après moi, le z'oiseau est exactement dans l'arbre où il y a une bergère en dessous. Les maîtres d'hôtel ont juré de l'avoir : ils peuvent toujours se brosser! Elle n'est pas si bête, Wendy, elle dort le jour. Et moi, c'est pareil. La nuit, vous voyez, je surveille. Mais ça durera pas le temps des rats, m'sieur, je me tirerai d'ici. Alors, je ferai livreur. Livreur d'essence. Dans un camion, vous voyez le genre? Bientôt. Faut être grand, naturellement, pour faire livreur d'essence. Faut avoir le cran de rester au volant du camion qui flambe et qui va péter, comme ce type l'autre jour à Jackson City. Quand on est petit, m'sieur, on voudrait plutôt sauter du camion.

Il se lève, il bâille sans mettre la main devant sa bouche :

« Je vais marcher, maintenant. Je vais marcher jusqu'à ce que ça sonne six heures. Alors, les autres reviendront mettre le couvert pour le petit déjeuner. Si je marche pas, je dors. Et si je dors, c'est la preuve que je pourrai jamais faire livreur d'essence dans le désert où on roule longtemps — des fois on roule une année toute pleine — avant de se pointer chez Sally, Cactus Station. Je me marierai avec Sally au désert, m'sieur, c'est une chose certaine. Elle a de beaux gros nichons, Sally, et mon oncle dit qu'elle se lave les fesses deux fois par jour. Le dimanche, au moins trois fois.

Il cligne des yeux, dans l'obscurité revenue :

« Pourquoi vous êtes parti, m'sieur? »

Un peu plus tard, trois heures quarante du matin ou quelque chose comme ça, vendredi. Dorothy Kayne est dans sa baignoire, les genoux relevés sous le menton. Agenouillé près d'elle, le bout de sa cravate plongeant dans la mousse qui sent davantage l'embrocation que la pinède. Walter Desmond frotte les jambes de la jeune femme. Il dit :

— Pourquoi faire tant d'histoires, chérie? Si tu y mets du tien, ça peut durer longtemps — nous deux. Même, ça peut s'éterniser. Et là, tu dois me comprendre à demi-mot.

— Mariage, Walter? Le grand jeu, si vite?

Il se relève, va pisser dans le lavabo — aussi discrètement qu'il est possible :

— Pourquoi non? Maman voudrait que je me case avec une fille gentille. Je crois qu'elle commence à en avoir assez que je lui amène chaque week-end une femme différente. Pour elle, c'est épuisant : changer les draps, ne pas gaffer, se rappeler le nouveau prénom; et si c'est Myrra qui prend du café au lait le matin et Leeny du chocolat, ou bien le contraire; si la petite est frileuse ou pas, si elle aime prendre son cognac à l'eau.

— Qu'est-ce que vous êtes en train de faire, Walter?

Il hésite. Puis, en riant :

— Pipi dans ton lavabo. Je te déçois? Tous les hommes en font autant, surtout quand ils sont à l'hôtel.

Il se lave les mains :

« Tu es seulement très mignonne, Dorothy. Mais je sais que je m'habituerai à ton visage au point de ne plus pouvoir m'en passer. Tu as une tête comme une chambre, avec des angles et des arrondis qui surprennent d'abord. Après, on aime et on n'habiterait plus ailleurs. A cinquante ans, tu seras la même qu'aujourd'hui. Un peu plus arrondie de partout, peut-être, mais je ne déteste pas. Je te regarde, là dans la glace du lavabo, comme dans un rétroviseur. Et je voudrais bien que tu me rattrapes, que tu m'accroches et qu'on s'engueule.

— Vous prendriez du plaisir à me battre?

Elle s'est recroquevillée dans sa mousse.

— Tu as sommeil, dit-il. Je vais te sortir du bain, te sécher, te porter sur ton lit, et tu t'endormiras. Je te ferai l'amour sans te réveiller.

Elle s'enfonce davantage dans la baignoire, détend brusquement ses jambes, un peu d'eau gicle sur le carrelage :

— Je ne veux plus que vous me touchiez. D'ailleurs John va venir, c'est vous qui me l'avez dit.

Il ne répond pas. En silence, il prie un dieu quelconque : *faites qu'elle n'insiste pas, faites qu'elle soit à bout de forces et que ce bain très chaud ait éteint tout ce qui lui reste de résistance: elle sent le* Baby Soft, *elle a trente ans, elle est vaguement infirme, maman la trouverait vulgaire mais douce et pas bête (elle enseigne la sociologie urbaine, M'ma, tu vois ce que je veux dire?), elle est amoureuse d'un Indien mais elle couche avec un Polonais, faites que je puisse l'avoir moi aussi!*

Dorothy, sans agressivité :

« Soyez correct, Walter. Si je vous ai permis de m'accompagner, de me faire couler ce bain, c'est parce que je n'y comprends rien, moi, à leur système de robinets. A présent, je suis sûre qu'il vaut mieux que vous partiez. Puisque John va venir...

Il revient vers elle, lui caresse les épaules :

— Tu n'as pas deviné qu'il était arrivé quelque chose dans les caves? Tout le monde est descendu voir, et l'Indien a fait comme les autres. Alors, nous avons tout notre temps.

Glissant ses bras sous le corps de Dorothy, Desmond la soulève. Peut-être croit-elle qu'il va seulement l'aider à enfiler un peignoir; en tout cas, elle ne songe pas à se débattre; simplement, elle pousse un petit cri.

Pour l'homme, la situation devient passionnante. Il frissonne. Il se demande s'il sera capable d'aller jusqu'au bout. Il n'est pas absolument certain d'oser prendre Dorothy de force, si elle s'agite ou si elle hurle. Mais Desmond veut savoir, connaître ses limites — et tenter de les dépasser. Ensuite, il sera différent; il n'aura plus jamais peur de la sonnerie du téléphone, des chiens, de la nuit qui tombe, il aura exorcisé tous ses démons, il ne s'en laissera plus conter par sa mère ni par les agents du fisc : il les regardera en face, droit dans les yeux, de l'air de celui qui a déjà violé une femme au moins une fois dans sa vie.

L'heure est venue d'effacer l'*épisode Emmy Forglade,* une honteuse affaire. Avec Emmy, dans cette station de radio minable de l'Iowa, il s'était montré lamentable. Bien avant que les techniciens ne forcent la porte de la cabine de mixage, Walter avait renoncé à Emmy. Même, quand on l'a ceinturé, il se baissait pour ramasser la culotte de la fille, la culotte et le chandail mauve; il allait les lui rendre lorsque les autres lui sont tombés dessus, lorsqu'ils l'ont frappé. Emmy Forglade ne lui avait laissé aucune chance : elle l'avait griffé, appuyé sur tous les boutons de la console de mixage. Bien entendu, Walter s'était retrouvé au chômage et il avait dû quitter l'Iowa. Emmy était venue lui dire adieu à l'aéroport, elle s'était penchée vers lui et lui avait mordu le lobe de l'oreille.

Il sent encore sur sa peau le bout rond, chaud et mouillé de la langue d'Emmy. Ce soir, à New York, personne n'enfoncera la porte et Walter Desmond se prouvera à lui-même tout un tas de choses dont les autres n'ont pas la moindre idée.

Il porte Dorothy dans la chambre, la dépose sur le lit où elle reste immobile. Walter n'avait pas imaginé qu'elle pût être si lourde. Il sent renaître alors son angoisse, l'angoisse du temps d'Emmy Forglade : si cette jeune femme réagit et lutte avec lui, il est possible qu'il ait le dessous. Il murmure :

— Décontracte-toi, on est bien, j'ai mis le verrou, on ne nous dérangera pas.

Un instant, il a pensé à accrocher la pancarte *Do not disturb* à l'extérieur de la chambre ; et puis, il a réfléchi qu'une aveugle ne ferait certainement pas ce geste, de peur de se tromper de pancarte : comment pourrait-elle voir la différence entre l'écriteau *Do not disturb* et celui marqué *Please, get my room clean now* [1] ?

— Je ne dois pas pleurer, dit tout bas Dorothy. C'est dangereux pour mes yeux. Rien qu'à cause de ça, ils voulaient me garder à l'hôpital.

Walter Desmond lui répond de ne pas s'inquiéter, de faire comme s'il n'existait pas, d'essayer de dormir. Il patientera le temps qu'il faudra, il attendra que son souffle soit redevenu régulier et profond. Il lui dit encore qu'il ne la blessera pas et qu'il s'en ira silencieusement avant le jour, sans rien oublier dans la chambre. Il ne veut pas être obligé de la ligoter, et d'ailleurs il n'a rien apporté pour cela. Il rit :

— Quand on est nerveux, on ne réussit jamais des nœuds qui tiennent.

Il n'aime pas les liens, ça ne l'excite pas :

« Je ne suis pas un malade, tu comprends.

Il s'allonge près d'elle, étend son bras gauche et le pose en travers du corps de Dorothy Kayne. Il a vu dans les ruelles de New York, lors des grèves d'éboueurs, des chats faire ce même geste tranquille de la patte pour immobiliser des oiseaux ou des rats.

Il songe à tous les hommes et à toutes les femmes qui, en ce moment même, vivent une situation semblable. Sans doute peut-on les compter par centaines. Il n'est pas vraisemblable que la circulation des voitures et le chauffage central urbain soient seuls

---

1. Prière de bien vouloir faire ma chambre immédiatement.

responsables de la rumeur sourde de la cité dans la nuit, de ce halètement au-delà des fenêtres qui va en s'accélérant : il y a aussi, bien sûr, des cris mal étouffés par les murs de briques. Dans les ghettos, on fait ça très vite à l'abri des renfoncements, entre deux patrouilles de police ; mais ailleurs, dans les appartements des quartiers riches, ça commence au crépuscule et ça dure jusqu'à l'aube, et même beaucoup plus tard.

Walter a participé à des parties échangistes, dans Broadway, non loin du Bryant Park. On l'autorisait à venir sans partenaire, parce qu'il était Walter Desmond et que sa présence donnait un certain lustre à la soirée, attirait aussi des jeunes femmes jusque-là hésitantes. Il choisissait toujours les nouvelles venues. Il les reconnaissait à ces efforts désespérés qu'elles faisaient pour avoir l'air à l'aise, au fait qu'elles ne pouvaient s'empêcher d'allumer une cigarette juste avant de se déshabiller, à la sueur discrète dans la paume de leurs mains. Il marchait vers elles, lentement, puis les embrassait. Il les aimait en fonction de la peur qu'elles avaient de lui.

Sous le bras de Walter, le corps de Dorothy tremble un peu.

« Tu as froid ?

Elle tourne légèrement la tête vers lui :

— Puisque je ne suis pas très jolie, pourquoi faites-vous ça ?

— Je t'ai seulement demandé si tu avais froid ?

— Un peu, dit-elle.

Il se lève pour aller régler la climatisation. Au passage, il regarde dans la rue : on est en train d'enlever les barrières de police et les voitures de pompiers manœuvrent en direction de la rampe d'accès au sous-sol, Ernst Anderson signe des autographes, une femme en robe du soir ôte ses escarpins et enjambe en riant la rivière de boue qui continue de s'écouler sur le trottoir.

Walter enfonce le poussoir du téléviseur : si Dorothy crie, ses hurlements se confondront avec la bande sonore du feuilleton de la nuit ; la plupart du temps, c'est un film d'épouvante, histoire de donner raison aux insomniaques de veiller tandis que le danger rôde.

Desmond se déshabille. Il plie soigneusement son costume de scène, en satin gris. Il éteint la lumière : il ne s'aime pas lorsqu'il est nu, il déteste sa poitrine creuse et ses pieds aux doigts en marteau, il se voit alors comme un mort.

Dorothy répète doucement :

« Laissez-moi, je vous en supplie. Partez. Demain soir, je danserai avec vous. Et après-demain aussi, si ça vous plaît. A présent, fichez le camp.

Il ne l'entend pas. Il pense à sa mère, à Emmy, à tous ceux qui l'ont mal jugé — parce que mal compris. Deux fois renvoyé de l'école publique pour tendances morbides et perversions sexuelles (dans le Missouri d'abord, puis dans l'Utah), il s'est quand même mis à gagner des millions de dollars. Il ne sait plus très bien ce qu'il en a fait : il s'est acheté des jouets qui vont vite et qu'il a brisés, une maison près des Everglades où il ne va jamais, des voyages, des costumes et des magnétophones pour enregistrer l'histoire de sa vie. Mais il efface les bandes au fur et à mesure, parce qu'il a la vie molle comme un kyste qui ne se décide pas à durcir, grossir, éclater en souillant de vrai sang et de vrai pus les céramiques blanches de la salle d'opération.

Il s'allonge près de Dorothy, la découvre, regarde ses jambes croisées l'une sur l'autre :

— Toi, naturellement, on ne t'a jamais proposé de poser pour *Play boy*. Hefner aime trop les filles saines. Je parie que tu sens le médicament.

Elle s'écarte de lui en gémissant. Il a peur qu'elle ne tombe du lit, alors il la prend dans ses bras.

La radio reliée au Central appelle toutes les voitures sur la bande à haute fréquence : l'opératrice cherche Anderson. C'est une jolie fille, là-bas derrière le micro, son nom est Haïssah Dougal. Alors, Ernst Anderson s'empare du combiné, appuie sur la touche verte :

— Je croyais avoir de bonnes bottes, miss Dougal. Mais il y a de l'eau qui est entrée dedans. J'ai froid. D'ailleurs, voilà qu'il se remet à neiger. Voulez-vous téléphoner pour moi à June, et lui dire que je rentre à la maison ?

John l'Enfer appuie ses lèvres contre le panneau de la porte :

— Maintenant, vous allez ouvrir. Qui vous êtes, ça m'est égal. Je l'entends pleurer, et il ne faut pas qu'elle pleure.

Walter Desmond oblige Dorothy à se retourner sur le ventre et lui enfonce le visage dans le creux de l'oreiller. Il murmure :

— Tout se passera très bien, j'en suis sûr. Ce n'est pas comme avec Emmy. Mais le type derrière la porte a raison : tu ne dois plus pleurer. Tu vas d'abord être gentille, te calmer. Ensuite, je ferai ce qu'il demande.

Il se redresse, tout en gardant ses mains appuyées sur la nuque de Dorothy :

« Pas de drame, surtout. La fille s'était perdue dans les couloirs. Je l'ai accompagnée, c'est tout. Peut-être aussi que je l'ai un peu aidée à se déshabiller. Je voulais attendre qu'elle se soit endormie pour sortir. Vous ne me croyez pas ? Vous pensez que j'essaye de m'en tirer ?

Il se rejette en arrière, libérant Dorothy. Il se précipite vers le fauteuil où il a plié ses vêtements. Si la porte saute, il ne doit pas apparaître nu. Il est vital qu'il redevienne Walter Desmond, qu'il enfile sa peau de satin gris et ses mocassins. La cravate est mouillée, cela pourrait paraître suspect, il l'enfouit dans une poche. Tandis que Dorothy cherche son souffle, elle tousse rauque et ses bras s'agitent dans l'air, Desmond allume une cigarette. Il va vers la porte, fait tourner le verrou.

— Reculez, dit John, ne sortez pas de cette chambre. Mettez-vous le dos à la fenêtre.

Walter Desmond obéit. Il ne quitte pas Dorothy des yeux, car c'est d'elle que tout va dépendre. Emmy aussi, durant quelques instants très brefs, a disposé d'un pouvoir discrétionnaire — et jamais Walter ne l'a autant désirée que pendant ces moments-là. Emmy n'a pas abusé, elle n'a pas ridiculisé Walter, elle a fait et dit ce qu'il fallait, pas davantage. Il se peut, d'ailleurs, qu'elle ait aimé Walter d'une certaine façon : sinon, serait-elle venue lui mordre une oreille dans le hall de cet aéroport perdu de l'Iowa ? Mais la cécité de Dorothy Kayne, qui était tout à l'heure une chance de plus, peut à présent se retourner contre Walter.

Derrière lui, il n'y a qu'une vitre fragile. Après quoi, c'est la fureur. Il entend les bus gronder dans l'avenue où la circulation normale a été rétablie. A la télévision, le feuilleton est interrompu pour diffuser une déclaration du sénateur Cadett. John l'Enfer a couru vers le lit, il immobilise les bras fous de Dorothy Kayne :

« N'ayez plus peur, c'est fini, essayez de respirer comme avant.

Mais Dorothy Kayne a vomi sur les draps de luxe du West Continental : conséquence de sa frayeur, ou de la pression que

Desmond a exercée sur sa nuque. C'est assez pour que John l'Enfer, sans impatience, détruise le visage de Walter. Le Cheyenne agit en silence, pour ne pas troubler tous ceux qui dorment.

Desmond ne souffre pas. Enfin, il n'y pense pas, pas encore. Il a seulement l'impression de rêver un rêve harassant. Il écoute éclater ses lèvres, ses gencives, et ce qu'il croit être le cartilage de son nez et de ses oreilles. Tout ça qui chante en dedans de lui, et qui chante bien rouge. C'est tonitruant, beau et grave comme la pop music qu'il n'a jamais voulu comprendre — qui sent fort la bave fiévreuse, le sang chaud, la chair meurtrie : le nouveau monde, le vrai, celui auquel on ne pensait pas, est au bout des poings comme des machines de John l'Enfer. Punition parfaite, grandiose. Desmond s'effondre. John appelle la réception, demande le bagagiste :

« Un paquet gênant, à descendre.

Mais on lui dit qu'au milieu de la nuit le bagagiste dort. L'Indien raccroche, remorque Desmond, l'enferme dans les toilettes. Jusqu'au petit matin, le nez dans la cuvette impeccable.

Plus avant encore dans la nuit. John est assis en tailleur devant la porte de la chambre de Dorothy Kayne. Ashton Mysha apparaît, il remonte du fond du couloir, il s'appuie contre le mur, il fait sauter des Alka-Seltzer dans le creux de sa main. John, alors, se lève. Il soutient le Polonais :

— Moi, je vous conseille de la laisser toute seule. Je crois qu'elle a fini par s'endormir. Les yeux fermés, peut-être bien. Enfin, difficile de savoir — à cause de cette idiotie de bandeau.

Ahston Mysha entre quand même dans la chambre. Il dit que la femme qui repose ici lui appartient, nuit et jour. John l'Enfer n'insiste pas : ce qu'il avait à dire, il l'a dit. Pour la seconde fois cette nuit, il se retire. Après le don du silence, celui des retraites : sur des pentes abruptes couvertes de neige, des chevaux progressaient, conduits par des aigles. Certains tiraient des brancards de bouleau où gisaient de vieilles femmes et des enfants. A cause de la glisse, un peu avant l'aube, la nation cheyenne fit halte. On alluma de grands feux dans des trous de neige pour réchauffer les faibles et les mourants, tandis que les hommes entouraient de cordes et de ronces les sabots des chevaux. Puis on repartit. C'était comme ça, on n'en pensait pas moins.

QUATRIÈME PARTIE

Des Père Noël en matière plastique sont pendus au-dessus de la 5e Avenue, de l'Avenue of the Americas et de Central Park West. Ailleurs, la municipalité appelle les commerçants à rivaliser d'esprit créatif pour célébrer comme il se doit la nuit de toutes les trêves. Les banques et les garages entrent en concurrence. Les garages finiront par l'emporter : le 24 décembre à 18 heures, on allumera les feux de détresse de toutes les automobiles derrière les vitrines des halls d'exposition. Ernst Anderson, conseillé par June, prend sur lui de faire distribuer du papier d'aluminium, de la corde à piano et des baguettes de balsa aux enfants des écoles. Dans Chinatown, il lance le concours du plus beau cerf-volant; à Harlem, qu'il traverse à bord d'une Buick aux vitres blindées, il organise un festival du plus gigantesque bonhomme de boue — car il n'y a plus de neige, et les services compétents de la météo parlent d'un radoucissement hors de saison. En attendant que la fête commence, la police arrête un jeune Japonais arrivé de Nagasaki sans visa ni papiers d'immigration et qui tire sur les Père Noël rouge et blanc à l'aide d'une carabine à air comprimé.

Un paquebot grec est venu mouiller dans le port. Ses armateurs proposent aux New-Yorkais un réveillon dans la baie pour quatre-vingts dollars par personne.

Ashton Mysha a obtenu de la direction de l'hôtel une chambre qui communique avec celle de Dorothy Kayne. Le Polonais et la jeune femme font l'amour tous les jours, sauf le samedi. Une fois par semaine, Ashton conduit Dorothy chez le docteur Laedipark Celui-ci se déclare satisfait de l'évolution du traumatisme : insensiblement, les lésions se résorbent; c'est le fait du repos et d'une nourriture enfin saine et abondante. Laedipark s'engage à retirer le bandeau blanc aux premiers jours du printemps. Debout sur le seuil de son cabinet, il regarde Dorothy s'éloigner sur les trottoirs glissants. La jeune femme se heurte moins fréquemment aux obstacles. Certes, ses gestes se sont ralentis : mais c'est peut-être le signe encourageant qu'elle appartient désormais à cette catégorie rare de non-voyants qui n'ont pas besoin d'une canne pour deviner et éviter les difficultés de leur parcours. La jeune femme semble avoir acquis le sens de l'opaque et du blessant. Laedipark sourit : après tout, il avait parié pour une lente cancérisation des tissus atteints.

C'est au cours de cette période qu'Ernst Anderson, à deux reprises, convoque John l'Enfer aux bureaux de sa permanence électorale. Il veut interroger le laveur de carreaux sur la dégradation de quelques buildings dans Manhattan et ailleurs. Le Cheyenne écoute attentivement les exposés d'Anderson et de ses assistants, consulte les schémas, regarde les clichés et les films tournés par des caméras à infrarouge. Il ne dit rien. Alors, Anderson parle :

— Un certain nombre de facteurs peuvent être tenus pour responsables. Ce sont là des données strictement scientifiques. Nous devons faire la part de toutes les agressions que nous ne parvenons pas encore à contrôler : le vent, les oiseaux, les fumées, les gaz. Vous avez été aux premières loges, vous avez pu observer et mesurer la progression des attaques. J'aime le mot « morsures ».

John l'Enfer se tait toujours. Anderson insiste :

« Avons-nous construit cette ville n'importe comment ? Allez-y, insultez-nous, ça ne sortira pas de cette pièce.

— C'était une cité idéale, dit l'Indien. Vous la prenez pour une vraie malade, mais vous vous trompez.

Il se touche le front :

« C'est là-dedans que ça ne va pas. Dans la tête de New York, il y a la mort. Personne n'y peut rien.

Ceux qui entourent le candidat à la mairie se mettent à rire :

— Une ville est un ensemble de données, John l'Enfer. Une suite de paramètres économiques, financiers, sociologiques, architecturaux. Une question mathématique de coefficients de résistance. Votre vision est scientifiquement incompatible avec ce que nous savons, avec ce que nous mesurons quotidiennement.

Mais lorsque John escaladait les façades, au temps heureux où le président Milous n'était pas encore le salaud des salauds, il s'amusait à stopper du bout des doigts la giration folle des anémomètres ; il approchait la flamme de son briquet du tube des grands thermomètres destinés à évaluer le degré de chaleur ou de froidure que subissaient les murailles — les thermomètres éclataient parfois, la boule de mercure courait longtemps le long des corniches. John l'Enfer ne pensait pas à mal : il mesurait, lui aussi ; il mesurait la dérision de ces jouets coûteux.

Anderson sourit :

« J'ai réuni une équipe de spécialistes. Mais ne vous laissez pas impressionner, John. A votre façon, vous aussi vous êtes un spécialiste. Parlez, je vous écoute.

— Vous avez confiance en moi ?

— Oui. Au point de vous proposer de vous joindre à nous. Eh bien, je pourrais vous assurer environ cinq cents dollars mensuels. Sans oublier que cette alliance vous sera de première utilité lorsque votre procès sera appelé : je suis votre principal témoin à charge.

L'Indien secoue la tête :

— La ville de New York contre John l'Enfer. Vous n'êtes pas la ville de New York.

— Les sondages me donnent gagnant, dit Anderson.

Lors de la seconde entrevue, trois jours plus tard, Ernst Anderson reçoit l'Indien sans témoins. Une heure durant, il parle. Il exprime sa politique, en dévoile les tenants et les aboutissants. Il conclut :

— J'avais envisagé de faire appel à un Noir. Je l'avais choisi : un poissonnier de Harlem. Enfin, un poissonnier d'envergure qui possède des camions et cinq wagons frigorifiques, plus un entrepôt sur les quais. Mais on m'aurait accusé de démagogie. Vous êtes indien, c'est un petit peu différent. Je double les cinq cents dollars. Acceptez.

— Pourquoi ?

— Parce que c'est plutôt bon pour vous, mon vieux. Parce que c'est aussi très bon pour moi. Vous voyez, je suis sincère.

— Vous m'offrez mille dollars — et quel job ?

— Là, vous choisissez.

Anderson se lève, s'approche d'une carte murale :

« Ces drapeaux rouges balisent les zones urbaines où l'hygiène tombe en dessous du quota généralement admis. Les secteurs pince-à-linge, si vous me comprenez. Aux limites de Brooklyn, deux parcs ont été déclassés — ils font désormais partie des décharges publiques. Aimeriez-vous savoir pourquoi Isaac Baumstein ne sera pas réélu? Parce qu'on a trouvé des bébés morts parmi les boîtes de conserve et les vieux journaux, là-bas. Le sénateur Cadett dit qu'il est possible que ces bébés ne soient pas américains. Ils peuvent être la progéniture indésirable d'immigrants clandestins. Qu'est-ce que ça change? Ces bébés ne sont pas venus mourir tout seuls sur des décharges — des décharges qui sont bien américaines, elles. Aidez-moi à nettoyer tout ça. Vous aurez des crédits. Je ne sais pas où je prendrai le fric, mais vous l'aurez.

John l'Enfer dévisage Anderson, incrédule : il se demande pourquoi, brusquement, des politiciens tiennent tant à l'avoir dans leur manche. Ne comprennent-ils pas, Anderson et les autres, que le problème de New York a cessé d'être politique? Parce que toute politique suppose qu'on puisse encore faire marche arrière.

— Un jour, dit doucement John, il n'y aura plus de New York Décharges ou pas décharges. C'est une chose qui me donne du chagrin, Ernst, beaucoup de chagrin. Oh, ça ne viendra pas d'un seul coup! Au contraire, ça prendra du temps. C'est mieux, non? On va pouvoir se faire à cette idée.

Le Cheyenne regarde, par-dessus l'épaule du chef des brigades anti-incendie, le panorama des gratte-ciel de Manhattan. Il n'est que seize heures, mais déjà une sorte de pénombre grise noie les contours. Avant la nuit du ciel, vient la nuit des hommes. Une nuit sale qui monte des gazomètres et des cheminées des fabriques, une nuit grasse qui colle aux fenêtres : il y a dix ans, l'éponge d'un laveur de carreaux faisait ses sept-huit jours; aujourd'hui, il faut la jeter après une seule journée de travail.

Anderson ne peut réprimer un sourire amusé :

— L'histoire du soleil, en somme, dont nous savons tous qu'il finira par s'éteindre. Mais on en a encore pour six milliards d'années bien comptés.

— Il y a de ça, Ernst, sauf que New York ne tiendra pas six milliards d'années.

Anderson a un petit geste de la main comme pour dire qu'on ne lui en demande pas tant, après tout. John poursuit :

« Entre dix et trente ans, pas davantage. En cas de catastrophe, beaucoup moins : quelques heures seulement.

Et puis :

« Enfin, Ernst, qu'est-ce que je fous là? Qu'est-ce que vous attendez de moi? Vous savez, je ne représente rien ni personne.

— Les décharges sauvages, dit Anderson. Je voulais...

— Non, coupe John. Une toilette mortuaire, ça n'a jamais ressuscité le moindre pauvre mort.

— D'accord, je tenais seulement à avoir l'avis de quelqu'un qui ne joue aucun jeu, qui n'a aucun intérêt dans aucun camp.

— Mon avis, vous l'avez. Il va changer quelque chose, mon avis?

Anderson ferme les yeux. Maintenant, la fatigue le prend dès le milieu de la journée. John l'Enfer se lève, regarde autour de lui : mais où donc a-t-il mis son parapluie? Il grogne :

« Vaut mieux que je m'en aille, Ernst. Je ne peux rien faire pour vous. Et je dois passer au drugstore, miss Kayne a besoin d'un tas de trucs.

— Restez encore! crie Anderson. June aussi est mal fichue, elle ne peut rien avaler sans avoir des nausées, des vertiges. Est-ce que ça m'empêche d'être là et de m'occuper des affaires de la ville?

— Ça devrait, dit John.

Il récupérera son parapluie au poste de garde, à l'entrée du building : l'entourage d'Anderson est méfiant, les policiers privés ont la psychose de l'attentat; et la police officielle l'a encore davantage, surtout depuis que des indicateurs ont signalé l'apparition de cannes et de parapluies munis d'un mécanisme spécial faisant surgir à volonté une lame longue et fine.

Les bus sont bondés, les taxis introuvables. Le Cheyenne préfère regagner le West Continental à pied. Il aime la ville sous l'averse qui multiplie les éclats des enseignes. Il lui semble alors que New York a chassé sur ses ancres, et file vers le large en massacrant des vagues. Loin, bien sûr, jusqu'à l'engloutissement. Ce serait peut-être la meilleure des solutions possibles; préférable en tout cas aux colères stériles d'Anderson ou de Cadett; aux suppliques qu'adresse Isaac Baumstein à la Maison-Blanche pour obtenir quelques centaines de milliers de dollars en plus.

Le drame de New York, c'est d'avoir la puissance de survivre au milieu de ses chaussées défoncées, de ses gratte-ciel poreux, de ses squares qu'on a dû fermer au public à partir de vingt et une heures pour cause de meurtres à répétition. Mais on n'a jamais vu une ville marcher vers la mer, et s'y coucher. Et si New York ne va pas à l'océan, l'océan ne viendra pas à New York : les hommes ont protégé la mégalopole contre les démesures possibles de l'Atlantique, il faudra se résoudre à pourrir sur place, comme dans un lit.

Bee a triché. Le 4 janvier, emportant la caisse de son musée de Bowery Street, elle a pris un aller simple pour Rio de Janeiro à bord du vol régulier de la Varig. A Atlanta (Georgie), le docteur Almendrick perd ainsi des centaines de dollars, un foie, un cœur et deux reins : il ne peut engager aucune poursuite contre Bee, car il risquerait de tomber lui-même sous le coup de la loi constitutionnelle qui ne prévoit pas encore la vente viagère d'organes humains.

Bee a laissé une lettre pour Ashton. C'est le nain Falcon, en larmes comme pour un deuil, qui remet le pli au Polonais. Bee explique qu'elle avait intelligemment placé l'argent que lui versait Almendrick, que la somme est peu à peu devenue considérable, et qu'elle estime imbécile de mourir riche. D'ailleurs, elle n'est pas sûre d'avoir jamais eu l'intention de se donner la mort. Elle y a pensé, comme tout le monde, dans des moments de découragement. Mais lorsque son compte en banque s'est mis à grossir, sous l'influence des mensualités que lui virait Almendrick, elle a vu les choses sous un jour différent. Elle n'a d'ailleurs pas le sentiment d'avoir trahi qui que ce soit : d'une certaine façon, en achetant sa mort, Almendrick lui a rendu le goût de vivre. Il l'a sauvée — ou, si l'on préfère, il l'a prolongée. N'est-ce pas le rôle d'un médecin? Elle considère Almendrick comme une sorte de génie : sans le savoir, il a inventé la *transfusion financière*. Les grandes découvertes médicales se font souvent ainsi, un peu par la grâce du hasard, un peu par l'entêtement à vivre ou les caprices des malades. Il serait sans doute fructueux, ajoute Bee, de se pencher sur l'aspect monétaire du mal des hommes. La pauvreté est peut-être parfois le signe avant-coureur de la mort. Le temps la presse. On n'imagine pas toutes les formalités auxquelles il faut se soumettre avant de prendre un avion pour le Brésil. Elle part, c'est grand là-bas, elle va s'offrir une vieillesse bien chaude, j'ai eu tellement froid à New York en hiver, et je ne parle pas de Coney Island où la graisse gelait dur comme pierre autour des roues dentées des manèges. Ne cherche pas à mettre de l'ordre dans mes affaires, Ashton, ça se fera tout seul : la police fermera le musée, Mary Virginia Taylor retournera au baby-sitting et Caroll en avait assez de jouer à la Pucelle. Si tu en as le courage, tue Falcon. Mais tu n'auras pas ce courage. Dommage. Falcon n'a pas fini de tomber sur ses fesses pointues et molles (un drôle de paradoxe, tu devrais voir ça!) dans les épluchures de Bowery. Si quelqu'un a le droit légitime de m'en vouloir, c'est lui. Et même, si ça lui chante, qu'il aille jusqu'à la haine. Je comprendrai, sous mon palmier.

Mysha froisse la lettre et la jette sur les fagots du faux bûcher. Il s'étonne presque qu'elle ne s'enflamme pas. Il regarde le nain :

— Elle écrit que je ferais aussi bien de vous abattre.

Falcon hausse les épaules : le coup de grâce, tant qu'à faire, il fallait le lui donner le premier jour, au premier vagissement, au premier remuement de ses jambes potelées et trop courtes. Mais lorsqu'un enfant vient au monde, il est naturel qu'il soit minuscule. Plus tard, quand on a éventé le piège, on n'ose plus. On dit que ce qui est grand est charmant — mais que ce qui est petit est joli.

Le nain demande, parlant de Bee comme d'une morte :

— Elle me laisse quelque chose?

Ashton ne répond pas. Alors, Mary Virginia Taylor s'avance, les bracelets de cuir sont encore à ses poignets et à ses chevilles. Elle prend le nain par la main, elle lui dit doucement de venir avec elle, et ils sortent tous les deux par la grande porte du musée, à contre-jour sans se retourner.

Caroll proteste :

— Elle est folle, elle va lui laisser croire des choses. Vous n'avez pas idée comme il est sensible, ce type. Et vous ne l'empêchez pas?

Mais aujourd'hui, le ciel est bleu. A cause des dix-douze centimètres de neige qui recouvrent poubelles et ordures sauvages, Bowery ne sent pas aussi mauvais que d'habitude, et c'est à peine si l'on entend le vacarme des beuglants.

Des policiers qui patrouillaient non loin du pont de Brooklyn se sont hasardés dans Bowery Street, une fois n'est pas coutume.

ils remontent l'artère en faisant négligemment tournoyer leurs matraques, ils parlent aux gens sans leur crier dessus.

« Bee n'aurait certainement pas vu d'un bon œil... commence Caroll.

Elle n'achève pas sa phrase, s'éloigne à son tour. Ashton Mysha reste seul dans le musée où pénètrent le froid et le soleil. Il soulève le rideau noir qui donne accès à la petite pièce où officiait Mary Virginia Taylor. Il s'assied prudemment, sur l'extrême bord du fauteuil à clous. Il défroisse la lettre de Bee, et la relit.

Naturellement, Bee n'a rien compris à rien. Il ne pouvait pas en être autrement : on n'apprend pas la vie sur les manèges fous de Coney Island, ni dans la maison chaude des balles de coton des entrepôts. Il est logique que Bee veuille faire encore un tour. Bee, elle n'a jamais vu la mer qu'à toute vitesse, du haut d'une nacelle de fer, et le vent de la ronde plaquait les volants de sa robe sur ses yeux. Sans compter que Bee là-haut avait un contrat à remplir. Au temps des navires à passerelles découvertes, le Polonais s'est mesuré avec les vagues, lui, au corps à corps ; comme les lames éclataient jusqu'au chadburn bloqué sur *full speed,* Ashton Mysha a suffoqué sous l'avalanche de l'eau irritante et pesante, et c'est ainsi qu'il a eu le goût des profondeurs, et surtout cette lucidité tranquille qu'enseigne, nuit de tempête après nuit de tempête, la fréquentation des abîmes.

Bientôt, le docteur Laedipark dénouera le bandeau blanc qui aveugle Dorothy Kayne. Mysha découvrira enfin la couleur des yeux de sa maîtresse. Mais au même instant, le regard neuf de Dorothy se posera sur lui. Puis, lentement, glissera vers cet homme différent, timide et violent, nez busqué et cheveux noirs — John l'Enfer. Et voilà, ils s'en iront ensemble, aussi forts et mal assortis que tout à l'heure Mary Virginia Taylor et Jack Falcon. Jusqu'à présent, Ashton a tout fait pour éviter que John et Dorothy se rejoignent. Le jour viendra où il ne pourra plus rien empêcher, ni même retarder. Laedipark, en souriant, a dit que ce serait au printemps. Une saison privilégiée, à New York : les galeries de tableaux qui longent les grilles de Central Park sont éclaboussées de couleurs, les marchands de châtaignes se reconvertissent dans la vente de petits planeurs en balsa qu'on lance avec des élastiques.

Les quelques personnes qui ont approché le Polonais depuis son arrivée à New York chercheront à comprendre. C'est cela qui est consolant (excitant, à la limite) : cette rage des autres à tenter de rendre rationnel ce qui ne l'est pas. Un suicide, pourtant, n'obéit jamais à aucune logique. Surtout s'il est prémédité.

Ashton Mysha appuie son dos contre les pointes du dossier, il se blesse doucement, les clous déchirent la veste et la chemise. C'est douloureux, mais excellent. Le vieux corps gueule encore, il se débat, il en appelle à l'instinct de survie. Le Polonais se met à rire : ces piqûres dans sa chair ne manqueront pas d'intriguer les médecins légistes, et les chirurgiens chargés de récupérer ses organes sains. John l'Enfer pensera peut-être que ce sont là les marques des ongles de Dorothy Kayne.

Plus le jour s'avance, et plus le ciel est clair. Le vent souffle de la terre, franc, campagnard. Il s'est enrichi des essences des forêts, fleure le fumier, le yaourt au lait entier, la lessive. La foule arpente les trottoirs glissants, moins pressée qu'à l'accoutumée, le nez en l'air. Délaissant les problèmes posés par la circulation automobile, la police dirige le flot des piétons, interdit aux flâneurs de stationner près des murailles des buildings : parfois, des poignards de glace se détachent des hautes corniches et plongent en sifflant vers l'avenue. Des enfants ont assemblé des débris de caisses pour en faire des luges ; sur l'air du Grand Méchant Loup, ils chantent : *Who's afraid by the big bad snow, big bad snow, big bad snow...* [1] ? Mais la neige sur la ville est sans effroi, puisque les oiseaux ne meurent pas de faim à New York où il y a des parcs zoologiques, du crottin de cheval ou d'éléphant. Et puis, la bonne odeur venue de l'ouest fait songer aux fermes à trois heures de route ; à ces propriétaires de résidences secondaires au-delà de l'Hudson qui se sont engagés à chauffer leurs piscines pour permettre aux canards de trouver un plan d'eau accueillant.

Ashton Mysha joue le jeu des autres, il sourit. Il regarde le reflet du soleil passer d'un gratte-ciel à l'autre. Il a de l'argent plein les poches, assez d'argent en tout cas pour régler la première mensualité d'une voiture. Une voiture neuve avec laquelle, avant le printemps, il se tuera. Roulant sur les voies extérieures bien au-delà des

1. Qui a peur de la grosse méchante neige ?

quarante miles à l'heure réglementaires, il se jettera contre la pile
d'un pont. En réglant ainsi les circonstances de sa mort, Ashton
éprouve une sensation étrangement agréable. Une sensation dans le
ventre, les jambes et le sexe. Ce sera la nuit, se dit-il, ainsi la route
sera-t-elle plus dégagée. A cet instant-là, peut-être la rose des vents
du navire frigorifique *Wienner* fera-t-elle un bond dans la bulle de
son habitacle. Peut-être encore les hélices du *Vastitude* battront-elles
quelques tours en plus ou en moins. On prétend que les bateaux
sont aussi sensibles au destin des hommes qu'aux mouvements des
marées. Une cigarette allumée s'échappera des doigts de John
l'Enfer qui dira, se penchant pour la ramasser :

— J'ai failli brûler le tapis.

Dorothy répondra qu'il n'y a pas de fumée sans feu. Réplique
bien sotte, qu'elle essayera de faire oublier en ajoutant :

— Ashton ne devait-il pas téléphoner, ce soir ?

Personne n'a jamais cherché la mort, là-bas dans les marais de
Pinsk ; si certains l'ont trouvée, c'était sans l'avoir désirée : car il y
avait la barge à conduire à travers l'écran des roseaux, le bateau à
fond plat qui emportait la famille tout entière, dans le silence et
dans la brume, sur la trace des canards migrateurs, à la poursuite des
hérons, à la cueillette des racines comestibles ; le simple fait de se
savoir responsable des autres empêchait l'homme de se pencher sur
lui-même, alors il sondait l'eau verte, pensait à l'existence de ces
petits pauvres qui se serraient contre lui, mangeant sa bonne
chaleur. Sans doute, le père et la mère d'Ashton devaient-ils avoir
mille motifs de se laisser tomber dans l'étendue glauque ; de mourir,
quoi ! mille motifs naturels comme faim, froid, misère, désespérance
(et sa sœur, l'angoisse) ; et mille motifs intérieurs, profonds, qu'on
raisonne et qu'on mâche comme feuilles au coin du feu de tourbe,
dont on exprime le jus noir et puant entre ses dents. Pourtant, c'est
vrai qu'on ne se tuait pas — à Pinsk. Un seul l'a fait, qui s'est donné
la mort avec une corde et un arbre, on l'a porté en terre comme un
étranger. On avait toujours quelqu'un à faire survivre, à Pinsk : un
bébé, un vieux, ou encore un moyen qui tenait mal sur ses jambes,
qui s'abattait dans la bouse pour un oui, pour un non, pour une
contrariété de pluie, d'impôts. Enfin, il y avait toujours une bonne
raison de continuer à planter la perche dans la vase. Sûr que ça

dérapait, qu'on s'épuisait, et on disait entre soi que le Bon Dieu n'avait pas le cœur assez grand, tu penses, hein, ce Type Immense, créateur soi-disant des herbes et des eaux, qui permet une aussi vaste mouillure et des hommes minables qui glissent par là-dessus dans des bateaux perdus. Enfin, aussi, quand les canards étaient plus malins, on lançait des filets, on ramenait des poissons.

Peut-être que New York, un jour, ce sera comme Pinsk : un marais géant, quelques centimètres d'eau grasse sur les silhouettes allongées des gratte-ciel; et des bateaux vulgaires dessus, traînant des filets pour récupérer ce qu'on peut : des cafetières électriques, des mouchoirs en papier, des téléviseurs, des livres, des films, des fortunes avec des algues autour et des berniques en guise de cadenas.

Rabbi Schmelke n'aimerait pas ça — Ashton dans sa belle voiture, la vitesse, le pont, l'éclatement, et toute la suite en blanc et sang. Un spécialiste en Talmud, Rabbi Schmelke. Mais des Juifs sont venus dire à Mysha, à Londres dans des bars, après la guerre, qu'il n'y avait plus de Rabbi Schmelke. J'en ai pleuré dans ma bière, dans mon whisky, dit le Polonais : Rabbi Schmelke, quelque part en Pologne, dans une ville entourée de collines, avec des coupoles de bois partout et des incrustations de faïence bleue, m'a enseigné Dieu, le bien-être raisonnable de la sagesse et de la tradition. J'y allais en chariot, enfant, le dos calé contre des sacs en jute pleins de légumes, de beurre, de vannerie humble et pourtant vaste comme le désir, toutes nos richesses à nous! Plus tard, des officiers de la RAF sont venus me trouver, ils rentraient d'une mission au-dessus des camps de concentration, ils avaient posé leurs avions sur les pistes de terre battue ouvertes par les esclaves du Reich, et ils m'ont annoncé la mort de Rabbi Schmelke, mort près de chez nous, un chez nous qui n'était quand même plus vraiment chez nous, tout nazifié qu'il était. Les pilotes ignoraient comment était mort Rabbi Schmelke : simplement, ils l'avaient découvert sur un tas d'autres morts, les yeux ouverts, hagards, gris de peau et tout crispé — tout crispé : la preuve qu'il n'avait pas voulu mourir, Rabbi Schmelke, que ça s'était fait comme ça, contre son gré. Mourir, ce n'est pas une envie juive.

Mais il est vrai que Mysha n'est pas très juif. Il est juif juste ce qu'il faut pour répliquer aux taquineries — rarement, donc : à bord des navires de Sa Majesté britannique, l'antisémitisme systématique est mal porté ; comme à bord des bâtiments américains.

Alors, Rabbi Schmelke, pardon pour ce qui va suivre. La vieillesse est un exode, Rabbi. John l'Enfer emmène Dorothy Kayne, les bateaux me sont fermés le long des quais, qu'est-ce que je deviens ?

Le magasin qui vend des voitures d'occasion est au coin de l'Avenue of the Americas. Proche de Broadway, dont il copie le clinquant, le vide et la blancheur au néon. Les autos tournent sur des présentoirs recouverts de moquette grège, on entend des musiques en sourdine, les prix sont affichés sur des tableaux électroniques, les vendeurs portent des costumes trois pièces.

Le démonstrateur parle fiabilité, sécurité, économie. Ashton Mysha s'intéresse davantage au moelleux des sièges, au coefficient de résistance aux chocs :

— En cas d'accident, je ne voudrais pas être blessé au visage. Le pare-brise, c'est du verre feuilleté ? Imaginons que je percute un obstacle, quelque chose de solide comme un pylône : est-ce que les portières vont s'ouvrir, est-ce que les ceintures à enrouleurs vont tenir bon ?

Le vendeur sourit, il hoche la tête, il attend patiemment que Mysha se taise pour prendre la parole à son tour. Il sait ce qu'il a à dire, au mot près : lors du récent symposium organisé par l'association des constructeurs américains à l'intention des agents de leurs réseaux commerciaux, on a mis l'accent sur l'argumentaire « sécurité » — un terrain délicat, où Volvo et Volkswagen commençaient à marquer des points. Et l'homme entraîne le Polonais vers un ascenseur qui conduit au sous-sol de ce garage de l'Avenue of the Americas. Là, près d'une centaine de voitures révisées attendent le client. Mais le plus important, ce sont les graphiques placardés sur le béton des alvéoles : des courbes multicolores traduisent les taux comparés d'élasticité et de rigidité du métal de la carrosserie. Pour l'achat au comptant d'un des véhicules exposés, le client recevra en prime un équipement de première urgence comprenant un extincteur, une chaîne de remorque, une trousse de secours. Les voitures sont assurées contre une éventuelle déformation de leur coque excédant la force 5 de l'échelle de référence. Le vendeur précise que l'assurance-choc ne peut jouer que dans la mesure où le conducteur apporte la preuve qu'il roulait dans les limites de vitesse fixées par la loi.

Ashton Mysha choisit alors une voiture blanche, un coupé long et bas au hard-top de vinyle. Il dit :

— Pour le crédit, ça va peut-être poser des problèmes : je ne suis pas salarié.

Le vendeur hésite, puis se décide :

— Réglez cinquante pour cent du montant, et on s'arrangera pour le reste.

— C'est encore trop.

— Vous êtes chômeur, ou quoi?

Mysha inscrit un numéro de téléphone sur un bloc publicitaire :

— Appelez le consulat britannique, on répondra de moi; je suis officier de marine, à terre pour raisons de santé, j'attends un embarquement.

Le vendeur déchire la feuille sur laquelle Ashton a noté le numéro d'appel du consulat, s'éloigne pour vérification. Le Polonais s'approche de la voiture dont des mécanos ont desserré le frein à main, et qui roule silencieusement sur les dalles de ciment jusqu'au poste de lavage. Déjà, une mousse détergente gonfle aux orifices des portiques, les grandes éponges circulaires bleues se mettent en mouvement. Et pendant ce temps, deux enfants maigres s'enferment dans l'habitacle : ils passent le bec aplati d'un aspirateur à piles sur les coussins, sous les sièges, dans le vide-poches et la boîte à gants.

Ashton Mysha, longeant les rails de guidage, accompagne sa voiture. Il ne la quitte pas des yeux, il essaye de prévoir les formes torturées qu'elle prendra après l'accident. Peut-être devra-t-il faire renforcer le toit par un artisan, à l'aide de tubes coudés, de manière à éviter l'ensevelissement du corps (et sa détérioration) sous la masse de gravats qui ne manquera pas de se détacher de la pile du pont. Après tout, le docteur Almendrick paye pour obtenir des organes impeccables; il serait lamentable de le flouer à l'ultime seconde, pour une histoire de vinyl trop fragile. Les femmes miséreuses de Pinsk n'ont jamais trompé personne sur la marchandise qu'elles proposaient sur des clayettes de jonc, posées à même la boue sèche des chemins aux portes des bourgs; marchandise grossière, sans attrait apparent, mais authentique.

Le vendeur revient, il apporte une canette de bière et deux verres :

— On boit à la bonne nouvelle. La bagnole est à vous. Ils sont d'accord, au consulat. Toutefois, la fille qui m'a répondu aimerait vous voir. De toute évidence, ils n'ont pas l'air de très bien comprendre ce que vous avez l'intention de faire d'une voiture.

Mysha ne répond pas. Le vendeur, sans insister, se tourne vers le long coupé blanc qui surgit du poste de lavage, encore ruisselant d'eau savonneuse :

« Une belle machine. Quand vous déciderez de la revendre, faites-moi signe. J'ai à peu près la même, mais rouge, et deux ans plus vieille que la vôtre. Sur mon modèle à moi, il n'y a pas les glaces qui montent et qui descendent en appuyant juste sur un bouton. Ce sont ces petits détails de rien du tout qui font la joie de vivre.

De l'Avenue of the Americas jusqu'au parking du West Continental, il n'y a pas assez loin. Le réservoir d'essence est plein, l'essuie-glace fonctionne à la perfection, on a déversé du sel dans les rues et la neige fond, alors Mysha tourne à gauche et prend la direction de Central Park dont il longe les grilles. C'est l'heure de la fermeture, on rentre les bêtes des jardins zoologiques, les vendeurs de saucisses étouffent leurs braseros sous des pelletées de neige et de boue. Les hippies ont l'onglée, le gel rend cassantes les cordes des guitares. Comme les derniers fiacres se regroupent sur l'esplanade de Grand Army Plaza, une fine poussière de glace tombe des arbres du parc où quelques homosexuels ont réussi à se laisser enfermer ; la nuit venue, à la lueur discrète de courtes torches imbibées d'essence de térébenthine, ils se chercheront derrière les haies du Shakespeare Garden, ils donneront une danse clandestine sur le pont de pierre jeté au-dessus de l'étang romantique, réveillant les panthères qui usent leurs joues noires contre des barreaux au nord-est du petit lac.

Par la 110e Rue ouest, le Polonais rejoint Riverside Drive et Hudson Parkway. Sur ce flanc de la presqu'île de Manhattan, la circulation est fluide ; tandis qu'on atteint les limites de la saturation à l'est, sur Roosevelt Drive. Le dernier bateau de la Circle Line descend vers North River, il va ranger sur bâbord les anciens *piers* des transatlantiques ; sa sirène aigre monte dans le crépuscule, les stewards vident les cendriers et ramassent les petits pots de crème glacée.

Ashton vérifie dans le rétroviseur qu'il n'est suivi par aucune moto de police. Alors, appuyant sur l'accélérateur, il lance le coupé blanc. Les pneus hurlent en dérapant sur le macadam, la voiture a tendance à s'aplatir, puis elle bondit en avant à l'instant où Mysha enfonce la pédale jusqu'à sentir le déclic de la surpuissance.

L'idée vient au Polonais d'en finir à présent, par cette grave et sombre soirée de neige retenue. Les circonstances plaident pour la mise en application immédiate de son projet : sur Hudson Parkway, le trafic est faible encore ; la visibilité est suffisamment douteuse pour qu'on puisse rejeter la cause de l'accident sur une mauvaise appréciation des distances, un éblouissement ; surtout, la bière forte a enivré Mysha — qui se privait d'alcool depuis plusieurs semaines ; et la boisson agit sur lui un peu comme un euphorisant, comme une légère anesthésie aussi, diminuant les réflexes conditionnés de la survie à tout prix. Sans doute y aurait-il, pour Ashton Mysha, une certaine grandeur à mourir ce soir à bord de cette voiture flambant neuve, dont les chromes sentent bon le décapant.

Dans le lointain, barrant l'étendue obscure de l'Hudson River, apparaît la silhouette élancée du George Washington Bridge. Un brusque coup de volant suffirait alors à poser un point final aux lassantes glissades du Polonais vers la vieillesse et l'inutilité.

Mais Mysha se reprend. Ce trajet à grande vitesse ne sera qu'un parcours de repérage. Car il y a trop d'essence dans le réservoir de la voiture, trop d'essence risquant de s'enflammer sous la violence de l'impact, causant une explosion capable de désintégrer le véhicule et son occupant. Mysha sait que le point le plus délicat de son projet consiste à se tuer sans se détruire : il a promis au docteur Almendrick de mourir *organiquement intact ;* il a reçu de l'argent en échange de cette promesse, il en recevra encore autant qu'il en voudra ; alors, le moment venu, il remplira son contrat scrupuleusement, en perfectionniste ; il y va de son orgueil, et c'est une raison nécessaire et suffisante.

Ashton Mysha arrête le coupé blanc sur la bretelle de dégagement. Sur l'autre rive, au terme des mille cent seize mètres du George Washington Bridge, c'est l'État du New Jersey, la muraille des arbres aux ramures enchevêtrées — la nuit tout à fait. Le Polonais sourit, une fois encore Pinsk lui revient en mémoire ;

l'ultime vision ne sera pas trop dépaysante ; les genoux légèrement relevés, Ashton Mysha bloquera la direction de la voiture ; puis, tournant la tête, il gardera jusqu'au bout les yeux fixés sur les arbres du New Jersey : ce sera bien le diable si, avec un tout petit peu d'imagination, il ne sent pas glisser au-dessus du fleuve américain la bonne puanteur du compost de Pologne, l'humus, la vapeur chaude qui monte des bêtes abattues selon le rite kasher.

Dommage pour Dorothy Kayne, pour New York et pour les États-Unis qui n'auront pas été de ce dernier souffle. Mais en mourant, on trahit toujours un hôte qu'on aimait bien, pourtant : un lit, une chambre, un pays refuge.

Ashton ne croit pas en Dieu, mais il croit aux ancêtres — que ceux-ci aient été des êtres de chair, des paysages d'enfance, des saveurs ou des bruits. Pour lui, mourir n'est pas surgir dans un quelconque avenir mais se perdre dans un passé le plus familier possible. Il est navrant que, pour des raisons lamentables d'idéologie et de politique, le réseau clandestin de récupération d'organes du docteur Almendrick n'ait aucune ramification en Europe de l'Est : sinon, d'une manière ou d'une autre, Ashton aurait achevé sa course en Pologne. Peut-être pas à Pinsk même, parce qu'il ne faut pas faire une terre mortuaire de sa terre natale, il dit qu'on ne mélange pas les fins et les commencements, que ce n'est pas pour rien si l'homme est une ligne, et pas un cercle, surtout pas ! Donc, hors de Pinsk, mais pas trop loin. Sur le chemin bordé de bouleaux, en vue des premières maisons et des potagers.

Il descend de voiture, traverse lentement Hudson Parkway vers le parapet gauche, sans se soucier des klaxons ni des appels de phares. Il est en paix, comme à bord des navires qu'il montait lorsque approchait le terme de ses quatre heures de quart : alors, songeant avec une joie calme au sommeil qui l'attendait en bas, il disait à l'officier qui venait le relever :

— Encore un instant, Blackwell.

Retardant ainsi la jouissance du repos qu'il se promettait, en exaspérant le désir jusqu'à éprouver toutes les contractures de ses membres, la brûlure de ses yeux, la froide humidité imprégnant la vareuse. Il n'était pas de ceux qui gâchaient le sommeil en s'y vautrant sans besoin ; il s'endormait comme on crie, dans une sorte de spasme où il y avait de la délivrance.

Il enjambe un obstacle, maintenant il touche le pont, s'étonne de le trouver si rugueux, et quand il retire sa main elle est noire à cause des gaz d'échappement. Pas de vibrations à proprement parler, plutôt une sorte de pulsation profonde au rythme linéaire. Un flic s'approche, que le Polonais n'a pas deviné dans l'ombre sous l'arche. Malgré la lumière des phares et des hauts réverbères, l'homme braque le faisceau de sa lampe torche sur le visage d'Ashton, reste un peu en retrait, la main droite qui descend lentement vers la crosse de son pistolet; il doit s'imaginer que Mysha est un de ces terroristes, de ces poseurs de bombes qui assaillent les journaux de coups de téléphone pour dire que ça va sauter ici, là-bas, qu'il faut évacuer. Bien entendu, quand un engin éclate pour de vrai, personne n'a jamais prévenu personne.

— On peut savoir ce que vous fabriquez, mon vieux?

— Rien, fait le Polonais en se détournant, en échappant à la lueur aveuglante de la lampe.

Le flic aimerait regarder par-dessus son épaule, histoire de s'assurer qu'il n'est pas seul, que la patrouille automobile du Parkway suit comme convenu, en tanguant sur le macadam crevé. Mais d'un autre côté, il n'ose pas perdre Mysha de vue, ne serait-ce qu'une seconde. De toute évidence, l'homme armé a peur. Ashton lui sourit :

« Je me demandais seulement si c'était déjà arrivé...

— Si quoi était arrivé?

— Qu'une voiture quitte la route, à cause du verglas par exemple, et vienne se fracasser contre le pont.

— En quoi ça vous intéresse, qu'est-ce que ça peut bien vous faire, mon vieux? Vous devez partir d'ici, c'est tout.

Ashton sourit toujours :

— Il est très beau, ce pont. Il ne faudrait pas qu'il ait des malheurs, qu'il s'écroule à cause d'un chauffard. Je pensais à ça, pas davantage.

Alors, le policier abandonne la thèse du terroriste. Il a affaire à un maniaque, un maniaque de l'effondrement. Ce n'est pas le premier, ce ne sera pas le dernier. Et même, il y en aura de plus en plus, de ces fous sans importance; c'est la faute à cette campagne de peur sourde menée par Anderson, reprise par la radio et la télévision. Si ça continue, on court droit à la psychose. Si les gens perdent confiance dans leur béton, pense le flic, c'est comme si l'Amérique cessait de croire en elle-même. Et ça tombera pour de vrai. Le policier éteint sa lampe, il s'approche à son tour, lui aussi applique ses mains nues contre la paroi. Il dit — mais les neuf files de voitures qui passent d'un État à l'autre, sur le tablier, couvrent sa voix :

— Enfin quoi, vous ne voyez pas que c'est du solide ?

Quand il se retourne, il est seul. Mais là-bas, une longue voiture blanche quitte la bretelle de dégagement et s'infiltre dans le flot de la circulation, dont la densité a brusquement augmenté. Les feux de détresse du coupé clignotent encore.

Et puisque c'est à présent tous les jours dimanche, on ira se promener aujourd'hui mercredi du côté de Long Island, revoir la maison de bois face à l'océan. La vague de froid marque une pause, le thermomètre est remonté de plusieurs degrés au-dessus de zéro.

Dorothy Kayne est assise à l'arrière de la voiture, les mains sagement posées sur les genoux, il ne servirait à rien de lui laisser la place d'honneur à la droite de Mysha puisqu'elle ne peut pas voir le paysage. John l'Enfer a acheté des provisions, plein un grand sac en papier brun avec deux anses de carton, des choses en boîtes, en sachets, sous pellicule plastique, qu'on n'a pas besoin de faire cuire, qu'on pourra manger comme ça, là-haut sur la terrasse de la maison. Le Cheyenne a posé ses conditions : pas question d'ouvrir la porte, on escaladera seulement les colonnades extérieures qui supportent la véranda, on s'installera sur la terrasse en voleurs.

Ashton conduit vite, aux limites de l'allure autorisée. L'acquisition de cette voiture d'un modèle trop récent, trop luxueux, a fait du Polonais un autre homme. Jamais il n'a autant parlé de liberté, jamais il ne s'est montré aussi fantaisiste ; comme le fleuve suit la courbe de son lit, Ashton se laisse conduire par ses impulsions du moment.

Ainsi hier soir. Pour baptiser la voiture, Ashton a décidé brusquement d'aller dîner dans un restaurant suisse de la 56e Rue, John a commandé une fondue à la viande, Mysha une fondue au fromage, Dorothy une fondue au chocolat. Le maître d'hôtel a bien ri, il n'avait pas encore tout vu : ensuite, en se bousculant, on a fait des mélanges ignobles, on a abusé de la cécité de Dorothy pour l'amener à plonger dans le fromage un morceau de brioche ruisselant de chocolat, elle a tout recraché sur la table, on lui a demandé si c'était digne d'un professeur de sociologie urbaine, si c'était vraiment aussi immangeable que ça, elle a dit :

— Non. Mais trop chaud.

Après quoi, le Polonais a déclaré qu'il voulait boire du vin de Moselle pour la dernière fois. Ils sont rentrés à pied, tous les trois, malgré le vent, ils se tenaient par le bras et ils chantaient.

La maison de Long Island a bien résisté aux premiers assauts de l'hiver. Les planches de la façade n'ont presque pas joué, le calfatage a tenu bon. Seul signe d'abandon : un volet qui s'est détaché, il pend ; bonne affaire pour les oiseaux de mer qui sont venus nicher dans le creux de la fenêtre, qui disposent ainsi d'un appartement plutôt vaste où les ouragans n'entrent pas.

Alentour, la plupart des villas sont fermées ; on a passé au blanc d'Espagne les vitrines des shipchandlers. Le quartier est en état de semi-hibernation, on ne croise que le camion de la coopérative laitière et les bus de ramassage scolaire. Les résidences sont hérissées d'échafaudages tubulaires, des pompes injectent dans les charpentes des produits contre les termites et les capricornes.

Au carrefour de Seagull Place, tellement meurtrier en été qu'une antenne de secours routier y bivouaque en permanence, les feux de signalisation sont au clignotant.

John l'Enfer n'est pas le premier à avoir eu l'idée d'utiliser la terrasse de sa maison inoccupée comme aire de pique-nique. Il semble qu'on se soit donné bien de la joie, là-haut. Les lattes gorgées d'eau de pluie et de neige fondue sont jonchées de détritus. Contre la rambarde, quelqu'un a cloué un panneau d'émail jauni : *Prière de laisser cet endroit aussi propre que vous l'avez trouvé en arrivant*. Fichée sur un bâton fendu, la pochette d'un disque de Dionne Warwick indique la direction du vent.

Dorothy est restée dans le jardin. Là aussi, il y a de l'ordure : cartons et pots de yaourts, du très léger, que les tornades ont fait tomber de la terrasse ; mais à cause des herbes folles, ça se voit moins et même, de loin, ça peut passer pour des petites fleurs éparses.

— Et moi, demande Dorothy, je vais monter comment là-haut ?

Ashton Mysha a enjambé la clôture de la maison voisine, il a décroché la balancelle qui pendait sous un portique rouillé. Il revient, il glisse la planchette sous les cuisses de la jeune femme :

— On va te hisser, tu seras comme dans un fauteuil.

Ils déjeunent allongés sur des bâches cirées qu'ils ont trouvées dans la remise, ils mâchent lentement, ils laissent courir le temps. C'est à peine s'ils se parlent, juste pour réclamer la salière, le bocal de pickles, une boîte de bière. Ils se donnent au silence, la chaleur un peu piquante du soleil de janvier leur réjouit le dos, le bout du nez.

Quatorze heures, s'il faut en croire la rumeur à l'horizon de New York. L'instant où les petits employés de Wall Street, les dactylos et tout le monde là-bas, après quelques Martini, se sentent tigres ; instant fugitif, rien ne vaut l'air conditionné pour dissiper ces ivresses à bon marché, l'air conditionné et le cliquetis du telex, de la machine à écrire, à calculer les retenues à la source. Le grand flamboiement passé, la ville retombe dans sa routine. On éteint les enseignes des restaurants chinois, les fours des pizzerias, on s'enfonce dans l'après-midi.

Et le Polonais rampe vers John l'Enfer, immobile face à la mer :

— Tu ne veux pas me donner les clefs de la maison ? Toi, si ça te fait mal au cœur, tu n'es pas obligé d'entrer.

— Les clefs, dit John, je ne les ai pas emportées.

Ashton se met à rire :

— Pour ne pas être tenté ?

— A cause de vous et de Dorothy, explique l'Indien. Je savais que ça vous prendrait, que vous voudriez entrer dans ma maison pour y faire ces choses entre vous.

Le Polonais s'assied, passe un bras autour des épaules de John :

—. Parlons tout bas, je ne veux pas qu'elle entende.

John regarde vers Dorothy Kayne : celle-ci s'est endormie, recroquevillée sur la bâche, les genoux sous le menton, les lèvres encore poisseuses de crème à la framboise. C'est fou, ce qu'elle peut dormir tout le temps, autant que les chats sur les radiateurs ; à moins qu'elle ne fasse semblant, mais on ne saura jamais. Ashton a suivi le regard de John :

« J'ai besoin d'elle.

— D'habitude, dit l'Indien avec ironie, vous êtes capable de tenir jusqu'à la nuit.

— Et si, cette nuit, il n'y avait pas de nuit?

L'Indien se lève, fait quelques pas. Quand la foudre tombe, toujours se lever et marcher, les troupeaux de bisons s'élancent à travers la plaine, rester blotti dans la quiétude illusoire de la tente signifie être piétiné, se lever et marcher, être ce tout petit défi qui va dans la prairie, les Ancêtres avaient tout inventé. Le Cheyenne étreint la rambarde, et le bois craque d'un bout à l'autre de la terrasse :

— Vous n'auriez pas dû me dire ça. Et puis, vous aviez promis de ne rien faire avant que Laedipark ait enlevé le bandeau de Dorothy. Alors, pourquoi ce soir?

Mysha le rejoint. Pour la seconde fois, il l'enlace, il le serre contre lui :

— Bee a fichu le camp, elle a rompu le contrat mais gardé l'argent. Pas très joli, n'est-ce pas? C'est qu'elle avait attendu trop longtemps, aussi! Attendre, ça sert à quoi? Toi qui connais la forêt, John l'Enfer, qu'est-ce que tu penses de ces vieilles feuilles pourries de merde qui dépassent l'automne? J'ai tout repéré, tout minuté.

Et il avoue :

« Je suis tellement fatigué.

Il s'avance vers le corps immobile de Dorothy Kayne, remonte un pan de bâche sur la jeune femme :

« Tu vois, si tu ne fais pas attention, elle attrape des rhumes. Veille sur elle sans arrêt, John. Elle est beaucoup plus faible que toi et moi, malgré ses diplômes. Et d'ailleurs, est-ce que c'est vrai qu'elle a des diplômes? Réfléchis : qu'est-ce qu'on sait vraiment, nous autres? Si ça se trouve, elle a raconté des histoires. Tu as vérifié à l'université qu'elle était bien ce qu'elle disait?

Non, John l'Enfer n'a pas fait une chose pareille; on ne peut douter de tout, voyons! Ce qui est sûr, d'ailleurs, c'est que Dorothy a une chambre là-bas, avec *Miss D. Kayne* marqué sur la porte. Ça prouve au moins qu'elle y habite, qu'elle jouit librement des services de la blanchisserie, de la bibliothèque et du snack-bar; qu'elle a l'autorisation de paresser sur la pelouse, près des jets d'eau, quand il fait chaud; de fréquenter le club de bridge, d'échecs, de photographie.

Ashton Mysha sourit :

« Mais je te trouble un peu, John, et c'est bête. Qu'est-ce que ça peut faire? Ce n'est pas pour ça que tu l'aimes. Et même, ça te gêne plutôt, tout ce qu'elle sait, tout ce qu'elle représente — cette gosse! Restons entre nous, alors. Dorothy, c'est seulement une aveugle. On va s'en tenir là, on va la regarder comme une grosse grande maladroite qu'elle est, qui se prend les pieds dans les tapis. Oublie ce que j'ai dit, ça n'a aucune importance.

— Aucune importance, répète le Cheyenne.

Tout de même, quand il a écrit à Maman Pageewack pour lui parler de Dorothy Kayne, il a bien précisé que la jeune femme n'était pas n'importe qui; que c'était pour cette raison qu'il demeurait à l'écart, qu'il laissait la fille s'accoutumer à son odeur, à sa voix, à ses gestes.

Le Polonais étend le bras au-dessus de Dorothy :

— Je te dis adieu sur elle, l'Indien, tu ne trouves pas que c'est solennel? Parce que vous aimez bien ce qui est solennel, vous autres. Enfin, vous avez des rites, des cérémonies.

Son bras retombe. Ce doit être vrai, que cet homme est fatigué.

« Tu crois que je l'aimais? demande Mysha.

— Je ne sais pas. Mais vous la gardiez pour vous.

— As-tu jamais essayé de me la prendre, John? Bien sûr que non!

— La nuit où vous étiez dans Bowery, avec Bee...

— Tu l'as fait?

— Pour un peu, oui, je le faisais. Pour un peu, je l'embrassais.

Rire de Mysha :

— Tu l'embrassais? Pauvre vieux! Tu l'embrassais où ça? Cheyenne, réveille-toi.

Il ne rit plus, maintenant :

« Faire l'amour, ça signifie tellement pour toi?

John s'accroupit près de Dorothy endormie; alors, il dit que ça dépend.

Il ajoute :

— C'est une journée difficile, aujourd'hui, drôlement difficile.

Le Polonais approuve. A son tour, il s'agenouille devant Dorothy Kayne. Il croit entendre un carillon, les cloches des églises aux environs de Pinsk, le forgeron Wolfe de Bozh qui assouplit le fer à l'orée du bourg, les femmes heurtant des ustensiles de cuisine l'un contre l'autre ; puis ce sont d'autres sonnailles, plus aboyantes, plus sourdes aussi : gamelles du 54e régiment, obusiers, salves, et le cliquetis des menottes dans les commissariats de la Pologne devenue Troisième Reich, et ça se mêle au petit bruit clair, presque joyeux, du chadburn sur *full speed,* je bats pavillon britannique, nous remorquons dans le port de Southampton un submersible allemand, prise de hasard, c'est tout couvert de mazout et de coquillages, et quand on soulève le capot du kiosque ça pue dedans l'aigre et le caca, je suis un héros, j'entrerai dans Berlin, ouvrez le feu sur les derniers petits branleurs de la Hitler Jugend, pourquoi y a-t-il toujours ce cerne sombre sous mes ongles, on était tous pauvres à la maison, Dieu sait, mais on se lavait les mains sans arrêt, dans un baquet.

Les cloches, c'est peut-être seulement le sang qui lui bat les tempes.

— John, dit-il, fais encore ça pour moi : ouvre la maison.

Ils travaillent côte à côte à desceller le volet de la porte-fenêtre qui donne sur la terrasse, à l'aide d'un couteau et d'un décapsuleur.

— Mais il ne faut rien abîmer, a recommandé John, ne pas éclater le bois, ne pas tordre les charnières.

L'Indien serre dans son mouchoir les vis qu'il ôte une à une. Mysha tremble, on pourrait penser qu'il a froid. Naturellement, c'est autre chose. Le vent s'est apaisé, c'est l'éclaircie, on voit les petits cubes de New York tout au bout d'une langue de terre brune, on entend les réacteurs des avions sur les pistes de Kennedy et de La Guardia.

La porte-fenêtre cède, l'Indien la dépose doucement sur le sol. De la maison sort une haleine froide et courte, ça ne dure pas mais ça vous fait tousser. Là-dedans, c'était étanche mieux qu'on pensait.

— Je me demande s'il y a des araignées, fait John. Souvent, les femmes ont peur des araignées.

S'il parle des araignées, c'est pour ne pas parler des draps — trop précis, les draps — ni des matelas ; toute cette literie spongieuse, de la mousse plastique que l'hiver a gonflée, qui va rendre son eau sous le poids des corps. Pourquoi ne pas laisser dormir encore la maison, et Dorothy Kayne aussi? Mais le Polonais dit qu'il est en érection :

— Cette fille, ça m'est égal ce qu'elle est, je vais te la baiser comme personne, comme jamais. Tu auras du mal à me surpasser. Pardon, l'Indien, je sais bien que je te fais de la peine — je le sais, va! Mais bientôt je m'efface, tout à l'heure, parole que c'est vrai.

Mysha regarde le ciel au-dessus de la maison : malgré l'absence de vent, des nuages sont revenus. Peut-être de faux nuages, des nuages de fumée, de vapeur, produits par la ceinture d'usines autour de New York.

Il va vers Dorothy :

« Lève-toi, viens.

Elle a une manière qui n'appartient qu'à elle de sortir du sommeil, une façon d'aveugle : comme on ne peut jamais savoir si elle a ouvert ou non les yeux, on devine son éveil à ses soupirs, à ses dents qui grincent.

— Quelle heure est-il? Qu'est-ce que tu veux, Ashton?

Le Polonais a compris, pour les matelas. Il se garde bien de coucher Dorothy sur un lit. D'ailleurs, il a menti à John : il ne lui fera pas l'amour, à cette petite aveugle; quand on est à quelques heures de sa mort, juste séparé de sa mort par la vitesse d'un soleil qui descend sur la mer, on n'a plus de sexe; il vous reste une mémoire, c'est tout, qui va vite, qui vous rappelle les choses à dire qu'on n'a pas dites.

— Dorothy, il faut que je te parle.

— Oui, Ashton, je t'écoute. Mais il fait humide, ici. Dehors, nous étions si bien.

Il l'entraîne à travers la maison obscure. Quand il pense que c'était encore l'été, pas plus tard qu'hier, qu'il avait toutes ses chances (enfin, il le croyait), qu'il parlait en souriant de Santiago du Chili et qu'il songeait, mine de rien, au mariage; quand il se souvient, il souffre; un homme, ça s'abîme tout d'un coup comme un bateau torpillé, cul par-dessus tête, on voit s'élever les hélices de bronze sur la mer, et c'est déjà fini.

— C'est ce soir, dit-il, ce soir que je m'en vais. Je ne repasserai même pas à l'hôtel.

— Pourquoi avoir attendu la dernière minute, Ashton? Je t'aurais aidé à faire tes valises. Je suis sûre que tu as tout empilé n'importe comment. Les hommes, ça leur est bien égal que les chemises soient fripées, ça ne prend même pas la peine de boucher comme il faut le tube de dentifrice et...

Elle s'arrête un instant, pensive ; puis :

« Un marin, surtout un officier, c'est peut-être différent ?

Et encore :

« Mais tu n'avais pas de bagages, ce matin, quand nous sommes montés en voiture ?

Il dit que si, il avait des bagages, certains attachés avec des bouts de ficelle, mais le West Continental est un palace où on ne permet pas aux clients de porter eux-mêmes leurs valises. Dorothy fait mine d'être convaincue, en secouant sa jolie tête aveugle. Au fond d'elle-même, elle en veut au Polonais d'anticiper ainsi la séparation, de ne pas avoir choisi la solution des adieux inattendus : à présent, elle et lui, que vont-ils faire, que vont-ils se dire jusqu'au soir ? Elle demande :

« A quelle heure, ton appareillage ? Tu dois sans doute te présenter à bord bien avant qu'on largue les amarres. Est-ce qu'il y a des histoires de marée montante ou descendante ? Non, pardonne-moi, je raconte des bêtises : les grands bateaux d'aujourd'hui, c'est comme des ordinateurs, on ne se soucie pas de l'état de la mer. Eh bien, je suppose que John t'accompagnera jusqu'au quai. Moi, j'y serais bien allée : mais ça rimerait à quoi ? Je ne pourrai pas voir le bateau qui s'en va. Les avions, les trains, au moins on les entend partir. Mais les bateaux...

Il lui pose une main sur la bouche : .

— Tu n'es pas obligée de tant parler, Dorothy.

Elle a un petit sourire fragile — il sent, contre la paume de sa main, s'écarter les lèvres de la jeune femme.

— Dans quelle pièce de la maison sommes-nous, Ashton ?

— Ta chambre. Enfin, la chambre que John t'avait donnée.

— Ne regarde pas sous le lit, il y a sûrement des affaires à moi qui traînent. Je suis la fille la plus désordre de la terre. A notre place, Ashton, n'importe qui ferait l'amour. Pour la dernière fois, tu comprends ? Moi, je pense qu'il vaut mieux pas. Je serais crispée, toi aussi.

Elle pose sa joue sur l'épaule de l'homme. Le nœud du bandeau chatouille le cou d'Ashton Mysha. Elle dit :

« Je m'admire très fort. Normalement, je devrais pleurer; et tu vois comme je suis calme.

— Tu ne m'aimes pas assez pour pleurer.

Il a peur, brusquement, qu'elle soit trop sincère, qu'elle oublie de protester; alors, il précise :

« Et d'ailleurs, les médecins te l'ont défendu.

Elle se blottit davantage contre lui :

— Je ne suis pas tout à fait abandonnée. Il me reste John l'Enfer, n'est-ce pas? Il me gardera, il s'occupera de moi. Au moins jusqu'à son procès. Bien sûr, nous n'allons pas pouvoir continuer à régler la note de l'hôtel : John est chômeur, et je ne dois plus avoir tellement d'argent sur mon compte. Oh, j'ai une idée, mais elle n'est pas jolie-jolie : et si tu me faisais cadeau de ta voiture? Je la revendrais, ça nous permettrait de tenir le coup en attendant que John trouve un job intéressant. Je n'aurais pas l'impression que tu me payes, je te jure que je ne me prendrais pas pour une putain. J'ai couché avec toi par plaisir, un vrai plaisir, tu dois me croire.

Il se dégage, gêné : il avait oublié le coupé blanc; trop préoccupé par sa propre fin, il ne se rappelait plus que les voitures sont supposées avoir un avenir, même restreint. Il ment :

— C'est une vieille carne, tu n'en tirerais pas beaucoup d'argent.

— Tu ne vas tout de même pas l'abandonner sur une décharge?

Il dit qu'il n'a encore rien prévu concernant la voiture, mais qu'il la laissera probablement à proximité des quais, dans un parking, avec un mot sur le pare-brise :

— Un détail sans importance, après tout, cette bagnole.

Les volets de la chambre sont clos. On entend, au-dehors, John l'Enfer nettoyer la terrasse : il lave à grande eau les lattes souillées, il met à part les miettes du repas — dans un coin, à l'intention des chats et des oiseaux.

Ashton Mysha revient vers Dorothy Kayne, qui a renoncé à parler du coupé blanc; elle est navrée de s'être montrée aussi pratique (presque sordide, en y réfléchissant bien) dans un moment pareil. Pour se racheter, elle fera n'importe quoi. Immobile, elle attend les ordres du Polonais. Cette nuit, il ne se passera rien entre elle et le Cheyenne : elle s'en voudrait d'oublier déjà Mysha, alors qu'il naviguera encore dans les eaux territoriales américaines. Ce n'est que plus tard qu'elle entraînera John sur les plages, où elle lui apprendra le surf. Alors, elle sera guérie. Elle portera des lunettes noires, c'est vrai, mais seulement les jours de grand soleil. L'Indien aimera le surf, c'est un sport d'homme ; mieux : un sport de cavalier, de dominateur, à quoi bon les petits chevaux cheyennes, aujourd'hui il s'agit de dompter les vagues ; qui sait si John l'Enfer, en luttant contre l'océan, le déséquilibre et les préjugés raciaux, ne pourrait pas devenir champion de surf de la côte est des États-Unis ?

Mais on n'en est pas là ; pour l'instant, Dorothy Kayne se doit à Ashton Mysha. Elle murmure :

— Vraiment, on ne dirait pas que tu pars pour longtemps : tu ne m'as même pas décrit ta cabine. Car tu auras une cabine pour toi tout seul, n'est-ce pas ?

Le Polonais ne répond pas. Il la contemple, un peu étonné de tant l'aimer. New York regorge de filles aussi séduisantes qu'elle, il y en a bien un million, peut-être davantage, qui ont le même visage triangulaire, la même bouche gonflée, le même nez court et retroussé. Bee aurait pu lui faire rencontrer des femmes plus belles, plus adroites de leur corps que cette fausse enfant de trente ans qui se sert de son infirmité du moment pour jouer les ingénues. Et à Pinsk, donc ! où les petites filles se faisaient femmes avant l'âge ; elles n'auraient pas aimé se parfumer au *Baby Soft*, là-bas, elles sentaient naturellement le lionceau et la terre fumée. Ashton commence :

— Tu sais...

Mais tout de suite, il se tait. Enfin, il bafouille. La fin de sa phrase se perd dans une bouillie de mots : voiture, vitesse, pont, organes, Atlanta, fric, pas de retour possible.

Dorothy penche légèrement la tête sur le côté :

— Si je sais quoi, Ashton ?

Alors, il crie presque :

— Pour qui tu voteras ! Anderson, ou le tandem Baumstein-Cadett ?

La jeune femme paraît surprise : en quoi le résultat des élections peut-il intéresser cet homme qui s'en va, qui a choisi la mer et le soleil ? Mais peut-être est-ce un moyen habile de gagner du temps, de se laisser flotter jusqu'à l'heure de la rupture. Dorothy croit devoir entrer dans le jeu d'Ashton Mysha. Elle n'a aucun mal à répondre, à développer une longue théorie comparative entre les options démocrates et les principes républicains : la sociologie urbaine est une science où les données politiques sont essentielles.

Ashton regarde le corps de la jeune femme, il déshabille en imagination Dorothy-la-savante, pièce d'étoffe après pièce d'étoffe ; il découvre des arrondis, des mollesses, il s'y vautre de tout son grand corps sec — en pensée, toujours en pensée, c'est le viol le plus beau, la liberté d'aimer la plus grande, on peut caresser, lécher, pincer ce qu'on veut, ce qu'on rêve ; encore trois ou quatre heures, et je serai pur esprit — comme on dit dans les églises — si je suis encore quelque chose.

Dorothy continue de parler. Un ton de conférencière. Alors, un mauvais fou rire secoue Mysha :

« C'est sur des mots comme ça, qu'on va se quitter ?

Ils ne se quittent pas, ils se diluent. Il y a eu des paroles graves, et des silences qui l'étaient encore plus.

On sort de la maison, on repose le volet sur ses gonds, on le recloue, on plaisante John l'Enfer qui a enfilé des gants de caoutchouc pour ramasser les ordures, on part entre chien et loup, on roule vers New York — on a oublié de remettre la balancelle à sa place, sous le portique des voisins.

Dorothy ne sait pas s'il fait jour ou s'il fait nuit ; elle ne dispose d'aucun point de repère, sinon l'heure qu'on lui donne quand elle pense à la demander.

Ralentissement sur l'autoroute urbaine, la voiture blanche est immobile sous les hauts pylônes qui dispensent une lumière orangée, une lumière pas naturelle qui détruit la couleur des carrosseries et fait un teint verdâtre. Dorothy dit sans arrêt des choses sans importance. Elle veut savoir si le cuisinier du navire est allemand ou chinois, s'il faudra des remorqueurs pour conduire le bateau jusqu'au large, s'il est d'usage d'actionner la sirène au moment de perdre de vue la côte américaine. Ashton Mysha répond oui à toutes les questions.

Mais John l'Enfer supplie Dorothy de se taire. Le Cheyenne voit grandir les blocs d'immeubles, serrés les uns contre les autres, qui font muraille sur l'horizon. Pourquoi le Polonais ne branche-t-il pas la radio de bord ? Nous avons besoin de musique. Au lieu de ça, le cliquetis du changement de vitesse automatique, le chuintement des pneus sur le macadam, le cendrier qui tient mal dans son logement, qui vibre.

— Je vous laisse à Pennsylvania Station, dit Mysha. C'est plein de taxis, là-bas.

Dorothy demande si l'on n'a pas le temps de boire encore un verre, tous les trois ensemble. Justement, elle connaît une sorte de *cocktail lounge* dans le sous-sol de Pennsylvania. Mais les phares de la voiture marquent déjà la chaussée, preuve que la nuit est tombée. Ashton Mysha n'a plus une minute à perdre s'il veut en finir avant l'encombrement traditionnel de dix-neuf heures trente sur Hudson Parkway, qui aurait pour effet de retarder les ambulances; or, pour être valable, le prélèvement d'organes doit s'opérer le plus vite possible après l'accident. A la différence de la plupart des êtres humains, le Polonais doit organiser avec minutie les instants immédiats qui suivront sa mort; ses responsabilités ne disparaîtront pas avec lui. Il sourit :

« Désolé pour le verre, Dorothy, mais j'ai encore une foule de choses à faire.

— Il n'y a pas de mal à ça, dit-elle, je comprends.

A dix-huit heures et dix minutes, Mysha arrête le coupé blanc près de Pennsylvania Station. Il descend de voiture, bascule son siège pour permettre à Dorothy de sortir. Au flanc d'un building, un journal lumineux annonce la prochaine conférence de presse du président Carter et donne les prévisions météorologiques pour les vingt-quatre heures à venir, bulletin intéressant l'ensemble des États de New York et du New Jersey — précipitations abondantes, de pluie ou de neige, températures en baisse.

— Là où tu vas, dit Dorothy, il fera bon. Envoie-nous de l'été en boîte, pas possible que ça n'existe pas!

Ashton mordille un des poignets de la jeune femme, qui se met à rire :

« Tu crois que c'est le moment de m'exciter, espèce de fou?

On klaxonne, Mysha gêne la circulation. Un flic gesticule, il s'approche, jette un coup d'œil à Dorothy :

— Si vous débarquez une handicapée, c'est bon. Mais vous n'êtes pas obligé de vous éterniser. Maintenant, il faut dégager.

Ashton Mysha s'installe derrière son volant, claque la portière. Le journal lumineux dit encore que la loi Johnson sur les écoliers les plus défavorisés a été flouée quelque part dans le Dakota, où des maîtres se sont approprié la subvention; avec cet argent, ils ont monté un atelier de photos de nus, et leurs propres élèves étaient contraints de servir de modèles. Dans le rétroviseur, s'éloignent les silhouettes de John l'Enfer et de Dorothy Kayne. Bientôt, la cohue submerge l'Indien et l'aveugle. Le flic aussi, puis les superstructures de Pennsylvania Station. Une artère nouvelle s'ouvre devant le capot de la voiture. Mysha pleure doucement — très doucement, comme le jour où il est entré à l'école pour la première fois. Pas des larmes de peur, mais des larmes de rage. Rage de bien faire ce qu'on veut.

Il redescend vers Greenwich Village, où il sait trouver une place pour ranger sa voiture et une cabine téléphonique acceptant les communications interurbaines. Avec le chiffon qui sert à essuyer la jauge d'huile, il tamponne ses joues, il s'en fout d'avoir l'air à présent d'un nègre mal débarbouillé, il ne prétend pas mourir en gants blancs, il a seulement dans l'idée de crever utile. Pour avoir de la monnaie, il achète une revue de petites annonces pornographiques; puis il entre dans la cabine et compose le numéro spécial du docteur Almendrick, banlieue d'Atlanta, en Georgie. Une voix féminine, impassible, à l'autre bout du fil :

— Un instant, veuillez ne pas quitter, je vous branche sur un enregistreur. Il faut que nous puissions décrypter votre appel, dans le cas où la communication deviendrait mauvaise.

Quelques secondes plus tard, la voix reprend :

« L'appareil fonctionne, vous pouvez parler.

— Je m'appelle Mysha, Ashton Mysha. Le docteur sait qui je suis.

— Inutile de vous nommer. Dites-moi seulement où et quand.

— George Washington Bridge, sur la rive gauche du fleuve, aux environs de vingt heures.

Un court temps. Puis, la voix demande :

— George Washington Bridge, dans l'État de New York?

— Oui.

— Un moment, ne raccrochez pas.

267

Là-bas, en Georgie, la femme consulte un fichier. Mysha entend distinctement le grincement d'un tiroir, des bruits de papier froissé.

« Vingt heures, fait alors la voix, c'est bientôt. Je ne suis pas certaine d'avoir le temps d'alerter la banque d'organes avec laquelle nous sommes en relation à New York.

Ashton Mysha sourit. D'après le voyant du téléphone, il dispose encore de quarante-cinq secondes. Et il n'a plus de monnaie.

— Je ne remettrai pas, dit-il. En somme, c'est à prendre ou à laisser. Toute cette histoire, d'ailleurs, me perturbe énormément. Oui, ça m'empoisonne, j'aimerais mieux me sentir seul, maintenant.

La femme hésite. Enfin, elle se décide :

— Entendu, nous ferons le nécessaire. Je préviens tout de suite le docteur Almendrick. Dans ces conditions, la transplantation pourrait avoir lieu demain matin, nous avons justement à la clinique deux malades qui...

Elle n'achève pas; elle n'a pas raccroché, pourtant : elle respire fort, les lèvres contre le microphone, elle respire comme quelqu'un qui a monté trop vite un escalier. Peut-être ne sait-elle plus quoi dire. Peut-être cherche-t-elle désespérément une phrase convenable. Peut-être est-ce la première fois qu'elle assure le service de veille auprès du téléphone spécial (Bee, qui connaît tous les rouages de l'organisation Almendrick, a expliqué à Mysha que les filles du téléphone spécial appartenaient au bas de l'échelle hiérarchique, femmes de salle, videuses de seaux, balayeuses; comme si les êtres frustes et fatigués étaient moins impressionnés que les autres par la mort; enfin, c'est ce que doit penser Almendrick, perdu dans ses théories immunologiques; eh bien, il est sûr que les filles du téléphone spécial n'ont pas reçu de formation appropriée, comme les standardistes du Dial for Friendship [1]).

Et si c'était à moi de dire quelque chose? pense Mysha. Mais il est trop tard, les quarante-cinq secondes de grâce sont écoulées, une tonalité aiguë remplace la respiration précipitée de la femme d'Atlanta.

Ashton raccroche. Il a laissé l'empreinte d'une main moite sur le combiné. Il quitte la cabine. Une fille grande et souple, une fille osseuse vêtue d'une robe noire effilochée qui lui tombe sur les

---

1. Équivalent du SOS Amitié français.

chevilles, s'avance vers lui. Cigarette aux lèvres, la démarche nonchalante. Elle a les cheveux coupés très court, elle ressemble à ces tondues de l'après-guerre qui étonnaient Mysha, à Paris où il défilait un jour de fête parmi d'autres marins des Forces Alliées.

— Alors, fait la fille, on dirait qu'il marche, à présent, ce putain de téléphone? Tout à l'heure, il m'a bouffé toutes mes pièces. Et pour des nèfles.

— Moi-même, je n'ai plus de monnaie. Sinon, je vous aurais dépannée.

La fille se met à rire :

— Ah, oui? Contre quoi, chéri?

— Excusez-moi, dit Mysha (après une hésitation, c'est vrai). On ne se comprend pas, tous les deux.

Il s'éloigne vers sa voiture. La fille le suit des yeux. Elle ouvre la bouche, comme pour le rappeler. Elle a des dents pointues et très blanches. Elle hausse les épaules, entre dans la cabine.

En route pour Henry Hudson Parkway, Ashton Mysha pense à la fille à la robe noire. Il l'a vue disparaître dans le rétroviseur, exactement comme se sont évanouis John l'Enfer et Dorothy Kayne. On en fait, des choses et des oublis, avec une voiture rapide et son rétroviseur. Parce que, sans la voiture, la nuit aurait pu tourner autrement. Supposons qu'un cri sorte de la bouche barbouillée de la tondue : *attends, mec, t'en va pas comme ça, j'ai une chambre dans le Village, au-dessus d'une boîte à jazz.* Supposons que la fille se mette à courir vers Mysha, qu'elle lui prenne la main — alors, une nouvelle histoire commence où une tondue prend la place d'une aveugle, la fille s'appelle Sandy, elle remorque un amant usé du nom de Gregg, un John l'Enfer artiste peintre ou saxophoniste. Mais n'est-ce pas la vieille aventure qui se répète?

« J'ai eu raison de ne pas me raccrocher à cette tondue », se dit Mysha.

Maintenant, il ne descendra plus de voiture. Les trottoirs, les rues, c'est du papier tue-mouches : on s'englue dessus, ce n'est jamais que du faux miel, un sacré leurre.

Hudson Parkway, voie ouverte, dix-neuf heures cinquante-six. Sur les bas-côtés, des véhicules de la police sont en embuscade, avec leurs radars et leurs caméras. Mysha ralentit légèrement : ce n'est pas le moment de se faire repérer, prendre en chasse. Tout se déroule comme il l'a prévu — sauf dans sa tête : il pense à Hemingway au lieu de se souvenir de Pinsk.

Dernier feu tricolore. Bien qu'il soit vert, Mysha freine pour laisser traverser un homme qui attendait. Pourquoi ne pas rouler ainsi, portières verrouillées et vitres closes, toute la nuit à travers la ville, et faire plaisir à des inconnus ? Céder la priorité quand elle me revient de droit, diriger le faisceau de mes phares sur cette porte de garage qu'une femme en robe longue, faute de lumière, a du mal à ouvrir, klaxonner pour effrayer un chien courant après un chat. Mais je dois respecter l'horaire que j'ai choisi, et il y a tout ce dispositif en train de se mettre en place derrière moi.

Un camion change de file, se rabat sur la droite. Mysha voit la silhouette du George Washington Bridge se découper là-bas contre le ciel envahi par les lumières de New York. Dérangés par le sillage d'un remorqueur, des oiseaux remontent le cours du fleuve, volant bas. Plus le pont se rapproche, et plus Mysha tente d'évoquer Dorothy Kayne ; mais c'est Hemingway qui gagne, qui patauge sur la lande, son fusil de chasse à la main — un fusil de chasse au gros, vérifié, graissé, chargé. Et quand Hemingway s'efface, c'est la fille en robe noire, effrangée, qui ouvre la bouche comme pour dire quelque chose, et qui se tait.

— Ça ne fait rien, murmure Mysha.

Maintenant, il va si vite sur Hudson Parkway que les automobilistes qu'il dépasse lui lancent des appels de phares. Lui, il allume ses feux de détresse ; en la tordant, il coince la manette de l'avertisseur.

Il déboucle sa ceinture de sécurité, enfonce la pédale de l'accélérateur. Il abaisse la vitre gauche. Il entend alors le hurlement fou du moteur, le compteur indique huit mille cinq cents tours à la minute.

En percutant les barrières métalliques de sécurité, la voiture se couche sur le flanc. Il y a une gerbe d'étincelles. Ashton Mysha espère que la tondue aura fini par trouver de la monnaie. Il est tué sur le coup.

Moins de vingt-quatre heures plus tard, le docteur Almendrick est arrêté par la police fédérale; mais n'ayant trouvé dans les lois constitutionnelles aucun article réprimant de façon spécifique l'achat en viager d'organes humains, la justice doit se contenter d'inculper le docteur Ronald Almendrick d'*exercice illégal d'une médecine non officielle*. Il est évident qu'une telle accusation ne résistera pas à un examen juridique approfondi. En attendant, l'organisation Almendrick est paralysée.

John l'Enfer est à l'origine de l'interpellation du médecin. Au petit matin, lorsque le directeur adjoint du West Continental lui a appris la mort d'Ashton Mysha, l'Indien a quitté l'hôtel, il s'est dirigé vers les quais. Toute la nuit, il avait espéré que quelque chose ou quelqu'un ferait dévier la course du Polonais. Ce ne pouvait être lui; il était trop proche d'Ashton Mysha, presque son frère en somme : il l'avait reçu chez lui, il avait tué devant lui Bart-quelque chose en « o », et le Polonais avait fait John dépositaire du corps de Dorothy Kayne; alors, le Cheyenne avait le devoir d'âme de respecter absolument la liberté de cet homme vieillissant qui se disait fatigué jusqu'à la mort.

Rien ne s'était interposé entre Ashton Mysha et le George Washington Bridge. New York avait donc donné une sorte d'accord tacite au projet du Polonais, et John en voulait à New York.

Comme la lumière du jour frappe de plein fouet les gratte-ciel du front de mer, John l'Enfer s'est assis sur un tas de planches. Il a chanté la chanson cheyenne du grand exode, et la chanson cheyenne sur les morts, et enfin la chanson cheyenne pour la réussite des chasses désincarnées dans les Prairies de l'Au-delà; il a chanté par trois fois avec la voix qu'il faut. tantôt rauque et tantôt glapissante; même que des dockers sont venus voir, croyant qu'un chien errant

271

s'était blessé en jouant sous une grue automotrice. John s'est levé, il a dit aux dockers que ce n'était que lui, un Indien en deuil de son frère, puis il a pris un taxi et il s'est fait conduire au Civic Center.

Il a d'abord été renvoyé de bureau en bureau — on ne comprenait pas très bien ce qu'il voulait. Mais il a signé sans discuter tous les formulaires qu'on lui présentait, il a répondu à toutes les questions inutiles qu'on lui posait. Sauf à cette question concernant le nom de son père. Parce qu'il a oublié le nom de son père, son nom américain — et la seule famille qu'il se reconnaisse, c'est la nation cheyenne en général, et la vieille Maman Pageewack en particulier.

Mais lorsque les fonctionnaires ont découvert que ce Peau-Rouge était poursuivi pour avoir troublé l'ordre public, ils ont commencé à s'intéresser à ce qu'il racontait, partant du principe qu'un coupable ne vient pas narguer sous le nez l'autorité administrative, sauf s'il a des raisons majeures d'agir ainsi. Et les raisons majeures de John l'Enfer sont le chagrin, la colère et la fraternité ; encore qu'il se garde bien de préciser : ça ne ferait pas sérieux.

Plus tard, une Ford blanche et noire emmène John au Central de la police. Là, tout recommence : interrogatoires, procès-verbaux, attentes dans des couloirs surchauffés. Tout va se dénouer brusquement, en quelques minutes. Atlanta appelle New York, confirme un certain nombre de points essentiels. John l'Enfer reçoit un sandwich au jambon, une bouteille de bière, on lui relit son témoignage — il signe, il promet de se tenir à la disposition de toutes les instances judiciaires, de répéter sa déposition sans haine et sans crainte, il est libre, huit heures se sont écoulées, il fait nuit. En Georgie, les policiers décident d'encercler discrètement la villa d'Almendrick ainsi que la clinique qu'il dirige, et d'intervenir à l'aube.

De retour au West Continental, John l'Enfer demande l'addition pour le lendemain matin. Profitant du soleil, Dorothy Kayne s'est promenée sur la 5e Avenue. Elle dit qu'il s'est toujours trouvé un homme pour l'aider à traverser. Elle a acheté des fleurs, des tablettes de chewing-gum, une nouvelle provision de *Baby Soft*. Les talons de ses chaussures sont souillés — c'est cette sale neige, aussi, qui n'en finit pas de fondre le long des trottoirs.

L'Indien dit, tout bas :

— Ashton Mysha est drôlement loin, à présent.

Dorothy, sur le même ton :

— Ne vous fatiguez pas, allez, je sais bien qu'il est mort.

Les mains jointes, elle tâtonne à la recherche du thermostat de conditionnement d'air. Elle tourne la molette, un vent froid envahit la chambre. Elle reprend, dos au mur, frottant sa nuque contre le papier peint — parce que ça démange, les petites boucles dans le cou :

« Le concierge m'a raconté. Moi, je lui demandais juste si c'était à droite ou à gauche, la 5ᵉ Avenue. Il m'a dit : « Je suis désolé pour votre ami, miss Kayne. Nous avons un bon fleuriste, à l'hôtel. Si vous aviez l'intention de sortir pour commander des fleurs, une couronne, ce n'est peut-être pas la peine. Au fond du hall, la deuxième vitrine, le chasseur va vous accompagner. »

John murmure que c'était une bonne maison, en effet, un établissement de premier ordre, mais qu'ils vont être obligés de partir. La jeune femme s'étend sur le lit, les jambes repliées :

« Naturellement, qu'on va s'en aller. J'ai téléphoné à ma banque, tout à l'heure : il n'y a plus rien sur mon compte, et depuis longtemps. Vous m'avez laissée croire des choses, Ashton et vous. Des mensonges.

John s'allonge près d'elle. Elle tourne la tête vers lui, il peut respirer son haleine. Ils n'ont jamais été aussi proches, pourtant ils ont peur l'un de l'autre. Dorothy promène son souffle sous les narines un peu trop ouvertes de l'Indien. Elle n'ira pas plus loin, ce soir.

Il demande :

— Tu veux vraiment retourner à l'université ?

— Eh bien, John, ça dépend de vous. Essayez de deviner ce qui aurait fait plaisir à Ashton Mysha.

— Il a dit que je devais veiller sur toi.

Elle sanglote :

— Quel con, c'est pas vrai des trucs pareils, ça fait testament.

— Sûr que c'était une espèce de testament, dit John.

Ils vont s'endormir l'un près de l'autre, mais sans défaire le lit ni quitter leurs vêtements. Quand Dorothy aura froid aux pieds, John l'aidera à enfiler une paire de chaussettes en laine — avant ça, il lui baisera les chevilles, le bout des orteils, répétant :

« Tu l'as voulu comme ça, Ashton, tu l'as voulu. Mais pardon quand même.

Cette nuit-là, de temps en temps, le Cheyenne se lève sans bruit. Il va jusqu'à la fenêtre, il regarde les gratte-ciel qui n'ont l'air de rien, qui ne sont plus que ce qu'ils sont : une suite de calculs exacts, un empilage habile, ce n'est pas menaçant du tout un gratte-ciel à la lumière de la lune, on se dit qu'un enfant pourrait en faire autant avec des cubes. D'un appartement à l'autre, il paraît qu'on entend les parents endormir leurs bébés.

Le lendemain, John et Dorothy abandonnent le West Continental Great Hotel. Ils descendent vers le sud-ouest de la presqu'île. Petite tiédeur printanière sur New York, piquante et mordorée. Très tôt, la foule a envahi la chaussée. Les traiteurs allemands remisent dans leurs congélateurs les plats riches à base de fromage, de crème et de graisses ; ce matin, la ménagère veut de l'acide, de l'emporte-gueule ; succès pour les merguez, le chili con carne et le maïs à la mexicaine.

Les petites brunes de Panama et de Porto Rico arborent, sans pull-over, des chemisettes bariolées et des jupes claires ; légères traces de sueur, déjà, aux cuisses et aux aisselles. La neige morte ne tient plus nulle part.

John l'Enfer connaît une pension-taverne dans Bleecker Street. On sera bien, là-bas, si Gina accepte de louer une même chambre à deux lits séparés par une table de nuit en bois blanc. Dans la cour intérieure, baptisée patio par Gina, pousse un laurier dont on arrache quelques feuilles chaque jour, pour la cuisine à l'européenne.

Mais Gina n'a pas encore repoussé les volets de fer. Alors, John entraîne Dorothy vers un square, il la fait asseoir sur un banc :

— Ce n'est pas un asile, comme là où on était avant. Quand il fait froid, c'est chauffé. Tu ne t'ennuieras pas, tu pourras aider Gina. D'ailleurs, tout le monde doit aider Gina, c'est la règle. Il y en a qui lavent la vaisselle, et d'autres qui l'essuient, et d'autres qui lisent des poèmes aux clients à l'heure du dîner. Mais toi, Dorothy, tu n'as pas tes yeux. Gina te demandera peut-être seulement de sonner la cloche. On tire sur une corde, et ça agite une cloche sous une arcade. Tu tires la corde quand tu entends la porte s'ouvrir, pour avertir ; tu la tires quand Gina dit que c'est servi, qu'on va passer à table. Des gens du quartier, un jour, ont signé une pétition contre la cloche. Gina s'est inclinée — elle a suspendu un gong, à la place. Du coup, les mêmes personnes ont réclamé le retour de la cloche. Est-ce que ça n'entre pas dans tes histoires de sociologie urbaine, une affaire comme celle-là?

Dorothy s'efforce de sourire. Puis, elle a besoin d'un mouchoir. Mais les mouchoirs sont au fond de la valise. Alors, John l'Enfer dénoue le foulard qu'il porte autour du cou et le lui tend. Personne, à cette heure, ne saurait dire exactement ce qu'est devenu le corps d'Ashton Mysha. Il y a des chances pour qu'il soit consigné dans la petite morgue d'une ville sans importance, sur la route de New York à Atlanta. Là-bas aussi, il doit faire beau.

Les poings sur les hanches, Gina regarde l'Indien en hochant la tête. Une vraie tête de carnaval, une tête énorme à cause des rouleaux de mise en plis de toutes les couleurs.

— Ça me fait plaisir de vous voir, l'Enfer. Et de vous voir avec une gentille petite. On disait que la quarteronne finirait bien par vous mettre le fil à la patte. Evelyn du diable et John l'Enfer — on se marrait. Pas moi, je ne suis pas une mystique. Dieu sait où ça vous aurait entraîné, l'Enfer, de vous coller avec cette révolutionnaire! Je n'étais pas dans Centre Street, le jour de votre sacrée manifestation. Mais j'ai tout vu le soir même, à la télé. Beau gâchis. Minable. Western à la con.

Au fur et à mesure qu'elle se souvient, elle parle plus vite, plus haut. Bientôt, elle s'exprime en italien, d'une voix saccadée. John l'arrête :

— J'ai promis à Dorothy qu'elle s'occuperait de la cloche.

Gina se calme, arrange ses bigoudis :

— Certainement, qu'elle pourra.

De son bras nu, elle entoure les épaules de la jeune femme :

« Ma grand-mère aussi était aveugle. Mais à Naples, ça n'avait pas tellement d'importance : là-bas, vous vous posiez sur le trottoir et vous laissiez la foule vous emporter. On est tous des bateaux. Donnez-moi la main, je vous montre votre chambre.

La serrure de la porte ne fonctionne pas. Mais il y a une targette qu'on peut pousser. Gina fait les honneurs de la pièce, tourne les robinets du lavabo, allume l'électricité, sort brusquement :

275

— J'ai un de ces emmerdeurs, en ce moment! Herr Doktor Schwanberg, c'est comme ça qu'il faut qu'on l'appelle. Pas beaucoup plus de vingt ans, ne se lave pas — qu'est-ce qu'il pue, la vache! Mais il se croit le plus grand metteur en scène de théâtre de la planète. Exige qu'on lui porte le petit déjeuner au lit. Suis la seule à accepter d'entrer dans la tanière du fauve. Un de ces matins, l'Enfer, je me le ferai.

John se tourne vers Dorothy :

— C'est vrai : Gina se les fait tous.

L'escalier gémit sous les pas de l'Italienne. John ouvre la fenêtre, approche une chaise :

« Assieds-toi là, tu entendras les bruits de la maison.

Dorothy obéit. Elle s'installe, les mains croisées sur ses genoux. Le soleil qui entre à flots fait paraître ses cheveux plus clairs, ses lèvres plus pâles. Elle ressemble à Romy Schneider poitrinaire dans un vieux film de la série des *Sissi*. Femme-sirop. Habitué aux boissons fortes, le Cheyenne tourne en rond dans la chambre. S'il a suivi une fausse route, le voilà piégé : le prochain carrefour est au printemps, quand le docteur Laedipark délivrera Dorothy Kayne de son bandeau. En attendant, c'est la cohabitation forcée. Comment manipule-t-on cette petite fille dans la nuit? Quels étaient donc les gestes, les attitudes, les paroles d'Ashton Mysha?

Tandis que John, pour se donner une contenance, défait la valise, Dorothy s'informe :

— Si nous ne sommes pas dans un asile, il faudra payer Gina. Avec quel argent?

— Je vais travailler. Deux cent quarante dollars par mois, on peut les trouver.

Il s'avance vers elle, la secoue :

« Pour commencer, arrête un peu d'être comme ça. Ils sont tous faibles, tous fragiles, chez Gina. Mais ils ne le montrent pas. Tu as déjà oublié ce qu'elle a dit? Ce Schwanberg, qui veut qu'on lui monte son café, sa confiture.

Dorothy relève son visage sans regard :

— Je serai ce qui vous plaît. Mais voyons, John, savez-vous au moins ce que vous voulez?

— Essaye de rire, dit-il, essaye de chanter. Ne sois pas pitoyable.

Elle lui sourit :

— Difficile d'être autrement, assise sur une chaise près d'une fenêtre ouverte.

Assise sur une chaise près d'une fenêtre ouverte — on ne va pas en faire toute une histoire! Si c'est ainsi, qu'elle se lève et qu'elle descende l'escalier, qu'elle aille dans la cour récolter des feuilles de laurier, sonner la cloche, mettre la lessive à sécher; on n'a pas besoin d'y voir, pour étendre du linge, il suffit de prendre une fois pour toutes la mesure de la corde du séchoir et celle des draps, ne pas avoir peur de se tremper les mains, de s'asperger le chemisier.

« John, pourquoi me gardez-vous, si je vous plais si peu?

Il ne répond pas tout de suite. Il réfléchit, tout en défroissant du plat de la main les quelques vêtements de Dorothy qu'il vient d'extraire de la valise.

Elle dit encore :

« Donnez-moi le numéro du bus pour l'université, rendez-moi mes affaires.

Elle se lève, repousse la chaise. Elle n'a pas eu le temps de repérer l'emplacement de la porte, elle se trompe de direction, se heurte à l'armoire et tombe sur les fesses. Elle ne bouge plus, la tête légèrement inclinée sur la poitrine. Sa robe blanche s'étale sous elle; elle joint les mains comme si elle allait prier.

— T'en aller? dit John. Tu ne peux pas, tu ne sais pas. C'est ça, qui est vraiment terrible. Tu es capable d'être belle, c'est tout.

Maman Pageewack ne dirait pas que Dorothy est belle. Elle lui donnerait des claques pour la remettre debout, elle déchirerait sa robe et ses joues; ce sont les Blancs qui ont introduit les poupées chez nous; avant, nos fillettes jouaient avec des figurines de bois grossièrement taillées, elles se rentraient des échardes dans le moelleux des seins, fallait presser dessus, sucer, on crachait de la salive sanglante à huit-dix ans chez les Cheyennes.

« Tout vient de cette chambre, fait John. Une seule chambre pour nous deux, faut être fou! Mais des chambres à part, ça coûterait trop cher. Près de cinq cents dollars.

Il va au lavabo, se brosse les dents, mouille ses cheveux :

« Je sors. Tu ne dois pas rester comme ça, je te vois dans la glace on voudrait te battre.

Il ira n'importe où. Prétexte : trouver du travail. L'essentiel est de fuir la chambre trop ensoleillée, trop silencieuse, avec cette Dorothy toute molle à l'intérieur. Fallait-il que le Polonais fût vieux, pour aimer ce laitage! Dès dix heures du matin, Greenwich Village est heureusement truffé de trous béants où le nouveau jazz répète.

Dans leurs appartements sous les toits, insonorisés à force de moquettes et de tapisseries, les ténors de la trompette bouchée se reposent. Ils ont encore dans les jambes les crampes de leur sacrée musique, ils relaxent sous des oreillers de satin leurs doigts brûlants, où le sang vient battre comme les *drums*. Alors, les jeunes sont venus; ils ont pris la relève sur les estrades étroites, des femmes de ménage promènent des serpillières entre leurs pieds pendant qu'ils jouent; ils resteront là jusqu'au soir, dans la pénombre de ces caves que la direction n'allume pas pour si peu. Quelques-uns sont descendus de Harlem.

Ils jouent sans interruption, pour un public qui a leur âge, qui n'a pas payé d'entrée, qui a les poches de ses blue-jeans gonflées par des bouteilles de soda et des sandwiches. Il faut apprendre à boire et à manger sans lâcher le saxo entre deux solos. Lorsque le jour tombe, on peut enfin s'essuyer les lèvres, une bouche éclatée comme celle d'un boxeur, un peu de sang sèche sur les embouts des clarinettes.

Dans les cavernes des maisons à pignons, il y a aussi des filles qui se prostituent pour leur seul compte. Et parfois pour leur seul plaisir : ici, on peut refuser le client, accorder des tarifs préférentiels. Elles ont toutes un mouchoir glissé dans la ceinture de leur pantalon : le mouchoir bleu signifie qu'elles sont masochistes; rouge, qu'elles ont une tendance dominatrice. Dans le sous-sol d'un marchand de musique imprimée, John choisit une amazone, une longue Noire bottée de cuir violet jusqu'aux cuisses. Il se fera fouetter par elle, piétiner, cracher dessus. Comme ça, il oubliera Dorothy Kayne si pâle, assise sur le plancher de chez Gina, sa robe blanche autour d'elle comme la corolle d'une grande fleur, son faux air de Romy Schneider dans *Sissi-je-ne-sais-quoi,* et Maman Pageewack qui n'aimerait pas ça du tout.

— Vingt dollars, propose John. Pour vingt dollars, tu me fais perdre toute fierté?

— Je t'écrabouille, dit la fille en riant.

Elle se redresse, se compose un visage de garce :

« Allez, passe devant. Je te suis, je t'indiquerai le chemin à voix basse. Si tu te fous dedans, je te cogne.

— Si je suis venu, dit John, c'est parce que je connais une petite. Je ne sais pas comment t'expliquer. Enfin, cette petite c'est une vraie petite. Pourtant, elle a trente ans. Mais elle a mis une robe blanche, et on est seuls tous les deux.

La Noire hausse les épaules : les obsessions des clients n'ont de prise sur elle que dans la mesure où elle doit les satisfaire, ce n'est pas le cas, alors elle ne se sent pas concernée du tout par les relations entre cet homme et la fausse petite fille en blanc dont il parle. A trente ans, on n'est d'ailleurs plus une fillette. Ou bien, on triche. Ou encore, on a tellement mal qu'on ne sait plus contre quel mur donner de la tête, et on va se réfugier pour finir sous ce masque dérisoire — une enfance prolongée, avariée par le temps qui passe.

Dehors, elle dit, brutale :

— On va changer de trottoir, on va marcher du côté du soleil, que les gens te voient, qu'ils rigolent en pensant à ce qui t'attend. Tout le monde me connaît, ici : Laura-la-chienne, l'Hitlérienne. Ne te retourne pas, y a pas nécessité, je sais que tu as des frissons.

Laura habite trois pièces en rez-de-chaussée. Il y a des carreaux de verre dépoli aux fenêtres, comme chez les dentistes, les masseurs. Au milieu du salon se dresse un pilori muni de grosses ferrures, avec un assemblage compliqué de poulies, de chaînes et de courroies. La Noire allume des bâtonnets d'encens. Elle dit à John de s'agenouiller. Il n'obéit pas, s'assied sur un des montants du pilori :

— Et pour dix dollars au lieu de vingt, j'aurai droit à quoi ?

La fille le dévisage. Cette fois, son mépris n'est pas une feinte :

— Écoute, avec moi ça ne prend pas. Si tu n'as pas les vingt dollars, tu sors.

Le Cheyenne a les vingt dollars, et même davantage. Mais il n'a plus envie de souffrir. Il regarde les instruments de torture accrochés aux murs, il sent monter en lui une sorte de nausée qui n'a rien d'excitant. Laura semble n'avoir pas encore compris, elle prépare une muselière :

« Tu vas porter ce bâillon, mon vieux, c'est à cause des voisins.

Elle s'avance vers John. Il baisse la tête :

— Je ne veux plus.

Laura hésite :

— Tu me joues la comédie, ou c'est pour de vrai?

Elle fait tourner la muselière autour de son poignet, soupire :

« On dirait que tu es sérieux. Quelle bande de cinglés vous êtes, tous!

— Je te demande pardon, Laura. Dans le sous-sol, j'étais sincère. Je vais te donner un peu d'argent pour te dédommager du temps perdu.

La Noire empoche les quelques dollars qu'il lui tend. Puis elle se ravise et les range dans une petite boîte en métal, parmi des compresses et des rouleaux d'albuplast. Elle explique :

— Des fois, je dois faire l'infirmière. *Après.*

La brusque dérobade de John ne l'étonne qu'à demi : cet homme n'a pas le genre de sa clientèle habituelle. Il y a dans le regard de l'Indien comme une espèce de désarroi ; et Laura sait par expérience que ce n'est pas la souffrance authentique qui fait le bon masochiste, celui qui se trémousse et qui, ensuite, offre une rallonge ou paye un verre dans le premier bar venu. Elle pose la muselière inutile sur un coin de table, John l'Enfer joue avec les poulies du pilori. Il dit, doucement :

— Ça ne tourne pas rond pour moi, Laura.

— Tu l'aimes, cette petite dont tu parlais tout à l'heure? C'est ça, qui ne va pas?

Il ne répond pas. La Noire s'est assise, elle ôte ses longues bottes de cuir violet, se masse les chevilles.

« Pourquoi tu ne vas pas la retrouver? demande-t-elle.

— J'ai peur.

Le printemps sera précoce, cette année. Et c'est au printemps que Dorothy Kayne doit recouvrer la vue, les médecins sont formels. Elle s'en ira de chez Gina, elle retournera à l'université. Surtout, ne pas jouer les apprentis sorciers, ne pas troubler l'orbite naturelle des étoiles sous peine de chaos. Dorothy dira peut-être à John de venir la voir sur le campus, l'après-midi à l'heure où le public est admis à visiter. Ils prendront un verre à la cafeteria, ils se feront de beaux sourires sans avoir rien à se raconter. Enfin, elle lui parlera de sociologie urbaine. Et lui, de la déliquescence des gratte-ciel. Il emploiera un autre mot, un mot bien à lui. Ils ne se comprendront pas, tous les deux. Il repartira, très malheureux. Il dit que l'amour de Dorothy est provisoire comme l'emploi.

Laura l'a écouté, les yeux écarquillés. Elle n'a pas saisi le sens de cette histoire. N'est-il pas normal qu'aucun amour ne dure? C'est déjà très beau quand ça résiste au changement de saison. Quelle importance? New York n'est pas un désert, c'est plein de garages et d'hôtels, on change de lit comme on change de voiture. Les premiers jours, sûrement, ça vous fait quelque chose. Tu seras dérouté, voilà. Tu ne retrouveras pas les mêmes pauvres cris, ni la même odeur sous les draps. Après, on s'habitue. La Noire se gratte une cuisse : toute la nuit, elle a lutté contre un moustique. Un moustique en hiver, dans Greenwich Village : même si New York est à la latitude de Naples, ça reste incroyable.

— Et tu l'as abandonnée toute seule dans sa chambre, les fesses sur le parquet?

N'était-ce pas ce qu'il avait de mieux à faire? Que serait-il arrivé, s'il s'était assis près d'elle? Il ne peut pas aimer une aveugle bouclée qui met des robes blanches, qui se cogne aux meubles et qui tombe. Il ne peut pas aimer Dorothy Kayne, puis la perdre. Jamais il ne s'est laissé émouvoir par autre chose que les fureurs de la mer.

Tant que Mysha était là, entre Dorothy et lui comme un garde-fou, tout allait bien. Et d'ailleurs, Dorothy ne portait pas de robe blanche; elle n'avait pas du tout cet air fragile. Il faut croire que le Polonais lui avait donné des dollars, et qu'elle les a dépensés dans la galerie marchande du West Continental. La robe blanche vient de là, John en est certain.

— Devant Gina, dit-il, Dorothy était toujours la même. C'est quand elle s'est assise sur cette chaise au soleil, les mains croisées sur ses genoux, devant la fenêtre ouverte...

Que Laura n'aille surtout pas s'imaginer que la robe blanche est un leurre, un phénomène de fixation, et qu'il suffirait de déshabiller Dorothy Kayne pour la retrouver comme avant.

S'il parle de déshabillage, c'est parce que la Noire est presque nue : elle se change avant d'aller chez le coiffeur, où elle se fera décrêper les cheveux. Elle dévisage John l'Enfer avec une stupéfaction qu'elle ne cherche pas à dissimuler :

— Tu l'aimes, c'est fou! Des choses pareilles, je ne croyais pas que ça pouvait exister. Pour un peu, je te rendrais ton fric et je te dirais merci. Seulement, j'en ai besoin. Toi, à présent, qu'est-ce que tu vas faire ?

Il faut qu'il remonte là-haut, sur les gratte-ciel d'où il n'aurait jamais dû descendre.

Un peu plus de midi, le bureau d'embauche est comble. On a apporté des bancs de l'école voisine pour permettre aux hommes de s'asseoir et de manger tranquillement leurs sandwiches. En jouant des coudes, John s'est approché du guichet. Il a décliné son identité, il a évoqué la trahison de Milous en fuite au Colorado. Il a dit qu'il ne connaissait pas le vertige, et qu'il voulait grimper.

On lui a demandé combien il souhaitait gagner, il a répondu que ce n'était pas le plus important. De toute façon, il ne pourra jamais économiser assez d'argent pour lever l'hypothèque sur la maison de bois dans Long Island. Sauf, naturellement, s'il gagne le procès *l'État de New York contre John l'Enfer*. Mais il n'y croit pas. On n'a jamais vu un seul Cheyenne l'emporter contre des millions d'hommes. Au mieux, il sera condamné à une amende que couvriront tout juste les douze mille dollars de la caution.

Maintenant, il attend. Il est dans un grand hall de marbre, avec des lustres immenses, éteints (ce sont peut-être des lustres fictifs, après tout, juste pour faire grandiose), avec des pancartes *No smoking,* lettres blanches sur fond rouge, accrochées par du fil de fer aux quinze colonnes.

Contrairement aux autres, John l'Enfer tient à rester debout. Venir quémander du travail est déjà assez humiliant en soi pour ne pas se vautrer sur un banc, comme certains, comme presque tous, et jouer sa canette de bière au poker. Il a reçu le numéro d'appel 2864. Dommage, ce n'est divisible ni par trois ni par sept. Alors, il compte tout ce qui se présente : les hommes, les carreaux brisés de la verrière là-haut (et aussi les carreaux intacts), les cigarettes clandestines qui fument derrière le paravent des doigts en coquille. Sans doute se serait-il diverti davantage s'il avait accepté d'être enchaîné au pilori de Laura. Il aurait alors subi une de ces souffrances télécommandées qu'on peut analyser de l'extérieur — en se disant : « C'est moi, ça, ce paquet ficelé, battu ? Tu vois, hein, vieille bête, ce que tu es capable de dépasser ! »

Dans le hall d'embauche, en bordure des beaux quartiers,

personne ne dépasse personne. Le dos appuyé contre une colonne, le Cheyenne espère que Dorothy Kayne a fini par se relever, qu'elle a défroissé sa jolie robe blanche, mis de l'ordre dans ses boucles. Gina a-t-elle pensé à monter un petit quelque chose à manger à sa nouvelle pensionnaire? Cette nuit, je ferai semblant de me coucher, mais je garderai chaussettes et souliers; et quand j'entendrai Dorothy respirer bien calmement, je me lèverai, je passerai par la fenêtre (évasion à travers un laurier), j'irai m'abrutir dans une boîte à jazz jusqu'au matin. Ensuite, j'aurai un emploi, j'enverrai l'argent directement à Gina, à charge pour elle de nourrir l'aveugle, de lui acheter du *Baby Soft,* de la lessive pour laver sa roble blanche. Gina ne risque rien, elle. Je sais bien qu'elle ne tombera pas sous le charme de Dorothy : Gina n'aime pas les femmes, et puis elle a déjà vu des robes blanches.

Sur le verso de sa fiche-questionnaire, John l'Enfer écrit des mots qui lui plaisent. Des mots qui ne sont pas reliés les uns aux autres, mais qui commencent tous par un grand D, D comme Dorothy : *Diamond, Day, Daisy, Difference, Destiny.*

Treize heures, des femmes vêtues de blouses investissent le hall. Elles portent des foulards à pois, poussent des balais à franges, semoncent les hommes sales, ceux qui écrasent les cigarettes interdites sur les dalles, font des boules avec les papiers gras et les cachent derrière les colonnes. Il y a encore ceux qui bouchent, avec de la mie de pain ou des débris de saucisses, les éraflures du marbre.

Et c'est comme d'habitude : on appelle d'abord les techniciens en plomberie et canalisations diverses, les électriciens, les spécialistes en macadam et goudron. Ensuite, les veilleurs de nuit, les garçons de salle, les manœuvres. Aujourd'hui, on demande des hommes-grenouilles; et il n'y a pas un seul homme-grenouille; alors, un peintre en bâtiment s'est approché du guichet :

— Moi, je veux bien. Je suis d'accord pour tenter le coup.

Dans une petite pièce voisine, deux médecins auscultent le peintre en bâtiment; et l'homme est refusé, pour un souffle au cœur; un typographe se présente, il est accepté, une voiture l'emmène vers le port, il y a encore des traces de vase sur la moquette de la Lincoln, on entend les bouteilles d'air comprimé cogner contre les parois du coffre.

— Rien pour moi, vous êtes sûre?

John l'Enfer appuie ses coudes sur le rebord du guichet. Il tend son jeton 2864, sa fiche-questionnaire qu'il a remplie en double exemplaire. La jeune fille derrière la vitre consulte son cahier :

— On n'a pas besoin d'un laveur de carreaux. Mais, j'y pense : qu'est-ce qui vous empêche de vous reconvertir? Vous savez, il y a des stages payés. Tenez, lisez ça.

Elle lui tend une feuille ronéotypée. New York engage des manœuvres spécialisés dans la manipulation des déchets domestiques et/ou industriels. Il s'agit d'embarquer à bord des trains de chalands qui font la navette à travers Upper Bay jusqu'à l'île où se dressent les incinérateurs d'ordures. La jeune fille sourit au Cheyenne :

« J'habite Staten Island, moi, monsieur, et je prends le ferry tous les soirs. C'est vous dire que je les ai croisées, ces péniches! L'été, il doit faire bon sur l'eau. Sans compter que c'est un métier qui a de l'avenir.

Le hall presque désert, à présent. Par les portes à gonds de cuivre, les hommes sont repartis. Ils se sont dispersés dans les bars des environs, ils commandent du lait pour ne pas entamer la paye à venir. On fait la queue devant les cabines téléphoniques sur le trottoir, pour prévenir une épouse, une mère, une fiancée. Aujourd'hui est un sacré grand jour, d'ailleurs il faisait beau, j'avais un numéro impair, ça devait tourner comme il faut. Et voilà, c'est gagné, Laureen, Kate, ou toi — M'ma Muffy.

La jeune fille du guichet, alors, devient bavarde. A croire que personne ne l'attend, elle. Peut-être parce qu'elle a eu un bec-de-lièvre, qu'on l'a opérée, et que ça se voit encore — malgré tout. Enfin, elle vend ses péniches d'ordures comme s'il s'agissait de paquebots de croisière :

« On prétend que la ville se vide, monsieur. C'est n'importe quoi. On n'a jamais vu autant de saletés dans les rues. On en verra de plus en plus, à cause des emballages. Tout est emballé, monsieur, c'est terrible, une vraie plaie, je prends des heures à découper selon le pointillé, à arracher des languettes, à enfoncer le pressoir à la place marquée d'un ovale.

Elle rit, reprend son souffle :

« Tout ça, vous comprenez, finit dans la rue. Faut le brûler. Les gens, ça ne leur plaît pas. Convoyer des ordures, ils se sentent humiliés. C'est correctement payé. Et puis, faire ça ou autre chose...

John s'éloigne. Il dit :

— Grimper. Je voulais grimper.

Gina surveille l'Indien du coin de l'œil. Elle regarde monter la colère du Cheyenne de la même façon qu'elle contrôle, chaque matin, l'ébullition du lait : prête à réagir au moindre frémissement.

Elle s'explique :

— Écoutez-moi, l'Enfer, je ne suis pas un centre de détention. Je n'ai pas à soupçonner mes locataires de vouloir faire la belle. Enfin, pas systématiquement. De vous à moi, qu'est-ce que je devais lui dire, à cette fille, pour l'empêcher de sortir? Qu'elle était aveugle, hein? Bravo, c'est comme ça qu'on fait des infirmes à vie. Des traumatisés.

Gina va vers la fenêtre donnant sur la cour; une fenêtre qu'elle a ouverte ce soir pour la première fois depuis octobre :

« Et après, qu'est-ce que ça change pour elle, qu'il fasse nuit?

— Pour elle, rien. Sauf que les voitures vont plus vite.

Gina hausse les épaules : se faire écraser dans Greenwich Village après vingt heures, il faut le vouloir. Ce n'est pas un axe rapide, les voitures n'ont aucune raison sérieuse de foncer à travers le lacis comme sur les highways. Ici, au contraire, on flâne; le talon sur la pédale du frein, ou tout près, pour pouvoir s'arrêter pile en cas de rencontre.

Dans des marmites en aluminium, la paella du vendredi soir achève de cuire à feu doux. Bientôt, Gina devra plonger dans le bouillon les queues des langoustes congelées venues de Tristan da Cunha ou du Cap par avions-cargos. L'Italienne quitte la fenêtre, s'adosse à la poutre de bois verticale, face au fourneau :

— Vous vous faites des idées, l'Enfer. La petite reviendra. Je vous conseille d'essayer de vous saouler. Et tenez, c'est la maison qui régale. Avant que les murs se mettent à danser la gigue, Dorothy sera de retour. Avec la bonne mine, les joues rouges, et ne sachant pas très bien ce dont elle a le plus envie : manger, aimer, dormir. Les trois à la fois, peut-être? Je vous monterai un peu de paella dans votre chambre, une portion pour deux, il n'y a pas meilleure paella que la mienne dans tout New York.

John ne répond pas. Son cœur bat comme en haut des gratte-ciel, quand le vent se levait, quand il avait peur. Il traverse la salle à manger. Devant le couvert réservé à Dorothy, Gina a placé un bouquet d'anémones en signe de bienvenue.

La serviette, avec son rond de plastique posé dessus, est blanche comme la robe que portait Dorothy Kayne, ce matin encore.

S'il faut en croire Gina, la jeune femme a quitté la pension peu après quatorze heures. Elle n'a emporté que sa brosse à dents et des compresses de rechange pour son bandeau.

Pas d'itinéraire privilégié, il va falloir s'en remettre au hasard. Première hypothèse : Dorothy aura eu la prudence de ne pas changer de trottoir, elle aura suivi la courbe naturelle des maisons, ses doigts courant le long des murs. Dans ce cas, John a peut-être une chance de la retrouver : parce que, sans le savoir, Dorothy tournera inlassablement autour du bloc ; il suffit alors au Cheyenne de se poster sous un réverbère, un feu rouge, n'importe où, et d'attendre qu'elle lui tombe dans les bras, qu'elle lui revienne dessus comme une étoile en fin d'ellipse.

Mais si Dorothy a choisi la fuite pour de bon, elle sera passée de l'autre côté de la rue. Du coup, elle sera imprévisible jusqu'au bout de la nuit, et même au-delà. Voyez les chats, ils ne suivent pas de chemin logique sur les toits, dans les jardins, enfin nous n'y comprenons rien, c'est la chance, elle toute seule, qui nous fait croiser les chats.

Maintenant, toutes les enseignes sont allumées. Néons bleus ou rouges pour le jazz (bleu pour *blues,* rouge pour *hot*), tubes livides au-dessus des caves-théâtres d'avant-garde. Il y a des tableaux géants dans les vitrines des galeries, l'obscurité fausse tout, on croit aller vers l'horizon de Cornelia Street et on se cogne le front contre un carreau.

John remonte Bleecker Street jusqu'au carrefour de Sullivan, il prend à droite vers Washington Square. Si Dorothy s'est égarée quelque part, c'est dans les Mews, les îlots silencieux au nord du rectangle vert : aucun aveugle ne saurait franchir ce labyrinthe d'ateliers et de cours aux tracés fantaisistes, avec des palissades et des haies comme des pièges. Mais il est possible qu'une porte se soit ouverte pour Dorothy Kayne, parce que les habitants de Washington Mews aiment ce que les autres ont rejeté. On dit qu'ils font des œuvres d'art en soudant de vieux radiateurs avec des boîtes de conserve, on dit aussi qu'ils fouillent les poubelles au petit matin. Si cela est, Dorothy repose dans une chambre secrète; et tous les grands garçons fous sont à genoux près d'elle endormie, ils dessinent son visage, son corps, à l'aide de pâte dentifrice, de bleu de méthylène, de ruban adhésif.

Washington Square, et John l'Enfer s'élève par-dessus les obstacles. Il retombe parmi des plants de tulipes, sur un ovale de gazon. Il s'arrête un instant, s'accroupit et observe les buissons et les arbres. Il sourit : ici, au cœur de la ville, la nature est en avance sur le printemps. Il y a dans Washington Square des éclosions que seul un Indien peut voir, mesurer. John a toujours su que le béton n'aurait pas le dernier mot, que le temps viendrait qui relancerait la croissance des forêts sur ce périmètre de Greenwich Village, autrefois territoire de la tribu indienne des Sapokanikan.

Une force mystérieuse, probablement très profonde, reverdit les herbes et noue les racines plus haut que d'habitude au-dessus de la terre. Maman Pageewack, qui est superstitieuse, dirait que ce sont les esprits des Sapokanikan qui préparent leur revanche sur les allées goudronnées. John l'Enfer, lui, ne croit pas aux ancêtres. S'il collait son oreille dans la poussière, le Cheyenne entendrait sous les massifs de Washington Square le souffle des eaux souterraines ébranlant les fondations de la ville à la manière d'une sève puissante. Parce qu'il y avait des rivières, ici; des rivières et des forêts; et ça revient du fond des temps, ça patiente, et ça s'empare — à la fin.

John appelle, doucement pour ne pas effrayer les oiseaux :

— Dorothy, tu es là? Sors de ton buisson, si tu es là, n'aie pas peur.

Mais Dorothy ne répond pas, alors c'est que Dorothy n'est pas là.

Au fur et à mesure qu'il s'éloigne de Greenwich Village, l'Indien perçoit des signes. D'abord, il y a ce phénomène étrange des deux soupirs dans le ciel : en effet, deux vents opposés glissent au-dessus de New York, le vent d'est et le vent d'ouest. Les masses d'air vont à des altitudes différentes, sans se contredire; elles créent pourtant comme un appel qui arrache au macadam des tourbillons de débris minuscules, brins de tabac, effilochures de laine, insectes.

Le frottement de ces deux vents l'un sur l'autre produit un chant monotone et grave. Dans la partie basse de la ville, des gens avaient ouvert la fenêtre de leur chambre pour jouir de la tiédeur inhabituelle de la nuit ; maintenant, ils se relèvent et ferment tout, même les rideaux.

Sur la mer, il y a des aigrettes d'écume courte et pelucheuse.

Dans les tours du contrôle aérien de Kennedy Airport, La Guardia et Newark, les techniciens redoublent de précautions : en descendant vers les pistes, les quadriréacteurs adoptent des balancements malsains, ne sachant plus sur quel vent prendre appui. Tant pis pour l'encombrement, on applique la procédure d'approche interminable, celle qui n'est en vigueur que les jours de grève du zèle.

John l'Enfer regarde les gratte-ciel qui se découpent au-dessus des toits biscornus de Washington Mews. Des nuées filent à grande vitesse devant les vitres illuminées, ce sont des vapeurs et des traînées de poussières volantes. Ce soir, il ne ferait pas bon grimper là-haut ; même à bord d'un de ces ascenseurs extérieurs qui remplacent les dangereuses bêtes-à-ventouses, ces ascenseurs que Milous n'a jamais voulu acheter, le salaud, sous prétexte que le progrès technique est souvent l'ennemi d'une saine gestion d'entreprise.

Le Cheyenne sait qu'une longue vibration s'est emparée des buildings ; elle n'est perceptible que lorsqu'on s'accroche à la façade, quand le corps ne fait plus qu'un avec le gratte-ciel : alors on peut entendre les vitres battre dans leurs cadres, et la musique d'orgue des tuyauteries. John n'aime pas ce frisson de la pierre, du verre et du plomb : c'est un mauvais présage.

Il entre dans un bar, commande un verre d'alcool, téléphone à l'université. Comme il s'y attendait, on lui répond que Dorothy Kayne n'a pas réintégré sa chambre ; que, d'ailleurs, on n'a aucune nouvelle de la jeune femme depuis des mois — sauf ces certificats médicaux qu'on reçoit chaque semaine, sans même une carte de visite. Et la standardiste de veille à l'université insiste :

— Vous connaissez donc miss Kayne ? Qui êtes-vous ? C'est réellement stupide, cette chambre qu'elle n'occupe pas ! Croyez-vous que nous puissions l'attribuer provisoirement à quelqu'un d'autre ?

Dans ce cas, il faudra que miss Kayne vienne chercher ses affaires.

John l'Enfer raccroche. Doit-il avertir la police qu'une aveugle erre dans la ville, qu'elle risque de s'engager sans le savoir dans telle ou telle zone dangereuse? Ce sera bientôt l'heure de fermeture des restaurants, des salles de spectacle, les rues vont se vider. Mais pas pour tout le monde : il y aura des embuscades comme il y en a toutes les nuits, des pugilats silencieux — rien que le crissement de l'étoffe déchirée par une lame, le son mat d'un poing fermé martelant un visage. Or, il ne faut pas toucher à Dorothy. Ne pas lui ôter son bandeau. Les médecins sont formels : un choc, un éblouissement, et la jeune femme perdra la vue pour toujours.

D'un autre côté, la police ne prendra pas l'état d'alerte pour une femme en fugue. S'agit-il d'une fugue, d'ailleurs? John ne peut rien prouver. Peut-être Ashton Mysha a-t-il confié une adresse à Dorothy :

— Si tu en as marre de cet Indien, *kitten,* si tu veux lui fausser compagnie, va à tel endroit. Dis que tu viens de ma part.

C'est ce qu'elle aura fait. Sans se confier à personne, sans laisser le moindre mot : elle sera partie comme elle était venue, discrète, pour ne pas faire de peine à John.

Le Cheyenne demande un autre verre d'alcool. Il sourit au garçon qui le sert :

— Si j'en veux encore, refusez. Empêchez-moi de boire davantage.

Le garçon hoche la tête, essuie son front en sueur au pan de son tablier :

— Si c'est tout ce que vous avez trouvé pour vous désintoxiquer. mon vieux, vous n'êtes pas tiré d'affaire! Parce que moi, je vous servirai tant que vous ne serez pas ivre. Il y a un règlement, dans cette boîte, et je l'applique.

Le Cheyenne approuve. Au fond, c'est ce qu'il espérait. Ce garçon est là pour remplir des verres et pour coincer des saucisses tartinées de moutarde entre deux tranches de pain. *That's all, folks.* Ce ne serait pas vivable, s'il fallait constamment se mêler des histoires des autres.

— Excusez-moi, dit John.

Il se juche sur un tabouret, s'accoude au comptoir :

« Et remettez-moi ça!

A quelques pas de là, près de la 14e Rue ouest. Sur l'écran d'un rideau de mousseline éclairé de l'intérieur, au deuxième étage d'un immeuble en brique, se dessine une femme en ombre chinoise. Elle avance puis recule, elle prend ses distances. Avec on ne sait qui, on ne sait quoi. Des boucles lourdes retombent sur ses épaules. Et puis, à hauteur de sa nuque, il y a comme un papillon aux ailes déployées : si c'était le nœud, un peu flou, qui attache un bandeau ?

John l'Enfer revient sur ses pas. Il s'arrête sous la fenêtre, il se met à espérer comme un fou.

La femme n'est pas seule. D'autres silhouettes vont et viennent autour d'elle. Parfois, l'une de ces silhouettes brandit un long bâton ; ce doit être une canne. On entend des bouffées de musique, quelques rires, de petits cris apeurés. Maintenant, la canne s'abat avec violence sur la tête de la femme. Celle-ci s'effondre avec grâce, au ralenti ou presque. Alors, les autres silhouettes se figent. Le Cheyenne tire à lui l'anneau de laiton qui commande l'ouverture de la porte. Une voix calme résonne dans le microphone mural :

— Tu arrives bien tard, Arthur. Enfin, monte quand même. Ascenseur B, palier 2, appartement 218.

La femme est étendue sur la moquette. On la gifle avec une serviette imbibée de vinaigre. Ce que John a pris pour le nœud d'un bandeau n'est qu'un pansement irrégulier.

Les hommes penchés sur la femme évanouie se relèvent un à un. Ils dévisagent l'Indien, avec étonnement. Ils sont très jeunes, ils portent la barbe, ils sont vêtus de maillots de corps souillés de taches brunes. L'un d'eux s'approche du Cheyenne :

— Tu n'es pas Arthur. Alors, qui es-tu ? Qui t'envoie ? Tu dépends de quelle section ? Nous attendions ce soir un représentant d'East New York. C'est toi, oui ou non ?

John ne répond pas. Il s'agenouille près de la femme sans connaissance, demande :

— Pourquoi vous lui avez fait ça ?

L'Indien apprendra qu'il se trouve au QG de la phalange ouest des Groupes d'assistance révolutionnaire. Ici, on s'exerce à supporter les matraquages policiers. Pour l'entraînement aux *sévices divers* (depuis le crachat dans la bouche jusqu'au fameux supplice de la baignoire), il y a d'autres appartements, aussi cossus que celui-là, répartis à travers toute la cité. L'homme qui s'est adressé à John (il prétend s'appeler Tommy) dit encore :

— Rien de mal à ça, pas vrai? Si ça leur chante, les flics peuvent venir. On n'a rien à cacher.

L'Indien regarde autour de lui. Les murs sont tapissés de posters psychédéliques représentant Mao Tsé-toung, Lénine, Fidel Castro, une fille nue dans un champ de blé, une capsule spatiale frappée du sigle de la NASA. Tommy allume une cigarette :

« Tu crois que nous sommes communistes? Tu te trompes. On sait quand même jusqu'où on peut aller trop loin.

La femme, enfin, s'éveille. Elle secoue sa tête blessée.

— Bande de sacrées vaches, dit-elle.

Tommy l'embrasse :

— Tu vas te reposer, mon chou. Ginger a cogné fort, c'est vrai.

Le nommé Ginger fait tourbillonner sa canne entre ses doigts ·

— A présent, elle connaît la vérité.

Tommy se tourne vers John :

— Tu vas comprendre. Demain, nous descendons sur Washington. On a nos places retenues sur le premier vol United Airlines. Il y a une manifestation prévue devant la Maison-Blanche, sur le coup de midi. Contre Richard Nixon, cette pourriture.

Le Cheyenne fait remarquer que Richard Nixon n'est plus président des États-Unis. Il demande :

— Est-ce que vous ne savez pas que Nixon a démissionné, les gars? Gerald Ford l'a remplacé, selon les règles de la Constitution, et puis Jimmy Carter a gagné les dernières élections.

La femme abîmée s'est levée. Elle chancelle et dit, tout doucement :

— Ça ne nous intéresse pas. Pourquoi se poser tant de questions? On ne t'a donc jamais appris que la révolution serait incohérente, ou bien qu'elle ne serait pas?

De ses narines coule un peu de sang, qu'elle essuie du revers de sa main. Tommy prend le bras de John l'Enfer :

— Ne t'inquiète pas, elle est un peu secouée. Normal, non? Tu es arrivé trop tard, tu n'as rien vu d'intéressant. Mais tu connais notre adresse, alors reviens un autre soir. On se réunit ici le deuxième vendredi du mois.

Une heure du matin. Un troisième vent a rejoint les deux premiers ; celui-là s'engouffre dans la ville en rasant la bordure des trottoirs, il se glisse sous les portes closes, agite les poubelles ; il souffle du nord, il a pris naissance dans les forêts d'érables.

John l'Enfer, les épaules voûtées, longe les murs. Quand ils l'aperçoivent, les chauffeurs de taxis gagnent le milieu de la chaussée. Ils redoutent ces ombres qui peuvent à tout instant se précipiter vers eux, ouvrir les portières de la voiture, sortir un pistolet de dessous leur blouson. Et quand bien même les portières du taxi seraient verrouillées, on a vu des ombres plus audacieuses encore qui fracassaient les vitres latérales en y lançant des pavés, et qui s'allongeaient sur le capot en vous braquant à travers le pare-brise. Dans ce cas, la seule solution consiste à freiner brutalement pour déséquilibrer l'ombre — puis à l'écraser, en roulant sur elle.

Mais c'est alors que l'ombre crie, meurt comme un homme, et les ennuis commencent.

Quant à lui, John s'en moque ; il n'a pas l'intention d'arrêter un taxi. Quelle destination absurde donnerait-il au chauffeur ? Il n'a d'autre choix que de continuer à remonter Manhattan vers le nord, à pied, en appelant Dorothy à voix basse quand il pénètre dans une zone plus obscure.

Parfois, dans la pénombre justement, il croit reconnaître la jeune femme ; et ce n'est jamais qu'une petite noiraude dégingandée qui se sauve, affolée par le pas de l'homme. Elle guettait pourtant, elle racolait, cette jolie négrillonne de douze-treize ans ; mais voilà, au moment de passer à l'action, la gosse prend peur, s'envole, s'engouffre dans une cave froide où il y a des ancêtres à elle qui ronflent en faisant trembler leur grosse bouche.

Il y a des lumières dévoilées puis masquées, des entrebâillements de portes, des courses furtives dans les escaliers.

John l'Enfer remonte la 7ᵉ Avenue jusqu'à Times Square, à la recherche d'une cabine téléphonique libre. Mais la plupart ont été investies par des solitaires qui épluchent les petites annonces des magazines pornographiques, moins pour faire l'amour que parce qu'ils ont peur de s'endormir sans personne auprès d'eux. Le téléphone reste leur dernière chance de se trouver une compagne : passé une heure trente du matin, les jeux sont faits, il n'y a plus une seule entraîneuse disponible dans Broadway. John doit parfois patienter de longues minutes devant les cabines occupées. Sans manifester d'agacement, surtout : les hommes sont nerveux, dans les étroites cages de verre; et plus nerveux encore quand ils en sortent sans avoir obtenu le résultat espéré.

Pour la dixième fois peut-être, le Cheyenne appelle Gina. En vain : Dorothy n'est pas rentrée à la pension de Bleecker Street, elle n'a fait parvenir aucun message. Elle n'aurait jamais existé que ce serait pareil. Et Gina, la voix fêlée, supplie John de bien vouloir cesser de téléphoner, de la laisser dormir.

— De toute façon, dit-elle, j'ai fermé les volets. Alors, merde.

— Il se passera quoi, si la petite revient?

— Je n'en sais rien, l'Enfer, et je vous jure que je m'en fous. Je ne gagne pas assez de fric pour me payer un portier de nuit. Et puis, les soirs de paella, je finis sur les genoux. Essayez de comprendre.

John insiste :

— Si elle tambourine, si elle lance des cailloux contre les volets, il faudra descendre lui ouvrir. Dites-moi que vous descendrez, Gina.

L'Italienne se met à hurler, puis elle raccroche.

Ce serait l'été, on se dirait : « Tiens, il va y avoir un orage. »

L'Indien regarde la lune, elle est jaune sale à travers les buées empoisonnées qui montent de la ville. Autrefois, la lune parlait. On se fiait à elle pour connaître l'avenir. Mais les Cheyennes d'aujourd'hui ont perdu le langage de la lune. Elle flotte, là au-dessus de la tête de John l'Enfer, et il a oublié l'alphabet de la lune. D'ailleurs, il ne l'a jamais su. Il y a tellement longtemps, tout ça. Difficile, aussi. La lune, c'était davantage la clef d'un code qu'un langage propre : il fallait relier les paroles de l'astre à d'autres paroles, les paroles des herbes couchées sur la plaine, les paroles des coyotes, des bisons qui ne se déplacent pas de la même façon selon qu'ils flairent la naissance ou la mort chez les hommes.

Et New York, à présent? Qui sait ce que New York essaye de nous dire, cette nuit? Tous ces circuits électriques dans New York, électroniques, tous ces radars, ces clignotants, ces cadrans à affichage digital, ces téléviseurs, ces chaînes hi-fi, ces machines à laver des voitures, à repasser du linge, à sécher des cheveux, à dégraisser des wagons de métro — forcément, ça nous parle. C'est confus, et ça ne devrait pas l'être, l'Indien est comme une mère, il est sûr que la ville a mal quelque part, il la devine dans ses borborygmes, éructations, râles divers.

Le Cheyenne s'éloigne de Times Square. Il va s'asseoir sur un banc dans Channel Garden, protégé du triple vent fou par les immeubles du Rockefeller Center. Travaillant à la lueur de projecteurs alimentés par un groupe électrogène, des ouvriers achèvent de dépouiller les jardins et les buildings de leur somptueuse décoration des fêtes de fin d'année. Ça sent bon la résine de sapin, mais ça pue le plastique qu'on brûle, c'est selon.

John l'Enfer ne restera pas longtemps dans Channel Garden. Il finira par se lever, importuné sans arrêt par des policiers en patrouille qui veulent savoir qui il est, ce qu'il fait là. Vérifications interminables, suspicion, questions stupides, on perd vite le fil de son cauchemar.

— OK, dit-il, faites pas chier, je m'en vais.

Mais un flic lui barre la route :

— On ne vous a pas appris la politesse?

L'Indien sourit :

— Quoi, quelle politesse? La vraie politesse, *sir*, c'est de partir. Quand on ne veut plus de vous, quand vous n'y comprenez plus rien, vous dégagez la piste.

5e Avenue, 42e Rue, le Cheyenne ira jusqu'à la gare souterraine de Grand Central Terminal. Il y a là une cafeteria qui reste ouverte toute la nuit.

Une voiture de police a suivi John, roulant doucement. Et puis, elle est redescendue vers le sud de Manhattan, sirène hurlante. Vers un vrai drame, peut-être.

On a le droit de rester bien au chaud jusqu'au matin dans la cafeteria de Grand Central Terminal, à condition de consommer un petit quelque chose toutes les heures. Pour protéger le sommeil de ses clients, la direction fait débrancher le juke-box à minuit. Alors, on s'assoupit sur les banquettes; à intervalles réguliers, le serveur vient vous secouer, il est ponctuel mais amical :

— Je renouvelle? Voyons, c'était un quart de limonade...

— Vous ajouterez un téléphone, dit John.

Il se faufile dans les sous-sols, parmi des femmes qui jettent dans les cuvettes de la poudre détergente, désodorisante, anticalcaire ; ce sont des Noires, elles ont récolté des cacahuètes et des fleurs de coton avant de venir s'échouer dans la grande ville ; enfin, sur le bord du rivage, tout juste : elles ont loué une petite chambre aux abords immédiats de la gare, on ne sait jamais, des fois qu'il leur prendrait l'envie de repartir pour le Sud, la peine. Mais aussi pour le soleil, les alouettes, et ça compte.

John compose le numéro de la pension. Les femmes chantent dans son dos, chanson basse et tragique : un planteur avait deux fils, il possédait deux champs, la guerre tua les deux fils, le feu ravagea les deux champs. Gina dort. Elle fait peut-être semblant. En tout cas, elle a tenu parole, elle ne s'est pas levée.

Le Cheyenne regagne la salle, une foule s'est endormie sur des chaises réunies deux par deux. Il y a, au-dessus du comptoir, une immense ardoise où le serveur inscrit le numéro et la destination des trains de nuit. Il efface, d'un coup de torchon, au fur et à mesure des départs.

John l'Enfer tente de se rappeler quand et comment il a perdu Dorothy Kayne. Il n'aurait jamais dû quitter la jeune femme, ce matin ; au fait, pourquoi a-t-il eu tellement peur de sa robe blanche, de ses mains croisées, de sa tête inclinée sur le côté ?

Il fait signe au serveur :

« Remportez la limonade, donnez-moi du café. Très fort, s'il vous plaît.

Mais quand on dépose la tasse devant lui, il dort déjà. Il serre contre sa poitrine une corbeille à pain en matière plastique. Il s'imagine peut-être que c'est une femme.

Les chiens attaquent à huit heures du matin dans l'enceinte de Fort Tryon Park, au nord-ouest de Manhattan.

Sans doute y a-t-il eu d'autres assauts sporadiques dans le courant de la nuit, contre des personnes isolées. Dans les heures qui suivent, des milliers de témoignages, plaintes et rapports vont affluer au central opérationnel de la police — et tous feront état du comportement illogique, parfois agressif, de chiens errants. Sur ordre d'Ernst Anderson, on classera sans même l'analyser cet énorme volume de paperasses, quitte à l'étudier plus tard en profondeur.

Les chiens de Fort Tryon Park sont une douzaine. Pour la plupart, des pointers et des bull-terriers. Ils sont efflanqués, mais leur poil est resté lisse, souple et fourni : preuve qu'ils ont trouvé dans les Alleghanys une nourriture de qualité, sinon abondante.

Ils développent leur attaque avec une intelligence indéniable : certains d'entre eux se couchent devant la porte d'entrée que vient de franchir l'équipe des jardiniers de Fort Tryon. Les babines retroussées, prêts à bondir, ils empêchent ainsi toute retraite. Les autres, dissimulés derrière l'écran des massifs, accompagnent silencieusement le véhicule électrique qui emmène les hommes vers les pelouses.

Lorsque le chef d'équipe Doug Buckner devine enfin la présence des chiens, il est trop tard. Buckner comprend aussitôt qu'il sera impossible d'éviter le combat. Les bêtes ont franchi le rideau des buissons, elles encerclent le chariot électrique. Les poitrails raclent les graviers de l'allée, les pattes s'allongent démesurément. Buckner pâlit. Peut-être se demande-t-il si les forces sont également réparties entre ses hommes et les chiens, si le duel sera loyal — et la réponse est non. A une centaine de mètres de là, dans un abri en tôle, un réveil se met à sonner ; puis on entend la sirène d'un remorqueur qui descend l'Hudson, et le grondement des camions sur la route en contrebas.

Les chiens continuent d'avancer vers le chariot et sa remorque.

— Ils vont se jeter sur nous, dit alors Buckner, ils ont dans la tête l'idée de vouloir tous nous bouffer. Je crois qu'il vaut mieux arrêter le chariot, et faire face.

Dans la remorque, il y a des outils de jardinage : herses, râteaux, pioches, bêches, autant d'armes. Les chiens n'avaient pas compté avec, ils vont en mourir.

Pour aller plus vite, les ambulances et les voitures de police défoncent les dunes gazonnées de Fort Tryon Park. Elles rebondissent sur les trous de taupes, écrasent les mini-canaux d'irrigation, il y a longtemps que les chauffeurs n'ont pas été à pareille fête.

Les policiers portent tous des lunettes fumées, à cause du soleil qui monte, éblouissant. Aujourd'hui encore, on fera comme si c'était le printemps. La Ford du service vétérinaire dérape sur le gravier, freine juste devant les cadavres des bull-terriers éventrés. On va prélever, à une vitesse record, la bave et les urines des bêtes ; et les matières seront analysées aussitôt, dans le compartiment arrière de la voiture.

Ernst Anderson a tenu à se rendre sur les lieux. Il a soigné son entrée, son véhicule de service est précédé de motards. Il se fait servir un gobelet de thé bouillant, prononce quelques paroles réconfortantes à l'égard des jardiniers ; ceux-ci contemplent les chiens morts comme on regarde un tableau de chasse, avec fierté, un peu étonnés tout de même d'avoir réussi un pareil massacre en si peu de temps ; mais ce matin, du moins peut-on invoquer la légitime défense. Doug Buckner a été mordu à la main droite, il s'assied sur le hayon d'une ambulance pour se faire panser et répondre aux questions des journalistes.

Anderson ne croit pas à une attaque concertée des chiens ; mais qui peut dire ce que pensent Baumstein et Cadett, et quelles mesures spectaculaires ils s'apprêtent à prendre ? Alors, Anderson revient vers sa voiture, branche son radio-téléphone et dépêche une nuée d'hélicoptères sur les monts Alleghanys : il éprouve le besoin subit de connaître avec une précision de cartographe les mouvements des chiens sur les pentes de la montagne.

Les journalistes applaudissent, et se hâtent de transmettre une information selon laquelle l'US Air Force contrôle l'ensemble de la situation. Anderson se garde bien de préciser que les appareils qui viennent de décoller appartiennent au service de surveillance et de sauvetage de la police municipale — et non à l'Air Force.

De toute façon, les officiers aviateurs chargés des relations avec la presse ne tarderont pas à rectifier. En attendant, Ernst Anderson passe pour un homme qui peut donner des ordres aux forces aériennes des États-Unis, et c'est un bon point pour lui : lorsque le rectificatif officiel tombera sur les téléscripteurs, il sera trop tard, la grande idée se sera frayé un chemin.

L'un des hélicoptères est équipé d'une caméra électronique à haute fréquence. Les images captées par l'objectif sont reproduites sur une batterie de téléviseurs installés à bord d'un camion spécial. Ce matin, les pentes des Alleghanys sont particulièrement photogéniques : une neige mourante, cristalline, s'accroche encore aux rochers orientés au nord, le jeune soleil y dessine de longues coulées d'un rouge vif.

De deux choses l'une : ou bien les chiens se terrent, ou bien ils sont déjà entrés dans New York.

Et c'est naturellement la seconde hypothèse qui est la bonne.

A neuf heures trente, on signale des caniches fous à proximité de l'Empire State Building. Sans doute ont-ils été attirés jusque-là par les poussettes des vendeurs ambulants de saucisses. Quelques chiens se sont infiltrés dans le hall, ils ont pissé contre les murs de marbre, ils ont finalement été rejetés sur le trottoir de la 34e Rue. Maintenant, la foule s'écarte devant eux.

A onze heures, on comprend mieux. De toute évidence — et si tant est qu'ils aient un projet — les chiens ne cherchent pas à tuer : ils se contentent d'occuper les lieux. Ils fuient les artères encombrées, se rassemblent dans les squares et dans les parcs. On suppose qu'ils sont descendus des Alleghanys à cause de la fonte prématurée des neiges, parce que des torrents de boue submergeaient leurs gîtes.

Une chose est certaine : les chiens n'obéissent plus à la voix humaine, ni aux sifflets à ultrasons.

A midi, ayant traversé Manhattan d'ouest en est, ils occupent

Randall's Island, Ward's Island et Welfare Island. Beaucoup se sont perdus dans les eaux tumultueuses de l'East River, en tombant du pont piétonnier qui relie Manhattan à Ward's Island à hauteur de la 102e Rue. Ces noyades démontrent assez que les chiens n'ont pas acquis, au cours de leur séjour dans les montagnes, une capacité physique leur permettant de résister à des exercices violents. On en déduit que leur marche d'approche sur New York fut lente, mesurée ; qu'ils ont temporisé, dormi de longues heures dans les fossés bordant les autoroutes, sous les piles des ponts.

Les chiens survivants assiègent sans hargne les bâtiments hospitaliers de l'île. Des infirmières de Ward's Island reçoivent des blâmes pour les avoir nourris en leur jetant la nourriture refusée par les malades.

A présent, la police peut fixer l'ordre de grandeur de l'invasion : on estime généralement que douze à quinze mille chiens ont franchi les ponts au-dessus de l'Hudson ; ce chiffre correspond approximativement au nombre des animaux déclarés perdus ou échappés entre le 1er janvier 1976 et le 1er janvier 1977. La plupart des associations de protection de la nature et du monde animal prennent contact entre elles, et publient un communiqué selon lequel elles récusent toute forme d'intervention armée.

— Ces bêtes s'en iront comme elles sont venues, déclare le président Anton Bergovitch. Tout ce qu'elles sont en mesure de faire, c'est de gêner la circulation. Fait-on intervenir l'armée quand il y a une grève des transports urbains? Si l'on excepte l'incident de Fort Tryon Park, les chiens se tiennent tranquilles là où ils sont. Ils se reposent. Ce qui s'est produit dans les jardins de Fort Tryon défie l'imagination. Je suis, quant à moi, convaincu que les hommes ont provoqué les chiens.

Ce n'est pas vrai, pense Doug Buckner. Si nous n'avions pas réagi, les animaux nous égorgeaient. *Ils étaient là pour ça.*

Le sénateur Cadett a rejoint Ernst Anderson quelque part sur Henry Hudson Parkway. Précédées par un écran de motards, les deux voitures roulent flanc contre flanc. Mais on communique par ondes courtes, sans doute parce que c'est plus solennel.

— Je vous parle au nom d'Isaac Baumstein, hurle Cadett dans son micro — et sans tourner la tête. Je sais bien que vous nous haïssez, mais je vous propose tout de même une espèce de trêve.

— Voyons, Cadett, nous n'en sommes pas là.

— D'accord avec vous. Après tout, un chien n'est jamais qu'un chien. Seulement, il y a des gens qui ont peur. En ce moment, ils sont dans Civic Center, ils promènent des pancartes sous nos fenêtres, ils exigent que la ville prenne des mesures.

Anderson hésite avant de répondre. Cette peur-là, il la trouve absurde — il y a tellement d'autres cataclysmes possibles contre lesquels la foule ne songe même pas à se révolter ; mais il est vrai que cette invasion presque silencieuse de plusieurs milliers de chiens est plus spectaculaire que l'effritement secret des buildings, que l'usure des canalisations géantes sous les trottoirs, que la faillite (au propre comme au figuré) des entreprises publiques. Anderson dit enfin :

— Je n'ai jamais eu peur d'un chien, même quand j'étais gosse. Et d'ailleurs, ceux-ci n'attaquent pas vraiment : ils s'installent là, ils ne bougent plus, ils se contentent de vous fixer droit dans les yeux et de vous barrer le passage. Notez qu'on peut toujours les enjamber.

Le sénateur Cadett agite son micro :

— Vous ne comprenez donc rien à rien ? Bien sûr que ce n'est pas réellement dangereux. Mais c'est un signe. Enfin, n'essayez pas de me faire croire que vous estimez normal que quinze mille chiens...

Il ne conclut pas. Pourquoi a-t-il baissé sa main qui tenait le micro ? Pour tracer dans l'air, à l'insu de tous, un vague geste d'exorcisme ? Il reprend brusquement, sur un autre ton :

« Soyez certain que ça se retournera contre vous et moi. Un troisième larron profitera de l'occasion. Reconnaissez que j'ai l'habitude de la vie politique. L'enjeu est important, Anderson !

A quel enjeu le sénateur fait-il donc allusion ? A la ville de New York en général, ou bien à la seule campagne électorale ?

« Je sais ce qui nous oppose, dit encore le sénateur. L'argent, les moyens d'en trouver et à quelles priorités consacrer le peu qui nous reste. Mais on pourrait se débarrasser de ces chiens presque sans argent : il suffit d'enrôler des tireurs d'élite. Un New-Yorkais sur dix possède une arme à feu et sait s'en servir, ça fait du monde.

— Beaucoup trop, murmure Anderson.

Si l'on adopte ce plan, il y aura des bavures. Les dégâts que les chiens n'auront pas commis, les hommes s'en chargeront.

301

La signalisation verticale indique qu'on approche d'un carrefour important. Dans la voiture qui roule à côté de celle d'Anderson, presque portière contre portière, Cadett s'impatiente. Son front est luisant de sueur.

— Pas d'accord pour lâcher des tireurs en liberté dans les rues de la ville, ajoute Ernst Anderson. Qui a eu cette idée démente, Bon Dieu? Isaac Baumstein? Conseillez-lui d'aller voir un médecin, et qu'il demande des médicaments pour se faire mieux irriguer le cerveau.

En réalité, Anderson devine que le projet est de Cadett : il ne peut pas venir de Baumstein, pour la raison suffisante que Baumstein n'a plus de projets depuis longtemps; il se contente de signer ceux des autres, et parfois de les appliquer; s'il se représente aux élections, c'est pour servir de caution au sénateur Cadett.

Celui-ci applique son étrange visage lunaire contre la vitre fermée de sa voiture, il crie :

— Soyez positif, Anderson, proposez quelque chose!

— Peut-être, sénateur. Remplacez vos tireurs d'élite par des trappeurs. Prenons les chiens vivants, on aura tous les écologistes avec nous. New York safari, en somme. On dispose du matériel et des véhicules spécialisés de la fourrière. Et si ça ne suffit pas, nous avons encore les cars de police, les filets de camouflage de l'armée. Je vous suggère de faire passer un avis à la radio pour recruter des volontaires.

Au carrefour, les motards d'escorte se séparent en deux escouades. Il fait toujours incroyablement beau et tiède. Sur les bas-côtés de la voie express, des chiens somnolent au soleil.

La veille, Dorothy Kayne s'est mêlée à la foule des visiteurs de l'Empire State Building. Certaines personnes ont voulu savoir quel intérêt une aveugle pouvait bien trouver à monter jusqu'aux observatoires des 86e et 102e étages, et Dorothy leur a répondu que c'était une question de vent; naturellement, elle n'a jamais eu l'intention d'aller tout là-haut; en arrivant près des ascenseurs réservés aux touristes, elle s'est dérobée, elle s'est perdue dans la cohue des employés de la galerie commerciale et des bureaux; jusqu'à minuit, elle a erré dans le hall immense; ensuite, quand est venue l'heure de la fermeture, elle a fui les rondes de surveillance, se dissimulant dans des encoignures, repérant longtemps à l'avance le pas sonore des gardiens sur les dalles.

Elle n'a pas dormi de la nuit, c'est vrai. Mais elle n'en ressentait pas le besoin : depuis des mois, elle accumulait du sommeil en trop ; et l'insomnie aiguisait ses sens, lui procurait une sensation de bien-être et de dépassement comparable à l'ivresse.

Un bandeau blanc de quelques grammes sur ses yeux et soixante mille tonnes d'acier au-dessus de sa tête, ce sont les barrières infranchissables et nécessaires qu'elle a dressées pour la nuit entre John l'Enfer et elle.

Demain, elle en élèvera de plus solides encore. Elle fera un saut jusqu'à l'université, rassemblera quelques effets d'été (pas vraiment des robes, seulement des chemisiers légers et du linge) ; puis elle ira à sa banque, fera solder son compte, elle achètera un billet d'avion pour la côte ouest — Los Angeles ou San Francisco, peu importe. Il y a des collèges au soleil, là-bas. Il est impossible qu'on ne se passionne pas pour la sociologie urbaine, dans ces villes dont tout le monde prétend qu'elles seront détruites par un séisme sous cinquante ans : on doit avoir besoin de gens comme elle pour préparer discrètement la future organisation des cités — l'organisation d'après le massacre. Sur la côte ouest, enfin, ce ne sont pas les médecins qui manquent ; ni les vagues comme il faut pour faire du surf.

Ce sera déroutant, peut-être.

Mais le Cheyenne n'est-il pas plus déroutant encore, à lui tout seul ? Il est capable de rester toute une nuit près de moi sans me toucher, sans me parler. Sauf pour changer les compresses de mon bandeau, sauf pour me demander si je n'ai pas froid.

Ensuite, je mets une robe blanche, je pose mes mains sur mes genoux, c'est banal, je pense qu'il va sortir chercher du travail, j'espère qu'il va revenir bientôt. Et lui, il se met à crier, il dit que je ne dois pas avoir l'air fragile.

Ashton Mysha va se tuer, John l'Enfer le sait, et Ashton Mysha se tue quand même ; et comme tout est raté — la combine répugnante, pas la mort — on ignore où il dort. Dans quel tiroir, dans quel coin perdu.

Les Indiens laveurs de gratte-ciel ont une façon de regarder les êtres et les choses qui est effrayante. A croire qu'ils n'en voient que les reflets sur des vitres ruisselantes d'eau ; et quand la vitre est sèche, quand le reflet s'est effacé, alors ils montent un peu plus haut à bord de leurs ascenseurs bariolés ou bien en s'accrochant à la bête-à-ventouses qui ressemble à une araignée. Je suis une femme, j'ai peur des araignées. On ne peut pas dire que j'ai fui : je me suis mise à l'abri, c'est tout, il ne faut jamais défier le vertige, il est le plus fort.

Dorothy Kayne appuie ses joues contre les tableaux lumineux qui parsèment le hall et représentent les merveilles du monde. On a oublié de les éteindre, le verre est brûlant sous la peau. Dorothy pleure. Elle a pourtant déjà beaucoup trop pleuré depuis qu'on le lui a défendu. Elle ne devrait plus jouer ainsi avec ses yeux abîmés.

Quatre heures du matin, elle se demande si John la cherche — et où il la cherche. Est-il allé voir du côté de George Washington Bridge si d'aventure il ne la rencontrerait pas, rôdant près des arches avec un bouquet de fleurs à la main, essayant de découvrir à tâtons la place exacte où est mort Ashton Mysha ? Le revêtement a forcément éclaté à l'endroit où la voiture a percuté, ça doit se sentir sous les doigts.

En partant de chez Gina, Dorothy avait d'abord pensé à se rendre là-bas ; elle y avait renoncé, n'ayant pas assez d'argent sur elle.

Le son joyeux d'une trompette, brusquement. Joyeux, oui, et tonitruant, insolent. Un très jeune Noir à la chevelure gonflée et couleur de rouille danse sur les dalles, boxe les agents du service de surveillance. Il n'est pas comme Dorothy Kayne, il ne se cache pas ; au contraire, il provoque. Il se fait prendre, plaqué aux jambes, sa belle trompette vole, résonne en heurtant un pilier. On emmène le musicien, il rit, puis il gueule, on le passe peut-être à tabac, le silence revient.

Le jour qui est là, l'ouverture des portes. Dorothy se laisse entraîner par le flot des secrétaires, des filles à tout faire qui s'accordent encore quelques minutes de grâce avant d'empoigner leur bloc, de sucer leur gomme, de nettoyer les caractères de leur machine à écrire. Elles s'offrent des tournées de lait-chicorée, de chocolat ou de café-cappuccino : à la manière des hommes dans les bars, avec des airs de boyards. Assise à une table, Dorothy bénéficie de cet élan de générosité. Le café la réconforte, elle ose s'adresser a sa voisine, et dire que demain ce sera sa tournée à elle. La femme à côté d'elle agite sa petite cuiller dans le fond de sa tasse :

— Je ne vous ai encore jamais vue, et pourtant...

Elle était sur le point d'ajouter : « et pourtant, une fille aux yeux bandés, ça se remarque! » Mais elle a eu peur de faire de la peine, elle a préféré se taire. Dorothy ment :

— Pourtant, ma chérie, voilà bien deux ans que je travaille dans le secteur. Évidemment, quelqu'un dont on ne voit pas les yeux, c'est difficile à reconnaître.

— Ce qui vous est arrivé, c'est grave?

— Encore assez. Mais ça passera comme le reste.

L'autre en convient : tout va si vite, tout est détraqué, voyez cet hiver qui n'en est pas un; on se croirait au printemps en plein mois de janvier. Elle baisse la voix, s'inquiète :

— Au fait, d'après vous, qu'est-ce que ça peut vouloir dire — oui, cette histoire de chiens? Comment, vous ne savez pas? Pas possible! Tout le monde en parlait, dans le bus.

Dorothy hausse les épaules. Les chiens qui se sauvent, qui se rassemblent sur les pentes des monts Alleghanys, c'est une vieille affaire.

« Vous ne comprenez pas, dit la femme. Ils ne se sauvent plus, ils sont revenus. Tous ensemble. D'après la radio. Moi, je n'en ai pas encore aperçu un seul.

A l'heure où les voitures d'Ernst Anderson et du sénateur Cadett s'écartent l'une de l'autre à l'embranchement de la 96ᵉ Rue ouest, Dorothy Kayne quitte l'Empire State Building par l'une des portes qui s'ouvrent sur la 34ᵉ Rue.

Jusque-là, elle a profité sans scrupules de cinq ou six tournées générales; plus deux, particulières celles-là, réservées à un groupe de tables, où on l'a incluse pour lui faire savoir qu'on participait à ses malheurs. Dorothy déteste la pitié, mais elle adore le café et le lait mousseux qu'on lui sert, juste tiède comme il faut, dans de grands gobelets en carton.

Avant de s'évader, elle a contourné toutes les tables, elle a laissé traîner sa main ouverte à plat sur les nappes en papier, elle a ainsi récupéré quelques pièces de monnaie dans le creux des soucoupes. Si c'est insuffisant pour qu'elle puisse s'offrir un taxi jusqu'à l'université, du moins a-t-elle récolté de quoi prendre le bus.

Elle se dirige vers la station, elle remarque que la 34e Rue n'est pas dans son état normal, que les sirènes des voitures de police sont plus nombreuses, les piétons plus clairsemés sur les trottoirs. Elle n'entend pas le roulement feutré des chariots des vendeurs ambulants de saucisses qui, en principe, devraient maintenant se mettre en place aux carrefours.

De temps à autre, loin, elle discerne un aboiement étouffé. Alors, ça la fait rire, elle se rappelle. Elle avait presque oublié l'histoire des chiens. Il suffit d'un rien, d'un incident ridicule qui serait partout ailleurs sans importance, pour compromettre l'équilibre fragile de New York : une cinquantaine d'Indiens chômeurs descendant Centre Street, des chiens.

Qu'arrivera-t-il quand sera venu le tour du pire ? Quand l'avenir donnera raison à John l'Enfer, lorsque les gratte-ciel seront tellement pourris du dedans qu'ils s'effondreront comme des fromages trop faits ? Puant pareil, il nous pleuvra dessus des baignoires et des armoires à pharmacie, des sommiers, des bibliothèques, de vieux pneus et des gens vivants.

Souvent, des hommes la frôlent. Qui lui disent de ne pas rester là, de circuler, de se rendre le plus vite possible là où on l'attend.

Il n'y a plus, dans la 34e Rue, que des véhicules officiels.

Dorothy sait que ce sont des véhicules officiels parce qu'ils roulent plus lentement que les autres. Le grondement de leur moteur est plus puissant, ils grincent autrement, ils sentent bon le caoutchouc neuf.

— Voulez-vous qu'on vous dépose quelque part, miss ? On patrouille de haut en bas de Broadway, on peut quand même faire un petit détour.

Elle sourit, sans répondre. L'homme qui s'est adressé à elle insiste :

« Vous pouvez me faire confiance, miss, je suis un policier pour de vrai. Touchez ma plaque, du bout de vos doigts.

— Je vous crois, dit-elle. Mais il fait si doux, ce matin. Ne vous inquiétez pas pour moi : je vais seulement jusqu'à l'arrêt du bus, un peu plus loin.

L'homme n'est pas descendu de voiture, il s'est contenté d'ouvrir la portière :

— D'accord. Mais ne prenez pas de risques inutiles. Ce ne sont que des chiens, mais personne ne sait ce qu'ils ont dans la tête.

Dorothy Kayne sera l'unique passagère de ce bus qui remonte vers Bronx. Lorsque la voie est libre, le chauffeur fonce pour essayer de rattraper le temps perdu : des barrages de police l'ont obligé à se détourner, ou il a dû freiner brutalement pour éviter un chien qui traversait la rue sans se presser.

Par deux fois, Dorothy est partie en avant; son menton a légèrement heurté la barre d'appui du siège placé devant elle. Alors, le chauffeur se retourne :

— Pendant les vacances de Noël, c'étaient les gosses. A présent, les dogues. Et ensuite, ça sera quoi? Saloperie, miss, on n'en sortira peut-être jamais. Si vous vous êtes fait mal, faut pas hésiter à me le dire, je remplirai les papiers pour l'assurance.

Un hélicoptère survole à basse altitude le campus de l'université. Ici, en raison de la proximité des îles de Randall et de Ward, les chiens sont plus nombreux que dans le centre de Manhattan.

Dorothy devine leur présence aux jappements innombrables que ne parvient pas à étouffer le vacarme des voitures dans University Avenue. Il y a aussi cette odeur écœurante qui envahit les pelouses : certains animaux, épuisés par leur course à travers les Alleghanys, se sont arrêtés là pour mourir.

On accède librement au campus, les gardiens ayant abandonné leur poste. Près du parking désert, les barrières sont relevées.

Dorothy s'avance, elle se faufile parmi les chiens, ceux-ci ne bougent pas. Ils se contentent de suivre la jeune femme du regard; mais lorsqu'elle quitte leur champ de vision, ils paraissent se rendormir.

Seul un grand lévrier Deerhound se redresse, bâille en ouvrant une gueule immense, et accompagne la jeune femme.

Sans doute était-ce une bête splendide; aujourd'hui, le lévrier est d'une maigreur effrayante et son pelage noir et jaune est souillé de taches brunes — sang ou excréments. Mais sa démarche reste aussi déliée qu'autrefois, peut-être même plus souple et plus silencieuse.

Fin de la prairie : Dorothy sent sous ses semelles la surface ferme, rassurante, d'une allée goudronnée. L'un des dix-huit bâtiments de l'université se trouve nécessairement au bout de l'allée.

Alors, dans un tournant, près d'un massif de lauriers, Dorothy bute contre une masse molle. Le chien malade pousse un cri plaintif et, machinalement, la jeune femme demande pardon.

Aussitôt, le Deerhound qui suit Dorothy pas à pas se ramasse pour bondir. Mais la jeune aveugle fait un écart involontaire, et le lévrier saute dans le vide. Il roule sur le flanc, et gronde. Tout de suite, il se relève, fait face à la femme. Celle-ci entend la respiration haletante du chien, elle comprend enfin qu'une bête va se jeter sur elle.

L'hélicoptère s'est approché, il se balance à quelques dizaines de mètres au-dessus de Dorothy dont les boucles volent au vent du rotor. Dégageant la porte de son habitacle transparent, le pilote empoigne un mégaphone et crie quelque chose à l'intention de la jeune femme. Assourdie par le hurlement aigu de la turbine, Dorothy n'enregistre qu'une suite de mots incohérents.

Elle est tentée de se mettre à courir droit devant elle, mais elle n'ose pas : elle sait maintenant que les chiens sont partout autour d'elle, et elle redoute en les bousculant de provoquer un assaut général.

Dorothy n'éprouve pas ce qui s'appelle la peur. Simplement, elle a envie de vomir — après avoir jeté, si on lui en laisse le temps, un cri interminable. Tout recommence comme autrefois, comme lorsqu'elle a repris connaissance après son accident de surf : des glaires plein la bouche, le cœur fou, le sang à la tête.

Très loin (tellement loin, peut-être, que c'est dans Grand Concourse, bien au-delà de University Avenue), le hululement d'une sirène de police. Il est probable que le pilote de l'hélicoptère a prévenu une patrouille mobile qu'une jeune femme aveugle se trouvait en difficulté sur le campus. Mais Dorothy est assez lucide pour savoir que la voiture de police sera là trop tard.

Le halètement du lévrier se fait plus rauque. Pour la deuxième fois, le chien s'apprête à bondir. Pourtant, il retient encore son élan : il a retrouvé l'instinct juste de la bête sauvage — qui n'a aucune raison de se jeter sur sa proie quand elle a acquis la certitude que celle-ci ne pouvait plus lui échapper ; il s'agit alors de jouir par anticipation d'une victoire, d'une déchirure qui seront trop fulgurantes pour qu'on puisse vraiment les apprécier.

L'hélicoptère s'est enfin posé, là-bas sur un tertre. Quatre hommes courent vers Dorothy. Ils lui donnent des ordres contradictoires : les uns la supplient de fuir en zigzaguant, sans se préoccuper des chiens ; les autres veulent qu'elle garde une immobilité absolue, qu'elle évite même de respirer — le lévrier Deerhound est un chasseur, il y a une petite chance qu'il renonce à attaquer une proie parfaitement inerte.

Devant, par-dessus les hauts bâtiments de l'université, monte une clameur. Les étudiants massés sur les balcons suivent le duel à la jumelle. Ils sont trop loin pour croire à la réalité de ce qui est en train de se jouer — ils diraient, pour un peu, que l'hélicoptère est un importun, qu'il faut laisser la fille seule avec le lévrier.

Depuis l'invasion des chiens, ils sont en effervescence. Chambre après chambre, ils ont voté l'état d'urgence. A onze heures, réunis en assemblée générale extraordinaire dans le grand amphithéâtre, ils se sont prononcés pour la suspension des cours jusqu'au rétablissement d'une situation normalisée. Mais souhaitent-ils vraiment que les choses redeviennent telles qu'elles étaient avant ? Les chiens ont réussi cette occupation du campus que les étudiants tentaient sans succès, à chaque retour du printemps.

Alors, ils ont ouvert toutes les fenêtres de l'université, *celles qui ne pouvaient pas s'ouvrir, nous les avons brisées,* et ils ont jeté sur les pelouses de la nourriture et des tracts.

La nourriture, ce sont des restes du dîner de la veille, il y avait de la dinde et des croquettes de poisson. Les tracts aussi, d'ailleurs, ce sont des restes — des bêtises qui jaunissaient dans les placards ; ça peut faire du chemin, une bêtise, dans la gueule d'un chien. Oui, dans sa gueule : on a vu des dogues promener des journaux à travers les rues, alors pourquoi pas nos tracts? Bien sûr, nous avons imprimé n'importe quoi. Mais pas n'importe comment : notre papier est solide, notre encre est résistante, ça ne filera pas en bouillie sous la bave des chiens.

Prenant appui sur ses pattes de derrière, le lévrier Deerhound s'élance.

Mais il a mal estimé sa trajectoire. Sa gueule vient s'écraser, ouverte, contre la poitrine de Dorothy. En retombant, la bête griffe longuement le chemisier de la jeune femme, en dessous il lacère la peau tendre. Il hurle à la mort — non pas sa mort à lui, qu'il ne peut même pas concevoir, mais celle de sa proie toute chaude qu'il va renverser cette fois-ci, en lui crevant la gorge.

Hurlant plus fort que le chien, Dorothy Kayne arrache son bandeau. Ses compresses tombent sur l'herbe du campus, elle relève son visage vers le ciel.

L'éblouissement est insupportable, un trait de feu traverse le front de Dorothy, lui révulse les yeux ; ça vient mourir doucement dans sa nuque, mi-brûlure mi-morsure.

Elle dit qu'elle a vu le soleil, c'est tout.

Il fait noir.

Les hommes de l'hélicoptère l'entourent.

Le matériel de la fourrière est vétuste, mal adapté à l'opération d'envergure auquel on le destine aujourd'hui. Mais Cadett et Anderson, pour une fois d'accord, ont refusé l'escalade — c'est-à-dire l'emploi des fusils à grenades lacrymogènes. Il eût été maladroit, politiquement parlant, de déployer ainsi sur une grande échelle l'arsenal traditionnel des combats de rues : sans compter que l'utilisation de gaz lacrymogènes dosés pour la dissuasion d'êtres humains risquait de produire des effets excessifs sur des organismes de chiens à bout de souffle.

John l'Enfer suit avec indifférence la démonstration présentée par les spécialistes du ramassage des bêtes errantes. Avec quelques centaines d'autres types désœuvrés, l'Indien s'est porté volontaire pour aider les équipes municipales à la capture des chiens. Moins par civisme que parce qu'on offre une prime de deux dollars pour cinq animaux. Et puis les *trappeurs* étant embarqués à bord de camionnettes, John pourra ainsi bénéficier gratuitement de l'usage d'un véhicule. Qui sait si cela ne multiplie pas ses chances de rencontrer Dorothy Kayne ?

Le *briefing* a lieu dans la salle de gymnastique d'une caserne de pompiers. Un cheval d'arçon, dont les flancs de cuir portent de profondes entailles, est supposé être le molosse. Alors, le démonstrateur s'avance sur la pointe des pieds, brandissant comme une lance une longue perche de bambou creux à l'intérieur de laquelle coulisse un filin terminé par un nœud coulant.

En riant, quelqu'un dit que c'est le bon vieux truc de la pêche miraculeuse auquel on peut s'essayer dans toutes les ventes de charité. John n'est pas sûr d'avoir vraiment envie de se servir de la perche-lasso. Autrefois, les Cheyennes employaient des méthodes plus nobles que les liens pour s'emparer des proies qu'ils convoitaient; on n'attaquait pas les bêtes par-derrière, même les bêtes vicieuses; Maman Pageewack a enseigné à John l'Enfer les secrets des chasses anciennes. Pourtant, quand son tour vient de prouver qu'il a correctement assimilé la manœuvre de la perche, l'Indien réussit la « capture » du cheval d'arçon avec une rapidité et une précision qui lui valent les compliments du technicien de la fourrière. Malgré les louanges, le visage de John reste impassible.

Le véhicule auquel John l'Enfer est affecté porte le numéro 123. C'est un camion grisâtre, dont le plateau est équipé d'une sorte de cage grillagée. Dans les rues au revêtement défoncé, ce hideux assemblage roulant doit faire un vacarme de fin du monde. Le plancher de bois de la cage exhale une odeur fauve qui prend à la gorge.

John fera équipe avec Elton Paulus, un jeune Noir du quartier de Queens, très excité à l'idée de travailler avec l'homme qui semble être le plus habile des volontaires. En marchant vers le camion 123, Elton Paulus enlace familièrement les épaules de l'Indien :

— Avec toi, ce sera du gâteau. Demain, nous deux, on se partage un joli paquet de dollars. Je vais enfin pouvoir réaliser mon rêve.

Le Cheyenne néglige de demander à Elton Paulus en quoi consiste son rêve. Le Noir paraît ne pas remarquer l'indifférence de son compagnon, il explique qu'un homme bien habillé est venu le voir, qu'il lui a proposé une assurance sur la vie, mais que lui, Elton Paulus, il n'avait pas de quoi payer la première échéance. Pourtant, Dieu sait que ça le tentait. Il s'installe derrière le volant, met le contact :

« Quand tu crèves, Johnny, on te verse une fortune. Tellement de fric que tu ne peux pas compter. Toi, tu t'en fous, puisque tu es mort. Mais ceux qui palpent la prime, ils t'aiment. Ils n'en finissent pas de venir porter des fleurs sur ta tombe pour te dire merci. Du coup, tu n'es plus complètement mort, tu as encore ton rôle à jouer. Le plus beau rôle, Johnny, tout en dollars.

— Tu la mettras au nom de ta femme, l'assurance?

Elton Paulus secoue sa tête frisée :

— Non, Johnny, j'ai pas de femme. En fait, tu vois, j'ai personne. Alors, je m'en vais me choisir quelqu'un au hasard.

312

Il éclate d'un rire énorme, toute la cabine en est secouée, un nuage de poussière monte des sièges de toile :

« Un gosse, Johnny, tu comprends? Je me pointe les mains dans les poches, tout à fait l'air du gars qui tue le temps, j'observe les gamins qui jouent dans la rue. Je repère les mieux, les plus beaux, ceux qui gagnent. Quand j'en ai trouvé un qui me plaît, je lui demande son nom, où il habite, et tout ça. Bien sûr, je ne lui raconte pas l'histoire — des fois qu'il aurait dans l'idée d'accélérer les choses.

Il se tourne vers John avec, dans le regard, un soudain désarroi :

« Tu le crois, toi, que les gosses sont cruels, qu'ils ont ça dans le sang?

Le jour tombe lorsque le camion 123 s'infiltre dans la circulation. Les ordres sont de longer les trottoirs à petite vitesse, d'intervenir aussitôt qu'on aperçoit un chien :

— Inutile de choisir vos bêtes, les gars, vous ne toucherez pas un cent de plus par kilo de viande. Nous les voulons tous, même les miniatures de salon.

Le jeune Noir dit que c'est ça, l'égalité; qu'il est vraiment dommage qu'on ne l'applique encore qu'aux chiens errants. John l'Enfer ne répond pas. Il sait d'avance que cette égalité ne durera pas, qu'elle s'arrêtera aux portes des refuges pour bêtes abandonnées, oubliées, martyrisées où les chiens seront enfermés. Alors, on organisera des campagnes d'adoption. Alors, fin de l'égalité. Alors, les plus chétifs, les plus braillards, les plus torves seront gazés.

Les New-Yorkais se sont accoutumés, en quelques heures seulement, à la présence envahissante des chiens. Les premiers instants de stupéfaction passés, ils ont trouvé la situation intéressante. Puis amusante. Comme une journée de neige ou de brouillard épais, une de ces journées exceptionnelles qui bousculent les habitudes et incitent (sinon obligent) à l'indulgence universelle. Grâce aux chiens, on a ses raisons d'arriver en retard, de quitter le travail plus tôt :

— Vous comprenez, j'aime autant rentrer avant la nuit, on ne sait jamais comment ça peut tourner.

D'ailleurs, les chiens ne sont responsables que de trois décès :

dans l'arrière-salle d'un restaurant de Chinatown, trois petits Asiatiques âgés d'une dizaine d'années ont stupidement torturé un dogue allemand venu se réfugier là pour dormir. Affolé par les bâtonnets de bambou incandescent que les enfants lui enfonçaient dans les naseaux, le dogue est passé à l'attaque.

Il y a aussi ce fait encourageant : plusieurs personnes, dont les chiens s'étaient échappés, les ont retrouvés au hasard des rues. Les bêtes ont reconnu leurs anciens maîtres, elles se sont levées, elles sont venues vers eux, se sont frottées contre leurs jambes. Certes, elles ont refusé en grondant de se laisser emmener, elles ont montré les dents à la vue des laisses et des colliers. Mais l'attitude amicale du début prouve que les chiens ne sont pas devenus fous ; qu'ils ne sont pas victimes, comme on l'a prétendu, d'un virus inconnu qui aurait infesté certains lobes de leur cerveau.

Ce qui était d'abord apparu comme une sorte de cauchemar tourne à la fantaisie.

On ignore ce que veulent exactement les chiens, mais tout New York sait maintenant qu'ils n'ont pas d'intentions hostiles.

Pourtant, à bord du vieux camion qui l'emporte, John l'Enfer ne rit pas. Depuis la nuit étrange où s'est désagrégée la villa du sénateur Cadett, les signaux d'alerte se sont accumulés. Les chiens aussi, pense John, sont un présage. Le dernier, peut-être. Mais il semble que personne à New York ne sache lire ce langage oublié, surgi de la nuit des temps. Seuls quelques Indiens, peut-être, ont encore le sens des augures. Les autres, c'est-à-dire quinze millions d'êtres humains, ont confiance. Ils se répètent les uns aux autres, dans les bus, dans les wagons du métro, à la radio et à la télévision, que l'invasion des chiens est plutôt une raison d'espérer. On n'a jamais vu, disent-ils, des animaux se rassembler sur les lieux d'un désastre à venir ; c'est même toujours le contraire qui se produit.

Le Cheyenne n'est pas d'accord. Les bêtes ne sont pas revenues prendre possession de leurs anciennes niches, de leurs coussins familiers : elles sont entrées dans la ville pour la voir et pour la saluer. Après tout, New York n'est pas le territoire exclusif des hommes. Il y a encore les mouettes, les rats, les chauves-souris, les chats. Il fallait que quelqu'un commence, les chiens ont ouvert le feu.

Ouvert la porte serait plus juste.

Elton Paulus accélère, il dépasse un camion concurrent. A travers le pare-brise sale, John l'Enfer regarde la ville et les lumières de la 5e Avenue. Absence totale des chiens dans ce périmètre de grand luxe qui, dès les premières heures de la matinée, a été « désinfecté » par des moyens radicaux. Mais on n'empêchera pas que les animaux errants soient passés là comme ailleurs, qu'ils aient pissé contre les vitrines magnifiques et les corbeilles pour détritus; il n'est sans doute pas une seule avenue de l'immense ville que les chiens n'aient parcourue une fois au moins en la marquant de leur odeur.

John connaît par cœur ce paysage de la cité que traverse maintenant le camion gris. Il sait le nombre exact des fenêtres de chacun des gratte-ciel. Pourtant, ce soir, tout est différent. L'Indien essaye de se persuader que cela tient à l'abondance extraordinaire des voitures de police — leurs phares tournants jettent d'étranges lueurs bleues sur les flancs des immeubles, ça donne le mal de mer, exactement comme quand on a trop bu, on s'attend à de grandes chutes, et ça ne se décide pas à tomber.

Le Cheyenne se serre contre son compagnon. Il demande :

— Est-ce que tu ne trouves pas qu'il fait plus froid, là, brusquement?

Elton Paulus dévisage John avec étonnement :

— Plus chaud, tu veux dire?

— Non, plus froid.

Le Noir hoche la tête :

— Alors, Johnny, si tu crois ça, c'est que c'est en toi. Dans tes entrailles, il fait froid. Tu es peut-être malade?

Ce serait dommage : jusqu'à présent, John l'Enfer s'est bien défendu, il n'a laissé filer aucun des chiens qu'il cherchait à attraper. Mais qu'Elton Paulus continue à conduire sans s'inquiéter : l'Indien n'est pas malade; malgré sa nuit sans sommeil et les fatigues de la journée, John se sent bien.

Si ce n'est cette impression étrange que quelque chose de mauvais rôde autour de lui, pour l'envelopper, et qu'il ne voit pas. Quand il descend du camion pour capturer une bête, il tremble au moins autant que le chien; il n'a qu'une idée : en finir le plus vite possible, réintégrer l'abri de la cabine — empuantie, pourtant, par les cigarillos que le Noir allume les uns à la suite des autres.

315

Il est peut-être vrai qu'une chose qu'on ne peut pas nommer n'existe pas. Sauf qu'il s'agit de la peur ; pour la première fois de sa vie, John l'Enfer a peur ; et il le sait.

Vingt heures et douze minutes. Dans une avenue qui conduit vers l'Express Highway en partant d'East Broadway, Elton Paulus range le camion 123 près d'une pizzeria dont les néons rouges sont parfois masqués par un nuage de fumée grasse qui s'échappe d'un soupirail. Paulus sourit de toutes ses dents :

— Viens-tu, Johnny ? On va se payer une fête.

Il descend du véhicule, se dirige en vacillant vers l'entrée du restaurant. Au passage, en secouant violemment les mailles de la cage, il tente d'agacer les chiens que John et lui ont déjà enfermés. Puis, se retournant vers la cabine :

« Alors, Johnny, tu te décides ? Si on doit tenir ce sacré rythme toute la nuit, faut qu'on prenne des forces.

Au lieu de descendre, le Cheyenne enjambe le levier du changement de vitesse, se glisse derrière le volant dont une branche a été réparée avec du papier collant. Il allonge la main droite, repère la tirette du démarreur. Il emballe le moteur, embraye, les pneus hurlent. Braquant au maximum, John oblige le camion à pivoter sur lui-même. Il aperçoit dans le rétroviseur le visage hilare d'Elton Paulus. Le Noir rit aux éclats, en se tapant sur les cuisses : il croit encore que John lui fait une farce, et Elton Paulus adore les blagues.

Phares allumés, avertisseur bloqué, le camion 123 remonte à toute allure vers East Broadway.

Vingt heures vingt-deux, John l'Enfer est chez Gina. Lorsqu'il franchit le seuil de la pension, la cloche du patio sonne à la volée, on entend des hourras qui viennent de la salle à manger. L'Italienne se montre, les mains gluantes d'huile, un tablier multicolore aux hanches. John prend Gina aux épaules, il la secoue :

— Dis-moi qu'elle est rentrée.

De la tête, Gina fait signe que « oui ». John se rue vers l'escalier. La porte de la chambre est ouverte, mais toutes les lampes sont éteintes — sauf une ampoule murale sur laquelle on a jeté un mouchoir pour en atténuer la lueur. Dorothy Kayne est assise sur une chaise, un homme se tient debout près d'elle, il relève le menton de la jeune femme.

— N'allumez surtout pas, dit l'homme sans se retourner. Déjà qu'elle a regardé le soleil en face... Encore un coup comme ça, et elle n'y verra jamais plus.

Gina a suivi John. Elle se pend à lui, pleurniche :

— Si vous saviez dans quel état elle nous est revenue, l'Enfer ! Je croyais qu'elle allait mourir. Ce type, c'est un toubib. J'ai pensé que je devais... Si vous n'avez pas de quoi le payer, tous les deux, ça n'a aucune importance, je m'en charge. On fera nos comptes plus tard.

— Que tout le monde sorte, dit alors John l'Enfer.

Le médecin se redresse, dévisage l'Indien avec étonnement. Puis, soigneusement, il ôte l'oculaire maintenu sous son sourcil à la façon d'un monocle :

— Très bien. Mais je dois vous avertir : il est possible que le nerf optique soit endommagé. Auquel cas, il serait préférable de transporter cette femme dans un centre spécialisé.

— Que tout le monde sorte, répète John d'une voix sourde.

Lentement, comme si c'était très douloureux, la jeune femme soulève ses paupières gonflées par les larmes, l'épuisement. John se penche.

Malgré la pénombre, il voit que les yeux de Dorothy sont bleus.

Alors, il lui dit qu'elle peut rabaisser ses paupières. A présent, il va préparer de nouvelles compresses, déchirer une de ses chemises pour en faire un bandeau. Dorothy demande s'il fait noir dehors, John répond que oui, c'est tellement mieux comme ça, c'est la nuit pour tout le monde.

Il s'appuie contre le rebord du lavabo, laisse couler l'eau froide. Dans le miroir, il distingue la robe blanche de Dorothy, déchirée sur le devant, à hauteur de la poitrine.

— Ces cons de chiens, dit-il, ça ne peut être qu'eux.

Elle ne comprend pas. Il précise :

« Ta jolie robe, ils l'ont abîmée.

Elle sourit :

— Tu la trouves jolie, ce soir ?

Dorothy s'est levée. Elle s'est approchée de la fenêtre ouverte. Elle croit entendre des bruissements dans le laurier, mais John lui dit qu'elle se trompe, que tous les oiseaux sont endormis.

Il vient vers la jeune femme. Dans le creux de sa main gauche, il a posé les deux compresses humides, imbibées de la solution médicamenteuse. Le bandeau est sur son poignet, comme une étole :

— Donne-moi ton visage.

Il applique les compresses fraîches sur les yeux blessés de Dorothy. Celle-ci pousse un petit soupir de contentement :

— C'est bon, John. C'est juste ce qu'il me fallait. Là-bas, sur le campus, ils voulaient m'emmener dans leur hélicoptère. Ils disaient qu'ils se poseraient sur la terrasse d'un hôpital, qu'on s'occuperait de moi. J'ai refusé. J'ai pensé que personne ne saurait me soigner mieux que toi.

Mais John lui dit de se taire. Elle n'a pas besoin de se raconter.

Lorsque les pisteurs cheyennes, après avoir longtemps erré dans les tourmentes de neige, reconnaissaient enfin les hautes perches et les murailles de peau du village, ils n'interrogeaient pas les repères du paysage pour leur demander comment ils les avaient ramenés chez eux.

— Il se fait tard. Es-tu prête à me suivre, Dorothy?

Tout en haut de l'Empire State Building, où l'on peut voir parfois la neige remonter vers le ciel, où il arrive que la pluie soit rouge, on vient d'allumer le phare qui s'appelle *Lumières de la Liberté*.

A l'instant de franchir pour toujours les limites de l'État de New York, John l'Enfer se retourne.

Il ne reverra jamais la ville.

Il sera jugé par contumace, les frères Robbins refuseront probablement d'assister à l'audience et de défendre un fantôme. A l'accusation initiale viendra s'ajouter le vol du camion 123. Pendant quelque temps, John et Dorothy devront se montrer prudents. Puis, les choses iront en se tassant. A l'automne, Dorothy pourra peut-être se faire hospitaliser : il existe des cliniques privées où l'on ne pose pas de questions.

Dorothy Kayne s'est endormie, les mains posées sur ses genoux. Avec le temps, John lui enseignera d'autres attitudes, il lui apprendra que toutes les femmes cheyennes ne sont pas aussi sages, qu'il en est de vives, souples et drôles comme les daims.

Avant de se perdre dans les forêts sombres du New Jersey, John range le camion gris sur le bord de la route. Il ouvre la porte de la cage pour permettre aux chiens de sortir.

Eux aussi, immobiles sur le plancher puant, regardent la ville illuminée — déjà derrière eux, de l'autre côté du pont.

— Partez, leur dit l'Indien. Sauvez-vous. Là où je m'en vais, ça ne vous plaira pas : la terre des Sioux au nord, la terre des Cherokees au sud. S'il y a des villes, même toutes petites, je n'y entrerai pas. Mais si je rencontre un lac, on y boira, on se lavera dedans. Une montagne, on lui grimpera dessus. Une plaine, on l'habitera. Ce n'est pas une vie pour vous autres. Vous n'avez pas appris assez de choses, quand vous étiez dans les Alleghanys. Filez, les chiens. Les hommes de New York ne vous feront pas de mal.

Les chiens, d'abord, ne bougent pas.

Enfin, l'un d'eux se dresse. C'est une bête gigantesque, au pelage fauve.

Il s'étire, vient jusqu'au seuil de la cage. Là, il s'arrête et hume longuement l'air de la nuit. Il couche ses oreilles, écoute le fracas de la ville au-delà de l'Hudson.

Alors, le grand animal avance la gueule, cherche la main de John l'Enfer; et quand il l'a trouvée, il la lèche.

New York, Chaufour
1975-1977

Du même auteur

AUX ÉDITIONS DU SEUIL

Le Procès à l'amour
bourse Del Duca, 1966

La Mise au monde
1967

Laurence
1969

Elisabeth ou Dieu seul le sait
prix des Quatre Jurys 1971

Abraham de Brooklyn
prix des Libraires 1972
coll. «Points Roman», n° 115

Ceux qui vont s'aimer
1973

Trois milliards de voyages
essai, 1975

Un policeman
1975
coll. «Points Roman», n° 266

L'Enfant de la mer de Chine
1981
coll. «Points Roman», n° 62

Les Trois Vies de Babe Ozouf
1983
coll. «Points Roman», n° 154

La Sainte Vierge a les yeux bleus
1984

Autopsie d'une étoile
1987

AUX ÉDITIONS JULLIARD

Il fait Dieu
essai, 1975

AUX ÉDITIONS RAMSAY

Il était une joie, Andersen
essai, 1982

AUX ÉDITIONS BALLAND

La Dernière Nuit
1978

La Nuit de l'été
d'après le film de J.-C. Brialy, 1979

AUX ÉDITIONS LIEU COMMUN

Béatrice en enfer
1984

AUX ÉDITIONS MERCURE DE FRANCE

Meurtre à l'anglaise
1988

LITTÉRATURE POUR ENFANTS

O'Contraire
Robert Laffont, 1976

La Bible illustrée par les enfants
Calmann-Lévy, 1980

Le Clan du chien bleu
Masque Jeunesse, 1983

L'Enfant de Nazareth
(avec Marie-Hélène About)
Nouvelle Cité, 1989

IMPRIMERIE BRODARD ET TAUPIN À LA FLÈCHE (5-90)
DÉPÔT LÉGAL : JUIN 1985. Nº 8809-3 (6357C-5)